複数のテクストへ

樋口一葉と草稿研究

Literary Text Development
The Archives of Higuchi Ichiyo

戸松 泉
Izumi Tomatsu

翰林書房

もくじ

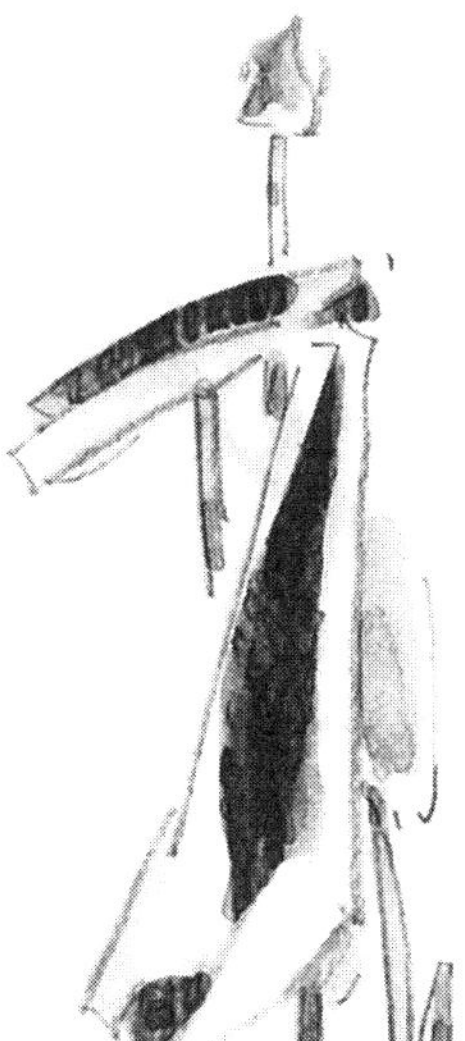

少々長い「はじめに」

1　書名「複数のテクストへ——樋口一葉と草稿研究」について

本書は、著者の二冊目の論文集である。読んでいただく前に、この書のコンセプトと構成について、まず知っていただこうと思う。

この書のタイトルを「複数のテクストへ——樋口一葉と草稿研究」と決めるまでには、二転三転した経緯がある。それは、この書が、私の文学研究ことに樋口一葉研究においてのかなり長いスパンを抱え込んでいるからである。当初、これからの研究の方向性を強調して「複数のテクスト——樋口一葉と生成論と」にしようと思った。けれども、そう言い切るためには、生成論的研究を行なった論文が二本（IIに収録）しかないため、少々看板に偽りがあるようで、心が怯んだ。そこで、とりあえず中核となっている「III　樋口一葉と草稿研究」を顕示するかたちにした。「複数のテクスト」を「複数のテクストへ」としたのは、そのためである。いずれにしろ、タイトルとサブタイトルとの間には、微妙な温度差があるだろう。しかし、とにかく今後の研究の方向性は、示しておきたかったのである。

後述するが「複数のテクスト」ということばは、私固有の用語ではない。だから本来は「〈複数のテクスト〉へ」とするべきである。しかし、煩わしいので〈　〉をとった。生成論から私が学んだことは、目下、このことばに集約できる。生成論イコール草稿研究と理解されるきらいもあるが、私の理解によれば必ずしもそうではない。テクストの生成過程それ自体もあまり問題ではない。なぜなら、個々の草稿の「成立時期」を確定するのは、今日では限りなく困難になっているからである。テクストの複数性のなかに読み手が身をおいた時に、見えてくるものにこそこだわりたい。草稿をも、一つの「テクスト」として読むというコンセプトに立てば、たとえ草稿がなくても、生成論的研究は可能だろう。一つのテクストの流通の仕方自体にも、さまざまなヴァリエーションが生まれるのだから。そして、なによりも、生成論が、活字印刷文化の歴史的転換期を迎えたなかで生まれた研究である、という点を忘れたくない。歴史的なものとなりつつある近代作家の草稿に、テクスト論を通過したのちの研究的まなざしによって、新たな光をあてるのが、生成論である。こうして〈書くこと〉それ自体を対象化しえた時、なにがわかるのか、なにが問題化されてくるのか。見果てぬ夢となるかも知れない、私のライフワークである。従来の「草稿研究」とは明確に区別したいと思う。

2　樋口一葉と草稿研究

さて、つぎに構成の話に移ろう。この書の中核となっている「III　樋口一葉と草稿研究」から始めたい。ここに収めた論文は、主に作品論である。前著『小説の〈かたち〉・〈物語〉の揺らぎ――日本近代小説「構造分析」の試み』（二〇〇二・二、翰林書房）から、本書刊行までに八年が過ぎてしまった。前著には、意識的に、一葉論は一本しか収載しなかった。したがって、刊行直後から、時をおかず一葉論を一冊にまとめたいという気持ちはあった。しかし、前著の編集・執筆作業を行なっている時に、『日本の作家100人　樋口一葉・人と文学』（二〇〇八・三、勉誠出版）の仕事を、つい受けてしまったのである。第一論文集刊行後、直ちに、この『樋口一葉・人と文学』にとりかかったものの、私の力量不足から、結果的にとんでもない時間を費やすことになった。一葉の作品論を中心とする第二論文集は、完全に頓挫してしまったのである。

夏休みしか、まとまった時間が確保できなかったため、『樋口一葉・人と文学』擱筆までに、なんと六回の夏を使ってしまったのである。資料だけはたまる一方で、遅々として筆は進まない。一般書の書き下ろしという、論文を書くのとは違う苦しみを味わったのである。無論、今回本書に収めた既発表の一葉論が、評伝を書くうえでの土台になったことはいうまでもない。『樋口一葉・人と文学』には、これまでの私の一葉論は全て吸収されている。本書とも重なる部分は多い。

一方、この一葉評伝の仕事に手をつけなかったら、書けなかった「論文」もある。本書に収めた「村上浪六と一葉」である。山梨県立文学館が主催した一葉展（二〇〇四）で、偶然目にした、一つの資料がきっかけだった。『樋口一葉全集』（以下『全集』と略記）未収録のその資料は、村上浪六と一葉との関わりを調べることに私を駆り立てたのである。擱筆までに多くの時間を費やした理由の一つはここにある。しかし、それなりの収穫はあった。一葉の評伝を書く時、先行する多数の一葉評伝を参考にするのは当然としても、関係した人物の年譜・評伝と照らしてみるということを、意外に怠りがちであることを、この時知った。浪六の側から、一葉との「交流」を見ていくと、これまでとは微妙に異なる世界が見えてきた。こうした作業は、一葉に関しても、まだまだ必要だろう。

平成三年（一九九一）三月に発表した「「にごりえ」論のために」から、平成二十一年（二〇〇九）夏、本書のために成稿した「点滅するテクスト――「この子」の時代」まで、私の一葉論発表の経緯を顧みると、この間十八年余という長いスパンがある。一つ一つ読み返していく過程で、解釈の手法や結論の求め方など、現在の研究状況に照らして、やはり手を入れることを余儀なくされた。「研究」それ自体がいかに制度的かつ歴史的なものであるか、を痛感した。しかし、作品の基本的な読みは、物語行為論が出現して以降のものが大半なので、私のなかでそれほどのブレはなかった。ただ、一点、今回修正に至らなかった点がある。草稿の扱い方である。

生成論が巷で喧伝されるようになる以前から、私は、論文を書く際に、『全集』に「未定稿」として、翻刻され「成立順」に並べられた「草稿」を視野に入れていた。いや、この部分が一葉研究に私を導いたといってもよい。ふりかえると最初の一葉論「「にごりえ」論のために」でも、視野に入れて論じている。問題は、その草稿の読み方である。結局、「定稿」とか「決定稿」とかいわれる、発表された作品の解釈を補強するように読んでいた傾向が強い。これは、本書のコンセプトである〈複数のテクスト〉から見ると、なんのために草稿を読むのかを曖昧にする。また、実際に草稿の現物を見ていないという弱みもある。限られた範囲（のちに展示され話題になった「にごりえ」の草稿など）で、実際の草稿と『全集』「未定稿」とを比べてみると、加筆・削除のあとは必ずしも全て記載されているわけではないことがわかる。私の一葉論は、一つの「研究成果」に拠っているに過ぎず、かつ従来の「草稿研究」となんら変わらない安易な草稿の用い方といわざるをえない。この「III」章及び、書名のサブタイトルに「樋口一葉と草稿研究」という謙虚（?）な言い方を用いた理由である。こうした不備も含めて、いまは「私の一葉研究」の全てを提出するしかない。今後の大きな課題は、草稿資料のアーカイブ化の問題も含めて、残ったままなのである。

3 〈複数のテクスト〉

現在の私は、本書のI、II章に収めた論文に書いたような方向性のなかで、教育と研究とを行なっている。「I 生成論の探究へ――序に代えて」に並べた三本は、依頼に応じて書いた、いわば「研究展望」である。「生成論について書いてほしい」と、どういうわけかくり返し頼まれ、同じようなことをくり返し執筆したものである。私自身は自分が生成論者などとは到底いえない、と思っている。ただ、自分なりに生成論的研究に関心をもっていることは確かである。読んでもらうとわかるが、フローベールやソシュールの草稿を研究している松澤和宏氏の著書『生成論の探究――テクスト・草稿・エクリチュール』(二〇〇三・六、名古屋大学出版会)から、生成論の理論的な側面を多く学んでいる。そこには共感する点も多々ある。しかし、この書を読んでも、必ずしも、生成論の有効性や結論めいたものが見えてくるわけではない。その著のタイトルに明示されているように、依然として「探究」していく研究手法なのである。ただ、文学研究者が、これから踏み込んでいくべき領域の一つであることは間違いないだろう。

現在、活字印刷文化の技術的変容すなわち出版の世界で電子テクスト化が進むなかで、近代的草稿(清書原稿・下書き原稿・創作メモなど)は歴史的なものへとなりつつある。出版社へ手渡されていた、モノとしての、作家の原稿(手稿)は、限りなく稀少になっている。いまやキーボードで入力され、メールでファイルが送付される時代となった。くり返し書き直された軌跡は、意識的に「保存」を継続しない限り残らない(フランスには、そうしたソフトが販売されていることも耳にしたが)。著者が紙にペンとインクで書き、出版元へ手渡し、活版所で植字工が活字をひろって組みあげ、紙型・版下を造り印刷・製本へという、近代の印刷文化は、その出発のところから、もはや終焉を迎えようとしている。そういう時代のなかで、偶然にあるいは必然的に残された、近代作家の草稿が、今、新たなまなざしによって、文学研究のためのテクストとしてよみがえってきたのである。草稿には、削除・加筆という創作のプロセスがなまなましく顕現している。それらをも、テクストとして読んでいくことによって、私たちに何がもたらされるのか。この点を考えてみたいと思っている。

小説の書き手である作家といえども、筆を擱いた瞬間から、書かれたことばの前には、一人の読者とならざるをえない。この当たり前の事実を踏まえた時、私たち読者が、草稿を読むことによって、テクスト生成の現場に降り立つことは、逆にまた作家の創作のプロセスやそこでのできごとを追体験し、新たな読者として文学テクストに関与しうることを可能にする。これまでの「読者」が、作り変えられるのだ。複数のテクストを読むことによって、一人の作家の膨大な〈書くこと〉の営みを対象化できるのではないか。そこから、ダイナミックな読みや、新たな解釈がもたらされるやも知れない。今の私は、そんなことを生成論に期待している。

書名や、「II」章のタイトルに使った、「複数のテクスト」ということばは、先述の松澤氏が訳したクロード・デュッシェ「未完に関する未完の覚え書」(目次には、クロード・ドゥシェ「未完についての未完のノート」となっている。季刊『文学』一九九三秋 第4巻第4号)のなかに出てくることばである。論文末の「訳者付記」には、デュッシェは「近年は生成論の立場から「テクスト」や「完結」をめぐる近代的イデオロギーの問題と取り組んでいる」とある。この論文でも、生成論者のなかで懸案となっていた、草稿とテクストとの関係をめぐる問題について、その把握の仕方の歴史的経緯を検証しつつ、草稿を「前テクスト」とする、流布する概念(観念)に疑問をつきつける。「完結」という概念を問い直すことによって、草稿それ自体を「テクスト」とする理論的展開を見せている。それは逆に「テクスト」を草稿として研究することをも可能にする。

要はまさに書く行為の今ここで複数のテクストが競合しているという点にあり、単に草稿――テクストの全体からその後支配的となるものの軌跡を看取することなのではない。私が読んでいるこのテクストには現前していない複数のテクストの刻印があるのだ。それはテクストのなかで未完化の働きとして滞留しているものの刻印なのである。

デュッシェは、別の箇所で「草稿には複数の潜在的テクストが同時的に現前している」ともいうが、確かに理論的にはその通りであろう。しかし、その「テクスト」を発見していくのは他ならない読者なのである。生成論がテクスト論を通過したのちに生まれた研究であることがよくわかる。一九八五年に発表されたこの論文以後の、フランス生成論の研究状況を、私自身がしかと把握しているわけではない。日本では、つねに十〜二十年遅れで西欧で生まれた理論が受容されていくのが常であった。それでも、この論文が邦訳された段階においても、「生成論」が理論的にも試行錯誤されていたことが窺える（理論とは本来そうしたものであるが）。「生成論」をフランス生まれの既成の研究理論などと、固定的に捉えること自体に私は不毛性を覚える。文学研究者誰もが考えうる問題がそこには確実に横たわっているのだ。そんなことを考えながら、生成論的研究を模索したのが、この「II」に収めた論文である。作品論を書くのとは異なり、その数倍のエネルギーを要したことを告白しておく。本書では、情けないことに、この部分の論文数が足りない理由である。書きたいことはいくつもあるのに、私の力量では、物理的にかつ身体的に許されなかったのである。

4 「流通する本文」再考——文学研究の基本

〈複数のテクスト〉というコンセプトは、草稿を読むためにだけ有効に働くものではないだろう。もうかれこれ十年間ほど、大学の授業で、三、四年次生対象の「研究」科目として「「流通する本文」再考I」「同II」と題する講義を行なっている。「同II」は「未完の小説を考える」というものである。両講義のコンセプトは、「複数の本《テク》文《スト》」である。一つの文学作品の本文をめぐって書誌学的考察を行なうと、活字化されて読者に手渡された本文だけが唯一絶対のものではないことに誰もが気がつく。どの文学テクストを見ても、複数のテクストが視野に入ってくる。まず、こうした〈事実〉に気づくことが重要だろう。私たちを呪縛する活字信仰という近代的イデオロギーに気づき、そこから解き放たれたいのである。

草稿を初め、掲載後の改稿まで、あるいは違う形態での出版などなど、個々の作品によって事情は異なるものの、全てのといってよいくらい、近現代の文学テクストは流通出版という経緯のなかで、さまざまな問題を孕んでいく。作家の手入れや、時をおいての改稿による変更はもとよりのこと、言論統制・検閲という時代のなかでの伏せ字や発禁の問題、編集者の意向等々、数えきれない要因が内的に外的に働いているのである。後の、教科書掲載時の問題なども視野に入れると、文学テクストが、長いスパンのなかで、どのように読者に提供され流通され続けていったのかをめぐって、気が遠くなるような多くの、歴史や問題が横たわっていることがわかる。これら全てを「複数のテクスト」と考え、それらが点滅するさまを、読者として眺めてみようとする試みを、研究と教育とにまたがってこの間行なってきた。

この授業で、どのような作品をとりあげてきたかの一端を、今年度（二〇〇九年度）のシラバスで示しておこう。毎年、学生の反応を見ながら、扱う作品を替えている。なお、この授業では、一セメスターで、二回レポートを書いてもらっている。「調べて書くレポート」と「考えて書くレポート」とである。開講時にまず「調べて書くレポート」の課題をわたすと、受講生が逃げていく。今年は五名が履修を取り消した。学生の間では、「たいへんな授業」といわれているという。確かに、「卒業研究」を抱えている四年次生の受講が少ない。それでも、提出された学生のレポートを見ると、この授業を続けたくなるのである。実によく調べてくる学生が、毎年何人も出てくるのだ。授業（実際のシラバス）は十五回で組まれているが、ここにはその概要のみ記しておく。

春学期

ガイダンス：芥川龍之介「蜘蛛の糸」を例にして（何を調べ、何を考えるのか）

「蜘蛛の糸」本文の変遷と流通と

新美南吉――「ごん狐」と「権狐」と

井伏鱒二「山椒魚」複数の本文

樋口一葉・二つの「たけくらべ」――初出本文と再掲載本文と

秋学期（「未完」の小説）

ガイダンス：樋口一葉「うらむらさき」の中絶をめぐって

芥川龍之介――初出『帝国文学』掲載本文で読む「羅生門」

宮沢賢治――四つのヴァージョンで読む「銀河鉄道の夜」

川端康成――「雪国」の改稿をめぐって

「未完」の小説」の選択の仕方には、異論もあるかとも思う。が、私から見ると、小説は、「永久の未完成これ完成である」（宮沢賢治「農民芸術概論綱要」にでてくることば）という要素を本来抱えた読みものである。そして、実のところ「完成／未完成」を決めるのは読者である。そんなところから、こんなラインナップにしている。「羅生門」はまさに永遠の循環構造のなかにある、「未完成」の小説だと思う。

「考えて書くレポート」は、講義したなかから具体的な課題を出して書かせているのだが、「調べて書くレポート」の方は、学期初めに課題をわたし、時間をかけて調べてもらう。調べる項目は以下のようなものである。調査対象とする作品は、調べやすいと思われるものをいくつか例として挙げている。けれども、本学の学生は自由に、好きな作品を選択してくるのである。「卒業研究」と同じ作品を選ぶ学生も多い。なるべく、研究が進んでいる作家（つまり「全集」が完備している作家）を奨めるようにはしている。個人全集など、これまで手にしたこともなかった学生がほとんどで、なかには「先生、全集にはなんでも書いてあるんだね」と驚きを洩らした者もいた。

調査すること

①初出について
②単行本所収について（初版・再版・全集収録など、その後の流通の仕方について）
③現在入手できる文庫本はあるか（出版社・刊行年月日・何刷か）
④草稿は残存しているのか（構想メモ・清書原稿・改稿原稿など）
　現在の所在場所・保管所蔵機関はどこか。それら資料の出版（複製版など）はなされているか。
⑤本文の変化・変遷について（大雑把でよいから、調べてまとめる）
⑥当該の作品についての、本課題についての先行論文はあるのか。（参考文献調査）
⑦調査を終えての所感

注意事項として、どの項目も何で調べたかを丁寧に明記するように伝えている。あとで追認ができなければ、せっかく調べても水泡に帰することになる。インターネットは大いに使ってよいとしている。わからない時は、「ここまで調べたがわからなかった」でよいとも。学生にとって、草稿の所在調べが最もたいへんなようである。だが、嬉しいことに、私が知らない情報を見つけてくる者もしばしばである。各地にある作家の文学館などに直接問い合わせたり、附属図書館やその他の公的機関のレファレンスに訊いたり、かなり必死になって調べてくる。「調査を終えての所感」には、お世話になった司書の方の個人名をあげてお礼を述べる学生もいたりする。一昨年（二〇〇七）の十二月だったか、芥川龍之介「邪宗門」（未完）の原稿二十二枚が発見された時には、新聞に大きく記事が載り、調査中であった学生を興奮させた。

この調査は、当初はグループで調べても可としたのだが、学生たちが個人個人にしてくれと要望してきた。最近の学生は、共同作業が苦手なのだろうか。二つのレポートの配点も、今では五十パーセントずつとなった。はじめた頃よりも、「調べて書く」ことの比重が大きくなったのである。こうした調査は、文学研究の基本で、対象によっては改めて調べるまでもなく全集の解題などにほとんど書いてある。しかし、学生たちにとっては、新鮮な体験になっているようである。早くから始めて、何度も質問にくる者もいれば、提出日ぎりぎりまで手もつけない者もいる。両者の距離は当然ながら大きくひらくことになる。授業でやったことを土台に、「卒業研究」で続きを行なう学生がでてくると嬉しくなる。中山いづみ氏「「銀河鉄道の夜」異本研究――文庫本本文と翻案作品を中心に」(『相模国文』第36号　平21・3)は、そんな過程で書かれた論文である。賢治生前未発表の「銀河鉄道の夜」本文が、一般読者向けの書物でどういうかたちで作られ流通しているのか、誰もが気になるところだろう。それを丹念に調査したものである。手にしやすい文庫本が、意外にも、『校本宮沢賢治全集』(昭49、筑摩書房)が刊行された後も、長く「四次稿」「後期形」と呼ばれる本文が採用されていなかった、という事実もわかった。現在も相変らず「三次稿」「四次稿」「折衷本文」など混在しており、また、さまざまに翻案されて流通している、とのことである。

「II」に収めた拙論「注釈としての〈削除〉――「山椒魚」本文の生成について」は、この授業を行なうなかから生まれた論文である。井伏が亡くなったのは記憶に新しい。もとより「五十年」は経っていないため、著作権の問題があり、国会図書館などで「山椒魚」全文のコピーが許可されず、何度かに分けてコピーしては、本文の照合を行なった。正直、この「複数のテクスト」は、問題が大きくなる一方で、収拾がつかないといったところである。それでも、はじめるとのめり込んで行ってしまうのが、怖い。付け加えると、実は、この章に、もう一本、十枚ほどの短文を入れたかったのである。「「児童文学」としての「坊っちゃん」」である。昨年の夏(二〇〇八)入稿したのだが、いまだに(この文章を執筆している時点では)初校もでない状態で収録を諦めた。同様のコンセプトで、漱石「坊っちゃん」が「児童文学」としてどのように流通しているかを調べたものである。ここに並べた二本の一葉論は、まさに私のライフワークである。「たけくらべ」と「雛鶏（雞《ママ》）」との関係をこの先さらに追究していきたい。

5　「語りのレトリック」を読むとは

最後の「Ⅳ「語りのレトリック」を読む——文学研究のアイデンティティ」は、前著で述べたことの延長線上にある、いわば作品分析実践編である。文学研究のアイデンティティは、一人の読者として文学テクストを全的に読もうとするところにある。少なくとも、私は、そう考えている。したがって、「テクスト論」が定着して以降、読みを始めるための、入口探しこそが大切であるとして、論文でも授業でも語ってきた。その入口は、小説の〈かたち〉すなわち「語りのレトリック」を発見するところにあると思っている。この入口から、小説世界へ入っていくことによって〈誤読〉の道に踏み迷うことは少なくなり、確かな想像力を働かせることができると考えている。小説の読みに〈正解〉も〈一義〉もない。しかし、〈誤読〉は確実にある。つねに学生にいっていることばである。そして、小説世界（ことばによって仕組まれた世界）を全的に読まない限り、生成論的研究すなわち「複数のテクスト」を読むことも、有効性は発揮できないのである。

余談になるが、私は、今年度（二〇〇九年度）から、新カリキュラムの科目「小説教材特講」を担当し、中学・高校の教科書の問題を考えるようになった。これも「複数のテクスト」を考えることにつながるわけで、いまのところ結構楽しんで講義している。そのなかから、この〈誤読〉に関わる一例を挙げてみよう。漱石「こころ」である。大抵の教科書は、「下　先生と遺書」のなかのKの自殺について、先生が語っていく部分を採っている。ここで例に挙げる、第一学習社『高等学校改訂版 標準 現代文』（二〇〇九・二）も同様である。「本文」の前には、解説があり、「省略部分のあらすじ」と、「こころ」が先生と青年「私」と、二人の「手記」であることなどが、縷々述べられている（正確には、青年が「回想的に語る形式の小説」とか「「先生」が綴った手紙」とかいう表現をしている）。そして、「本文」の後の「学習」には、次のような問いが出されている。

三「K」について、次のことを考えてみよう。

1　夜中の奇怪な行動について。

2　奥さんから、「お嬢さん」の結婚を聞いたときの心理について。

3　自殺とその原因について。

4　遺書の中で、「お嬢さん」のことには触れなかったことについて。

ここを見た時、私は思わず笑ってしまった。どれもこれも答えられない問いだから。Kを三人称小説のなかの作中人物の一人として実体化してしまっているのである。小説の「語りのレトリック」とは、無縁のところで発せられた問いだから。これを「誤読」と言わないでなんと言うのだろう。生徒に自分の体験にでも照らして、Kになって考えてみろとでもいうのだろうか。

これらの問いに答えが出せるくらいなら、「先生」は遺書など書かなかったであろう。「先生」ですら、その人生をかけて、考え続けたことである。「Kはなぜ自殺してしまったのだろう」と、考え考えしていたのが「先生」の日常だろう。そして、とりあえず自分で出した「今」現在の答えを、青年「私」に語るために、自らの生を終わらせることにして、筆を執ったのである。もし、この先も「先生」が生き続けるならば、違う答えを発見したかも知れないのだ。この教科書で、私がもっと驚いたのは、編集者のなかに、「こころ」は「手記」だと早くから論じた漱石研究者が名を連ねているのを発見した時である。こんな、「誤読」に基づく「問い」を発していることに、無頓着でいられることが信じられなかった。文学研究の成果は、中・高の国語教育になんら反映されないのか、と呆然としてしまった。教科書のなかの小説本文は、これまで国語教育とは無縁のところにいた私の眼には、不思議なことばかり現象しているものと、映る。なにしろ、その小説が、何時、何に発表されたものかという情報がいっさい書かれていないのだ。これは不思議というより、不可解であった。教員が口頭で説明することなのだろうか。しかし、指導書などを読むと、その疑問はもっと大きく膨らんでくる。

だいぶ横道にそれてしまった。話をもとに戻そう。本書の最後「Ⅳ」においた論文は、前著同様、こうした〈読み〉のコンセプトを実践したものである。三本とも、依頼されて書いた論文であるが、本書へ収録することを多少意識して書いたものである。

出版作業のたいへんさから、これを最後の論文集にしようと思って始めたのだが、こうして編集してみると、足りないことばかりである。定年を迎えたのちに、第三の論文集が出せたら嬉しい。その頃、出版界はどうなっているのだろう。

I

生成論の探究へ——序にかえて

草稿・テクスト、生成論の可能性

1　テクスト論／生成論

石原千秋氏は、『図書新聞』（平15・12・27付）による「'03年下半期読書アンケート」に応えて、「収穫」三冊のうちの一冊に松澤和宏氏『生成論の探究――テクスト・草稿・エクリチュール』（二〇〇三・六、名古屋大学出版会）を挙げ、「「生成論」とは草稿研究のことである。いまだにテクスト論を採用している僕とは立場をまったく異にする」が、と断りつつ、「「文学」に関わる一つの方法として、こういう感性と技術とがもっと鍛えられていいと考えるので、収穫として挙げておく」とひとまず評価していく。短文のなかでの表現なので、揚げ足をとるようなことは慎みたいのだが、生成論への一般的理解を端的に示す例として失礼を顧みず引用させてもらった。なぜなら、ここに引用した言葉に限っても、生成論を考えていく上で首をかしげたくなるような問題が、二点ほどあるからである。

まず一点は、「「生成論」とは草稿研究のこと」という紋切り型の理解の仕方である[*1]。確かに生成論は草稿というマテリアルを新たな研究対象として招き寄せた。しかし、ただ草稿を使えば生成論だという視線を短絡的に向けているならば、それは違うとはっきり言いたいのだ。そのことは、二点目に指摘したい、石原氏の誤解（?）があるからこそ、余計ここでは強調しておきたい。それは、「いまだにテクスト論を採用している僕とは立場をまったく異にする」という石原氏の自己認識と、生成論へのスタンスの取り方にある。氏の自己意識はともかく、そもそも生成論とは、テクスト論を通過した後に生まれたものではないだろうか。バルトやクリステヴァのいわゆる「テクスト」概念を踏まえ、テクスト論的読みの実践の上に成り立つ批評理論なのである。いやテクストの理論が生成論へと文学研究者を導いたといっても過言ではない。この点を取り違えるべきではないだろう。

石原氏は別の場所で「逃げ遅れたテクスト論者」[*2]という同様の自己認識を語っている。「いまだにテクスト論」とか「逃げ遅れた」という自嘲的で、かつ自己顕示的な言葉が、かっての一過性の流行現象としてあった「テクスト論」を揶揄しているのか、容認しているのかは不明である。また、石原氏の標榜する「テクスト論」の中身も不明である。しかし、この国特有の近代主義によって、新知識として受容されながら、やがて風化し忘れ去られた時勢遅れのものとしてテクスト論を捉えるならば、それもまた違うと言わざるをえない。日本近代文学研究におけるテクスト論は、結局皮相的にしか実現されなかったかも知れない。しかし、テクスト論のいや構造主義的転回のもたらしたものは、文学研究に限らず今やあらゆる領域で「常識」と化しているのではないか。「立場をまったく異にする」どころか、石原氏と生成論者の基本的思考基盤は、石原氏がいわゆるテクスト論者を標榜する限りにおいて、共通するはずである。草稿には手を出さないという石原氏の禁欲的な立場[*3]は自由なのだが、たとえ活字化されたものだろうと、それ以外だろうと「テクスト」として捉え、絶対化しないという生成論のもっとも基本的な立場は、他ならない「テクストの理論」に負っているのではないだろうか。

先走って概括するならば、生成論とは、これまでの文学研究自体を総合的に捉えかえす理論であり、さまざまな観点や手法を引き寄せる、複合的な文学研究の場なのである。

2 「生成論」の探究へ

生成論を知るための文献はいくつかあるが、石原氏も推薦する松澤氏の近著『生成論の探究』は、生成論発祥の地パリで、フローベールの草稿研究を実地に学んできた学者の著書だけに、その啓蒙の言葉もきわめて明晰でわかりやすいものである。また、研究の渦中にいたゆえに、理論構築における葛藤や迷いがそのまま抱えられており、それが日本近代文学にも言及しつつ問題提起的に語られることによって、ダイナミックな思考のプロセス自体が窺える書となっている。その意味では、フランス生成論の理論を、私たち近代文学研究者も、グローバルな理論として、直接的に共有することができるのである。これまでのような、理論的啓蒙を翻訳文献から隔靴掻痒なかたちで得てきた時とは、異なるかたちで啓発を受けるはずである。

しかし、この書の「生成論の探究」というタイトルそれ自体がよく示すように、生成論というものが、既に自明のものとして存在し、それを援用しさえすれば新たな文学研究の地平を切り拓いていける、というわけでは決してないことも、まず確認する必要がある。理論的啓蒙はともかく、まさにこれから「探究」すべき文学研究の方法として、生成論はあるのである。そして、テクスト論以後の文学批評の場で、なぜ生成論が一定の有効性を発揮していくのかを、私たちは自身の問題として、同時に考えて見る必要がある。

松澤氏の書を通読すると、第Ⅰ部及び第Ⅲ部の、明晰な理論や草稿をめぐる歴史的考察を展開した部分に比して、「生成論的読解の試み」と称しての実践編ともいうべき部分（第Ⅱ部）は、専門の『ボヴァリー夫人』論や『感情教育』論はさておいても、日本の近代小説の分析に関する限り、必ずしも生成論の有効性が直接伝わってくるわけではないことがわかる。部分的に草稿を介在させたことによって、新たな解釈や、小説の新しい「読み」が、たちまちにして発揮されたとは必ずしもいえない。生成論が、「読み」において即効性を発揮するという手法ではないことがよくわかるはずである。むしろ、松澤氏の精緻な各論を読んで思うことは、草稿を介在させるか否か以前のところで、ただ地道にテクストに向き合い読解を試みる以外、文学研究の王道はないと、教えられるばかりである。ここで求められるのは、他でもない新たな地点に立って以後の「読み」の、「作品分析技術」の、確立であろう。

生成論を実践する上において、実のところ、テクスト論以後の文学テクストの「読み」の手法をもっと考えることが急務のように思う。なぜなら、作品評価をする上での、作品分析の方法の洗練こそが、生成論を進める上において求められてくるのだから。草稿をも含めて、折々の「本文」を「テクスト」として捉えることが生成論ならば、その複数性のなかでの差異（価値判断）こそが問題になるのであり、「生成論の探究」のために必要なことの要件の一つは、文学テクストの分析方法・分析技術の擁立にあるといえよう。

そして、「生成論の探究」のためにもう一つ必要なことは、近代的草稿というオブジェがこの日本社会において、いかなる意味を持つのかを考えることであり、また同時に、そのための場として、「生成論の探究」が意味をもってくるという点である。それは生成論の実践を可能たらしめるインフラの整備のためにも必要なのである。生成論が、活字化された本文のみならず、草稿をも「テクスト」として批評対象にしていく学問ならば、その資料の扱いをめぐっては、個人的な営為として行なっていくには自ずと限界があり、いずれ公的な機関が一つの文化的事業として資料の収集・保存・閲覧を、現実のものにしていく必要がある。その時、日本の近代文学が、日本の文化総体のなかで果たした役割や意義を説明していく責任が、近代文学研究者にはあるのではないか。ここにおいては、生成論に限らず、これまでの研究の蓄積自体が問われてくるのであろう。近年、盛んになってきた文化研究の営為もここに結集することになる。

確かに、フランスにおける生成論発生の経緯や背景を考えると、国立図書館によって大量のモノとしての草稿の収集が行なわれ、国家的な取り組みのなかで近代的草稿の研究が推し進められて行ったことなど、わが国との歴然たる差異を認めないわけにはいかない。大規模なプロジェクトが組まれ、「生成批評版」のテキストが次々に公刊され、加筆削除の跡が一目瞭然わかるようなかたちで流通している、という。誰もが、作家の草稿を研究対象とすることを可能にするかのような、ある意味で環境が整備されたフランスの草稿研究の現状と、日本の現状との落差は大きい。わが国では、日本近代文学館をはじめとするいくつかの文学館、あるいは日本全国にある作家個人を記念する文学館や、大学の図書館などに散発的に部分的に所蔵され、必ずしも研究資料として誰もがいつでも自由に閲覧できるわけではない。日本の場合、近代的草稿は個人の研究課題に即して、こまめに収集することを要請される研究状況のなかにある。生成論を実際に実践する上でのハードルとなっているかも知れない。しかし、生成論の理論と実践と、両輪が動き出しその必然を促すならば、この日本においても本格的文学研究が初めて開花するやも知れないし、近代的草稿の研究機関の整備も夢ではないかも知れない。ましてや、写本文化の伝統をもつ日本においてこそ、生成論は意味をもってくるのではないか、と期待したくなる。いずれにしろ、目下の課題は、「生成論の探究」にこそある。

3 活字印刷文化を問う――「生成論」の有効性

さて、ここまで自明のように語ってきた「生成論」について、もう少し具体的に触れる必要があるだろう。私が生成論に着目する点は、まず第一に、これまで営々とその隆盛を誇ってきた活字印刷文化それ自体を、歴史的に問うものとしてある、ということにある。生成論が、草稿という古くて新しいマテリアルを文学研究に呼び寄せたことの意味もここにあるといえよう。生成論者が「なぜ草稿を読むのか」という一般的問いに答える、もっとも大きな理由もここにあるし、逆に「生成論とは草稿研究のこと」という単純な理解を拒む理由もここにある。要するに、活字印刷文化は活字印刷物によってのみ成立したわけではなく、その陰に大量の草稿を生み出していたという事実を、歴史的パースペクティブのなかで再発見していくことが、生成論の眼目なのである。

電子テクストへと切り替わりつつある現代の出版状況ならばいざ知らず、活版技術が発明され「グーテンベルクの銀河系」が拡大して以降、現代に至るまで、本文が活字化される以前には、必ず「原稿」という手で書いたものが存在した。書き手は、出版社に手書きの原稿を渡すという行為を、まず行なっていたのである。書き手自身が書いたものとは限らず、たとえ口述筆記であれ、手書きの原稿をもとに活字が組まれるという工程を否定することはできない。そして、この原稿は、一旦活字化され印刷・製本・流布という流れが構成されるや否や、概ね、あたかも不用のものと化して闇に葬られてきた。ましてや、下書きや書き損じのメモなどはいうに及ばず、即時、紙反故となったのがほとんどか。既に名声を獲得した作家の原稿の場合は、違った意味の価値を放つ物にやがて変貌し、貴重な宝として、コレクターの秘蔵品となるのである。そして、一方で活字化され印刷流布された本文のみが、「完成品」として、脚光を浴びることになる。

思えば、清書原稿に限らず、創作メモや断片・繰り返し改稿された草稿・校正段階の手入れ等々、一つの作品本文が活字印刷される過程には、さまざまなかたちの「草稿」が発生したはずである。しかし、私たちは、いわば巨大な氷山の一角としての、世に流通する活字化された本文に対してのみ、余りにも過大なまなざしを向けてきたのではないだろうか。今や、その氷山の総体に向き合いたいところである。そして、幸運なことにこうした近代的草稿の類いは、日本近代の作家においてもかなり残存している例は多い。一葉の「数千枚」[*4]といわれる草稿は、妹の邦子が、書くことに苦しむ姉の姿を側で見ていて、断簡零墨も捨てるに忍びなく保管したものである。賢治もしかり、芥川も、太宰もしかりである。作家の近親者は、書くことに魂をささげた者の秘儀を、傍らで垣間見続けていたのではないか。また、わが国が書道の国ゆえか、複製・出版された近代小説の自筆原稿もかなりの数にのぼる。歴史的時間の経過のなかで、これらにようやく研究の光が当てられようとしている。

いや、実証的な草稿研究は昔からあったという声は、すぐに上がるだろう。しかし、その草稿の使われ方は、活字化された作品の「一義」を解明するための補助資料としての役割を果たすものではなかっただろうか。新たな視線を獲得した今、草稿が「完成」した作品に奉仕するものとしてあると考えること自体、一つの歴史的な捉え方でしかなかったことがわかる。個々の草稿テクストを、「完成」稿を基準に、一方向の生成過程として読むのか、さまざまに乱反射するマグマとして読むのか、その判断も個々の読者にゆだねられるはずである。少なくとも、活字信奉という活版文化それ自体のかたちづくった観念のなかで、草稿が長らく不問に付されてきたという事実は、改めて確認してみる必要があるのではないか。前掲書で松澤氏は次のように言う。

手書きの草稿と活字テクストとの差異の歴史的発生という出来事のもつ意味は限りなく重い。（中略）不当に貶められてきた草稿の復権を唱え、文学研究の対象のリストに新たに付け加えようとするだけでは、おそらく十分ではない。肝要な点は、作品本文と草稿という二項対立がいかに「文学」という近代的イデオロギーを支えてきたかを具体的に検証することであろう。（同書第Ⅰ部・第1章「闇のなかの祝祭」13〜14頁）

「作者」による「作品」の「完成」は、活字化され流布することで完結するという観念は、私たちの通念となって根強く呪縛してこなかったであろうか。まさにイデオロギーとして支配していたことの重さを痛感するのである。そのことへの検証を、生成論は確実に促してくれる。その時「作者」「作品」「本文」「文学史」「読者」等々、「文学」をめぐるこれまでのさまざまな概念が、いや「文学」という概念それ自体が再審に付されてくるはずである。
そしてもう一つ。新たなまなざしによって再発見された草稿は、「書く」という行為それ自体を俎上に載せることとなる。生々しい削除加筆の跡が、肉感的に臨場する紙面は、書くという行為そのものを考究する貴重な資料となって蘇るのである。書いては読み、読んでは書くという推敲の過程そのものが分析の対象となる。そして、ひとたび構築された言葉の連なりの前には、たとえ書き手であっても一人の読み手に変貌するしかないという、厳然たる事実を前にして、改稿という営為も捉え返されてくる。いわば、読者もまた書き手（作者）と同じ体験を重ねることになるのだ。片々たる草稿をたどり、さまざまなヴァリアントを読み、そこに現前する複数の「テクスト」に遭遇していくことは、まさに書き手の書く行為を新たにしていく過程であろう。この思考の営みを追体験するという、「書く」ことをめぐっての考究は、まったく新しい研究対象として、私たちに迫ってくるのではないだろうか。生成論の可能性は、いまだ計り知れないところがある。

草稿を狭隘な作者の意図なるものに従属させることで、それが誘発する驚きを処理してしまうのではなく、漆黒の闇の底に素手で降り立ち、そこに息づく言葉の生成の劇が、もうひとつの歴史にほかならないことを触知することが、ここで問われている。筆を執った作家は、この近代的草稿の誕生の劇を、紙の上でその都度一回限りの未完了の出来事として限りなく反復することになる。（前掲書「闇のなかの祝祭」21頁）

4　レッスン・「ごん狐」二つの本文

ここまで、考えてきたところで、生成論がまさにこれからの学問であり、さまざまな観点を招き寄せる複合的文学研究であることが、少しは窺えたのではないか。その実践はさまざまな切り口から可能であると思う。授業においても、生成論探究のための応用はできるだろう。ここでは、私なりの実践に過ぎないものだが、「レッスン」と題する本誌（平成16・5月『国文学』特集：レッスン・複合領域の文化研究）の特集に合わせ、簡単に触れてみたい。

私は、ここ数年、〈複数のテクスト〉というコンセプトで、流通する本文の是非を問う授業を行なっている。生成論的思考のなかで、活字化された本文をも疑うのは、基本的なことであるから。今のところ、樋口一葉「たけくらべ」・森鷗外「舞姫」・芥川龍之介「羅生門」・宮沢賢治「銀河鉄道の夜」などを教材に使っているが、この課題は、出版されたあらゆる近代小説が抱えている問題であろう。研究の基盤となる本文への書誌学的関心をまず、呼び覚ましたい思いから開始した。

学生たちは、これらカノンともいうべき近代小説の本文が、折々の改稿や、編集・印刷工程を経るなかで複数存在すること自体に、意外性を覚えるという。唯一絶対の本文が提供されているかのように錯覚していたと、異口同音に告白する。もっとも、全集本すら手に取らず、文庫本以外で読むことの稀な、現代の学生にとって、いかなる作品も所与のものとして受けとめているに過ぎないのが実態であり、こうした反応は、当り前と言えば当り前なのだが。しかし、個々の作品本文が活字化され流通していく経緯や歴史を学ぶことにより、そこにさまざまな「物語」があったり、力学が働いたりすることには、多く興味を促されるのが通例である。広い意味でのメディア・リテラシーへと通じていくだろう。そして、複数のテクスト間の差異の検証となると、学生たちの評価の仕方はさまざまで、集約など到底難しいことになる。が、自説を持つというそのプロセスが大事だと、私は考えている。今や、そこに作品があるから研究ができるという時代ではないだろう。なぜ、その作品を研究するのかというモチベーションを明確にする必要があるのだ。一人ひとりの批評精神の発揮が求められる。

もう少し具体的に語るために、レッスンとして、ここでは新美南吉「ごん狐」本文を例にしてみたい。学生にとっても、興味深い問題のようである。この作品が世に出たのは、弱冠十八歳の南吉が『赤い鳥』(復刊第三巻第一号昭7・1)に投稿したことを契機とする。掲載するにあたって、主宰者の鈴木三重吉の手入れがあったことは、ほぼ定説で、周知の事実となっている。しかし、その時の原稿がない以上、三重吉がどこにどのように手を入れたのか、今となっては確かめることは難しい(類推はある程度可能だと思うが)。芥川龍之介「蜘蛛の糸」にも、同様な三重吉の手入れがあった。が、こちらは原稿が残っていたために、今日流布する「蜘蛛の糸」は、初出『赤い

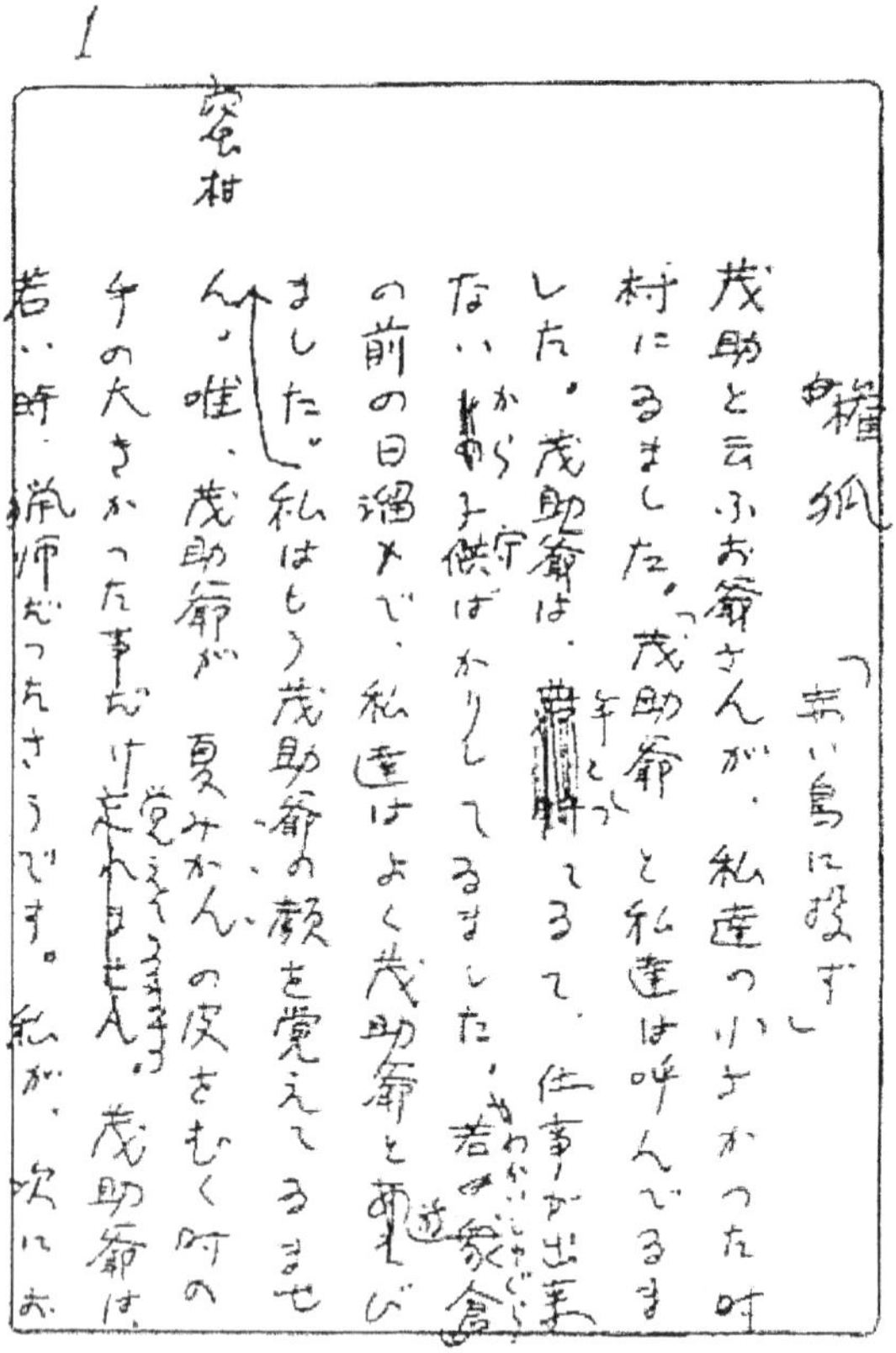
1
権狐　「赤い鳥に投ず」
茂助と云ふお爺さんが、私達の小さかつた時、村にゐました。「茂助爺」と私達は呼んでゐました。茂助爺は、年とつてゐて、仕事が出来ないから子守ばかりしてゐました。若い衆倉の前の日溜で、私達はよく茂助爺とあそびました。私はもう茂助爺の顔を覚えてゐません。唯、茂助爺が、夏みかんの皮をむく時の手の大きかつた事だけ覚えてゐます。茂助爺は、若い時、猟師だつたさうです。私が、次にお

新美南吉自筆草稿「権狐」画像より

鳥』掲載本文ではなく、元の原稿通りになっている。さて、「ごん狐」の方はというと、『赤い鳥』掲載本文のままである。掲載後、童話集作成の企画が南吉の生前に起こった。しかし、結局刊行に至らないうちに南吉が病没し、後を巽聖歌や与田準一に託すことになった。企画が進行していた最中の死であり、南吉自身が『赤い鳥』本文を容認していたこともあって、第三童話集『花のき村と盗人たち』(昭18・9、帝国教育会出版部)に収められた「ごん狐」は、『赤い鳥』掲載本文である。以後、流布する「ごん狐」は概ね、この本文を底本にしている。現在使われている、小学校四年の国語教科書の本文もこれである。

しかし、「権狐」という、南吉が「スパルタノート」に書き記したもう一つの本文があることは、学生はもとより、一般の人にも意外に知られていない。今は、南吉の自筆原稿の画像をインターネット上で見ることができるし、影印版も刊行されている(画像参照)。加筆・削除の跡も生々しく、十代の南吉の筆運びそのままに、もう一つの本

文が読めるのである。この二つの本文は、かなり違う。別の作品といってもよいくらいに違う、と私は思う。この二つの本文を前に、「レッスン」は始まるのである。その時、自筆草稿「権狐」は、重要な資料となる。執筆時期の問題、書き癖、用語、加筆・削除の仕方など、さまざまな情報を与えてくれる。

学生たちは、少なからず、自筆草稿「権狐」の方が良いと判断する。確かに、「ごん」の「つぐない物語」に改変され、その結果ある意味で濁りを持ってしまった『赤い鳥』本文よりも、物語の統一性や語りの一貫性は遥かに上であるといえる。「権狐」がもっと世に出ることを願うと、多くの学生がいう。しかし、こうした判断は、細部を比較するだけではなく、まず一つ一つの本文を「テクスト」として、徹底した読解を行なわない限り、説得力をもって下せない。実のところ、生成論においても、本文の決定という書誌学的問題においても、最終的な判断は「読み」「解釈」に負うところが大きいことは、これまでのさまざまな事例が立証している。[*5]

詰まる所、文学研究・文学教育において、一番大事なことはなにかといえば、作品分析ができる力を養成することではないだろうか。近年の「研究者共同体」における作品分析の方法は、欧米の物語論に基づく、ディスクール研究すなわち語り論だと思うが、この方法を学ぶことによって、文学研究者は、文学テクストの評価をする一つのものさしを手に入れたと、私は考えている。が、この点については稿を改めて論じなければならない。

注

＊1　石原千秋氏には「「作者」はコードになるのだろうか―松澤和宏『生成論の探究』」(「Inter Communication」No. 47 Winter 2004 平16・1)という書評があることを後に知った。ここでも「「生成論」は「草稿研究」のことで」という同様の理解が示されていた。松澤著への批判は私の関知するところではない。しかし、石原氏の「テクストの読みがその草稿によって引きずられる傾向が強く出すぎる」ということばには、テクスト論者の言うことばか？　と首

をかしげた。草稿もまたテクストなのではないだろうか。

＊2　斎藤美奈子編「脱文学と超文学」『21世紀文学の創造4』（二〇〇二・四、岩波書店）の「ｎｏｔｅ」のなかの発言。

＊3　「奇妙な争点―研究者の立場から」（「特集「石に泳ぐ魚」裁判をめぐって」『文学界』平13・5）のなかで、石原氏は「浮き世の義理で、漱石の草稿について発言したり、書簡を引用したこともあるが、それは私の研究上の汚点でしかない」とし、作家の「プライバシー」に関わるものを使用することへの違和感を表明している。

＊4　『一葉全集』第二巻（昭34・11　七版）「解説」のなかに「普通の場合は、すぐに紙屑籠に棄てられる性質の、数千枚の原稿の書きかけが、樋口家に保存されてゐる」とある。

＊5　こうした事例は数多くあるが、たとえば、「銀河鉄道の夜」の「錯簡問題」について「原稿に接し得られないまま、全集本文の内容の検討だけから」「改訂試案を提出」し、以後の原稿再検討を促した丹慶英五郎氏の仕事（入沢康夫「解説」『宮沢賢治「銀河鉄道の夜」の原稿のすべて』一九九七・三、宮沢賢治記念館）などが思い浮かぶ。また、神津幸穂氏「「羅生門」草稿ノートの性格と執筆順（一）―プレ「羅生門」と改変の推移」（『述論』1　一九九八・一二）は、岩波書店・新版『芥川龍之介全集』の「羅生門」草稿の「執筆の推定順」に対して、徹底した解読によって疑問を突きつけている。

「生成論」の探究へ——これまでの「文学研究」総体を捉えかえす試み

江戸東京博物館常設展示「東京ゆかりの作家たち——東京都近代文学博物館からの移管資料を中心に」（二〇〇四年三月二十三日〜五月九日）に、横光利一「紋章」原稿などとともに展示された、夏目漱石「「明暗」反故草稿」を観て、さまざまなことを考えた。久米正雄旧蔵の四三一枚の「反故草稿」のごく一部が、今回展示された。この草稿は、岩波書店刊の新版『漱石全集』第二十六巻（一九九六・一二）に既に翻刻されており、以前から知る人は多い資料である。しかし、ごく一部であるが初めて現物に触れた私は、それが『全集』に収録されたものとは、全く次元の異なる資料であることを知った。つまり、活字化されたものは、加筆・削除の跡は全く窺えないかたちになっており、「結果」としての草稿「本文」が提示されたに過ぎないものだから。それに比べ、目の前の「反故草稿」は、いかに多くのことを物語っていることか、まずその事実に驚きを覚えざるを得なかった。そして、創作者の、作品を「書く」というプロセスに遭遇していくことは、なんと魅力的な体験なのかと、改めて感じ入ったのである。

一例として、今回展示された「明暗」第「四十七」回（大正五・七・一四付掲載分）の「反故草稿」三葉に見る推敲過程を、順次抜き出してみよう。お延が、夫の手術直後にもかかわらず、叔父夫婦に誘われるまま、芝居見物に来た場面である。「毎日土俵の上《うへ》で顔《かほ》を合《あは》せて相撲を取《と》つてゐるやうな〔彼等〕〈自分達〉の夫婦関係を」→「毎日土俵の上《うへ》で顔《かほ》を合《あは》せて相撲を取つてゐる〔やうな〕〔夫婦関〕やうな夫婦関係といふものが」→「毎日土俵の上《うへ》で顔《かほ》を合《あは》せて相撲を取《と》つてゐるやうな〈自分達《たち》の〉夫婦関係〔といふもの〕を」（引用文中の符号、〔 〕は削除を〈 〉は加筆を示す）となる。初出の『朝日新聞』に掲載された本文は「毎日《まいにち》土俵《どへう》の上《うへ》で顔《かほ》を合《あは》せて相撲《すもう》を取《と》つてゐるやうな夫婦関係《ふうふくわんけい》といふものを」である。語り手は、結婚後半年ほど経たお延が自分達の夫婦関係をどこまで認識するに至っているのか、相当迷っている、ということが、ここから如実に窺えるだろう。語り手だけが把握して、お延自身は、いまだしかと認識していないのか、それとも既に自覚しているのか。あるいは語り手による夫婦に関する一般論の提示なのか、津田・お延夫婦の特殊な事情を語ったものなのか。語り方に揺れが起っていることが、三葉の草稿を眺めるだけで伝わってくる。おそらくこの揺れは、そう簡単に落ち着くものとは思われない。他の「地の文」の改稿の仕方も確認したくなる。

　三人称の本格小説である「明暗」は、読む上で「語り手」の言説分析は重要である。つまり語り手と登場人物の「関係」（語り手が登場人物をどう語っているのか）を読むことが、特に求められてくる。私たち研究者の「解釈共同体」は、「語り手」という分析概念を導入することによって、小説内の言葉として「語り手」を読むようになった。小説世界全体を把握しようとする視線を、小説内の言葉を通して追っていくのだ。この解釈行為を実践するにあたって、書くことの現場を如実に臨場させる草稿は、よりダイナミックな分析を可能にするのではないか。さらに、「書く」行為そのものを考える上で有効に機能するのではないか。こんな予感が働くし、そうしたい願望が生まれてくる。展示された「反故草稿」を眺めながら、こうした今の文学研究への接続を想ったり、いまだ実現されていない「文学研究」の未来へと思いを馳せたのである。その他にも、草稿資料の実際的な活用の仕方や、閲覧・公開方法などにも考えは至り、「反故」に過ぎなかった「草稿」の現在に思いをめぐらしたのである。

　さて、最初から、かなり個人的な興味で、草稿を読むことへの期待などを語ってしまったが、編集委員会から依頼されたのは、「生成論について」語ってほしい、ということであった。生成論（生成批評・ジェネティック）とは、発祥の地フランスでは、一九七〇年代に、つまり「テクスト」の理論が起って以降に導き出された文学批評理論であり、草稿を新たな視線で研究対象に取り込もうとする、いわばアカデミックな文学研究の実践場を指す。日本においては、プルーストの草稿研究者吉田城氏などによって、一九九〇年代初め頃、紹介され始めた。そして、日本近代文学研究の領域においても、近年ようやく注目を集めるようになってきた。たとえば、平成十一年（一九九九）、大妻女子大学が、草稿・テキスト研究所を設立し、その年の十月に設立記念シンポジウムを開催した。[*1]平成十四年（二〇〇二）六月に開催された昭和文学会春季大会ではシンポジウム「作家の草稿」が、翌十五年（二〇〇三）、日本近代文学会の九月例会では「テクスト生成研究の可能性」と題した特集が組まれ、吉田城氏を招いて生成論紹介の講演がなされた。また、学会機関誌『日本近代文学』第69集（平15・10）の特集は「「本文」の生成／「注釈」の力学」であり、生成論的観点に立った論文が数本掲載された。新資料としての各作家の草稿を扱った論文も書かれたり、著書や論文のタイトルに「生成」という言葉もしばしば使われるようになったりと、生成論的研究はゆるやかに広まっているようである。しかし、その論点や実践方法となると、当然のことながらさまざまで、意外に生成論の「理念」は浸透していないのでは、というのが私自身の実感である。多く、草稿を研究しさえすれば生成論、あるいは生成過程の追究が生成論なのだという理解がなされ、なぜそうした研究が今有効になってきたのか、ということ自体は、問われていないのが現状ではないだろうか。残念ながら、先の吉田氏の「紹介」からもそのことは窺えなかった。

私は、別の場所で[*2]「生成論とは草稿研究のこと」という単純な理解を退ける発言を、昨年（二〇〇三）出版された、本格的生成論展開の書である、松澤和宏氏『生成論の探究――テクスト・草稿・エクリチュール』（二〇〇三・六、名古屋大学出版会）を紹介しつつ、行なった。したがって、詳しくは松澤著やそれに譲りたいのだが、なによりもまず確認しておきたい要点は、生成論とはまさにこれから探究すべき学問としてあること、いわば従来の文学研究自体を総合的に捉えかえす理論としてあり、さまざまな観点や手法を招き寄せる、複合的な文学研究の「場」であるということである。なぜ、今、草稿なのか。なぜ生成論が、テクスト論以後の文学批評の場で、一定の有効性を発揮するのか。この問題は、実のところ文学研究者一人ひとりが考えてみる今日的課題なのである。なぜなら、これまでの私たちの文学研究も、二十世紀に黄昏（？）を迎えた活字印刷文化のもたらした活字信奉という観念、他ならない近代的イデオロギーのなかにどっぷり漬かったなかでなされてきた、という事実を前にするからである。二十一世紀に入って本格的なデジタル時代を迎え、活字印刷技術はその中身自体が劇的変化を遂げている。この歴史的なパースペクティブを踏まえ、これまで営々と隆盛をみてきた「活字印刷文化」総体を対象化する時代に、私たちはいよいよ突入してきたのである。近代作家の草稿という、いわば「紙反故」が価値の顛倒ともいうべき、新たな意味をもって蘇ってきたのも、それゆえである。これまでの活字印刷文化は、活字印刷物によってのみ成り立っていたのではなかった。世の中に流通する活字テクストは、いわば巨大な氷山の一角を構成していたに過ぎなかった。この事実をまず確認するところから、生成論批評は始まる。

生成論を、「草稿研究」と単純に理解した時、誰もが眼にすることができるわけではない特殊な資料を扱う研究として、狭い枠組みに押し込んでしまう危険性が生まれるのではないか。確かに、大量に流通することが可能な印刷物に比して、草稿は唯一のものである。たとえ大量に生み出された草稿であっても、個々に即せば一つしかない「モノ」なのである。許された者だけが眼にすることができる資料として、特権的な立場の研究者が扱う資料として、現在多くのこれら草稿資料があることは否めないだろう。だからこそ、生成論の基本的理念や、草稿を研究することの必要を説く理論が考究される必要があるのである。これからの文学研究を考えるためにも。望む者はだれでも草稿資料を使うことが許されるようなシステムを切り拓いて行けるよう、研究者一人ひとりが模索する以外に道はない。

折しも、出版界における、近代作家の草稿の複製版の出版が目に付くようになってきた。漱石の「道草」（二〇〇四・三、二玄社）や「それから」（今のところ「予定」か？　財団法人阪本龍門文庫）の原稿や、芥川龍之介『「蜘蛛の糸」

複製原稿』（二〇〇四・四、神奈川県近代文学館）や、『遠藤周作「沈黙」草稿翻刻』（平16・3、長崎文献社）等々の出版が計画されたり、刊行がなされていたりする。これらは、貴重な資料を「後世に残す」意図と同時に、限定版にせよ普及することによって、研究資料として使われることが意識されているようである。また、泉鏡花に関する「岩波資料」[*3]に見るように、出版工程における作家自身による校正ゲラという、新たな資料の対象化も要請されてきている。こうした資料の出現や、研究上の新たな視線の獲得によって、「文学研究」も大きく転回する時節にさしかかってきたことを実感する。

文学研究、いやあらゆる分野の研究が、個人の趣味や好き嫌い、あるいは「信念」によってのみ、純粋になされるわけではないことは、ここで改めて確認するまでもない常識だろう。自発的な動機によって研究活動に入ったとしても、その活動が時代の「流行」に左右されることはもとより免れない。ものの見方の歴史的な転換に遭遇したり、研究対象・研究手法の開発や変更を余儀なくされたりと、研究者たるもの常にそうした新しい動向に目を向けざるを得ないし、常に時代と切り結んだかたちの研究を志向したいと誰もが考えているはずである。研究者とは、不断に自らの「研究」への自意識を持たざるを得ない、悩ましい人種なのである。加えるに、人文学系の学問の性格上、個人的な蓄積が重要なこともあって、時にその新しい動向に距離をおき、当面の研究を深化させることも必要になってくる。その結果、成果が発表された時には、その研究の言葉はもはや時代遅れの、世に通用しない言葉ともなりかねなくなる。ことに、ここ二、三十年ほどの、近代文学研究の時代は、そんな時代であったのではないだろうか。ダイナミックに動く時代のなかに、研究という「制度」もさらされ続けてきたようである。

この間、作家や作品の存在を自明の前提としてなされてきた文学研究が否定され、広い意味での文化研究へと方向転換していった。その歴史的必然は確実にあった、と私自身は思っている。文学研究というものが、かつて学生時代に学び、それが以降も常に有効に機能するなどという学問でもないし、まして、戦後の大学大衆化の流れのなか、研究者を育てるための文学部の教育など、大抵の大学で皆無、いや不可能だったのではないだろうか。研究活動を志した者は、自ら課題に即して研究方法を開発したり、思考を深めたりしなければならなかったのだ（学問とは本来そうしたものか）。自らの研究をラディカルに捉えかえせばかえすほど、従来の文学研究を否定する他ないとは思われる。その一方で、大学教員は大衆化された文学部での、新たな「文学教育」を考究しなければならない現実に直面していった。いったい日々の授業で、なにを教えるのか、と問い続けるしかなかったはずである。文学研究者が考えなければならない課題は、この間、山積されていった。否、ますますその傾向は強まっていよう。そのこと自体の研究がなされるゆえんである。

しかし、そうした歴史的・文化的な考究が、またまた単なる「流行」現象として、制度としての研究の枠内で、研究のための研究としてなされたならば、こんなに空しいことはないだろう。そうした自動化が始まれば、文学研究にも、文化研究にも、もはや未来は全くないだろう。本稿で問題にした「生成論」も、やがて単なる流行に終わるような杞憂が、ないとはいえないだろう。ここらでじっくり腰を据えて、文化としての文学研究の探究へ、いや創造へと向かうことができたらと、自戒もこめて、念ずるばかりである。

注

＊1　報告集『草稿とテキスト―日本近代文学を中心に―』（平13・1）を刊行

＊2　拙稿「草稿・テクスト、生成論の可能性」（『国文学』平16・5）本書に所収。

＊3　吉田昌志氏「鏡花を「編む」「集める」」（隔月刊『文学』二〇〇三・九、一〇月号）

付記　『漱石自筆原稿　それから』（解説十川信介氏、二〇〇五・九・二七、岩波書店）がその後刊行された。

樋口一葉——「テクスト研究」がめざすもの

1　「テクスト研究」の含意するもの

標題に掲げた「樋口一葉——テクスト研究がめざすもの」（本書では、「テクスト研究」と括弧付きにした）は、編集の方から提示されたものである。[*1] 作品研究でも、本文研究でも、テクスト論、作品論でもなく、あえて「テクスト研究」としたことの意味を汲み取りたいと思う。そこで今、ひとまず樋口一葉研究の領域のなかで「テクスト研究」が行なわれていると前提した時、私に与えられた課題は、それが今後どのような方向をめざし、何らかの新しい文学研究を切り拓いていくのか、その展望を考える、ということになるだろう。しかし、そう問われた時、正直いって、答えるのは難しい、とためらってしまう私がいるのである。というよりも、今はまだ答えたくない、のだ。「めざすもの」は、いまだ見えないとして、しばらく模索したいというのが本音である。無理に答えようとすると、既成の文学研究の枠にすっぽり収まってしまいそうだから。今はそれよりも「テクスト研究」の中身をこそ、もっと突きつめて、捉え返したい。

「テクスト研究」とは、私なりに考えてみると、やはり二十世紀後半あらゆる学問領域で起った、構造主義的言語転回のもたらした研究手法、となる。学問上のパラダイム転換、すなわち「読むこと」にまつわる「認識論的地すべりに近い」（R・バルト）変動を通過して後の研究手法と、まずは捉えたい。文学研究・文学批評にひきつけていえば「テクスト」と「エクリチュール」の概念構築を経て以降の、基本的研究手法となる。

「テクストとして読む」とか、「テクスト」の概念とかをめぐって、わが国でもさまざまに議論された時期があった。が、必ずしも共通した理解認識を得られないままに、日本近代文学研究の領域では、もっと広く文化研究へ、カルチュラル・スタディーズへと導かれていった。しかし、研究対象の読み方、研究手法という点では、多く「テクスト論」の季節に学んだものを踏襲しているのではないだろうか。ことに、「読む」ということの領域においては、「読み」が恣意であることの前提を踏まえつつ、「読むことの理論」にのっとった、方法的読み方が目指されるようになったのでは、と考える。少なくとも、文学テクストの言語をめぐる、読み手のスタンスは確実に移動した。

また、作品を読む上での「水先案内」を果たした「作者の意図」なるものの実体化が退けられて以後、必然的に要請された新たな文学テクストの分析技術としての、言表行為の理論、ナラトロジー、物語論が果たした役割は、決して小さくはなかった。一葉研究においても、語り論が大量に書かれていった経緯がある。いや、今も物語行為を読む、ディスクール研究は盛んになされている。というよりも、今や分析上の「常識」と化している。そして、こうした分析技術は、これからの文学研究のなかでも有効に働くし、また更なる理論化や技術の洗練（文学テクストを「読むこと」それ自体の実践と検証というべきか）は、いっそう図られる必要が生じている。

と同時に、「テクスト研究」を、ひとまず研究対象を「テクスト」として読むことと捉えるならば、読み方のみならず、私たちが目にする研究対象の範囲自体に変容が起っていることを見逃すわけにはいかない。つまり、活字化され流通する文学テクストだけが、研究対象なのではないということである。同時代の、文学以外の他領域のテクストへの視野の拡大も始まっているが、もう一方で、作家の残した創作メモや下書き原稿が、新たなまなざしによって再発見されてもいる。ことに、大量の草稿が残存する樋口一葉研究の領域においては、そのことの意味は大きい。この点をここでは考えてみたい。

無論、公刊された作品にまつわる草稿資料など、これまでの研究でも使われてきたことは改めていうまでもない。

しかし、従来の研究は、良くも悪くも、カノン研究へと集約されていったのではないだろうか。あらかじめ評価の定まった、権威を担った作家や「完成」作品やの読解を補強するための根拠、補助資料として、これら草稿資料が、いわば二義的なものとして扱われてきたことは否めないだろう。けれども、次世代の研究は、一つ一つの資料を、まず「テクスト」と捉えるところからしか、始まらない。その先になにが見えてくるのか。なにを考えたいのか。私たちは、しばらく模索するほかない。近年注目されてきた、生成論・生成批評[*2]は、まさにそのことへの考究を促している。

2 影印版一葉日記の出版

さて、一葉研究の領域で、今一番ホットな話題といえば、日記の草稿が写真版で公刊されたことだろう（樋口智子・鈴木淳編『樋口一葉日記上・下』二〇〇二・七、岩波書店）。いわゆる正系資料（日録的記述を踏襲している日記資料）を影印で公刊したものだが、野口碩氏によれば「全集で未調査に終わった二つの資料を含む断簡までもすべて網羅してあって、所蔵資料をほぼ完璧に私達の研究対象として提供してくれている画期的な公開」（「樋口一葉研究資料のこれから」『解釈と鑑賞』平15・5）とのことである。

周知のように一葉自身は日記の公開はもとより公刊など考えてもいなかった。妹の邦子には「後々までも恥になるから、私が亡くなったらスグ焼棄てゝくれろ」（「故樋口一葉女史　如何なる婦人なりしか」『婦女新聞』明41・11・20付「一葉伝説」『全集樋口一葉』別巻所収　一九九六・一二、小学館）と遺言したという。その邦子によって大切に保管され公刊に至ったのは、明治四十五年五月、三度目の博文館刊の『一葉全集』前編でだった。翻刻整理され、以後数度の『一葉全集』刊行の折に収録されていく経緯については、樋口一葉研究会「会報」（第17号〜第20号　平12・10・10〜平

14・4・10）に連載された、野口碩氏「一葉のテクスト文献と資料の話」5〜8に詳しい。

これまで、活字化され公刊された一葉の日記が、文学的「作品」としての価値をもつとされ、多くの読者を獲得してきたことは確かである。作品論的な読み方として、そこにいくつもの「物語」を読みとってもきた。そして、この日記資料は、概ね、これまで、作家一葉を知るための一次資料として扱われ、そこに書かれた「事実」に基づき、一葉評伝・一葉物語を、くり返し紡いできたのではないだろうか。

では、翻刻・活字化された日記ではなく、写真版で出版されたことの意味はどこにあるのだろうか。一葉が記したままの手稿テクストが、「研究」領域のなかで意味を持ってくるのはどういう時なのだろうか。実は、こうした、草稿資料を対象化する、一葉日記の研究は既に始まっている。たとえば、棚田輝嘉氏「正系日記の誕生——影印版「若葉かけ」を読む」（『国文学』第49巻9号　平16・8）は、その実践の一端を示している。折々の字体の差異、加筆削除の仕方、書き損じの有無や下書きか清書かの判断等々、手稿テクストの語る「情報」に耳を傾け、目を凝らす。「文字や墨の感じ」を検証することによって「纏め書き」の実態を見、「文飾のための書き込み」などから「文章の稽古」としての様態を読む。そして、一見、日録的記述が多く見えはじめる、この初期の「若葉かけ」にあっても、古典女流日記を範とする文章修業的性格が色濃く認められることや、それゆえに、書かれた日記の記述を「事実」と決めつけることの危険性や、が指摘されていく。これらの指摘が、モノとしての草稿の検討を通してなされていることに着目したい。研究者一人ひとりの一葉日記の再テクスト化が、影印版を使うことによって始まっているのである。

他にも、同誌に載った中川成美氏「人に見すべきものならね——一葉日記のクリティーク」は、影印版を視野に入れて、一葉日記の「文学的表象の分析」を試み、従来の「正否」を問う解釈行為とは異なる、新たな「日記」研究の可能性を喚起していく。また、この岩波版影印本の翻刻にあたった一人、鈴木淳氏も、『樋口一葉日記を読む』

（岩波セミナーブックス89　二〇〇三・一一、岩波書店）において、あしかけ十年に亘る一葉日記の文体の変遷に着目し、「筆勢」「筆力」など、その筆運びの様態を眺めながら、「小説体」創出以前の一葉が身につけていた、和文の行方を追っていく。いずれも、エクリチュールとしての日記の検討が、手稿という書き手の「身体」をも視野に入れたなかでなされており、新たな一葉日記研究は確実に始まっているといえよう。こうした検討を通して、従来、日記に見る「事実」を基盤に構成してきた作家評伝の類も、変更を迫られてくるやも知れない。大げさにいえば、新しい一葉像構築への可能性が、再び広く開かれたのである。

3　「にごりえ」「未定稿」出現の意味

こうした草稿「資源」[*3]の活用ということは、日記に限らない。一葉には、「未定稿」と従来呼ばれてきた、発表された個々の作品に関連する草稿資料が大量に残存しており、それらの文学研究への「活用」は、まさにこれからという段階に入ってきたのである。

今年（二〇〇四年）の秋に施行された新札への切り替えで、五千円札の肖像に樋口一葉が選ばれたためなのか、この一、二年、一葉に関する出版や展示が相次いで行なわれた。ことに、展示は充実したものが多かった。なかで、文京ふるさと歴史館「樋口一葉その生涯――明治の文京を舞台に」（平成15年）と、山梨県立文学館「樋口一葉展Ⅰ　われは女なりけるものを――作品の軌跡」「樋口一葉展Ⅱ　生き続ける女性作家――一葉をめぐる人々」（平成16年）とは、草稿資料が、かなりの量、展示された興味深いものであった。これに、小規模ながら八木書店が行なった「漱石と一葉展」（平成16年）に出品された「未定稿」[*4]資料を加えると、これからの一葉研究をめぐって感慨深いものがあった。

「二〇〇四年」を記念する展示資料のなかでも、山梨県立文学館の樋口一葉展ＩⅡに出された「にごりえ」「未定稿」64枚は圧巻であった。山梨文学館が既に所蔵する11枚に加えて、新規に購入した36枚と、個人蔵の17枚を含む資料で、今回の展示の目玉となっていたものである。これらは、現在の一葉研究のみならず、これからの研究にとって、特筆すべき資料であるといえよう。資料の内容は、かつて『樋口一葉全集』（第二巻　昭49・9、筑摩書房　以下『全集』と表記）で「未定稿C」の「Ⅳ」と分類された部分である。『全集』編纂時に「CⅣは、厳密な意味での定稿の下原稿であるが、今回の整理によって完全に近いほどよく保存されていたことが判明した」（「にごりえ」補注）と説明された。しかし、その後散逸し、「「親ゆづり」（「ものぐるひ」を直す）という標題で始まる最も貴重な部分CⅣが完璧な形態を失ってしまったのは残念である」（野口碩「現存資料所在案内」『樋口一葉事典』平8・11、おうふう）と、編者から遺憾の意が漏らされる状態にあった。したがって、今回この「CⅣ」のほとんどが展示され、そのうちの47枚が、これ以後、公的機関に所蔵されることとなったのは、まさに快挙といってよい出来事であった。

実際に展示された「未定稿」を、一枚一枚仔細に見ると、『全集』においていかに精確に翻刻されているかが窺える。削除の跡もかなり丁寧に注記され、復元されている。無論、削除のあとは解読不能の箇所もあり、また復元が省かれた箇所も少なくない。一方、加筆に関しては、『全集』を見ている限りでは、その跡はほとんど不明であることが分かった。削除の後に加筆されたのか、その語句はどれだけのものなのかとか、単に加筆だけなのか、といった情報は、ほとんど注記されなかったといってよいだろう。そして、何よりも翻刻活字化されたものだけを見ていたのでは、筆力や思考の跡や、といった書くことの現場を目の当たりにすることは、当然のことながら、想像することすら難しいのである。

今、草稿を読むことは、決して「作品の読解の上で参考になる」からでも、「小説家一葉の手法・意図を考える上で」「限りないヒントが隠されている」（高室有子氏「樋口一葉展と三つの未定稿」前掲『国文学』平16・8）からでもない。発表された作品を絶対化する地点から草稿を眺めたり、あたかも向こう側に実体的に「作者の意図」なるものが存在すると自明のごとく考え、それをよりよく解明したりする手段として、私たちは今草稿を必要とするのではない。むしろ、こうした心性を問題化するためにこそ、草稿を読むのである。

活字化され流通する作品のみを絶対化する心性や観念は、活字印刷文化の隆盛という歴史的時間のなかで根付かされてきた、いわば近代的イデオロギーに過ぎない。活字信奉の呪縛は、私たちが考えている以上に大きく、重いのではないか。活字化される以前には、必ず手稿テクストがあり、印刷・製本・流通といった出版工程があり、といった近代の活字印刷文化の総体を対象化する地点に、今や私たちは立っているのである。紙反故に過ぎなかった草稿が、新たな資料として私たちの眼の前に現前している事態に、まず驚きたいと思う。そして、それら草稿それ自体を、一つ一つテクストとして読んでいくことから始めてみるほかはない。

これは余談だが、山梨県立文学館の「樋口一葉展Ⅰ」には、『全集』未収録の資料も展示されており、思わず眼を奪われた。この資料は、「一葉」という署名が記された、現存する資料のなかで、もっとも早い時期のものであるという。現在、日本近代文学館に所蔵されており、私がうかつにもこれまで見逃していただけなのだが（文学館の「樋口一葉コレクション目録」昭61・4に記載あり）、早速、展示終了後、文学館で閲覧すると、村上浪六『三日月』（明24・7、春陽堂）への一葉の強い関心を示す資料であった。資料に記載された「廿四年秌」という時点を考えると、この事実はきわめて興味深いものがある。近代文学研究の醍醐味は、こうした「突然」の「新」資料の出現にあると、しみじみ思わずにはいられない。没後百年を経た一葉においてすらである、後続の作家においてはいついかなる資料が出現してくるのか、皆目わからないのである。そして、突然のテクストの出現に動じないためには、既存のテクストの読みを徹底することとしかないと、改めて思わざるを得ない。

4　草稿資料の再整備・公開へ

さて、清書原稿はまだしも、一葉のように、普通はすぐに紙屑籠に棄て去られる反故草稿が大量に残された作家はそう多くはないだろう。紙が貴重な時代のことでもあり、一葉自身「濫りに屑籠に投ずることは余りしなかった」（野口碩氏）とはいうものの、妹の邦子によって、一葉の死後も大切に保管され続けたものである。その数は「数千枚」（筑摩旧版『一葉全集』第二巻「解説」昭28・9）ともいう。一葉は生前、未完成のまま中絶したものも含めて二十二編の小説、数編の随筆、数首の和歌、そして『通俗書簡文』という単行書一冊を世に問うた。しかし、その背後にはおびただしい数の草稿と、書き継がれた日記・和歌とを残していたのである。

その草稿資料のほとんどは、現在もっとも権威のある筑摩書房版の『全集』全四巻六冊（昭49・3〜平6・6）に解読・翻刻されて収録されている。第二巻には、「作品1」から「作品69」までと整理された「未完成資料篇」が編まれている。しかし、それらが、これまで、どのくらい活用されてきたのかと問うと心もとない。いや十全に活用できる資料と考えること自体に無理があるといわざるを得ない。ことに、おびただしい量の未完成作品資料は、翻刻・整理した編者の「研究成果」として、ひとまず眺めるしかない。第二巻「後記」（和田芳恵氏）には、「作品の関連をたしかめながら、系統別にしよう」という試みがなされ、「作品の系類別が明かになった」ことがその収録を可能にした旨が述べられている。「作品の関連」「系統」とは、個々の資料の「補注」を読むとわかるように、発表作品を基準とする判断であり、その整理の仕方には、やはり活字化され発表されたものを絶対化するという、その時代の心性・観念が貼り付いていることは否めない（無論、使用した料紙や、伝記的事実からの判断も働いているのだろうが）。

しかし、日記に象徴されるように、今再びそれらの資料は、生なかたちで私たちの前に少しずつ姿を現し始めている。そして、それらの貴重な資料は、新たなまなざしによる検証を待っているように、私には思えるのである。既に百年以上の時間的隔たりを介在する現在の研究において、『全集』において試みられた、草稿一つ一つの執筆時期を確定していくという作業は、おそらく今後は限りなく不可能になっていくだろう。たとえ「確定」を見たとしても、その結論はどこまでも推定の域を出ないままに終わるのではないだろうか。だからといって、その営為が無意味であるとは思われない。一つ一つの草稿資料の持つ情報を確認することは読み手に委ねられて、依然として重要である。しかし、そのことを自己目的化するのではなく、今日、なぜ「紙反故」であった草稿が、価値の顚倒ともいうべき、存在を主張しているのか、その点への考究が不可欠なのではないだろうか。その上で、資料一つ一つを、テクストとして読んでいくほかない。

夜空の星のように点滅する、複数のテクストとして草稿を眺めるなかで、果たして何が見えてくるのだろうか。いや、ひとまず私たちは、従来の研究手法とは異なるアプローチによる、新たな「作家」像を見たいと思っているのではないだろうか。私には、いまだ十全には見えてこない一葉における「書く」という行為のダイナミズムを解明すること、「書く」ことに異常なまでの情熱を傾けた作家の実体・全貌に迫ることは、当面の一葉研究の大きな課題となるように思われる。いや、一葉に限らず、個々の作品の生まれてくる現場を追認復元・再創造することこそが、いま求められているように思われる。それは、現在流通する本文の問題を考えたり、新たな「作家」像を構築したりしていくためにも、必要な作業となってくるのではないだろうか。草稿を読む作業は、まさにこれからなのである。しかし、樋口一葉という作家は、そうした新たな文学研究の「場」を切り拓く、絶好の対象であることだけは間違いない。

そして、こうした文学研究を推進するための環境の整備が、今要請されているのである。誰でもが、草稿資料を目にすることが可能になる環境こそが、切実に求められている。散逸する一方であった、一葉の草稿資料のゆくえを、今日なお執拗なまでに追い続けている野口碩氏は、前掲「樋口一葉研究資料のこれから」のなかで、こうした草稿資料の公開について、実用化にはほど遠いとしながらも「CD・ROMによるコンピューターを使った公開方法」「インターネットによる検索で資料が見られるようにする事」を提唱し、「電子技術を駆使した映像化や複写・複製の活用」へと促している。現在の技術をもってすれば、それはもはや机上の論ではないだろう。少なくとも、公的機関に所蔵されている資料の電子テクスト化とWeb上の公開は、早急に実現してもらいたいプログラムではある。そのためにも研究者は、こうした草稿資料を射程に入れた文学研究の意義を考究してみることが必要であろう。そこから、まさに「テクスト研究がめざすもの」の探究が始まるのである。

注

＊1　全国大学国語国文学会編『日本語日本文学の新たな視座』（平18・6、おうふう）に本稿は所収された。

＊2　一九七〇年代にフランスで発生した生成論（ジェネティック）についての理論的検証の書としては、松澤和宏氏『生成論の探究―テクスト・草稿・エクリチュール』（二〇〇三・六、名古屋大学出版会）がある。筆者には、この書を紹介しつつ、草稿を介在したこれからの文学研究を「展望」した、「草稿・テクスト、生成論の可能性」（『国文学』平16・5）・「「生成論」の探究へ―従来の「文学研究」総体を捉えかえす試み」（『昭和文学研究』第49集　平16・9）があり、本稿と重なる部分があることをお断りしておく。また、一葉の草稿研究に関する拙論としては、「「たけくらべ」複数の本文《テクスト》―あるいは、「研究成果」としての『樋口一葉全集』のこと」（季刊『文学』一九九九・冬号）・「〈複数のテクスト〉―樋口一葉の草稿研究」（大妻女子大学草稿・テキスト研究所設立記念シンポジウム「報告集」『草稿とテキスト―日本近代文学を中心に―』平13・1所収）などがある。参照していただきたい。

＊3　高田知波氏「近代文学と「文化資源」―一葉研究を例として」（『国語と国文学』平12・11）は、さまざまな観点か

ら一葉草稿資料の「資源化」の道を考察している。

＊4　八木書店「漱石と一葉展」には、一葉の草稿七葉が展示された。『全集』において、「作品32」・「作品33」・「作品39」と整理され翻刻されたなかの一部で、こうした資料の展示はこれまで余りなかったので、実に興味深いものであった。現物を見ると、原稿用紙に記載された順序のままに活字化されているわけではないことが分かった。『全集』においては、発表された作品との類縁によって概ね整理されており、こうした整理の仕方に疑問を覚えないではなかった。が、未完成作品の草稿資料の整理は難しい、という実感を一層強くした体験であった。そして、そのことを前提とした上での、「活用」の仕方はどうあるべきかなど、さまざまに考えさせられた。

付記　その後、山梨県立文学館『資料と研究』第十一輯（平18・2）に、野口碩氏「樋口一葉「にごりえ」未定稿C・Ⅳ」「「にごりえ」未定稿C・Ⅳ写真版及び翻刻・補注」が掲載された。

Ⅱ　複数のテクスト

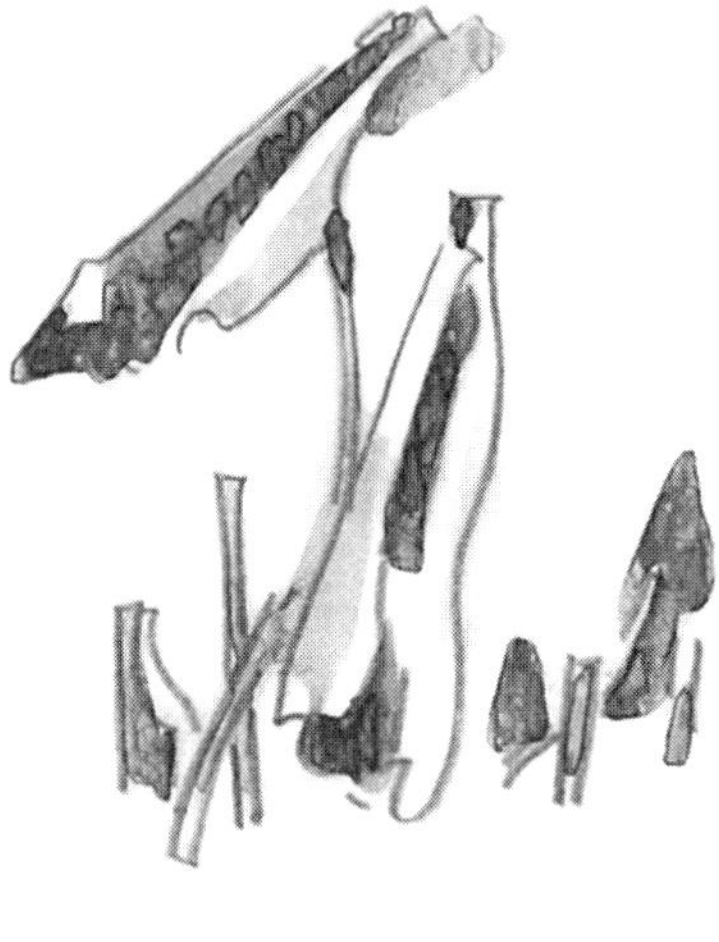

「たけくらべ」複数の本文《テクスト》
――あるいは、「研究成果」としての『樋口一葉全集』のこと

1　筑摩版『樋口一葉全集』の達成とその性格

先年一応の完結を見た、筑摩書房版『樋口一葉全集』（全四巻六冊、昭49・3―平6・6刊）は、きわめて専門家向きの全集である。「本全集は、一般読者と学生の鑑賞や研究に供するために計画されただけでなく、資料の定着保存をも主要目的のうちに加味して編集されたもの」と第一巻の「凡例」でうたい、同巻「後記」で編集者の一人和田芳恵氏が「先行する、どの『一葉全集』とくらべても、研究者向き」と強調した通りである。この「研究者向き」とする理由は、第一には現存する草稿資料が「殆ど網羅」されて、解読・翻刻され収録されたことにある。しかし、この網羅主義という、作家の全貌に迫るための現在考えられる限りの資料を提供・保存するという、他の多くの近代作家の全集でも踏襲されているコンセプトだけではなく、本全集での資料の配列の仕方に明瞭に示されたように、作品の生成過程をもテクスト（研究対象）として顕示した点を見逃してはならない。実のところ、この全集はそれ自体、これら「未定稿」資料を今のような形で提示した野口碩氏の、高度な「研究成果」なのである。ここにこそ、「研究者向き」とすることの最も重い意味がある。

樋口家に保存された一葉の草稿類は、書き出しや書き損じ、書きなおしをふくむ資料なので、したがって、その作品の成立過程を物語る内容なのである。何十字、何行の片々たる草稿の中にも、創造の道筋があるにちが

いないということは、誰でも気づいていた。／一葉のおびただしい草稿が、ほぼ完全に近い形で残ったのは、妹邦子の一葉に対する敬愛の情以外には考えようもないことである。／一葉がどんなに苦労して小説を書いたかを、傍らで見知っていた邦子は、断簡零墨といえども粗末にはできなかった。この尊い意志が二代にわたって受け継がれてきた。稀有なことである。（第二巻「後記」和田芳恵氏）

この「稀有な」事実を、読者の前に顕現したのが『樋口一葉全集』（以下『全集』と表記）である。実際に一葉の草稿を見る機会を一度でも持った者は、その解読の困難さを痛感する。流麗な筆遣いによる草書体の文字（草稿の場合、清書原稿とは異なり、筆遣いは一層自儘である）を、振り仮名なしで読み解くまでには、かなりの習熟が要求される。その困難をひとまず成し遂げたのが本『全集』である。この『全集』では、発表された全二十二作のうち、「琴の音」を除いて、未完の「裏紫」も含めた二十一篇の作品に関する「未定稿」が「成立順」に各作品末尾に配列されている。一葉が作品を生成するために、さまざまに重ねた試行錯誤のプロセスを現在可能な範囲で窺える構成になっている。[*1]

たとえば、残された「おびただしい草稿」のなかで、群を抜いて多いのは最後となった小説「われから」の草稿である。『全集』で百頁余りを占め、通読していくと、重ね重ねた創作の現場の苦渋と混沌の跡が如実に窺える。「定稿」との差異はどの作品よりもきわだっており、それゆえに、逆に作家一葉の小説構想の〈秘密〉を明かしているようである。続いて多いのは「にごりえ」で、六十頁を占め、そこには、ほぼ「定稿」に近いかたちの「下原稿」（第二巻「にごりえ」補注）をかなり含む。次に「うもれ木」五十頁が挙げられようか。「『うもれ木』の未定稿資料は、試作期を除いては完全に近いほどよく保存されている」（第一巻「うもれ木」補注）とのことである。こうした二、三の例を見ても、個々の作品ごとに草稿の孕む問題は多様で、「研究課題」も異なることがわかる。また、『全集』では「未定稿」に見る加筆・削除の跡もかなり細かく注記され、[*2]精読することによって、ある程度その草稿の在りようを復元できるかたちになっている。それゆえに、読者は、草稿という「書くこと」「読むこと」の磁場へと誘われ、読解のためのさまざまなアプローチを促される。一葉の草稿研究はこの『全集』を起点に、まさにこれからという段階である。

なかで「たけくらべ」に関しては、草稿だけではなく「本文」という研究の「出発点」に関わって、多くの問題が横たわっている。一葉の場合、「紙誌に発表された小説の元原稿の、ほとんどは散逸した」(『全集』第一巻「後記」)とのことで、清書原稿に見る加筆・削除といった改稿作業の最終段階が窺えるのはごく僅かの作品に限られている。二種類の自筆清書原稿を持つ「たけくらべ」は、この例外にあたる作品であり、貴重な資料の遺された幸運な作品でもある。けれども、この一葉の作品のなかで最も愛されてもきた「たけくらべ」であっても、実のところその「本文」確定の課題さえ、今日、いまだ解決されずに残されている。まして、遺された複数の本文《テクスト》の相関の問題は、研究方法上の課題も孕んで未開拓のままである。

確かに、一葉を研究する者にとって、『全集』は依拠すべき土台である。この高度な達成の上に乗ってこれまで一葉を論じてきた私は、受けた学恩の大きさを感じつつ、一方で或る居心地の悪さをも痛感していた。『全集』に依拠し安住したままで一葉研究を続けることは、宿り木のような形で枝を延ばしているに過ぎず、忸怩たる思いを抱いていた。ましてや、草稿を読むことに関心を持ち始めるとなおさら落ち着かなくなってくる。「一葉のおびただしい草稿」はひとまず整理・解読され、活字化されて私たち読者の眼の前にある。この学恩に報いるためにも、さらに豊かな一葉研究へ向けて活用していくことが要請されよう。そのためには、この『全集』を一つの「研究成果」として対象化していく視線が必要なのではないか。本稿はそんな不遜な発想から、作品研究の「出発点」としての、「たけくらべ」の本文について、若干の問題提起を試みたものである。資料調査の不足を自覚しつつ中途報告の形で提出したものであり、大方のご批判、ご叱正、ご教示を期待したい。

2　「たけくらべ」複数の本文《テクスト》

周知のように「たけくらべ」には、一年にわたって、計七回断続的に連載された初出の『文学界』(明28・1・30—明29・1・30)掲載本文と、『文芸倶楽部』(明29・4)に一括再掲載された本文と、二つの本文がある。それぞれ一葉自筆の清書原稿が現存しており、また草稿(「未定稿」)もかなり残存している。草稿は研究上の紆余曲折を経た後、『全集』で初出の発表時ごとに「未定稿A」から「未定稿F、(G)」まで、七次の分類によって整理された。[*3] また『全集』編纂時には所在の不明だった資料が近年発見され、その詳細が野口碩氏によって報告されてもいる。[*4] 初出時の清書原稿は部分的に残存し、そのほとんどは、現在天理大学附属天理図書館に所蔵されている。[*5] 再掲時のそれは、ほぼ全文が存在しており、近年公開され山梨県立文学館に寄託されたことは記憶に新しい。

この再掲本文の清書原稿は、先年三十数年ぶりに公開される以前に、何回か影印本として出版されてもきた。『たけくらべ』(大7・11・23、博文館、のち「新選名著復刻全集　近代文学館」『真筆版たけくらべ』として復刻　昭52・10刊)、『真筆版たけくらべ』(昭17・10、四方木書房)、『肉筆版選書　たけくらべ』(昭33・10、えくらん社、この版は、青木一男著『たけくらべ研究』昭47・11、教育出版センター　に転載されている)『「たけくらべ」原稿本』(『画本　木村荘八作　一葉たけくらべ絵巻』別冊　昭57・8、講談社)などであり、『全集』はじめ、今日流通している本文の底本ともなっている。私たち読者は、これら「真筆版」によって、「たけくらべ」が活字化される以前のかたちで、すなわち一葉の手跡によって読むという別の体験をする。原稿用紙に綴られた千蔭流による流麗な筆遣いは美しく、またそこには加筆・削除というテクスト生成の現場が残されてもいる。こうした痕跡は、ことに(十三)章以下後半に至って顕著である。

今日多くの読者が読んでいるのは「真筆版」に拠って修訂を加えた『文芸倶楽部』再掲本文だと思われる。しかし、この本文と初出『文学界』本文とはかなり異なっているといってよい。特に小説として本格的に動き出してくる後半、（十三）章以降に至って、二つの本文は微妙な差異を示していく。そしてこのことは、前述の残された清書原稿など、「たけくらべ」の複数の「本文」と関わって、多くの問題を投げかけてくる。「たけくらべ」の本文は今なおきわめて「流動」[*6]的である。

ところで、「たけくらべ」が、『文芸倶楽部』に再度掲載されるに至った事情については、馬場孤蝶が前掲の博文館刊『たけくらべ』のなかの「跋として」で次のように語っている。

『文学界』の方で完結してから、明治二十八年の暮ごろのことであらうが、一葉君は何か金の入用（法事の為めだとかいふ）があつて、乙羽氏に前借か何かを申し込むと、乙羽氏の答は、『何でも宜しいから、原稿の形をしたものを持つて来て呉れ、さうすれば、然るべく取り計らうから』といふのであつたので、此でも持つて行けといふので、大急ぎで『文学界』に出て居る『たけくらべ』を書き写して、乙羽氏に渡し、それが翌年の春になつて『文芸倶楽部』に載つて、一葉君の名声全く隆々たるに至つたのである。

これによれば、再掲「本文」はひとまず経済的理由すなわち外的要因によって成された。とにかく「原稿の形」でという乙羽の言葉に、原稿買い取り方式であった当時の出版通念が窺える。現金を得るためには、一葉は急遽モノとしての「原稿」を用意しなければならなかった。実のところ、既発表の作品を博文館の雑誌に再掲載したのは「たけくらべ」だけではない。既に「経つくえ」（『甲陽新報』明25・10・18—22、24、25）を『文芸倶楽部』（明28・6）に、また書き下ろしの「十三夜」と一緒に「やみ夜」（『文学界』明27・7、9、11）を『文芸倶楽部』「臨時増刊閨秀小説」（明28・12）に載せ、「大つごもり」（『文学界』明27・12）を明治二十九年二月、『太陽』に載せている。また「ゆく雲」（『太陽』明28・5）が、『太陽小説』第一編（明29・2刊）に収録された。いずれも初出本文とは、表記の仕方などに差異があり、再掲にあたり修訂を加えて「原稿」[*7]化した跡は歴然としている。生活の逼迫からの常習となった手段であった。

馬場孤蝶は先の引用文のなかで、「大急ぎで『文学界』に出て居る『たけくらべ』を書き写して」と語っているが、「野口碩氏の意見」[*8]によれば、「浄書原稿の際、一葉は『文学界』掲載のものを正しく筆写した、というより妹邦子の朗読を聞きながら一気呵成に書いた」とのことである。二つの本文を照合すると、表記の仕方にかなり差異が認められ、それは多くどちらでも選べるような用字や句読法の揺れであり、確かに臨書したというより「聞きながら」書いたと推定できそうである。その上に野口氏は、内容的にも揺れの大きい後半に関して興味深い指摘をしている。

特に（十三）以下は、初掲稿本の下原稿の本文の上に『文学界』掲載本文を参照して改訂を加えており、掲載本文のいずれにも存在しない独自の文形が、初掲本文と同様のものに修訂されている部分が多い。（『全集』第一巻「たけくらべ」補注、傍点は引用者、以下同様）

野口氏は、こうした推定を、以後、再掲清書原稿が公開され実物を検証された後も踏襲[*9]する。また、後半に関してこうした手段がとられたのは、一葉の手元に当該の『文学界』が届けられていなかったためという、次のような新たな指摘もしていくのである。

（十三）以下は『文学界』第三十六号、第三十七号が文学界雑誌社から送られて居なかったため手許に無く、旧未定稿を修正して間に合わせようとしたが、あとで大橋乙羽から雑誌を廻してもらい、照合しながら加筆を行った。この点は明治二十九年二月六日附大橋の葉書に「「たけくらべ」今夜実家より持たせ差上可申候」とあるのと符合する。（注（＊5）に掲げた「レジュメ」）

しかし、同じく野口氏には、「たけくらべ」が再度「原稿」化されたのは、明治二十九年「三月十日に近い頃」に『通俗書簡文』（『日用百科全書』第十二編として明29・5・25、博文館から刊行）を脱稿して以後、「ほぼ三月中に浄写改訂して、乙羽に届けられた」との推定[*10]がある。だとすれば、それより一か月余り前に入手した『文学界』36・37号によって一葉はそれ以前と同じ手法で「原稿」化することも可能だったのでは、と素朴な疑問も抱く。ましてや（十三）以下は擱筆してから二、三ヵ月ほどしか時を置いていない。記憶もなまなましく筆の進むままに新たに末尾を書いたのではと想像することもできる。「真筆版」或いは山梨県立文学館のカラー画像で見る限り、「下書き」とは思えない美しさである。実際に原稿の現物を子細に検討すれば、こうした疑問は物理的レベルで氷解するのかもしれない。しかし、現在容易に眼にできる情報によっては、少なくとも、再掲清書原稿（十三）以下を「初掲稿本の下原稿」「旧未定稿」と断定する説明は、必ずしも十分な説得力を持っていない。

3　二つの清書原稿──（十三）章をめぐって

「たけくらべ」の後半、（十三）以下には、幸運にも二つの清書原稿が残されている。実際に、この二つの「原稿」「本文」を比較してみると、そこには一見微細な「差異」が、思っていた以上に数多く存在する。その意味でもこの部分の再掲原稿がどの時点で執筆されたものかを問うことは興味深い。野口氏の提出した推定への考察を促される。

たとえば、再利用されたという「下原稿」のなかで「掲載本文のいずれにも存在しない独自の文形」が最も明瞭に見られるのは（十三）である。この章の初出原稿を見ると、六回目の連載のため、冒頭の行に「たけくらべ」と題して「一葉」と署名してある。そして、再掲清書原稿の冒頭も、同様に「たけくらべ」と書いて消してあり、その下に「一葉」と署名されている。まさに六回目の『文学界』連載時に書き記した跡と推定することができる。しかし、だからといって（十三）全体が「下原稿」だったという根拠には必ずしもならない。冒頭だけの書き損じの原稿用紙を再掲時に利用したとも想像できるし、『文学界』本文を書き写した時に起こったミスともいえる。無論最初期の「旧未定稿」とも……。

またこの章の二つの原稿で、表記上の違いを確認してみると、かなり相違があることがわかる。読点の打ち方の違いは16箇所（初出原稿でのみ打ってある箇所7）である。また、たとえば「初出原稿／再掲原稿」で対照を示せば（以下本稿では同様に表記していく）、「例《れい》の／例《いつも》の」などのルビの振り方の違いは4箇所。「よる／縷る」「ない／無い」など初出原稿では平がな表記の箇所が18例。逆に「成る／なる」といった初出原稿では漢字使用の箇所が7例ある。「たけくらべ」本文の全体的傾向として『文学界』本文の方が平がな表記が多いが[11]、その傾向は、ここでも同様に指摘できる。他に、「立かけて／立てかけて」など送りがなの相違は8箇所。「夫れ夫れ／夫れ〳〵」など繰り返し符号使用の有無の違い3箇所。「顫《ふる》へて／慄《ふる》へて」「と思《おぼ》しく／と覚《おぼ》しく」といった使用漢字の違い4箇所。このような表記上[12]の揺れは、他の章同様かなりあることが認められる。こうした相違は、その都度の書き手の自儘さを示して、多くは、どちらでも大勢に影響はない。ただこれほどの開きは、密接な相関を予想させる「下原稿」と初出原稿との間の差異として考えた時、いささか疑問を残すのではないだろうか。

そして、次のような差異は読者のなかに、二つの本文（或いはもう一つの本文）をめぐって、さまざまな〈解釈〉を誘う。今、野口氏が推定するように、この（十三）の再掲時の清書原稿が、『文学界』掲載時の清書原稿以前の「下原稿」「旧未定稿」だと仮定すると、『文学界』36号と「照合しながら加筆」「修正」したとする箇所は、次に示すように10箇所ほどになる。

①「生憎《〔いぢわる〕〈あやにく〉》の雨」　＊〔　〕削除・〈　〉加筆を表す。以下同じ。

②「雨《あめ》〔に〕〈の〉降《ふ》るに」　＊ここは異なる本文を想定していたことがわかる。

③「〈物《もの》いはず〉投《な》げ出《いだ》せば」

④「一ト足《あし》〔づゝ、飛石《とびいし》づたひ悄々《しほ〳〵》と入《い》るを、〕〈二タ足《あし》ゑゝ何《なん》ぞいの未練《みれん》くさい、思《おも》はく耻《はづ》かしと身《み》をかへして、かた〳〵と飛石《とびいし》を伝《つた》ひゆくに、〉」

⑤「信如《しんによ》は今《いま》ぞ淋《さび》しう見《み》〔返〕かへ〔るに〕〈れば〉」

⑥「不意《ふい》に声《こえ》を懸《か》〔け〕〈く〉る」

⑦「腰《こし》の先《さき》に〔結ん〕〈し〉て」

⑧「印《しるし》の傘《かさ》をさし〔て〕〈かざし〉」

⑨「〈好《い》〉い〔ゝ〕や」

⑩「〔此《この》（下《げた》）駄ハ〕〈此《この》〉鼻緒《はなを》ハ」

こうして見ると「修正」箇所は意外に少ない。また、改めて「修正」したとするほどのものではないのがほとんどである。②⑩などは削除・加筆が同時に為されていたことがわかる。⑩の削除は、前言の「下駄」との重複を避けたものである。原稿用紙を埋めながら消しては書いた跡である。
一方、「下原稿」をこの時あえて「修正」しなかった箇所は19例[*13]ほどになる。野口氏の説にしたがえば、この時「下原稿」を、すなわちごく初期の段階の本文を「残した」ことになる。これら19例を検討すると、長吉の「発話」部分の差異が6例ほどあり、この場面の長吉の信如に対する言葉使いが揺れていたことが明瞭にわかる。当面、こうした差異を物語内容及び物語行為の問題として考えてみることは必要だろう。また、二つの清書原稿を比較した時、「堪〔へがたき〕〈へられぬ〉思ひ／堪へられぬ思ひ」のように初出原稿の段階で一度削除・加筆され、再掲本文と同じになった事例もある。これは「下原稿」段階の叙述に初出時に「戻した」痕跡と考えることになるのか。それとも、初出の清書原稿で初めて「修正」したのか。「下原稿」とする再掲稿本との関係について多様な類推を呼ぶ。

このように、手稿は、私たち読者の前に〈書く〉ことをめぐる、さまざまな劇《ドラマ》を明滅してやまない。しかし、その劇《ドラマ》を読むことはなかなかに難しい。「たけくらべ」の（十三）以下の二つの原稿に見る加筆や削除の一つ一つの痕跡が、どの時点で為されたのかを確定するのは難しい。結局一人ひとりの「解釈」によって決定する以外ないように思われる。野口氏の推定も部分ごとの詳細な検討を要しないだろうか。そんな疑問は湧いてくる。ただ、野口氏もいうように、少なくとも「たけくらべ」の本文が「かなり流動性が著しい」ものであったことだけは、残された原稿からも確実に窺える。私たちの前で今なお大きく揺れる「たけくらべ」の本文《テクスト》。読者に許されるのは、この〈揺らぎ〉を読むことである。（なお、初出・再掲ともそれぞれ活字本文と原稿との差異は、ことに意味の変更を促すような差異はないといってよい。ルビの有無や植字の際のミスぐらいか。）

余りな人とこみ上るほど思ひに迫れど、母親の呼声しば〳〵なるを侘しく、詮方なさに一ト足〔づゝ、飛石づたひ悄々と入るを、〕〈二タ足ゑゝ何ぞいの未練くさい、思はく耻かしと身をかへして、かた〳〵と飛石を伝ひゆくに、〉

再掲原稿（十三）における「掲載本文のいずれにも存在しない独自の文形」（野口氏）が現れている箇所である。説明するまでもなく「たけくらべ」後半のクライマックスシーン、大黒屋の寮の門前での場面である。この場面全体については別稿[*14]で論じたので詳しくはそちらに譲るが、ここに挙げた二つの本文はかなり異質である。母親に呼ばれ、心理的に追い詰められた美登利はついに信如に手にする「裂れ」を差し出す。しかし信如はそれを拾わず無視する。少なくとも美登利の眼にはそう映った。それに傷つきつつ信如を残して立ち去る。その時の美登利の家内への戻り方を〈語り手〉が語っている叙述がこの部分である。この日以降の美登利の信如への思いを二様に想像させて興味深い。胸に迫る信如への思いに今の美登利が気づいていることは共通するものの、削除された本文では、その思いは断ちがたくあり、「悄々《しほ〳〵》と」という形容には思いの届かぬ挫折感さえ感じられる。読者はこれ以降もいつまでも信如への思いと、何らかの淡い期待を引き摺っていく美登利を想像する。これに対して、「加筆修正」した本文では、美登利の信如を思うことの断念を明確に描く。美登利は自分を無視する信如との断絶をはっきりと自覚する。比喩的に言えば、格子門（廓）の外への志向を断念する。きわめて強い意思を示す美登利である。どちらの本文を選択するかは「たけくらべ」全体に響いて重要である。と同時にこの箇所を単なる「下原稿」の「修正」と見るか、再掲時の一葉の意識的「再選択」と見るか、この判断も軽々に見過ごせない。「独自の文形」を即「未定稿」と判断することは、掲載本文を固定的に捉える心性から生じていないか。終始内容的揺れのなかに書き手がいたという事実だけは、その痕跡のなかに明瞭に示されていたはずである。

（十三）において、少なくとも確認できることは、どちらの本文も、美登利の信如への思いの見切り方は「ゑゝ何ぞいの未練くさい、思はく耻かし」でなければならなかった、ということである。こうした美登利を置くことによって、〈語り手〉は、娼妓になる運命を甘受していく美登利の〈強さ〉を理解し、共感を示していく。そしてそれゆえに、信如の心の内奥を探ることへと向かっていくのである。美登利のために。ここでの〈語り手〉は、二人の微細な心の動きを見逃すまいと、きわめて繊細な手つきで語っている。そして、その繊細さの度合いは、明らかに再掲本文の方が大きい。その位相を次に探ってみよう。

　美登利が立ち去ったことを彼女の足音で知り、その場に独り残された信如は、そのために「淋し」さを感じる。「見かへれば」「紅入り友仙の雨にぬれて紅葉の形のうるはしき」が自分の足近くに「散ぼひたる」ことを発見する。注意深く読めば、信如はこの時初めて美登利の心尽くしに気づいた、と読むことができる。美登利は、つい先ほど「見ぬやうに見て知らず顔を信如のつくる」と判断して失望し、遂に愛想をつかして家に入ってしまったのだが、その時の美登利は「格子の間より手に持つ裂れを物いはず投げ出」したのだった。背中を向けてうつむいていた信如が、気がつかなかったとしても不思議ではない。再掲時の清書原稿を見ると、「物いはず」はあとから加筆されている。二人の微妙な心のすれ違いのさまを語ることに、〈語り手〉はきわめて意識的だった。〈語り手〉は、二人の心理を虫眼鏡で拡大するかのように凝視・観察し、繊細な手つきで叙述を進めていく。

　しかし、信如は、この美登利の思いのこもった「紅入り友仙」を「手に取あぐる事」を結局しなかった。「そぞろに床しき思ひは有れども、手に取あぐる事をもせず空しう眺めて憂き思ひあり」なのである。ここは何度読んでも解釈し難い。いやさまざまに解釈できる所である。「床しき思ひ」「空しう」「憂き思ひ」といった感情を表すことばは、信如のものとも、美登利のものとも、そして〈語り手〉のものとも読める。信如は、美登利の思いに応えられない自分に自覚的なために「空しう眺め」続けるしかないのか。「手に取あぐる事」をしないまま立ち尽くす信如の心理がつかめないまま、傍らで、美登利に共感した〈語り手〉が「空しう眺めて」いるのか。あるいは、「一見、等価的に二人の感情を描いた表現のようであるが、実は友仙と一緒に捨てられた美登利の感情が信如のなかに移し変えられ」[*15]たものなのか。こうした複数の解釈を招くテクスト[*16]が、「たけくらべ」であった。

さて、二つの本文の間に微細な差が生じて来るのは、ここから先である。〈語り手〉は、さらにこの後の信如をじっと観察していく。〈語り手〉にとって信如はこの時〈他者〉と化している。結局のところ、信如はどうしても「友仙」を手に取ることができない。しかしいざここを離れるにしても、「友仙」が「目に残り」「捨てゝ過ぐるにしのび難く心残りして見〈返〉かへ」る信如であった。ここは、『文学界』本文では、「振かへれば」であるが、再掲本文の「見かへれば」という言葉からは、吉原の「見返り柳」が連想されてくる。大門を出た客が、別れて来た遊女に心を残して「見返る」場所である。信如の美登利への「心残り」と重なって、作中唯一信如のセクシュアリティの発露が読み取れるところである。ここで、ようやく、この信如の「心残り」を認めた〈語り手〉は、既に美登利の心を知るゆえに、期待を抱きつつ信如の「心」を見つめようとする。そして場面は、廓内からの朝帰りの長吉が丁度ここに来かかるという形で展開する。この場面は信如の美登利への「心」の行方を知る上で重要である。信如より一歳年長の長吉のセクシュアリティの顕現を前に信如はどう反応するのか。

「信さん何うした」と「不意に」声をかけられて、振り返った信如の眼に映った長吉を〈語り手〉がどのように語っているか見ていこう。（a—『文学界』本文、b—『文芸倶楽部』本文　以下同様）

a「驚いて見返るに暴れの長吉、今廓内よりの帰りと思しく、」

b「驚いて見かへるに暴れ者の長吉、いま廓内よりの帰りと覚しく、」

『文学界』本文では「暴れの長吉」と通称（渾名）のような呼び方で長吉を呼ぶ。長吉その人にアクセントが置かれているようであり、以後の言説も、単にその場の長吉を客観的に語っているに過ぎない。「思しく」という漢字の使用によって、「廓内よりの帰り」という判断は、推定されているに過ぎないものとされ、またそのこと自体さして重要でもないかのように淡々と語られる。それに対して、「暴れ者の」と一般的に形容される再掲本文の方は、「暴れ者」として皆に厭われている日常とは対照的な、いつもとは違う長吉という意外性が、以下の語りを通して強調される。長吉のいなせな服装、大人びた態度は、「覚しく」と、「廓内よりの帰り」を一目で確信させた。男性としての「通過儀礼」を果たして、自信すら窺えるところである。

a「高足駄の爪皮も今朝よりぞとしるく、漆の色のきわぐ〵しうて立ちけり。」
b「高足駄の爪皮も今朝よりとはしるき漆の色、きわぐ〵しう見えて誇らし気なり。」

『文学界』本文で「きわぐ〵しう」と強調されるのは、下ろし立ての真新しい「高足駄の爪皮」の「漆の色」である。朝帰りの遊客に、折から降り出した雨への配慮か、娼妓が貸し与えた傘と高足駄が長吉を印象づけていることは両者に共通し、「今朝」の長吉を表象するものとなっている。しかし、「立ちけり」と結ばれる初出本文では、そのことに対する〈語り手〉の主観は何も表出されていない。無色透明な語り方である。一方、再掲本文では、この朝の長吉自身の眩しさが強調されている。長吉の姿は誰の眼に「きわぐ〵しう見え」たのか、「誇らし気」だと思ったのは、信如か、〈語り手〉か。文脈上どちらとも読めるが、そこにある種の主観（共感）が込められていることは確かである。そのことによって、信如の問題が、ことに美登利という異性に向けられる信如の視線の問題が、より一層明瞭に、読者のなかに浮上してくる。

実のところ、信如が廓帰りの長吉の誇らしさを眩しく見たとするならば、明らかに信如は変貌していることになる。自身のセクシュアリティをここで内心受けとめたことになる。しかし、テクストはそのことを何一つ明らかにはしていかない。この後、学林へ行くことが早まった理由も明かさない。この場面での信如は、むしろ大人びた長吉の姿の前に、子どもっぽい姿を晒している。「何う為ようか」「本当に弱つて居る」と「意気地のなき事」を訴える信如に、長吉は「左様だらう、お前に鼻緒は立ッこは無い」と応じて子ども扱いである。いつもの「学が出来る」と一目置いた対し方とは異なっている。こうした構図のなかで、長吉がこの場面での、新たな信如の救済者になってしまった。男性性を顕示する長吉との対照を通して、信如の幼さがきわだってしまう結果となった。信如の美登利へ「残し」た「心」は、長吉の出現という日常性のなかでかき消されてしまったようである。

a「と双へて出す親切さ、人には疫病神のやうに言はるれども毛虫眉毛を動かして優しき言葉のもれ出るもをかし。」

b「と揃へて出す親切さ、人には疫病神のやうに厭はれながらも毛虫眉毛を動かして優しき詞のもれ出るぞをかしき。」

ここも、信如の受けとめ方か〈語り手〉自身の説明か二様にとれる所である。「をかし」にアイロニカルな意味を込めようとも、長吉の「親切さ」「優し」さを受け入れる信如は、美登利の「思ひ」から後退していく。〈語り手〉の主観とするならば、乱暴者でしかなかった長吉をここで新たな眼で見直し、好意的に語っていることになる。

そして、二人の対比が強調されるいいい（再掲本文では「ぞをかしき」と断定的に強調される）ことで、〈語り手〉は逆に信如の「弱さ」「幼さ」を浮き彫りにしたまま、彼の「心」を探ることを放棄していくことになる。

二人がここを立ち去った後、その場に残された「友仙」を語る二つの本文は次のようである。

a「思ひのとゞまる紅入りの友仙は、いぢらしき姿を空しく格子門の外にとゞめぬ。」

b「思ひの止まる紅入りの友仙は可憐《いぢら》しき姿を空しく格子門の外にと止めぬ。」

「紅入り友仙」にとどまる「思ひ」は美登利だけのものではなく信如のそれでもあると読めないことはない。〈語り手〉は、二人の「心」のすれ違いを察知した唯一の存在なのだから。確かにこの場でかき消された信如の「思ひ」は宙に浮いたままである。以後その「思ひ」が発露されるのか否か、読者はさまざまに空想することはできる（以後の展開では唯一末尾の「水仙の作り花」が空想のための材料になる）。しかし、信如の立ち去った後のここではやはり、美登利に過剰に反応したための〈語り手〉の言葉と読んだほうが自然ではないか。だとすれば、「可憐しき」と漢字を使用し、助詞「と」を挿入した再掲本文が、取り残された「紅入りの友仙」を美登利と限定し、思いが受け入れられなかった美登利の「空し」さへの〈共振〉を吐露する〈語り手〉の心情を強めてはいないか。こうして、二つの本文を読み比べた時、少なくとも、〈語り手〉の登場人物への主観が色濃く現れているのは、再掲本文であるということはできよう。そして、その主観は、冒頭からの〈語り手〉の変容を視野に入れると、小説のダイナミズムのなかで、登場人物を深く見つめ彼らと葛藤することによって、結果的に〈語り手〉にもたらされたもののように思われてくる。[*17]

娼妓になることを運命づけられた少女への、〈語り手〉の深い深い理解と共振するまなざしと。その視線に共感を覚え、そこにこそ「たけくらべ」の感動の起源を確認するのは私だけであろうか。こうしたまなざしが潜在するゆえに、三の酉の日の美登利を語る「語り方」は暖かいものとなる。無論、その日美登利の身に何が起こったのかを知悉する〈語り手〉は、作中唯一人の理解者として心から美登利を気遣い、美登利の恥ずかしさや嘆きを顕現する身体的様相と、彼女の心中に去来する思いだけを語っていく。〈語り手〉にとってはそのことだけが気がかりだった。（十五）章の、その日の美登利の心理の動きをたどった時、読者は美登利の心中に生起してくる連想が明瞭に窺え、確実に娼妓の仕事の内実を知る美登利を想像できる。その日美登利に起こった事の「実体規定」*18をめぐって、初潮か初店かなど論議することが無益なことは、この〈語り手〉に即して読めば明らかである。

5 「差異」を読む――「たけくらべ」の収束

（十四）章以降においても、二つの本文を比較すると、（十三）同様やはり差異は大きい。野口氏指摘するところの「修正」は（十四）で2箇所、（十五）で5箇所、（十六）で1箇所ほどである。これに対して、両者の差異を示す箇所は、単純な表記上のそれを除いても、（十四）では19箇所、（十五）では27箇所、（十六）では32箇所になる。「たけくらべ」本文の揺らぎ・流動性は後半に至って非常に大きくなるのである。

（十四）の再掲原稿の次のような記述。「初々しき〈大〉《おほ》嶋田《しまだ》〔髷《まげ》に〕〈の結ひ綿のやうに〉絞りばなしふさ〳〵と〔結ひ綿のやうに、〕〈かけて〉」などは、あたかも既成本文の上に初出本文を照合して「修正」したかのような跡である。しかし、たとえば、この章の初めの、団子屋の背高（頓馬）と正太の会話の部分などは、「下を向いて言ふに、／下を向ひて正太の答ふるに、」「頓馬のいふに、／頓馬を現はすに、」「何故〳〵と言へば、／何故〳〵。何故でも」などの差異があり、二人のやり取りの生き生きした在りよう、文脈上の明晰さは再掲本文の方が格段に上である。また、この章の末尾に見られる、次のような違いはどうだろう。

a「私は嫌やでならないとて顔に袖屏風、往来を恥ぢぬ。」

b「私は厭やでしようが無い、とさし俯向きて往来を恥ぢぬ。」

大島田に結い上げきらびやかな衣装に身を包んだ、「今日」の自分の装いを厭い、沈鬱な様子をみせる美登利を語ったところである。両袖で顔を隠すという人情本的な所作[*19]よりも、「さし俯向」く行為の方が美登利の内面を明確に物語っていよう。こうした比較を通して分かることは、登場人物に対する〈語り手〉の主観・深い理解が再掲本文には明瞭に現れていることである。そのことは、たとえ「下原稿」を活用したとしても、再掲時において叙述に対する「選択」意識が働いていたことを確実に想像させる。いや、冒頭から末尾まで通して書き綴った再掲時の書き手は、一読者となって再読しつつ新たな「たけくらべ」を構築する作業を行なっていたようにも想われる。〈語り手〉の主観という微妙なところで、確実に小説のダイナミズム（うねり）は起こっていた。二つの本文を読み較べていった時、読み手のなかにこうした〈語り手〉への想像力が働いてくることは否めない。

（十五）以下を再掲時の自筆原稿で見ると、当初、章立てが現在眼にする形とは違っていたことがわかる。（十五）と記して後、ここでは、三の酉の日の美登利の嘆きと、それを慰めようとする正太を語った場面がまず出現する。美登利は自分の身に起こったことへの対応で精一杯である。正太は冷たくあしらわれたと独り思い悩みつつ美登利のもとを離れ、そのまま筆屋へと飛び込む。そこで、既に来て居た三五郎と会話を交わす場面へと続き、「此処も彼処も怪しき事成りき。」と、その日の出来事を総括するような〈語り手〉の言葉で、ひとまず（十五）章は終っている。原稿には、その後に「＊＊＊＊＊＊」の行が記されそして削除され、その次行に「（十六）[*20]」と記さ

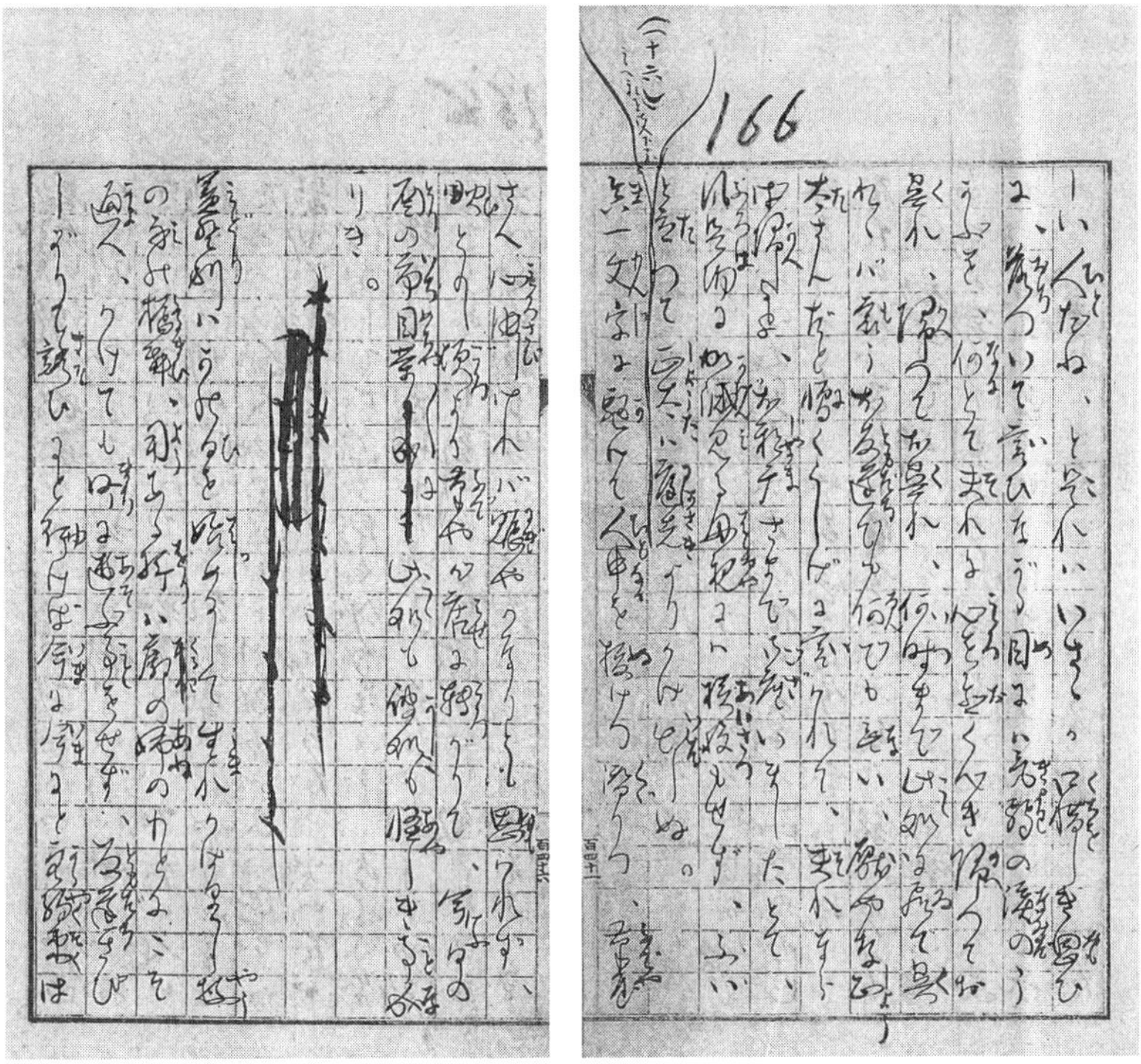

「たけくらべ」稿本より

れ、また削除された跡が残されている（「たけくらべ」稿本写真参照）。そして、以後「美登利はかの日を始めにして」と三の酉の日の翌日以降のことが展開され、「或る霜の朝」の大尾に至っている。内容的には、こうした構成は、三の酉の日の出来事が一まとまりになって提示されており、決して不自然ではない。一葉は、まず（十五）と認め、その日のことを一気に書いたのではないか、と想像できる。仮にそうであるならば、果たしてこの部分が初出本文の「下原稿」であったのか、との疑問もさらに湧いてくる。

　一葉は、美登利の嘆きを独立して提示したかったのか、結局は初出本文と同様の章立てに「修正」している。原稿用紙の上部余白に、「(十六) こゝへこれを御入下され」という、博文館編集部へと思われる指示が朱筆で書き込まれ、「真一文字に駆けて人中を抜けつ、潜りつ、筆屋の店へ」と、正太が「をどり込」んだところを冒頭に、以降末尾までを（十六）章とした。この「書き込み」が再掲時に為されたことは確かであろう。なぜなら、『文学界』掲載時には、第七回目の連載、すなわち最終掲載分の章番号（十五）（十六）が、（十三）（十四）と誤記されそのまま載ってしまったのであり、それは一葉自身のミスであったことは、最近になって発見された、この部分の初出本文の自筆原稿[*21]によって確認されたのだから。（十六）章設定の「指示」が一葉にとってどの時点で必要だったかを考えれば歴然とする。しかし、実のところ、この原稿を再掲時に「活用」された、初出の「下原稿」と認めたにしても、その他の所々に見られる書き込みや削除が、どの時点で施されたのか最終的に判定することは難しい。ただ、ここまで見てきたところで確認できることは、そこには、少なくとも再掲時における書き手の意識が何らかのかたちで働いていたということ、そして、眼の前に在る二つの本文には明瞭に差異があるということ、この二点である。したがって、私たちにまず許されるのは、この「差異」を読むことである。

その意味で、最終章（十六）に見る「差異」は興味深い。二つの本文には、用語用字など表記上かなりの異同が認められるが、内容に関わる大きな違いとしては二点ほど指摘できる。一つは、「三の酉の日」の場面の収束の仕方であり、もう一つは、三の酉の日以後小説大尾までに流れた「時間」の長さである。前者から考えてみよう。

a「正太は例の歌も出ず、大路の往来は夥だしけれど心淋しければ賑やかなりとも思はれで、火ともし過ぎには筆屋の店にも影の見えず成ぬ。」

b「正太は例の歌も出ず、大路の往来の夥たゞしきさへ心淋しければ賑やかなりとも思はれず、火ともし頃より筆やが店に轉がりて、今日の酉の市目茶〳〵に此処も彼処も怪しき事成りき。」

この土地の年中行事のなかでも特筆すべきものが「酉の市」であることは、（十四）の冒頭の〈語り手〉の言葉でも明らかである。「沸き来るやうな面白さは大方の人おもひ出でゝ忘れぬ物に思すも有るべし」と、廓と外部とを隔絶する境界が取り払われ、老若男女入り乱れるこの日の吉原の賑わいが、いかに印象的なものであるかが語られる。それは、大人だけではなく、この土地の子どもたちにとっても同様のはずである。しかし、この年は様相を変えた。初出本文は、これまで美登利や正太や、表町組の子どもたちの「遊び処」であった筆屋の店先の、「火ともし過ぎ」の人影のなくなった情景の提示によって、ハレの日の終息を語っていく。早々に、潮がひくように遊びの場から子どもたちは退場した。それに対して、再掲本文[*22]では、正太はその日の夕方になっても「筆やが店に轉が」ってと、いつまでも自分たちの「遊び処」に居続ける。ここは、正太の述懐とも、外の喧騒とは無縁のところで、その日、自分たちの身に起こった「怪し」い出来事を反芻する。ここは、正太の述懐とも、〈語り手〉の説明ともとれるが、この三の酉の日、美登利や正太や、(そして信如?)に起こったいつもとは異なる「現象」を、ひとまず「怪しき事成りき」と不審を表明するかたちで、余韻を残して収束させていく。どちらの本文も、これまで遊びや喧嘩を繰り広げていた「子どもたちの時間」にピリオドが打たれていくのである。その打ち方が、二つの本文では微妙に異なっている。彼らの時間を慌しく切断した初出本文と、彼らの「怪し」さのなかに佇み、これ以降も彼らの「心」の行方を見守るかのような余情を含んだ再掲本文と、読者の前には二様の本文がある。この点は、続いて見ていく後者の問題にも関わってくる。

a「信さんは二三日すると何処のか坊さん学校へ這入るのだと」

b「信さんは最う近々何処かの坊さん学校へ這入るのだとさ」

三の酉の日、三五郎から正太に告げられた情報である。「たけくらべ」大尾には、どちらの本文にも「其明けの日は信如が何がしの学林に袖の色かへぬべき当日なりしとぞ」とあり、信如の旅立ちが暗示される。私見[*23]では、大尾の「或る霜の朝」に格子門に差し入れられた「水仙の作り花」を見て、美登利が「懐かしき思ひ」で「淋しく」その「清き姿をめで」たという〈語り手〉の言葉から、この時美登利が既に娼妓という仕事のなかで「汚され」ていることが明示されていると読める。そして、作中、三の酉の日からここまでに流れた時間は、二つの本文では微妙に異なる表現で示されているのである。三の酉の日を境に美登利は確実に「生れかはりし様」になっていくのだが、その期間が「二三日」と「最う近々」では読者に与える印象（衝撃）は相違するだろう。時間を限定した表現よりも、朧化表現の採用のなかに、〈語り手〉の美登利への愛情さえ感じられる。そのことと対応して、次のような差異も生じているのではないか。いずれも三の酉の日以後の美登利の変貌ぶりを語ったものである。

①「今に今にと空約束ばかり、／今に今にと空約束はてし無く、」

②「さしもに仲善なりけれども正太と解けて物言ふ事もなく／さしもに中よし成けれど正太〔を〕〈と〉さへに親しまず」

③「筆やの店に手をどりの活潑さハ薬にしたくも見る事ならず成けり、／筆やの店に〔出〕〈手〉踊の活潑さハ再び見るに難く成ける」

④「表町ハ俄かに淋しく成りて／表町ハ俄に火の消えしやう淋しく成りて」

①や④に見る差異は、その変貌に要する時間をあたかも「延長」するかのような再掲本文の在りようを示している。①は、この間「はてし無く」時間が流れているかのように印象づけられ、④は、表町の「俄か」な変化を強調するよりも、「俄に火の消えしやう」と形容して、町の「淋しさ」を強調している。③に見る差異は、美登利の活

発さが今は「薬にしたくも」無いと全否定されてしまう初出本文に対して、「見るに難く成ける」と僅かな可能性を残すかのような言い方なのが再掲本文である。②も、正太との仲良しの度合いの変化が示されるが、物も言わなくなった「今」のよそよそしい関係を暗示する初出本文と、友との交際をあえて断ったとする再掲本文とでは、美登利の意思の在りよう、置かれた位置は異なる。微細な違いながら、再掲本文では、美登利の子ども世界からの離陸（運命の甘受）は、ゆっくりと余韻を残すかのように曖昧化されて語られている。そして、美登利のそれなりの意思が窺える語りとなっている。思えば、「たけくらべ」の〈語り手〉は子どもたちの「今」を決して断定的には語らない。未来への可能性（何らかの内的成長の可能性）を残すかのように。読み手の情緒的な面に訴えるかのような不定形な余白の残し方は、〈語り手〉の主観が色濃く顕在化している再掲本文のなかでこそ、より一層窺えるのではないだろうか。

こうした後半の「差異」について、野口碩氏は「(十三) 以下は未定稿をそのまま活かしている部分が多く、その点で『文学界』本文より旧い要素を多く残している」「初出稿の方が再掲本文よりも新しい形態を示している」[*24]という判断をされている。「旧い要素」「新しい形態」が具体的に何を指しているのか、今一つ不明であるが、〈語り手〉の語り方のなかに主観がこめられている、言い換えれば物語的要素を残存させていることを指して「旧い」とするならば、指摘は当たっているといえよう。しかし、その「旧い」要素に対して、一葉が再掲時に無限定に「残し」たと理解されるならば、私は異議を挟みたい。一年間、七回にわたって断続的に連載をしてきた時と異なり、一括して「原稿」化した時、一葉は「たけくらべ」を冒頭から末尾まで通読する「読者」でもあったはずである。その時、廓の少女の運命への理解と同情は一層深まった[*25]のではないか。二つの「本文」の「差異」はそのことを明瞭に物語っている。

初出本文と再掲本文との比較という問題は、当然評価の問題、いわゆる「本文校訂」や「底本」の確定にも関わってくる。現在多くの読者が眼にしている本文がベストなのか否かの問題である。しかし、「たけくらべ」の複数の本文《テクスト》は、単にそうした固定的評価を要請するのではなく、〈書く〉ことの劇《ドラマ》を明滅する生きた本文《テクスト》として私たち読者に迫ってくる。そして、この〈揺らぎ〉を抱えた「たけくらべ」の本文《テクスト》は、汲めども尽きない豊かな読解へと誘ってくれるのである。名作とされる一つの理由がここにある。

注

＊1　無論この『全集』以前に草稿整理の試みがなされなかったわけではない。早くは塩田良平氏・猪場毅氏などの仕事がある。なお、『全集』には、「未完成資料篇」（第二巻）として収録されている草稿がかなりあり、これらの対象化、発表作品との相関はこれからの研究課題でもあろう。

＊2　ただ、眼にし得る限りでの、実際の草稿と活字化された「未定稿」との比較を通して感じることは、「削除」部分に関しては概ね軽視しがちな傾向があるのではないかということである。草稿を読むためには、加筆も削除も同等に重要な意味を持っていよう。

＊3　塩田良平氏編「雛鶏（一）～（三）」（『婦人朝日』昭28・1～3）が掲載され、「解説」で「たけくらべ」の「原形」とされて以後、その執筆時期が検討されてきた。

＊4　「G」に関しては皆無である。野口碩氏は（十三）以下の再掲清書原稿をそれと認めている。

＊5　平成六年六月十一日に行なわれた「一葉研究会第三回例会」（於共立女子大学）で、「一葉の小説資料から見た二、三の問題―『たけくらべ』を中心に」と題して発表された時の「レジュメ」で詳しく報告されている。そのなかで「最近この部分の自筆稿が発見」とあるのは、『文学界』掲載第七回分、（十五）（十六）の部分である。この他、「最近山梨県立文学館に樋口家から移管された諸資料」（野口碩氏「資料の空白部分を探る」『樋口一葉全集』第四巻（下）附録　平6・6）に「たけくらべ」の草稿が含まれているという情報を提供している。「新資料の全容」は『全

集』「別冊」としてやがて刊行されるとのこと。

*6 『全集』第一巻「たけくらべ」補注で野口氏は「『たけくらべ』の制作は、起稿より再掲のための改訂に到るまで(中略)かなり流動性が著しい。それぞれの本文は常に、改訂の機会が与えられれば修訂が加えられ、形が変えられる可能性を含んでいる」と述べている。こうした認識の下に、「たけくらべ」本文を考えることが大切であろう。

*7 一葉没後の明治三十年一月、博文館から刊行された『一葉全集』の緒言「事のついでに」で、大橋乙羽は「細心増補訂正せられたるもの数篇を予に寄せて」と述べている。また明治二十九年二月六日付乙羽からの葉書に「太陽の小説ツイ御新作(御清書ありしため)と間違ひ」とあり、「大つごもり」が再原稿化されたことが明確にわかる。

*8 紅野敏郎氏「大橋本(再掲本)『たけくらべ』原稿の出現と特質」(『日本古書通信』第七四六号　平3・9月号)のなかで紹介されている。

*9 前掲(*5)「レジュメ」には、「(十三)以降は『文学界』掲載以前の下書きを使って居り、例えば(中略)(十三)の『詮方なさに一ト足二タ足ゑゝ何ぞいの未練くさい、思ハく恥かしと身をかへして、かた〳〵と飛石を伝ひゆくに、信如ハ今ぞ淋し……』は/詮方なさに一ト足〔づゝ、飛石づたひ悄々と入るを、〕信如は今ぞ淋しう……/とある本文のルビを振ったあと、〔 〕の部分を消して直してあるが、旧未定稿の形を『文学界』を参照しながら修正したと考えられる」とある。また、野口氏は、『樋口一葉事典』(平8・11、おうふう)所収「現存資料所在案内」においても「FGは殆ど現存しないが、『文芸倶楽部』に再掲された際の元原稿に『文学界』本文作製時の下書き原稿が活用された。従って既述の小林日文氏所蔵の元原稿の(十三)以下の書き込みを除き、修正部分を最初の形態に戻して見ると、未定稿の姿が浮かびあがって来る」と同様の指摘をしている。一方、今西實氏「『たけくらべ』の初出原稿について」(『ビブリア』昭42・10、後『日本文学研究資料叢書　幸田露伴・樋口一葉』昭57・4、有精堂所収)は、二つの本文の間に「用字、仮名遣、句読点の修正から、字句の改訂補入など、かなり意識的な改訂がなされて」いるとしている。こうした今西氏のような捉え方が、これまでの大方の常識であったのではないか(傍点は筆者による)。

*10 『全集』第二巻「われから」補注。また、関良一氏に「三月中旬・下旬ごろに改稿『たけくらべ』が成り」(「一葉

小説考」『一葉全集』第七巻　昭31・6刊所収）という推定がある。

*11　各章ごとに、二つの本文の同箇所の平がな表記と漢字表記の差異を比較して見ると、『文学界』本文の方が、平がな表記が多い（16章中13章でいえる）。格段に多い章は、3、4、5、6、8、9、10、13、15章である。

*12　愛知峰子氏「「たけくらべ」の断層」（『名古屋近代文学研究』平4・12）は、作品半ばに「断層」を持つ「たけくらべ」の二つの本文を、句読点の使用率という、文章表現上のプリミティブな面から考察している。そして、結果的に得られたデータから一括掲載本文（『全集』本文）の後半に、「たけくらべ」以後の晩年の作品に見る傾向と同じ特徴を指摘しており興味深い。

*13　参考のため、19例を以下に列挙しておく。ここでも「初出原稿／再掲原稿」と、対照して表記した。

①「これで／此裂《これ》で」②「さりとて見過《みす》ごし難《がた》き難気《なんぎ》の体《てい》を／さりとも見過《みすご》しがたき難気《なんぎ》を」③「余《あん》まりの人／余《あま》りな人」④「しば〳〵なる侘《わび》しさ、詮方《せんかた》なしに／しば〳〵なるを侘《わび》しく、詮方《せんかた》なさに」⑤「心残《こゝろのこ》りして振《ふり》かへれば／心残《こゝろのこ》りして見返《みかへ》〔るに〕〈れば〉」⑥「其姿《そのなり》は何《なん》だえ／其姿《そのなり》は何《どう》だ」⑦「暴《あば》れの長吉《ちやうきち》／暴《あば》れ者《もの》の長吉《ちやうきち》」⑧「今朝《けさ》よりぞと志るく／今朝《けさ》よりとはしるき」⑨「漆《うるし》の色《いろ》のきわ〴〵しうて立《た》ちけり。／漆《うるし》の色《いろ》、きわ〴〵しう見《み》えて誇《ほこ》らし気《げ》なり」⑩「あわたゞしう／急遽《あわたゞ》し〔く〕〈う〉」⑪「結《うは》ひつけより／結《ゆは》ひつけなんぞより」⑫「いゝよ己《お》れは馴《な》れてるのだ、／好《い》いよ、己《お》れは馴《な》れた事《こと》だ」⑬「石《いし》ごろ道《みち》は歩《ある》けまい、さあ此下駄《このげた》を／石《いし》ごろ道《みち》は歩《ある》けない、さあ此《こ》れを」⑭「双《なら》べて出《いだ》す親切《しんせつ》さ、／揃《そろ》へて出《いだ》す親切《しんせつ》さ、」⑮「疫病神《やくびようがみ》のやうに言《い》はるれども／疫病神《やくびようがみ》のやうに厭《い》はれながらも」⑯「もれ出《いづ》るもをかし。／もれ出《いづ》るぞをかしき。」⑰「抛《ほう》り込《こ》んで置《を》けば子細《わけ》は有《あ》るまいから、／抛《ほを》り込《こ》んで置《おい》たら子細《しさい》はあるまい、」⑱「そんなら信《のぶ》さん／それなら信《のぶ》さん」⑲「格子門《かうしもん》の外《そと》にとゞめぬ／格子門《かうしもん》の外《そと》に止《とゞ》めぬ」。③④は、野口氏のいう「旧末定稿の形」の前後に現れる差異。

*14　「揺らめく「物語」――「たけくらべ」試解」、田中実・須貝千里編『〈新しい作品論〉へ、〈新しい教材論〉へ――文学研究と国語教育研究の交差』第一巻所収（平11・1、右文書院）。こちらは、作品論としてまとめたものであるが、本稿と一部重複する所があることをお断りしておく。なお、この論文は、拙著『小説の〈かたち〉・〈物語〉の揺らぎ

―日本近代小説「構造分析」の試み』（二〇〇二・二、翰林書房）及び本書にも再録した。
＊15 亀井秀雄氏「口惜しさの構造」（昭56・3『群像』のち『感性の変革』昭58・6、講談社所収）
＊16 高田知波氏「近代擬古文＝その文語性と口語性（ex たけくらべ）」（『国文学』平10・10）は、地と詞とその中間にある「作中人物の発話されない内面」に当たる「独自の言説領域」によって形成されている、「たけくらべ」の叙述の「三相構造」を整理している。そして、その「独自な言説領域」は、「語り手の理解力が作中人物の内面には正確に届いていない」証しでもあるとする。しかし、この領域に〈語り手〉の作中人物理解への葛藤が現れていると見ることもでき、その様相をこそ読むのが「たけくらべ」読解の眼目だと私には思われる。いずれにしろ、こうした文体の特徴が、「たけくらべ」を読み手によってさまざまな解釈を生む豊かなテクストとしている。
＊17 「たけくらべ」の語り手の〈存在〉への考察、またその〈変容〉への考察は、多くの先行研究でなされている。注（＊14）に示した拙稿でも触れているので参照してほしい。
＊18 高田知波氏「〈女・子ども〉の視座から―「たけくらべ」を素材として」（『日本文学』平元・3）で使われている表現。
＊19 関良一氏は「三の酉（樋口一葉）―『たけくらべ』十五」（『解釈と鑑賞』昭33・9）で、この『文学界』本文に触れ、「少々古風である」としている。和田芳恵氏と共著のこの連載（「『たけくらべ』一～十七」『解釈と鑑賞』昭32・8～昭33・12）のなかで二つの本文の「校異」が示された。
＊20 「真筆版」はモノクロなので、消してある下の文字は読めないが、山梨県立文学館のパソコンのカラー画像で見ると、朱で消してあり下に墨で書いた「(十六)」という文字が明瞭に読みとれる。
＊21 天理図書館所蔵の初出『文学界』本文のこの部分の原稿は、従来筆跡が一葉のものではないことが指摘されていた（前掲今西論文参照）。発見された一葉自筆のものは「無罫の半紙九枚」に書かれていたため、『文学界』掲載にあたり「文学界雑誌社特製用紙を使って」他人が臨写したことが判明した。この自筆原稿は個人の所有で現在実物を見ることはできない（本稿発表後の一九九九年七月、この原稿は明治古典会七夕古書大入札会のオークションに出展、落

札され、現在、日本近代文学館に寄託されている）が、野口氏が前掲「レジュメ」で全文翻刻されている。なお、この部分が、通常一葉が使用していた「き」の字の商標の入った青い罫線の原稿用紙ではなかったという事実も、再掲時に「下原稿」（「き」の字の原稿用紙使用）を使用したとする推定に対して疑問を抱かせるのではないか。

＊22　ここには、実のところ削除されたもう一つの本文「今日の酉の市目茶に成りき」がある。正太の慨嘆といった形での終息で、彼の幼さが感じられる。内容的に最も初期の本文との推定も成り立つが、記述の跡から同時に書き直しが為されたともいえ、決定的判断は難しい。

＊23　前掲（＊14）拙論参照

＊24　前掲（＊5）野口氏「レジュメ」

＊25　田辺（旧姓伊東）夏子「一葉の憶ひ出」（「新修版」として昭59・9、日本図書センター刊）のなかに、「大音寺前に住んでゐた時「あの辺では玉のやうな性質の女の子が吉原で全盛になるのが、一番の親孝行だと思ふてゐるのよ」と感慨深かさうに、言ふてゐました」という証言が出てくる。一葉にとって美登利のような少女が理解し難い存在であったことが窺える。「たけくらべ」を書くことは、一葉にとって異質の世界を了解するプロセスでもあった。

付記1　本稿を成すにあたり、初出稿本の閲覧・複写では天理大学附属天理図書館のお世話になった。再掲本文の清書原稿は、各種「真筆版」を全て照合しつつ使用し、不明箇所を山梨県立文学館のカラー画像「〔たけくらべ〕原稿」で確認した。また、野口碩氏には初歩的な質問を投げかけては、貴重な情報を与えていただいた。そして、本文の比較作業のためのノートとして、富田裕行氏・竹村和美氏作成の「校本「たけくらべ」」（『東洋大学日本語研究』平3・3）を使用した。各位に記して感謝の意を表したい（なお本稿末尾に「たけくらべ」の複数の本文を図示した）。

付記2　本稿発表後、『完全複製直筆「たけくらべ」』（山梨県立文学館監修　二〇〇五・三、二玄社）及び野口碩氏が解説・翻刻した「樋口一葉「たけくらべ」ほか未定稿資料など」（山梨県立文学館研究紀要『資料と研究』第十二輯　二〇〇七・三）が公刊された。

「たけくらべ」複数の本文参考図

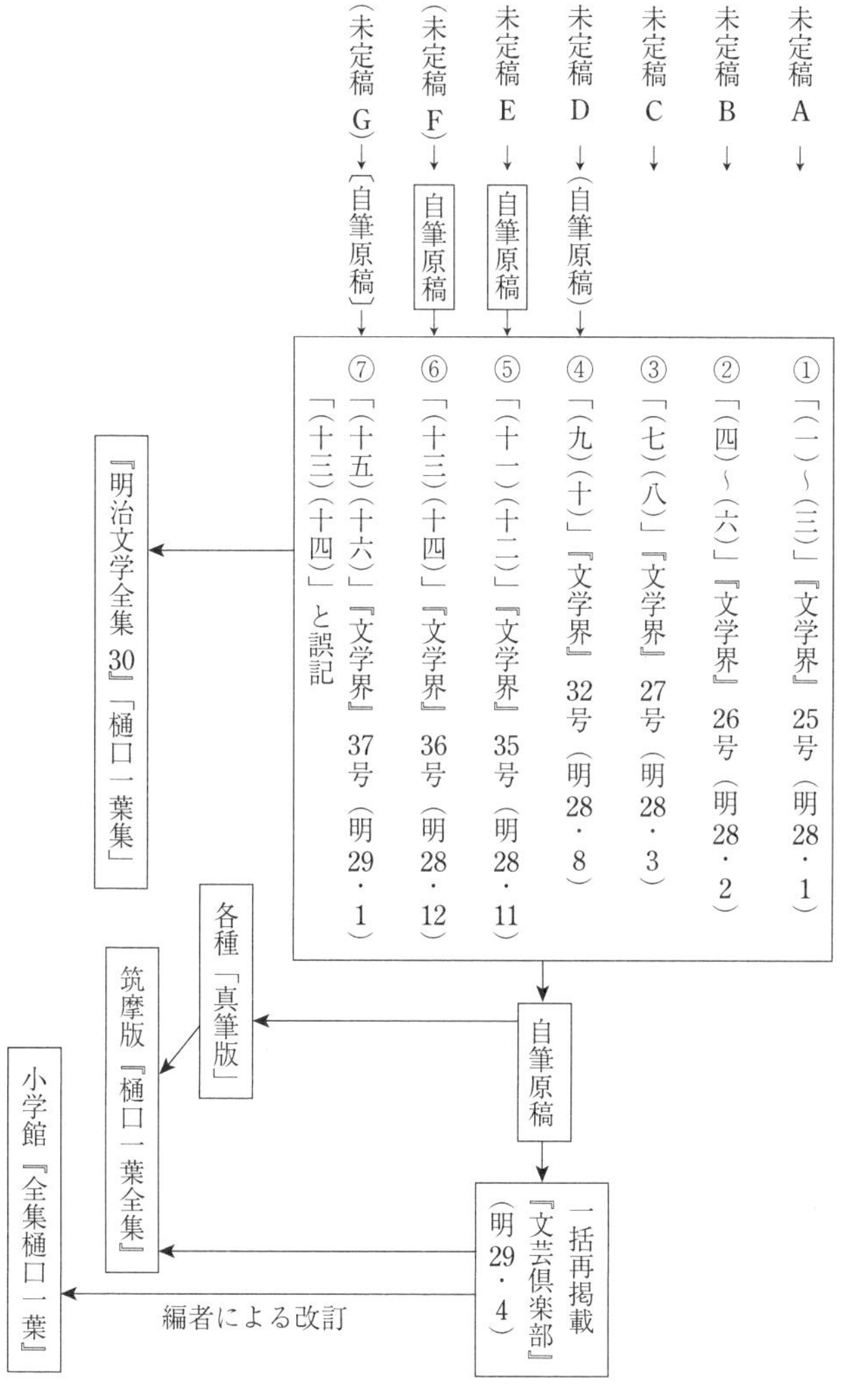
未定稿A
未定稿B
未定稿C
未定稿D
未定稿E
（未定稿F）
（未定稿G）
（自筆原稿）
自筆原稿
自筆原稿
（自筆原稿）
①「（一）～（三）」『文学界』25号（明28・1）
②「（四）～（六）」『文学界』26号（明28・2）
③「（七）（八）」『文学界』27号（明28・3）
④「（九）（十）」『文学界』32号（明28・8）
⑤「（十一）（十二）」『文学界』35号（明28・11）
⑥「（十三）（十四）」『文学界』36号（明28・12）
⑦「（十五）（十六）」『文学界』37号（明29・1）
「（十三）（十四）」と誤記
『明治文学全集30』「樋口一葉集」
自筆原稿
各種「真筆版」
筑摩版『樋口一葉全集』
一括再掲載『文芸倶楽部』（明29・4）
編者による改訂
小学館『全集樋口一葉』

〈複数のテクスト〉――樋口一葉の草稿研究（「雛鶏」と「たけくらべ」と）

以下に掲げる稿は、平成十一年（一九九九）十月二十八日、大妻女子大学千代田キャンパスで、同大学に草稿・テキスト研究所が設立されたのを記念して催された、「草稿とテキスト」と題したシンポジウムにおける口頭発表を活字化したものである。主催者側が録音し、それをおこした原稿に発表者が手を入れたものである。既に、私も含む四名の発表と、その後の質疑応答と、シンポジウム全体が再現されるかたちで、「報告集」『草稿とテキスト――日本近代文学を中心に――』（平13・1・20発行）と題する冊子として公刊されている（非売品とのこと）。したがって、この拙稿も口頭での発表をそのままに再現した文体となっている。

この時の「発表」を本書に収めようとするならば、本来、論文というかたちで、その後公刊された資料などの検証（野口碩氏が今日まで持続的に行なっている）も含めて書き改めるところである。しかし、私自身の力量不足と時間的余裕のなさと、また最も大きな要因としては、論文化して検討するための資料、すなわち「たけくらべ」「雛鶏」に関わる草稿の蒐集・整備がいまだ十分ではないという、個人的な判断があることから、シンポジウムの際の問題提起を、ひとまず、そのままのかたちで本書に収録することにした。私の問題提起に関しては、現在もその時と基本的になんら変わっていない。

そして、この先の作業、「たけくらべ」生成のプロセスを、残された全ての草稿を視野に入れた上で〈複数のテクスト〉として論じてみるという試みは、私にとってのみならず、一葉研究においてきわめて興味深い課題であることは間違いないだろう。なぜなら、筑摩書房版の『樋口一葉全集』では、その課題が資料的にも十分に解決できていなかったのだから。「たけくらべ」は四百字詰め原稿用紙に換算してわずか七十五枚ほどの作品ながら、一葉は初出の段階では、一年にわたって七回の連載を行なったのである。その間の執筆経過・発表の経緯自体の検討を、残された全ての草稿によって行なうことが、まず必要だろう。断続的な入稿は、それだけでも多くの問題を孕んでいることを予測させる。それのみならず、一葉はその後再び一括掲載するために原稿化するという作業を行なっているのである。私たちに残された、その時々の清書原稿と、さまざまな痕跡を残す草稿群（新たに発見されたものもある）の検証は、今、ようやく研究のメスを入れられる段階へと近づきつつあるのではないだろうか。「雛鶏」と「たけくらべ」の関係をめぐっても、いまだ決着はつけられていない。なお、本書収録にあたり、この「発表原稿」には今回さらに手入れを行ない、シンポジウムに参加されていなかった方にも伝わるように努めた。

＊　＊　＊

戸松と申します。おととい卒論の中間発表会が大学でありまして、ゼミの学生たちが、下級生の前で、二十分の持ち時間で一人ずつ発表していきました。学生たちは非常に緊張しておりまして、それを私は傍らでからかっていたんですけれども、その気持ちが今よくわかります。私の持ち時間二十分でうまく話が着地できますか不安もありますが、始めたいと思います。

先ほど杉浦先生からご紹介いただきましたように、私は樋口一葉の草稿研究についてお話ししたいと思います。一応「〈複数のテクスト〉」という題名をつけました。〈　〉がついているのは、後に述べますが、私自身の造語ではなく借りてきたことばだからです。レジュメの一枚目、四角に囲みました項目[*1]が、今日の話のポイントとなるつもりでおります。

さて、先ほど杉浦先生からもお話がありましたが、先日（7月10、11日）、恒例の「明治古典会　七夕古書大入札会」が神田でありまして、今年は「たけくらべ」の清書原稿九枚が出品され、話題になりました。この清書原稿の存在については、数年前から私たち一葉研究を行なっている者には、野口碩さんによって知らされておりました。今回の出展の情報も、私は野口さんに教えていただきました。結局、この原稿は、一個人の方によって落札されたのですが、その後、野口碩さん、——この方は改めて言うまでもなく筑摩版『樋口一葉全集』（以後『全集』と略します）の編纂を実質的になさった方です、——その方のアドバイスもあって、日本近代文学館に寄託されたという、そういうニュースを先ほど控え室で皆さんと話しておりました。一葉研究のためにも、私蔵されないで本当によかったと、ひとまず喜んでいるところです。

この「清書原稿」は、無罫の半紙九枚に清書されたもので、初出の、『文学界』という雑誌に明治二十九年一月に掲載された時の原稿です。連載の七回目、最終回に当たります。「たけくらべ」の（十五）（十六）章、大尾の部分です。ただし、この原稿には、章番号が（十三）（十四）と誤記されています。『文学界』にも誤記されたまま掲載されました。一葉の原稿のなかでは珍しく、罫線のない半紙に清書されているのですが、確かに一葉の自筆だと私も思います。非常に美しい原稿で、また美しい手蹟でして、書き損じは、私が見た限りでは、一箇所しかありませんでした。

この実物を私はじっくりと見せてもらいました。二日間の展示を、二日とも通って、ショーケースのなかから出していただいて、一枚一枚めくっていきました。そして、直にこの原稿と対面することによって、私なりにいろいろな判断をめぐらしたりもしました。第一に感じたことは、もの凄く気合いを入れて、清書している一葉の姿です。半紙に一字一句ミスのないように清書しているのです。四百字詰め原稿用紙（この場合は半紙を使用）の最後まで、ミスなしに浄書すること自体、かなりのエネルギーがいることは誰しも経験しているのではないでしょうか。この清書原稿の美しさは、一葉の他の清書原稿と較べても半端ではない美しさです。したがって一方でまた、この清書原稿に至るまでの一葉の姿を想像せずにはいられませんでした。今日ここでお話しする「たけくらべ」の草稿、『全集』では「未定稿」という言い方をしているものですが、その草稿のことを同時に想います。草稿からは、何度も何度も改稿しては、苦しみぬいて小説を構想していく一葉の姿を彷彿させられます。そして、その両方の姿のなかに、気の遠くなるような、一葉の「書くこと」への執念のようなものが働いていることを感じます。こうした実感は、生の原稿や草稿を見てこそ得られるものだと思います。

私は、一月に刊行された季刊『文学』（一九九九冬）に「「たけくらべ」複数の本文《テクスト》」と題した論文を書き、「たけくらべ」の二つの本文について、つまり『文学界』連載の初出本文と『文芸倶楽部』に一括再掲載された本文とについて、残存するモノとしての清書原稿の問題を介在させつつ、論じました。それは、同時に『全集』の孕む問題を考えることへの促しでもあったわけで、発表後、野口さんを始めとして、多くの方のご意見・反応をいただきました。野口さんは『全集』編纂以降、「たけくらべ」の本文について、再掲時の（十三）以下の清書原稿は、初出時の下書き原稿を使用したのだという推測を指摘され続けています。つまり、この二つの本文は比較するとかなり違うのですが、（十三）以下は『文学界』本文が後発のものだという判断です。この判断に対して、私は、一括して再掲載する時の一葉の意識に思いを馳せつつ、疑問を投げかけたのです。一見、野口さんの指摘に反論しているように見えるのですが、そこで私は、原稿それ自体に対する結論は出していません。簡単には出せないというスタンスで論じているのです。ただ徹底して二つの本文を読み較べるということを通して、『文芸倶楽部』掲載時の本文で起っている〈現象〉は見過せないのではないか、と問題提起しているのです。

逆にいうと野口さんがあれだけ明言する根拠、その根拠が必ずしも十分ではないということであります。

私は、その時も今も、野口さんの「推定」を全否定することはできないとは思っています。その可能性も十分あるかと考えています。けれども、次の段階として、「たけくらべ」の「未定稿」の問題に踏み込んでいきますと、さらにいろいろな課題が見えてきて、ますますこの問題については、慎重を期さなくてはいけなくなっていると思っているのです。残存する草稿の森にわけ入ることによってより一層、「たけくらべ」という作品の生成のプロセスに見る、層の厚さを、ことばを換えますと、書くことの、或いは読むことの、「揺れ」「揺らぎ」を感じます。したがって、そう簡単に答えを出すのは、危ないのです。まず「揺らぎ」そのものを顕在化させることが、当面必要な作業なのではないでしょうか。

「たけくらべ」は、一読、シンプルな作品に見えますが、一葉は、何度も稿を改めているのではないか、そして、その改稿のプロセスの全貌は、今の段階では、必ずしも明瞭になっているとはいえない。そんな気がします。私たちは、一葉研究を行なう時には筑摩版の『全集』をベースにするのですが、この『全集』を一つの「研究成果」として対象化していくことこそが、これからの一葉の草稿研究の、いえ一葉研究の出発点のように思います。『全集』編纂以後も展開し続けていらっしゃる野口碩さんのお仕事には、私は絶大なる敬意を表します。それゆえにこのお仕事を聖域化し孤立化させてしまうことは、いかにも残念に思うのです。今日は、「たけくらべ」の草稿の整理がどのレベルにあるのかを例にして、そこに見る草稿研究の問題点、正確に言えば、草稿研究のための、いわば前段階にあたるところでの問題点を提起したいと考えています。

レジュメの方に入りたいと思います。今日はB４二枚のレジュメを用意しました。一枚目の（1）に「「たけくらべ」の草稿（いわゆる「未定稿」）――公開の経緯と研究史」として大ざっぱに、草稿公開（翻刻）の経緯と先行研究を列記しました。[*2]「たけくらべ」の下書き稿が残存するということは、まず大正七年刊の真筆版『たけくらべ』によって明かされます。その書に付された「跋として」のなかで、馬場狐蝶が「『たけくらべ』の未定稿、即ち『雛鶏』と題した四枚の下書」原稿があることを明らかにしており、そこで「たけくらべ」との違いについてちょっと触れています。そして、新世社版『樋口一葉全集』。一葉の全集はそれ以前にも出版されているのですが、昭和十七年刊の新世社版で「断片原稿」が収録されました。幸田露伴監修となっていますが、おそらく邦子さんのご長男の樋口悦さん、猪場毅さんによって編集されたと思いますが、ごくわずかな「断片原稿」が世に出たのです。（樋口悦氏は、それ以前にも単発的に雑誌に草稿を翻刻・発表しています。）

続いて、塩田良平さんが、「雛鶏」と題した「作品」として、「たけくらべ」の草稿をかなりまとまった形に整理して、『婦人朝日』（昭28・1、2、3）に発表したわけです。それに続けて同じ年に刊行が始まった筑摩書房の『一葉全集』では、この塩田さん編集の「雛鶏」が、第二巻（昭28・9）に「小説　断片未定稿」として収録されました。この時塩田さんが手元にこの草稿を、博士論文を書くために置いていたために、他の方が目にすることはなくて、結局塩田さんが整理した形のままの「雛鶏」が載ったということです。それから、昭和四十九年三月から刊行された、筑摩書房の『全集』で野口碩さんが「未定稿」として、一葉の草稿をほとんど翻刻・整理されたのです。草稿は、「たけくらべ」だけではなく、「琴の音」をのぞく全作品に関わる断片・草稿が残っていたということですが、それらが活字化され収録されたわけです。一葉の草稿は、未完成作品のそれも含んで、かなりの量が――一説には「数千枚の原稿の書きかけ」とありますが――残されています。

さて、「たけくらべ」生成研究は、塩田良平さんが「雛鶏」という形で世に提出することによって、本格的に草稿が検討の対象になり、始まっていったと思われます。塩田版「雛鶏」は、「たけくらべ」以前に成立した作品として、基本的に別の作品として捉えられています。内容的には、「たけくらべ」の（十二）章あたりまでのものです。別物とはいうものの、整理の仕方は、かなり「たけくらべ」を模倣する形でまとめ上げているといってよいでしょう。そして、そういう編集の仕方、整理の仕方に対して、まず関良一さん（「一葉小説成立考」『山形大学紀要』昭29・3）が異議を唱えました。「たけくらべ」の前テクストである「雛鶏」と題されて書かれた作品は、せいぜい原稿用紙四枚ほどのもので、つまり連載一回目にあたる時に書かれた草稿に限られるのではないか、と考察したわけです。続いて、塩田さんと一緒に『一葉全集』を編纂した和田芳恵さん（「『たけくらべ』の成立過程」『解釈と鑑賞』昭32・7）も『雛鶏』十五枚説」を出し、やがて塩田さん自身が、自説の修正をするといった経緯がありました。

こうした先行論文を読んでわかることは、おそらく実際に原稿用紙に書かれた草稿を手にとって見ることのできた方は、この段階（かなりまとまった形で残されていたという情報が伝わった段階）では、塩田良平さんと猪場毅さん、そして少し後で和田芳恵さんと、このお三方だけではなかったかと思われます。そして、内容に踏み込んで論文を書かれた天理大学（一葉の原稿を収集・所蔵しています）の今西實さん（「『たけくらべ』小論――未定稿の検討から」『山辺道』昭51・3）にしても、実際に全ての草稿を手にして研究されているというのではなく、これは野口碩さんの『全集』が出て以後の論文ですから、『全集』を参照しつつ整理して、「十五枚説」に加担するということになっています。

野口碩さんの『全集』で整理した形は、こうした研究経緯を踏まえた上で提出されたものでしょう。「未定稿A」から「G」まで、七回にわたっての、初出『文学界』連載の一回ごとの「過程」で産まれた草稿として整理されています。「雛鶏」については、「其の有効範囲はせいぜい第一回掲載分の決定稿が書かれるまでの過程に過ぎない」と推定しています。実際には、「F」「G」にあたる草稿はほとんど無いとのことですが、野口さんはこの時の「未定稿」が、再掲載の時の「清書原稿」として使われたのだ、という先ほどちょっと申し上げました独自の見解を示されているのです。話がややこしくなって来たかと思われますが、レジュメの二枚目に前掲拙論のなかで参考のために作成した図式に、さらに手を入れたもの【参照1】を添付しておきましたので、ご覧になってください。「たけくらべ」本文の現時点でのステマはこのようになっています。自筆原稿はどの部分が残っているのか?、「未定稿」は?、活字化の流れは？　などの疑問が、大ざっぱなものですが一目瞭然でわかるかと思われます。

さて、この図では、一応「未定稿」の整理は、野口さんのA~Gという、七次の『文学界』掲載時ごとの分類にしたがって示したのですが、実のところ、こうした分類に疑問がないわけではないのです。『全集』を読んでいくとわかるのですが、この時野口さんは全ての残存する草稿を実際に手にとって検証できたわけではないようです。レジュメの（2）に「塩田良平編『雛鶏』」の「解説」の概略をまとめておきましたが、[*3]この時、「丁寧に保存」されていた「上中下三綴の草稿（計四十六枚）と、別にその下書きと覚しき草稿二十一枚（一綴）及びその書きちらし数枚」が、樋口家から研究者の手に渡ったわけです。ですが、七十枚ほどのこの時の草稿は、最新の筑摩版『全集』編纂時には、散佚していたようです。ですから当然、野口さんは、「雛鶏」編集の際に塩田さんが実際に眼にされた範囲の草稿の実物を、手にとって見ることができなかったようです。

実は、最近になりまして、レジュメ一枚目の（3）「「たけくらべ」「未定稿」（野口碩氏の整理[*4]）」にあります③「未定稿C」に分類された部分に、新たに野口さんによって「未定稿C新資料抜粋」として一部紹介された草稿がありますす（平成六年の樋口一葉研究会で報告）。これは、計二十八枚あり、このうちの二十一枚が「たけくらべ」の「未定稿」であり、野口さんによれば「塩田良平氏が『婦人朝日』」「掲載「雛鶏」（三）において言及した「二十一枚」の下書きであることが判明した」とのことです。もちろん『全集』には収録されていません。現在、山梨県立文学館に委託されているとのことです。私もいまだに調査していないのですが、改めて検討が必要な草稿です。[*5]

このように野口さんは、現在も調査を継続されているのですが、新たな資料が出てきた段階で考えますと、「たけくらべ」草稿の分類の仕方、つまり作品生成のプロセスについては、改めて見直さないといけないのではないかと余計思われてきます。これまでの野口さんの分類・整理を、レジュメの（3）に簡単に一覧にしましたが、ここからだけでも単純な疑問がいくつも湧いてきます。たとえば、「未定稿C」のところに「（七）と書き出した（八）に相当する断片」（『樋口一葉事典』「現存資料所在案内」、『全集』補注では「第八回との内容が未分化な、（七）と表示のある断片」とある）、「未定稿D」のところに「（八）と書き出した（九）に相当する断片」（同事典で述べている。『全集』未収録のもの?）といった説明をされる草稿があります。つまり、内容的には類似したものでありながら、掲載時の章立てとズレる草稿があるわけですから、それらを活字化されたテクストを基準にして処理してよいのか、「未分化」とされる内容に関しても、執筆時に関しても、どうしても問題は残ると思います。一葉の場合、『文学界』に入稿する時、最後の（十五）（十六）を（十三）（十四）と誤記したりして、章の表示の仕方についてはフランクなところがあったりもするのですが、草稿を読む場合には、判断や結論を出すにあたって慎重でありたいと思います。

また、今西實さんに指摘がありますように、「未定稿B」の（四）章、（六）章に関わる草稿を見ると、現存している資料からだけでも、何段階（三ないし四段階）かの改稿がなされていることがわかります。この改稿のプロセスについても、今西さんは『全集』の分類にしたがって見ています。しかし、そうした狭い枠組みでは、「定稿」と呼ばれる活字化されたテクストから判断する視線に終始囚われてしまうのではないでしょうか。今西さんの論文を読んでいる時、そうした印象を常に感じました。一般的にいっても、これまで、「定稿」から草稿（「未定稿」）を見る習性に私たちは慣らされてきたと思われます。活字化された作品を特権化する意識の呪縛から免れられないのです。けれども、そうした視線によっては、草稿テクスト自体の孕む問題は何も見えてこないのではないでしょうか。そんな気が、今強くします。

さて、「たけくらべ」草稿の整理に関して見直しを迫る材料として、もう一つ。レジュメ二枚目（4）に、『全集』未収録の草稿を掲げておきました。上段にありますのが、早稲田大学所蔵の草稿【参照2】で、野口さんが本間久雄氏所蔵の「（四）の冒頭の一枚」といっているものではないかと思います。私は、このあいだ（一九九九年五月）早稲田の中央図書館で展示された時に十重田裕一さんから情報をいただいて観に行きまして、ガラスケース越しに写してきたのです。原稿用紙記載のままの形で翻刻してあります。「その四」とありますが、「定稿」の（四）の冒頭にあたるところです。「たけくらべ」の「べ」は、ちょっと難しい字が使われていまして、恥ずかしいことですが、書けませんでした。この平がなではなかったのですが、どういう字か漢字かも想像がつかなかったので、括弧で括っておきました（注―本発表後に再確認すると、「遍」をくずした変体仮名であることがわかった）。「一葉稿」という署名が入っています。*6

題名・署名の記載、（四）章の冒頭ということから、この原稿が『文学界』の二回目の連載のために書かれたものであることは確かだと思います。本文もほとんど「定稿」と呼ばれている活字化されたテクストに近いもので、内容的にはほとんど清書原稿といってもよいような一枚です。けれども、筆跡を見ますと、後半かなり乱れていまして、他の清書原稿と比べますと、ちょっと清書原稿とは思えないのです。ルビが二箇所しか入っていないということも、そのことを裏付けます。残っている一葉の清書原稿には、朱筆でルビが入っています。全体的には、清書原稿にきわめて近いレベルの草稿である、とは確認できます（『文学界』掲載本文は、総じてルビが少ないということはあります）。

それから、下の段にありますのは、荒木慶胤さんという、台東区にあります一葉記念館のそばにお住まいだった方で、市井の一葉研究家として名高い方なのですが、この方が所蔵されている草稿の一枚です。これも私は昨年（一九九八年十月）一葉記念館の特別展で実際に見たのですが、既に荒木さんのご著書のグラビアに掲載されているものでした。野口碩さんも確認していらっしゃって、報告し翻刻されています。それを、私なりの表記で記述したのが下段のものです。【参照3】内容的には、活字テクストには見当たらない記述で、野口さんは、「未定稿C」つまり三回目の掲載に関わる草稿と分類しているのですが、少々疑問です。信如像が「定稿」とは微妙に異なっているように感じます。

この二枚の草稿の書き方を比べて見ると、かなり落差があることがわかります。一葉の草稿のなかには、原稿用紙の裏にも習字とかメモとか別の用途で使われていたりするものがありますし、また字のくずし方なども多様で、なかには本人しか読めないのでは、というくらい凄まじく読みにくいものがあったりと、いずれにしろ、さまざまなレベルの草稿が産み出されたと思われます。そのことは、ここに挙げたごくわずかな一葉の草稿に見る、書き振りの違いからも容易に伝わってきます。一つ一つの草稿を「読む」こと、内容だけではなくモノとしての草稿を「読む」作業もまだまだ必要なのではないでしょうか。たとえば、「雛鶏」に使っている原稿用紙と「たけくらべ」の連載が始まってから使っている原稿用紙の違いとか、こういった問題はもっと考察すべきなのではないでしょうか。

塩田さんが、前掲「雛鶏」のなかで、「この「たけくらべ」のように数回に渡って書き直された作品は類例がない。「雛鶏」の下書と覚しきもの、「雛鶏」、「たけくらべ」の下書と覚しきもの、それに「文学界」の「たけくらべ」。それを更に『文芸倶楽部』の「たけくらべ」にかき改めるまでに、このような段階を追って珠玉の名篇が出来上がったのである」と述べています。単純に考えても、最低これだけの段階を踏んでいることは確かで、さらに考えますと、最初の構想の問題、連載が始まってからの問題、一年という長期にわたっての、それも断続的な形での連載、一括して再掲載する際の意識、とその折々の、さまざまなレベルの問題を抱えた作品です。断簡零墨から清書原稿まで、何層にもわたっての草稿が残された稀有な作品ということができます。一葉没後百年以上経た現在、残された草稿を読む読者によって、こうした層がどこまで浮かび上がり、「たけくらべ」生成のプロセスがどのように顕現してくるのか、気の遠くなるような困難を思いつつ、思いを馳せないではいられません。それくらい一葉の書くことへの執念は凄まじかったように思われます。そして、それは、実のところ一葉においては「たけくらべ」に限ったことではないのですが——。

さて、本当はここから先が大事なのですが、こうして残された草稿を見ていく私たちの視線の向け方の問題があると思います。今日の最初のご発表で松澤さんがフランスの生成論についてお話になりましたが[*7]、草稿の断片の一つ一つをも、テクストとして捉えていくという、書くこと読むことをめぐる生成論的観点がやはり必要だと思います。私流に述べるならば、「たけくらべ」は〈複数のテクスト〉として捉えていくことが要請されているテクストだと思います。草稿群を見ていく時にも、複数のテクストが明滅する〈場〉として捉えていく視線が肝要だと思いますし、私自身常に心掛けているところです。偶然にあるいは必然として残され、実のところ成立時点の解明も定かではない草稿には、こうした視線を向けていかない限り何も見えてこないし、草稿を研究することの意味も見失われていくように、私は感じています。

〈複数のテクスト〉という言葉を、既に私は拙論のタイトルに「「たけくらべ」複数の本文《テクスト》」として、「本文」に「テクスト」というルビをふって使っているのですが、今回の発表の準備をするためにいろいろな資料を探っていましたらば、すっかり忘れていた「出典」が出てきました。それは、ここにいらっしゃる松澤さんが翻訳されているクロード・デュッシェの「未完に関する未完の覚書」（表紙・目次には「未完についての未完のノート」）という論文でして、一九九三年秋号の季刊『文学』（岩波書店）に載っています。この文章に私はいたく共感を覚えていたらしくて、いたるところに線が引いてありまして、なかでも「複数のテクスト」という言葉には赤ペンで結構強く引っ張ってあって、私はここから借りていたのか、ということを、改めて思ったわけです。要するに、デュッシェは、作家によって完成を見た、すなわち活字化され刊行された個々の小説であっても、未完という要素は常に孕まれているという「テクスト」の性質を理論的に説いているわけでして、したがって草稿もまた決して「前テクスト」概念では捉えられないものであるといっています。

「要はまさに書く行為の今ここで複数のテクストが競合しているという点にあり、単に草稿――テクストの全体からその後支配的となるものの軌跡を看取することなのではない。私が読んでいるこのテクストには現前していない複数のテクストの刻印があるのだ。それは、テクストのなかで未完化の働きとして滞留しているものの刻印なのである」と、こう述べています。こうした発想に、私はたいへん心惹かれるわけでして、「たけくらべ」の草稿に限らず、草稿をテクストとして捉えていくという視線で、一つ一つの草稿に臨みたいと考えています。それは同時に、無限に明滅する複数の書くことのドラマを発見していくことでもあるのです。これからの草稿研究、いえ文学研究には、こうした視線への切替えこそが要請されるのではないでしょうか。こう捉えることによって、少なくとも、活字化されたテクストを絶対化・特権化することの呪縛からは自由でいられると思いますし、これからの批評の始まる場が拓かれてくるように思います。

ここまで、皆さんにとっては、おそらくどうでもいいような、「たけくらべ」の草稿にまつわる、前段階的な、細かな話をしてきたのですが、なぜ私が草稿を読むことに深入りしてしまうのか、ということは、実は私にとっても大問題なのです。眼も疲れますし、肩も凝りますし、そんな作業に関心を抱く人も多くはないと思います。ともすれば、「文学研究」という「制度」のなかで自己完結するだけの孤独な作業に終始してしまいます。それどころか、現状を見ていますと、杉浦さんは先程これから草稿研究は重要になってくるとおっしゃっていましたが、「草稿研究」が「文学研究」の一つの領域として認知され流行することなど、到底期待できそうもありません。

今日は、短時間の発表ということで、内容の〈解釈〉に踏み込んだ具体例はあえて提示しなかったのですが、草稿研究をする時に、やはり一番問われてくるのは、テクストの〈解釈〉だと、私は思っています。モノとしての草稿研究と同時に、〈読み〉こそがこうした研究を進めるための武器になってくると私は信じているのです。ところが、現在の文学研究は、必ずしも文学的言語の〈読み〉を深め、磨く方向へは向かっていないのではないでしょうか。〈解釈〉を競うことからむしろ遠ざかっているように思われて淋しさを感じています。

いつのことでしたか、その記憶は定かではないのですが、島田雅彦氏が講演のなかで、小説は、その断片を読んだだけでも、その小説の全体が想像されてこなければならない、自分はそうした書き方に努めている、というような意味のことを述べ、ひどく私の心に残りました。小説のかけらが、小説の全体像を彷彿させる。草稿の断片からは、活字化され発表された作品とは、別の全体像が浮かび上がってくるやも知れないのです。そしてまた、活字化されたテクストを全的に捉える読み方をしない限り、こうした発見もなされないのではないかと思います。

ですから、そんななかで今、生成論的研究を推進させるためには、先ほどの松澤さんのお話や、これからご発表をなさる島村さんのように、不断の理論化の営為が大切だと考えます。理論化には滅法弱い私ですが、この点は考えずにはいられません。なぜ草稿を研究するのか、どう研究していくのか、という理論武装です。この点は、避けて通れない問題のように思われます。そして、やはり、草稿や原稿という、書くことの〈現場〉に立ち入ることは、「疲れる」「辛い」と言いつつ深入りさせるだけの、面白さに満ちているということだけは、ひとまずここで言っておきたいと思います。私の発表は、こんなところで終わりにします。

注

＊1　レジュメ冒頭に掲げた項目（「四角に囲みました項目」）は、次のようなものである。

①はじめに（今日の報告の意図について）

②一葉の草稿と筑摩書房版『樋口一葉全集』―「たけくらべ」「未定稿」を視座として

③〈複数のテクスト〉―草稿を見る（読む）視点

＊2　レジュメ（1）「たけくらべ」の草稿（いわゆる「未定稿」）―公開の経緯と研究史

馬場孤蝶『たけくらべ』（真筆版）（大7・11、博文館）「跋として」のなかで、「『たけくらべ』の未定稿、即ち『雛鶏』と題した四枚の下書」と「たけくらべ」との差異について触れている。

新世社版『樋口一葉全集』第一巻（幸田露伴監修　昭17・1刊）「断片原稿」収録。

塩田良平編『雛鶏』（一）～（三）（『婦人朝日』昭28・1～3）

筑摩書房版『一葉全集』（塩田・和田編　昭28・8～昭31・6）第二巻　塩田版「雛鶏」を収録。

筑摩書房版『樋口一葉全集』（昭49・3〜平6・6）第一巻

＊　＊

関良一氏「一葉小説断片考」上・下（『国語と国文学』昭20・8、昭21・1）

猪場毅氏「「たけくらべ」の未定稿断片」（『近代文学』昭28・2）

「昭和十六年の春、私は樋口家の当主悦氏の委嘱で、一葉の遺品として同家に秘蔵される稿本の書信・詠草、その他いっさいの文反古を整理することになり、まる二年というもの、その仕事に没頭した。新しく定本全集五巻が企画されたためである。」

関良一氏「一葉小説成立考」（『山形大学紀要』昭29・3）「雛鶏四枚説」
関良一氏「一葉小説制作考」（『一葉全集』第七巻　昭31・6）
和田芳恵氏「「たけくらべ」の成立過程」（『解釈と鑑賞』昭32・7）「雛鶏十五枚説」
塩田良平氏『樋口一葉研究』増補・改訂版（昭43・11、中央公論社）自説の修正
今西實氏「『たけくらべ』小論——未定稿の検討から」（『山辺道』昭51・3）
野口碩氏『樋口一葉全集』刊行以後、現在も検証を継続されている（一葉研究会『会報』に連載）

＊3　レジュメ（2）塩田良平編「雛鶏」の「解説」から

「解説」には、「上中下三綴の草稿（計四十六枚）と、別にその下書きと覚しき草稿二十一枚（一綴）及びその書きちらし数枚が丁寧に保存」とある。その上で、塩田氏は、以下のような分類をしている。

「雛鶏」「「たけくらべ」の一回から十二回にいたる部分まで」

「執筆年代はわからないが、恐らく明治二十七年春頃に腹案」「同年秋以降草稿をなしたのでは」と推定（筆者注—根拠の提示なし）「十二回分までしか今のところ発見されていないが」「これは一葉がここまでの未定稿を書きためておいて、あとは「たけくらべ」と改題してから書きたしたものではないかと想像される」

「最初の一綴分」「「たけくらべ」一—三に当る部分」「すべて二十字詰二十行の青罫和紙に墨書され、不必要な句

は墨で縦に消されてある。」

「第二綴」「「たけくらべ」では（四）から（六）に当るもので、二十二枚あるが、最初の三枚は稿をなしていない」「省略した最初の三枚」

「第三綴」「「たけくらべ」十一、十二に当るところ」「「雛鶏」はこの十二で終わっている。」

「未定稿」（「現存の「雛鶏」までの下書き」）「全く断片的な未定稿」「用紙はほとんど「雛鶏」と同じ和罫紙」「執筆は恐らく「雛鶏」を書くすこし前だろう」

「この「たけくらべ」のように数回に渡って書き直された作品は類例がない。「雛鶏」の下書と覚しきもの、「雛鶏」「たけくらべ」の下書と覚しきもの、それに「文学界」の「たけくらべ」。それを更に「文芸倶楽部」の「たけくらべ」にかき改めるまでに、このような段階を追って珠玉の名篇が出来上がったのである。」

＊4　レジュメ（3）「たけくらべ」「未定稿」（野口碩氏の整理）★は『全集』未収録
七回にわたる初掲『文学界』の発表時ごとに整理したもの。
①「未定稿A」（「雛鶏」と題されたもの）山梨県立文学館所蔵（1、2、3章）
②「未定稿B」台東区立一葉記念館（22枚）（4、5、6章）
「（四）の冒頭の一枚」本間久雄氏蔵→早稲田大学中央図書館蔵★
③「未定稿C」「（七）の部分」山梨県立文学館
「途中の一枚」荒木慶胤氏蔵（『樋口一葉と龍泉寺界隈』昭60・9、八木書店　所載のもの？……★
全集に翻刻なし。「未定稿D」に入る？）
「（七）と書き出した（八）に相当する断片」樋口家（8章）
「「たけくらべ」未定稿C　新資料抜粋」野口碩氏翻刻（平6・6　一葉研究会）「山梨文学館で最近公開された未定稿Cに属する「たけくらべ」の下書きは、塩田良平氏が『婦人朝日』昭和二十八年三月号掲載「雛鶏」（三）において言及した「二十一枚」の下書きであることが判明した」（28枚……「たけくらべ」21枚（七）（八）に関するもの★）

④「未定稿D」「(八) と書き出した (九) に相当する断片」山梨県立文学館
「章表示は含まないが (九) に相当する下書き」樋口家
「(九) と表示された (十) に相当する断片」樋口家
⑤「未定稿E」(11、12章) 近代文学館所蔵
⑥「未定稿F」樋口家保存
⑦「未定稿G」「未定稿補遺」

『樋口一葉全集』補注 (昭49・3) から
「稿本本文の後半部分、特に (13) 以下は、初掲稿本の下原稿の本文の上に『文学界』掲載本文を参照して改訂を加えており、掲載本文のいずれにも存在しない独自の文形が、初掲本文と同様のものに修訂されている部分が多い。(この改訂に用いられた下原稿は、F、Gによって表示される断片群の成稿にほぼ達したものと解される。)」
「未定稿資料は、(13) の冒頭部分に関する数行の断片が樋口家に保存されているほか、前記のように再掲本文の自筆稿本がこの過程の完成段階の下書を活用しているので、やや詳しい事情を明らかにすることができる。その未定稿は、『文学界』が＊印によって仕切線を施した、「美登利はかの日を始めにして」以下を (16) としていた。これらの資料を (13) (14) についてFとし、(15) と (16) についてGと表示した」

『樋口一葉事典』野口碩氏「現存資料所在案内」(平8・11、おうふう) から
「FGは殆ど現存しないが、『文芸倶楽部』に掲載された際の元原稿に『文学界』本文作製時の下書き原稿が活用された。従って既述の小林日文氏所蔵の元原稿の (13) 以下の書き込みを除き、修正部分を最初の形態に戻して見ると、未定稿の姿が浮かびあがって来る」

＊5　その後 (このシンポジウム以後)、この資料は、山梨県立文学館研究紀要『資料と研究』第十二輯 (二〇〇七・三) で「写真公開」され、野口碩氏によって詳細な検証・報告と、資料の翻刻とがなされた。「当館に所蔵されているのは、『文学界』第二十五号に掲載された (一) から (三) までの初出テクストの基礎となった未定稿A「雛鶏」と、

主として第二十七号に掲載された（七）と（八）の初出テクストの基礎になった未定稿Cの資料群に属するもの」と説明されている資料である。ここで、野口氏は、「主として」とした理由について「この資料群は「たけくらべ」後半へと展開する構想の揺籃のようなものであって、（七）（八）の定稿に近い文章を決めて行く過程で、（九）（十）に廻された構想や、時には（十一）（十二）にも飛び火するものが沢山含まれているから」と述べており、この草稿の混沌を「定稿」からの視線によって説明されている。しかし、別の捉え方もできそうである。ことに興味深い点は、発表された二つの「たけくらべ」のなかでは次第に希薄になっていく信如の存在感が、これらの草稿群のなかで点滅・主張されていることである。いずれにしろ、「今回の公開は平成16年の本館一葉展の展示及び図録でも果たせなかった初めての完全な資料公開」なのである。むろん筑摩書房の『全集』にも掲載されなかった資料がほとんどである。「たけくらべ」生成を見ていくための貴重な資料であることは間違いない。

なお、これに先行して平成十七年三月には複製版『直筆「たけくらべ」』が、山梨県立文学館監修で二玄社から出版された。周知のように、「たけくらべ」再掲時の清書原稿はこれまで何度か複製版が刊行されてきた。が、この「完全複製」版の公開は、モノとしての「草稿のもつすべての情報を明らかにする」「画期的な試み」「究極の再現」（野口碩氏「解説」『別冊』）とのことである。願わくば、以降、残存する草稿の複製が一括して出版されることが望まれる。因みに、「たけくらべ」（「雛鶏」も含む）の草稿（もちろん清書原稿も含む）は、私の知る限りでは、山梨県立文学館・日本近代文学館・台東区立一葉記念館・天理大学・早稲田大学・駒澤大学そして樋口家にと、また、その他個人蔵として、分散して所蔵されている。

＊6　この早稲田大学所蔵の一枚は、『全集』未収録の草稿であるが、既に「本間久雄―所蔵・解説」『明治大正文学資料眞蹟図録』（昭52・9、講談社）に掲載・翻刻されている。

＊7　松澤和宏氏「〈生成論とは何か〉」。シンポジウムの発表は他に、須田喜代次氏「清書される日記―「小倉日記」をめぐる一考察」・島村輝氏「メディアとしての草稿とテキスト」がなされた。なお当日の司会は杉浦静氏。

〔参照１〕

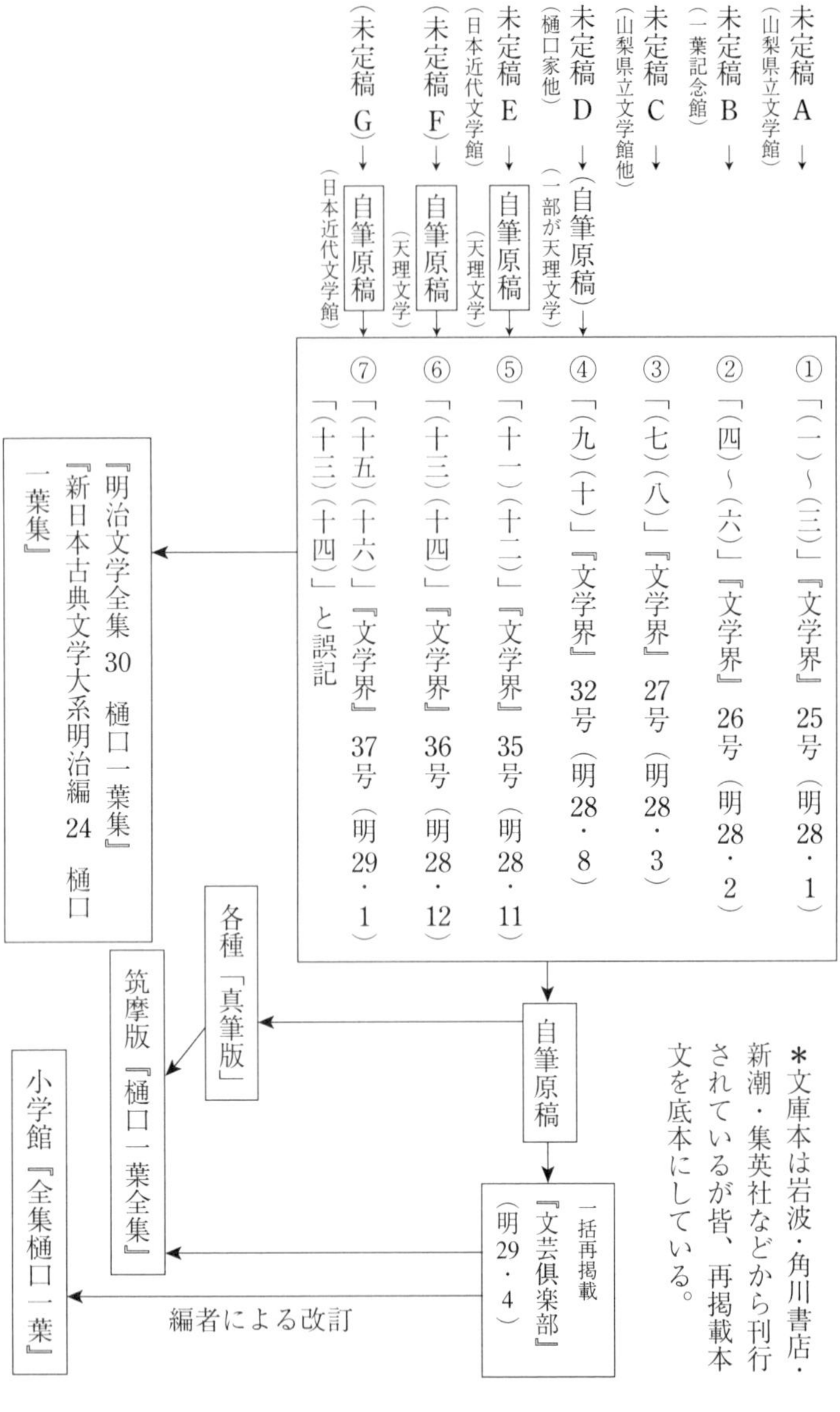

＊文庫本は岩波・角川書店・新潮・集英社などから刊行されているが皆、再掲載本文を底本にしている。

〔参照2〕『全集』未収録の草稿から　早稲田大学所蔵「草稿一枚」

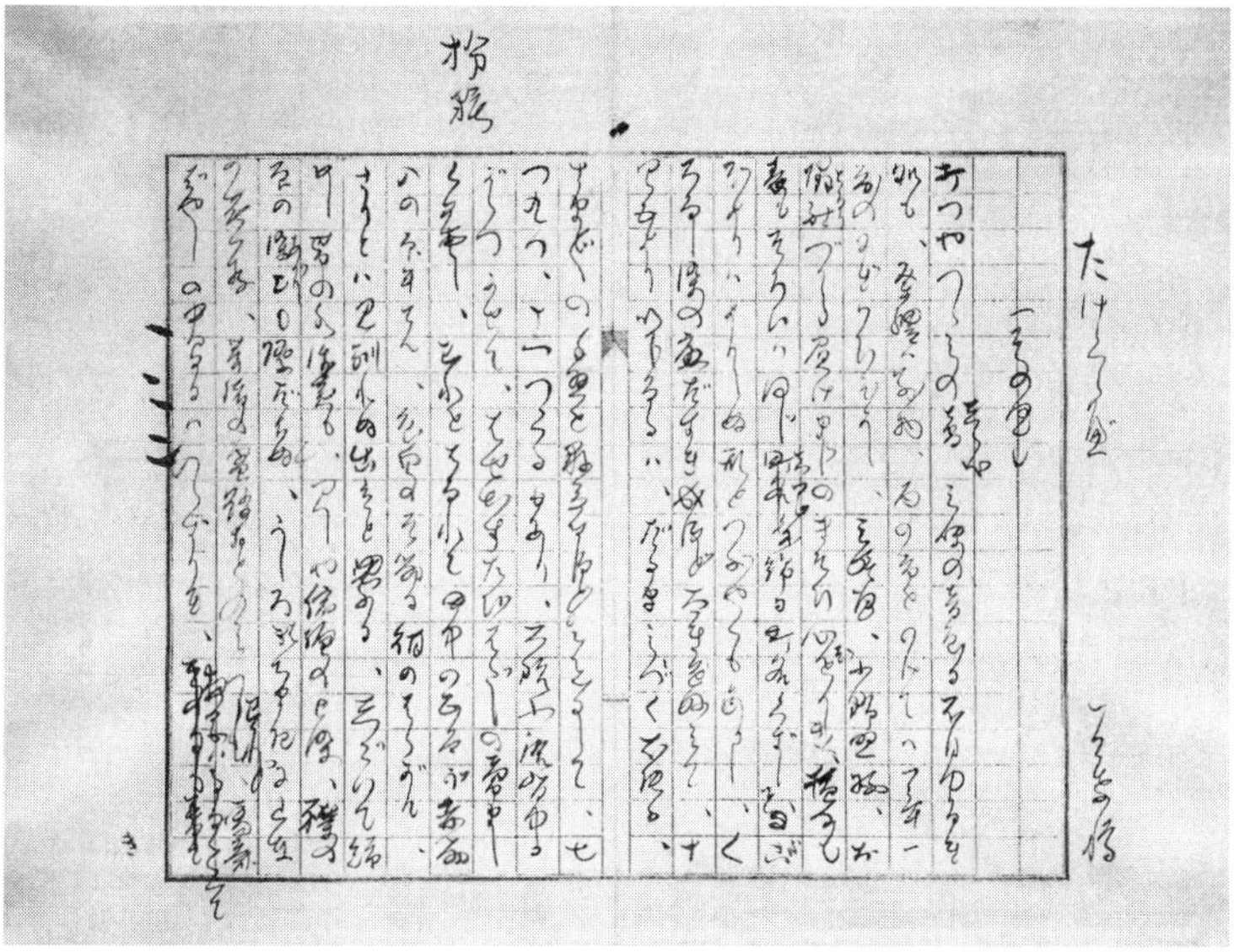

たけくら「べ（遍）」　　一葉稿

（その四）

打つやつゝミの〔音〕〈志らべ〉、三味の音色に不自由なき処も、祭禮ハ別物、西の市をのけてハいち年一度のにぎハひぞかし、三嶋様、小野照様、お隣社《となり》づから負けまじのきそひ心をかし〔き〕〈く〉、横町も表もそろひハ同じ〔町名〕〈真岡〉木綿に町名くずし〈を〉、こぞよりハよからぬ形とつぶやくもありし、くちなし染の麻だすき成ほど太きを好ミて、十四五より以下なるハ、だるまミゝづく犬張子、

◆

さま〴〵の手遊を数多きほどミえにして、七つ九つ、十一つくるもあり、大鈴小鈴背中にがらつかせて、はせ出すたびはだしの勇ましく可笑し、むれをはなれて田中の正太が赤筋入の印半てん、色白の首筋に紺のはらがけ、さりとハ見馴れぬ出立と思ふに、志ごいて締めし帯の水浅黄も、見しや縮緬の上染、襟の印の染上《あがり》も際だちぬ、うしろはちま起に山車の花一枝、革緒の雪駄おとのミハ〔し〕〈すれど〉、馬鹿ばやしの中間にハ入らざりき〈を〉、〔その日も暮て〕〈夜宮ハ事なくくれて〉

＊〈　〉は加筆を、〔　〕は削除を示す。

〔参照3〕「未定稿「たけくらべ」」荒木慶胤氏コレクション　野口碩氏の翻刻を参考にして表記を修正した。加筆〈　〉削除〔　〕

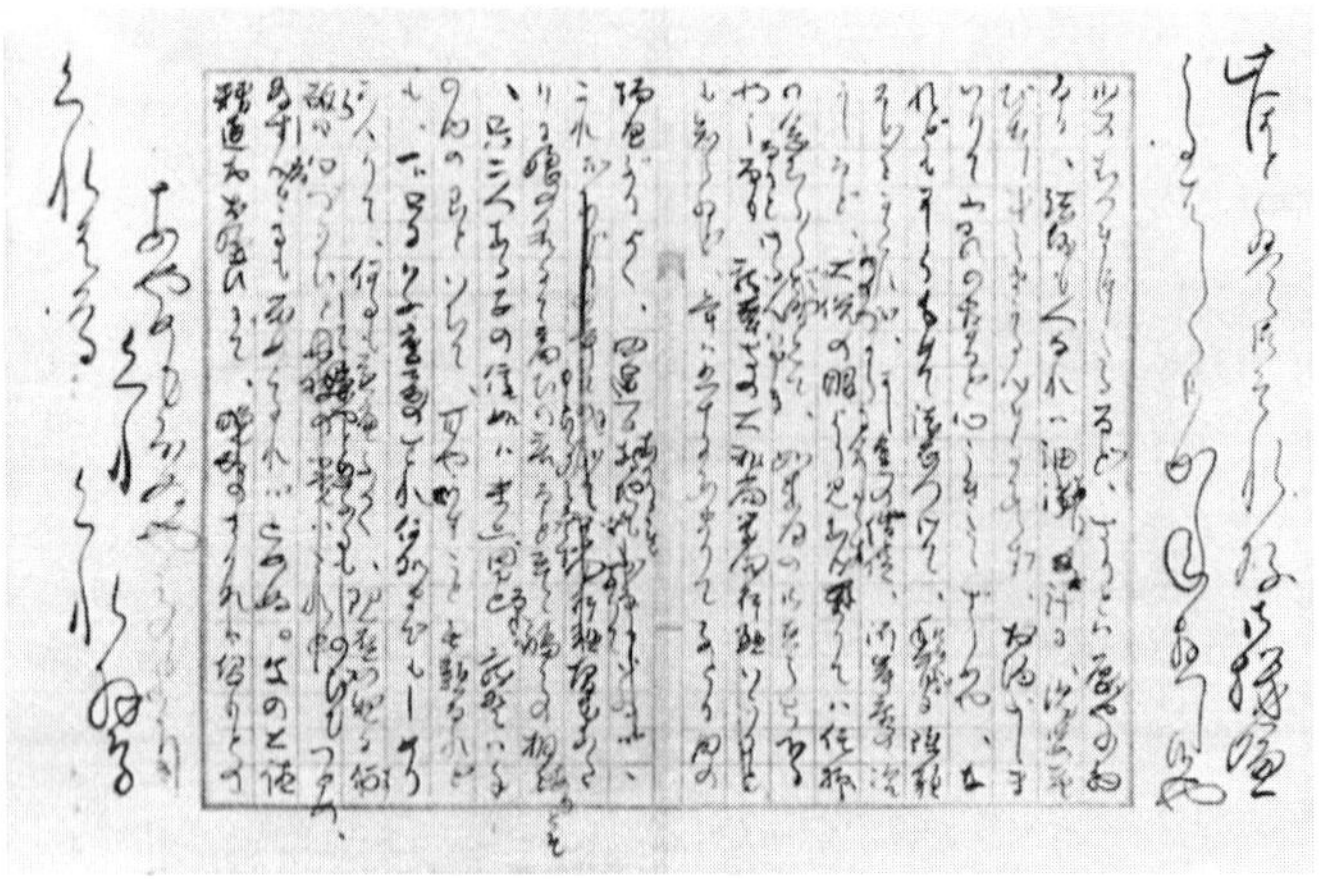

荒木慶胤氏『樋口一葉と龍泉寺界隈』（八木書店）グラビアに掲載
（現在　台東区立一葉記念館に複製が展示）

児のむつきほしたるなど、さりとハ厭やの物なり、法師も人なれハ油〔揚〕あげの汁に、湯婆煮びたし斗うまかるべきにあらず、お酒少しまいりて小歌の聲など心うきたゝざらめや、なれどもかしら丸めて法衣つけて、手首《たなくび》に珠数などをかくれば、かし金の催促、河岸店の冷かしなど、〈おのづからによろしからず〉大俗の眼より見あげ奉りてハ信仰の念むら〳〵〈ぱつ〉と消えて、如来様の御志うち下るやう〔なり〕〈なりとさる人ハ申しき〉龍華寺の大和尚〔学問行跡いかにとも知らねど、〕年ハ五十にあまりてふとり肉の

◆

坊様ぶりよく、四邊に〈あかりよき〉持地も〔少なからねバ、〕これが〔あがりの年々にのびて、学問行跡〕〈日々いるのミならず〉坂本あたりに娘の名にて商ひの店など出して福々の相ありとぞ、只二人ある子の信如は末也、男なれバ、寵愛ハ手の内の玉といひて、甘やかすこと無類なれども、一ト口にいふ變屈の生れ何処までもしめりかへりて、何事も遠慮ふかく、現在の親に〔何故の〕〈すら〉心づかひ〔と母親の小言ハこれと〕〈して嫌やと思ふ事もしのびてつとめ、〉為〔す〕〈し度〉き事も留めらるれバとめぬ。父の大徳精進物お嫌ひにて、〔晩酌のさかなハ〕坂もとの

注釈としての〈削除〉——「山椒魚」本文の生成について

1　浮遊する本文——流通する「山椒魚」本文の諸相

昭和六十年（一九八五）十月に新潮社から刊行された『井伏鱒二自選全集』（以降『自選全集』と略記）第一巻に「山椒魚」が収録されるに際して、末尾部分の大幅な削除によって本文改訂がなされ、世を騒然とさせたことはいまだに記憶に新しい。この〈削除〉本文の是非は、それ以後多くの論文で問われ、「山椒魚」を論じるとは、〈従来〉と〈新〉と、少なくとも二つの本文を視野に入れて論じなければならなくなった。そして、一般読者向けの書物のなかの「山椒魚」本文も、これ以降、必ずしも一定ではなくなった。表面的にはこの時から、「山椒魚」本文は浮遊し始めたのである。

現在一般に流通している「山椒魚」は、容易に手に入る文庫本に限ってみても、新潮文庫「山椒魚」（平14・3 90刷）・岩波文庫「山椒魚・遙拝隊長他七篇」（二〇〇二・一 50刷）・小学館文庫新撰クラシックス「多甚古村　山椒魚」（二〇〇〇・六）と、それぞれ底本は異なるものの、どれも〈削除〉前本文である。一方、講談社文芸文庫「夜ふけと梅の花・山椒魚」（一九九七・一二）収録の本文は、〈削除〉本文であり、また『自選全集』以後に編まれた『昭和文学全集』（昭62・4、小学館）第10巻収録の「山椒魚」は、同じく〈削除〉本文である。なお、井伏没後に刊行がはじまり、近年最終巻が出た新版『井伏鱒二全集』[*1]（全28巻別巻2　一九九六・一一—二〇〇〇・三、筑摩書房）第一巻収録の本文はというと、最初の短篇集である『新興芸術派叢書　夜ふけと梅の花』（昭5・4、新潮社）所収のそれが採られている。いうまでもなく、〈削除〉前本文である。多くの論者が指摘するように、初版『夜ふけと梅の花』収録の「山椒魚」本文が、流布する本文としてベストとは必ずしもいえない。[*2] それは全集の編者自身[*3]が柔軟に認めるところでもある。しかし、前掲小学館文庫の「山椒魚」本文の底本は、この全集の本文であり、全集の「権威」はこれからも一人歩きしていくことになろう。

その当時、三好行雄氏は「なぜそうなのかといわれても困るが、結果として、現在の教科書に採られている『山椒魚』はすべて自選全集にしたがって、和解の場面を削除した形になっているはずである（これは実際に調査したわけではないが、予想としてはそういえる）」（「作品をどう読むか（断章）」『国文学』平元・7）と、「作者の意志を最大限に尊重しよう」とする教科書編者の暗黙のうちの倫理的姿勢[*4]を根拠に、曖昧な言い方のなかではあるが、断定した。そして、自身が編者として関わった教科書[*5]では、この『自選全集』の本文を採用した。しかし、氏の予想に反して教科書のなかの「山椒魚」は、概ね〈削除〉されなかった。当時も今も。現行（本稿執筆時）の高等学校教科書において「山椒魚」が掲載されたものは、筆者が目にすることのできた範囲で四社[*6]あったが、全て〈削除〉前の本文であった。要するに、「山椒魚」本文は、現在、大まかにいってだが、二つの本文が混在して流通しているのである（微細な点を考慮すると、それぞれ異なるといっても過言ではない）。

ところで、井伏鱒二は、平成五年（一九九三）七月十日肺炎のため亡くなった。享年九十五歳だった。『自選全集』の改訂以後、亡くなるまでの間、公的には、「山椒魚」本文を再び〈削除〉前のものへと修訂することはなかった。その姿勢は、世の人々の〈削除〉本文への冷ややかな反応に対して、ひそかに反発するかのごとくに見えるの[*7]だが、この末尾削除の「大改訂」は、一般的には、作家自身が「処女作」とも称している旧作を、米寿を迎える晩年に、どうした心境の変化なのか、突如敢行したように了解されているのではないか。しかし、「山椒魚」に限らず全ての作品にわたる、井伏の「恐るべき改訂癖[*8]」（東郷克美氏）は、繰り返し持続的になされていたのである。「山椒魚」も、各種の文学全集が編まれるたびに手が入れられた。松本武夫氏の『自選全集』補巻（昭61・10、新潮社）に付された「書誌」によれば、「山椒魚」「収録書目」はその時点でも六十冊ほどになる。こうした異本のなかの「山椒魚」本文について調査した佐藤嗣男氏[*9]は、十五冊の本文の比較対照を行なっている。井伏は、できうる限りの範囲で、「山椒魚」に手を入れ続けていたのである。そして改稿は、『自選全集』刊行後も、なされていた。

この改稿の様相については後に概観するが、たとえば、昭和五十一年六月に二見書房から刊行された『井伏鱒二の自選作品』（〈現代十人の作家〉4）収録の「山椒魚」本文は、限定二千部の豪華本という、この種の本には珍しく、現代仮名遣いとなっているのだが、井伏の校閲はここでも入っている。このなかの「山椒魚」の底本は、意外にも、昭和三十九年九月に初版が刊行され、昭和四十九年三月に増補版[*10]が出た筑摩書房版『井伏鱒二全集』第一巻の本文ではなく、その本文の底本となった筑摩書房版『現代日本文学全集41』「井伏鱒二集」（昭28・12）のそれである。一か所だけ、「何うして私だけがこんなにやくざな身の上でなければならないのです？」という山椒魚の台詞に付けられた疑問符が、感嘆符「！」に変えられている。また同じ年の九月に発行された、限定二百部の特装版『山椒魚』（成瀬書房）は、さらなる豪華本であり、井伏自筆の「後記」が影印で付されてもいる。ここで使われている本文は、筑摩版全集のそれである。微妙に異なる二つの本文を、同時期に、それぞれの異本で採用しているのである（この二つの「底本」問題も、実のところ発生しているようである）。

さらに、『自選全集』刊行の前年の昭和五十九年九月には、『定本夜ふけと梅の花[*11]』（永田書房）が出され、「山椒魚」が収録されている。この書には、「自序」が巻頭に置かれて、「解題」で底本について次のように説明されている。

特にこの作品は全国の高等学校教科書には不可欠な作品であり、著者の代表作の一つでもある。本書では著者の指示により、その教科書に収録されているものを底本とした。

「その教科書」がどれか不明だが、全集本文と同一ではない。というよりも、その本文は、おそらく筑摩版『現代日本文学全集』を「底本」として修訂を加えたものであろう。両者を比較すると、漢字が新字に直されたり、句読点の打ち方にかなりの相違があったりするものの、全集に収録された時になされた語句の改変[*12]がここではなされていないことがわかる。いずれにしろ、この時点でも「山椒魚」本文への作家のこだわりが存在していたことを確認しておきたい。個人全集の刊行によって本文は「定着」、とする通念は、こうした経緯を見ると、必ずしも正しくないことがわかる。『自選全集』で改訂するのは、この一年後であった。そしてさらに、『自選全集』第一巻刊行の翌年、『少年少女日本文学館12　走れメロス・山椒魚』（昭61・7、講談社）に収録の際、四か所ほどの加筆・削除[*13]を行なっているのである。「山椒魚」本文は、実際のところ、〈削除〉以前から、そして井伏没後の今も、浮遊し続けていたのである。「浮遊」の内実は、生前と没後とでは異なるものの。

そして、生前の井伏の「山椒魚」本文へのこだわり、いや終始変わらぬ作品本文に責任をとろうとする姿勢と、「二つの本文」どちらもありといった、現在の「山椒魚」本文の流通状況とを並べてみると、その余りな対照に、少々複雑な思いを抱かざるを得ない。また、「山椒魚」に限らず、私たち文学研究者は、作品を論じるという行為を実践するに際して、どれだけ本文への配慮をしているのか、と考え込んでもしまう。活字化された本文を無前提に信奉し、絶対化していないか。あるいは、個人全集に掲載された本文を「定着」とし、自明のように依拠し、本文自体を問わずに済ましていないか。その作品によって、何を論じようとするのか[*14]。一般読者に、よりよい本文を提供する責任の主体を、どこで誰がどのように担うのか。「本文」の問題は、今日、文学研究者一人ひとりが改めて考えてみてもよい問題なのではないだろうか。

2 「山椒魚」複数の本文《テクスト》――「改訂癖」の実態

無論、井伏作品のテキストクリティークは、井伏研究者によって今も推進されており、そしてこれからも推進されていくはずである。生涯にわたって作品に手を入れ続けた、井伏のような稀有な作家の本文校訂という作業は、困難をきわめ、気が遠くなるようなエネルギーを必要とするように思われる。井伏研究者でもない私の出る幕はない。したがって、ここで私が「山椒魚」の「改稿」「改訂」の中身を概観したいのは、あるべき本文を模索するための作業としてではない。「山椒魚」を論じるに際して、避けて通れない「二つの本文」の問題を考えるための前提として、その本文生成の軌跡を、自分なりに把握しておきたいと思い立ったからに過ぎない。

普通、作家の「改稿」は作品の「完成」へ向けて行なわれると、読者は考える。そのため、私たちは暗黙のうちに、作家の生前最後の稿を尊重するという通念[*15]に縛られることになる。今日、何気なく「流通する本文」で読んでいるもの、たとえば、森鷗外「舞姫」や、樋口一葉「たけくらべ」や、芥川龍之介「羅生門」やは、皆「最終稿」といってよいものである。が、果たしてその本文が流布するものとしてベストなのか、多くの読者は考えてもみないのではないだろうか。所与のものとして、自明のように読んでいるのがほとんどではないか。しかし、「山椒魚」の場合は、他の作品とは異なり、『自選全集』本文を拒む読者が存在しているのである。おそらく作家の意思（遺志？）には反したかたちで、読者の前に「二つの本文」が浮遊している現実がある。そして、文学研究の領域においては、実のところ、この「山椒魚」の例を特殊な事例としてとらえる研究状況では、既になくなってきていることも事実だ。

今や、個々の作品の本文を「自明」とすることはできなくなっているのではないだろうか。R・バルトの「テクスト」概念を経た今日、そのつどそのつどの「作者」の顕現として「改稿」をとらえ、複数の本文《テクスト》として「改稿」プロセスを読む作業が必要になってきたのではないだろうか。いや、「完成稿」以前の「草稿」を「未定稿」とする見方を退け、「テクスト」として読む姿勢で臨むことへの転回である、といってもよい。その時、最終的に本文を決定するのは、読者一人ひとりの〈読み〉である。こうしたテクスト生成のありように、少なくとも文学研究に携わる者は、自覚的にならざるを得なくなってきたことは確かだ。もはや、活字化された本文を無前提に自明とすることはできない。

「山椒魚」の複数の本文《テクスト》について概観してみよう。周知のように、「山椒魚」は、まず「幽閉」と題して『世紀』創刊号（大12・7）に発表された。やがて「幽閉」は、冒頭の一行「山椒魚は悲んだ《ママ》。」を残して全面改稿され、「山椒魚――童話」と改題、『文芸都市』第二巻第五号（昭4・5）に発表された。『世紀』は早稲田系の仲間との間で、『文芸都市』は、既成文壇や同時代のプロレタリア文学へのあきたらなさを標榜して起った新興芸術派運動の仲間たちとの間で、強い情熱を交わすことによって出された同人雑誌であり、この発表媒体と「幽閉」や「山椒魚」との関係を精細に追うことは、ことさらに重要な課題だと思われる（今回、ここで追うことはできないが）。なぜなら、「山椒魚」には、現代の読者にとって必ずしも自明ではない、時代性を含意した語句が散見されるからである。いや幽閉された山椒魚の物語自体が、なんらかの歴史的寓意を暗示しているのだから。[*16]

「山椒魚」のなかの時代性を表すことばを、たとえば「たゞ不幸にその心をかきむしらし《ママ》（れ）る者のみが、自分自身はブリキの切屑だなぞと考へてみる。たしかに彼等は深くふところ手をして物思ひに耽つたり、手ににじんだ汗を屢々チヨツキの胴で拭つたりして彼等ほど各々好みのまゝの格好をしがちなものはないのである」などという時、「不幸にその心をかきむしられる」「彼等」に、具体的な同時代の誰かれをイメージしているように想われる。井伏はその後、この部分の「彼等は深く」以下「胴で拭つたりして」までを、削除する。『新日本文学全集第10巻井伏鱒二集』（昭17・9、改造社）や、戦後すぐに出版された『雨の歌』（昭21・3、飛鳥書店）に収録された時である。しかし、この削除は前後の続き具合を悪くし、「彼等ほど」の「彼等」が宙に浮いて意味不明になる。したがって、この二冊以外では、削除されていない。再出するのだ。「ルンペン」も、同時代性の強いことばと見ることができる。が、こちらは初出から十年後に、つまり二冊目の作品集『オロシヤ船』（昭14・10、金星堂）収録の際に削除され、少数の例外[*17]を除いて、二度と復活することはなかった。語り手が読者に向けて、暗黒の深淵と向き合うことに没頭する山椒魚を「軽蔑したりルンペンだと言はないでゐたゞきたい」と呼びかけることばとして出てくるものである。当初持った意味の歴史性が、時代の推移とともに希薄化していったことは確かであろう。

東郷克美氏は「『井伏鱒二自選全集』のことなど」（『現点』7号　昭62・5）のなかで「山椒魚」の改訂に触れ、「原型の「幽閉」からの改作は別として、「文芸都市」初出」以来、「戦前の四回を含め、今回の改訂まで少くみつもっても大小七回[*18]にわたって斧鉞が加えられている」と指摘し、「今回」の『自選全集』の作品改訂全般について、「表現のよりいっそうの正確さ」や「文学的贅肉を削ぎ落とす努力」を重ねていると述べている。確かに、「山椒魚」の間断なく手が入れられた改訂の跡から窺えることの一点は、文章表現の的確さの追究といえるだろう。句読点の修訂は枚挙にいとまがない。助詞・助動詞いわゆる「てにをは」の修訂は、『自選全集』を経てもなお行なわれた。これらの修訂は、一旦直した後に再び戻されるなど、不安定な箇所も多い。送りがな、漢字の使用法、傍点・ルビ・符号の使い方、改行の変更など、その毎回の本文への神経の働かせ方は実に細かい。それは、芸術上の文章彫琢というよりも、東郷氏が指摘するように、文意の「正確さ」を期すものともいえよう。まるで読者に「誤読」を生じさせないようにと、より良い表現を模索しているごとくに、思われてくる（無論、個々の本文は、「改稿」という作家の問題としてだけではなく、出版の際の植字工や校正者の問題、あるいは編者の操作の問題も混入してくることなど、別の要素への配慮も必要なことは、いうまでもないのだが）。たとえば、「けれど彼は岩石であらうと信じてゐた／けれど小蝦《こえび》は、彼《かれ》が岩石《がんせき》であらうと信《しん》じてゐた／けれど小蝦は彼女《かれ》が岩石であらうと信じてゐた」とか、「蛙は注意深い足どりで窪みにはいつた／蛙《かへる》は注意深《ちういぶか》い足《あし》どりで窪《くぼ》みにはひつた／蛙は注意深い足どりで岩の窪みにはひつた／蛙は注意深い足どりで凹みにはひつた／蛙は注意深い足どりで凹みにはひ上つた」とかいった改稿のプロセスを見るだけでもそのことが窺える。

もう一点指摘できることは、「山椒魚」の世界の本質にかかわる語り手の語り方（地の文？）の修訂である。こちらは微細なように見えて、意外に大きな振幅を持つものではないか。「山椒魚」の改稿は、戦前は『シグレ島叙景』（昭16・3、実業之日本社）で一応の定着をみたとするのが一般的である。確かに冒頭のセクションの「山椒魚」らしい導入部の表現、つまり「彼を狼狽させ且つ悲しませるには十分であつた」「人々は思ひぞ屈せし場合」などの、使役や強調が効果的に使われたコンテクストが決定するのはこの時である。しかし、「山椒魚」の語り手が、山椒魚や蛙や、その他谷川の淀みに棲息する植物や動物をどうとらえているのか、すなわち「世界」をどう把握しているのか、その判断（語り手の「情報」量）を示すことばは、終始揺れ続け、手が加えられていった。たとえば、「山椒魚」を読むと誰しも気がつくだろうが、語り手は「だらう」「らしい」を連発する。よく見るとそれは、山椒魚に語り手が焦点化している箇所といえそうである。迂闊な山椒魚の眼に映るものを語る時、当初その判断はかならずしも明確ではないのだ。語り手もあえて判断を留保しているごとくで、断定を避けている。一見、語り手が山椒魚に「寄り添って」いるかのように錯覚するゆえんだろう。しかし、曖昧なのに、山椒魚はやがて自分勝手な見方を絶対化していく。それは、「　」で括られた山椒魚の台詞として現れる。この齟齬のありようが何度か提示されていくことになる。

山椒魚は、岩屋のなかの幽閉という状況から自由になることはない。この山椒魚の運命を語り手は既に知っていた。当の山椒魚よりも確実に。しかし、その状況のなかで遂に山椒魚が陥ってしまった絶望的孤独にどう対処するのか、小蝦や蛙との関係を置くことによって、語り手は見定めようとする。ことに蛙と山椒魚と、この二匹の両生類のそれぞれの主観を見定めつつ慎重にとらえようとしていく。この場面の改訂は、何回かなされている。いわば「山椒魚」の眼目（アウラ）となるところであるから。したがって、『自選全集』の〈削除〉もこうした改訂の流れのなかで、見ていく必要がある。

たとえば、初出誌で「悪党の呪ひ言葉は或る期間だけでも効験があるらしい」（傍点は引用者）と語られた語り手のことばの、「らしい」という助動詞は、本来相当確実な推定が前提にある場合に使われるのだが、そこから派生して、逆に断定を避ける婉曲の表現として使用されることになったことばである。この蛙の思い方を婉曲に語る「らしい」は、『夜ふけと梅の花』（昭4）収録の際に削除され、以降語り手によって「効験がある」と断定されることになる。語り手が、蛙の主観を確実に把握し提示していることが窺える。しかし、次のセクションに出てくる「山椒魚は岩屋の外に出て行くべく頭が肥大しすぎてゐたことを、すでに相手に見ぬかれてしまつてゐたらしい」という箇所の「らしい」は、長くそのままで、最初の筑摩版全集（昭39）に収録される時に初めて削除された。けれども、以後多くの異本において、この全集本文とそれより十年余り前の筑摩版『現代日本文学全集』本文と、「底本」採用において二つの間で揺れる状態が続くことになる。したがって、「らしい」が残された本文も、しばしば再出して来るのである。山椒魚の置かれている閉塞状況を蛙がどこまで把握しているか、この点を探る語り手の把握の仕方を示す重要なところである。「らしい」とするなら、語り手は、ここでは山椒魚の側から蛙（相手）を見ようとしていたことになる。

いずれにしろ、こうした改稿のプロセスを垣間見ただけでも、「山椒魚」末尾の場面への井伏の思い入れが窺えるのではないか。「山椒魚」は、確実に「完成」へ向けて、この部分の微妙な修訂を繰り返していた。ならば果たして、この末尾を全面的に削除した『自選全集』において、突然変異のように、全く別の「山椒魚」が生まれた、などといえるのだろうか。あるいは逆に、この削除をもって「完成」したなどといえるのだろうか。そうだとすれば、本文への作家の執着とはなんだったのか。そんな疑問が改めて湧いてくる。

3　「山椒魚――童話」を基点にして読む

改稿を繰り返した「山椒魚」であるが、ここでは初出『文芸都市』掲載「山椒魚――童話」を読むことを基点に、以下『自選全集』までを視野に入れて論じてみたい。なぜなら、到底「定着」を見たなどとはいえない「山椒魚」本文の流通状況は、ここまで概観してきた通りだからである。「基本系」「山椒魚」の初出にまずは戻ってみるしかない。その上で、「二つの本文」の問題すなわち「最終稿」としての『自選全集』本文との比較も行なってみたい。

冒頭「山椒魚は悲しんだ」と語り手は語る。しかしこの時、自らの「失策」から岩屋に閉じ込められた山椒魚がどこまで深刻に悩み「悲しん」でいたかは疑問である。山椒魚にとって狭い岩屋が「今は最早、彼にとつては永遠の棲家」であること、かつ脱出不可能となっていることを知る語り手と、当の本人とでは相当認識上の落差がある。いまだ山椒魚には自身の状況の厳しさ、いや自分にとっての「現実」が把握できていない。まず、このことをくり返し語り手は明示していくことになる。七つのセクション[*19]から構成される「山椒魚」の背後には、冒頭から末尾まで二年余りの時間的推移があることは明らかである。しかし、山椒魚自身の「時間」はなかなかに停滞していることも認めないわけにはいかない。多くの論者が試みるように、山椒魚のなんらかの「変化」をこの小説から読んだ時、結局変われないままに結末に至っているのが、この山椒魚の岩屋の生活なのではないか。「どうしようもないものだもの。山椒魚の生活は。[*20]」と、『自選全集』での改稿後にふと洩らした井伏のことばが意味深いものとして聞こえてくるのだ。つまり、変わらない（変われない）山椒魚の戯画化こそが徹底してなされたのだ（少々結論へと先走り過ぎた）。

ところで、この山椒魚を理解するためには、山椒魚という生物の生態について、なにほどか知る必要がある（既に、この点に視線を向けた日置俊次氏[*21]の論がある）。つまり、作品冒頭の悲嘆を洩らす山椒魚の「今日」と、昨日までの、うっかり怠惰に暮らしていた「二年間」の山椒魚の生活と、どれほどの違いがあったのか、とまず問いたい。実のところなにも違いはないのである。岩屋での「怠惰」な生活こそが、まさに山椒魚の日常であったことを、ここまでの「二年間」が示していないだろうか。このテクストにおいて、山椒魚一般の生の実態・常態は潜在的に踏まえられていると見る他ない。そうした認識の上でこそ、一匹の肥大した頭をもつ、すなわち観念に縛られた頭でっかちな、「発狂した」山椒魚が登場することの意味がある。

そして、この点に関して、なにより井伏自身が自覚的であったことは、いくつもの例証[*22]を挙げることができよう。たとえば、井伏は、各々の異本のなかの「山椒魚」初出年を、「昭和四年」とせず「大正十二年」と記すこともしばしばだった。つまり「幽閉」が原型だという意識である。そしてこの「幽閉」というテクストで注目すべきことは、少しの餌で生きられる、生命力の強い山椒魚の生態が、かなり書き込んであるということである。

> 「彼はこの二年半の月日の間に、雨蛙を二疋と五尾の目高とを食つたゞけであつた。彼等は一年に一疋の蛙でも食つてゐれば十分なのだ。食へば食はないのに越したことはないけれど」「河の流れの入り込む岩屋の入口に、始終目をつけてゐれば、たまには小さな魚や蝦や蛙が、まぐれ込むのを見逃さないですむ。だから何うにか斯うにか、生きてだけは居られる」

こうした山椒魚の習性や行動様式は、もう一つの「山椒魚」として近年注目[*23]されてきた『セウガク二年生』（昭

15・1〜3、小学館）掲載の作品にも書き込まれている。

いったい　山椒魚　は　一年　や　二年　くらゐ　たべ物が　なく　ても、がまん　できる　の　です。そして　山椒魚　は　おなか　が　すいて、ひもじく　て　たまらなくなる　と、じぶん　の　手　を　すこしづつ　かぢって　いきて　いく　こと　も　できる　の　です。（新版『井伏鱒二全集』「別巻一」所収本文による）

ここでは、「わらふ蛙」が登場して岩屋に閉じ込められた山椒魚を揶揄する。笑われた山椒魚は怒って反発する。お互いの対立のなかで口論を始めて、えんえん「おもしろく　ない　けんくゎ」を続けるのだが、二匹の生物の関係、すなわち弱肉強食の自然界の掟を生きるなかでの関係が、基本的に踏まえられている。蛙は飽くまでも山椒魚の餌である。したがって、蛙は食べられないように岩屋の天井の奥のくぼみにかくれる。一方、山椒魚は、いつか蛙をひと飲みにする機会を狙うのである。しかし、初出『文芸都市』の山椒魚は、必ずしもこの「強者」としての自分を自覚してはいない。そこが特異なのである。

話を「山椒魚――童話」に戻そう。山椒魚の幽閉という「危機」は、まず山椒魚の観念のなかで起こったのである。しかし、彼の危機的意識は、当初そんなにも深刻ではなかった。だから、岩屋の外の生物たちを批判したりもできた。自分のことを棚に上げて、軽薄な批評のことばも吐けるのである。無論、語り手はそんな山椒魚を見抜いて、最初から批判的である。「いよいよ出られないといふならば、俺にも相当な考へがあるんだ」と自負する山椒魚に対して、「しかし、彼に何一つとしてうまい考へがある道理はなかつた」と断言する。語り手は、彼が生の現実を把握しえないがゆえに、山椒魚に否定的なのである。語り手は、単純に脱出や自由（幽閉からの救済）へと向かう山椒魚を応援しているわけではない。そんなものは最初から絵空事であることを知った上で、幽閉されたことに悩む山椒魚を見つめていく。既に多くの指摘があるように、語る対象との距離は明らかである。「山椒魚は岩屋の出入口に顔をくつつけて、岩屋の外の光景を眺めることを好んだ」という。山椒魚が「好んだ」この習慣は、幽閉されることによって初めて彼に発見された習慣ではないだろう。これまでも、彼は、「小さな窓」から「岩屋の外」を眺めては、谷川のよどみの「世界」への批評的言辞・大言壮語をくり返していたのではないか。「なんといふ不自由千萬な奴等」と小魚たちを「嘲笑」したり、「得意げに」「くつたくしたり物思ひに耽つたりするやつは莫迦だよ」と小蝦を揶揄したりするように。ただ、幽閉されたと知って後の山椒魚の眼には、谷川の生命力あふれる世界が、まぶしく幻惑をともなって映るようになったことは確かだ。しかし、山椒魚にはなかなか生きるための基本的営みは見えてこない。

頭でっかちの山椒魚は、小蝦が岩屋に闖入した時点でも、ともすれば生の営みへの視線は失いがちであった。それはつまり、この時点においても、本当の意味での自分の置かれた現状の把握には至っていないということでもある。小蝦が山椒魚の「横つ腹にすがりついた」時も、「一たいここで何をしてゐるんだらう！」というように彼には小蝦の行動が読めない。「みもち」だという判断はしても「虫けら同然」と見る山椒魚には、小蝦の生の営みへの畏敬や共感の念は生まれない。語り手は「産卵期のまつたゞなかにあるらしく」、「おそらく」岩石と間違えて山椒魚の横腹に「卵を産みつけてゐたのに相違ない」「さもないならば、何か一生懸命に物思ひに耽つてゐたのであらう」と小蝦の行動を、あたかも山椒魚の視線に重ねて類推する。が、やがて山椒魚は「物思ひに耽つて」いるのだろうとの判断を下して、「得意げに」「莫迦だ」と批判する始末である。しかし、この評言は、自分自身を照らすことばとなって返ってくるはずであり、必然的に山椒魚はそのことばに促されるように、否「莫迦」な自分を放擲するかのように、再び脱出への徒労な努力を開始する。「この騒ぎ」を見た小蝦は「失笑」を洩らす。それも「ひどく失笑してしまつた」。この小蝦の「失笑」を身に受けた山椒魚が、その後どうしたのかは語られてはいない。

小蝦の行方も同様だ。しかし「全く蝦といふ小動物ほど濁つた水のなかでよく笑ふ生物はゐないのである」という困惑をあらわにする語り手のことばで、セクション3は終るのである。山椒魚の反感を買って、小蝦は食べられてしまったやも知れない。そんな想像（空想）も生まれてくる。

幽閉された山椒魚を語る語り手が、その対象との距離を縮め、愚かな山椒魚に理解を示していくようになるのはセクション4に至ってだろう。ここで語り手は「諸君」と読者に呼びかけ、自嘲的な言を洩らす山椒魚への同情・理解を求めていくことになる。ここへ来て、山椒魚は、ようやく「やくざな身の上」となった自分を見つめ始めるのだ。自己を「ブリキの切屑だ」などと卑下してもみる。そして、残された唯一の自由としての目蓋を閉じるというささやかな行為にふけるしかない。しかし、その行為は、彼のなかに際限もなく広がる「巨大な暗やみを決定してみせ」るという、彼にとっては「合点のゆかないこと」を顕現したのである。山椒魚は、この時初めて不条理と向き合い、「寒いほど独りぼつちだ」と孤独に打ち震えるのであった。語り手は「——どうか諸君に再びお願ひがある。山椒魚がかゝる常識に没頭することを軽蔑したりルンペンだと言はないでゐたゞきたい」と再び読者に向けて呼びかけ、やっと己が見え始めた山椒魚を疎外しないように頼むのである。語り手は、孤独のなかで存在論的「深淵」と向き合う山椒魚に好意的である。「誰しもこの深淵の深さや広さを言ひある《ママ》（て—筆者注）ることはできないであらう。おそろしい深さなのである」と、底無しの暗やみとの対峙こそが、生の基盤に向き合うことに他ならず、それは「常識」だといわんばかりである。山椒魚は沈思黙考して、不条理な現実と向き合うことを、つまり己の生そのものを見つめることを要求されているのである。

けれども、語り手の期待に反して、この「常識」に没頭し続ける山椒魚ではなかった。「悲嘆にくれてゐるものを、いつまでもその状態に置いとくのは、よしわるし」であった。「恰も悪党に似た性質を帯びて来たらしかつた」。山椒魚は「よくない」方向へと導かれていく。「或る日」、岩屋にまぎれこんだ一ぴきの蛙を閉じ込めたのである。

4 注釈としての〈削除〉——「和解」と読むことへの疑問

蛙から見れば、山椒魚の棲む岩屋にまぎれこんだことは、自分の「失策」に他ならない。命を失うはめに陥ったのである。狼狽した蛙は、天井にとびつき急場をしのぐ。しかし、「誤つて滑り落ちれば、そこには山椒魚の悪党が待つている」のだ。蛙にとって、山椒魚は天敵である。したがって、この蛙を単純に「犠牲者」とか「被害者」とか決めつけることは、蛙の側から考えれば当たらない。蛙自身は、岩屋に幽閉されたこと自体によって、「被害者」になったなどとは思っていないだろう。まずもって、弱肉強食のルールが先行する。その意味でいえば、山椒魚の前に蛙は弱者だ。運は悪かったが、自分の宿命をわきまえ、死を思う他ない。しかし、岩屋にいたのは、飢えた山椒魚ではなく、孤独に悩む山椒魚であった。孤独のなかでいかに生きるべきかという形而上的な悩みを抱えた、文字通り「頭でっかち」な山椒魚であった。囚人や精神病者にたとえられていたように。したがって、山椒魚側の「悪意」とは、自分と同じ境遇に置くこと。「一生涯こゝに閉じ込めてやる」ことだ。しかし、山椒魚が悪意をもって出入口を塞ぐコロップの栓でいることは、蛙から見ればしばしの間にせよ「効験」あらたかなこととなった。なぜなら、その間に蛙は「天井の窪み」という、山椒魚の手の及ばない安全地帯へと身を置くことができたのだから。その安全な高みでこそ、強者である山椒魚に向けて罵詈雑言を口走ることもできるのである。

二匹がお互いに相手を「莫迦」と罵る理由はなんだろう？　つまり、ここで「主張」しあう「自分」とは何か、という問いでもある。蛙は、山椒魚が餌を取り逃がしたことを指して「莫迦」といっているのだろう。食べられてなるものか、と運命に抵抗する「自分」を主張するのだ。一方、山椒魚は、蛙が天井に上ってしまい、自らを水面から離れた悪環境に置いたことを指して愚かとしているのだろうか。それとも、悪意の罠にはまったこと自体か。いや、独りぼっちで寂しくて、友達を求めていた山椒魚は、誰でもよい、そばに「降りて来」てほしかったはずである。だとしたら、「莫迦」とは、自分の思い通りにならない相手への、単なる罵りことばにすぎないことになる。ただ、素直に心を開くことができないために、虚勢を張っているだけなのだ。「やい、出て来い！」と、ことさらに偉そうな言い方で、自分の本音を伝えようとする。友情を深めたいならば、怒鳴れば余計逆効果となるのに、山椒魚は、蛙の眼に映る自分には思い至らず、これまでの習性からか無自覚に威嚇し遠ざけてしまうことになる。語り手のいうように、それぞれ違う「自分」をもつ二匹は平行線のまま「同じ言葉で」「主張し通して」いたのである。一年後も。「更に一年」後も。いや「強者／弱者」という永遠の非対称性を生きていくのが、この二匹の両生類の宿命であった。

一年後の夏のこと、語り手は再び「夏いっぱいを」口論し続けた二匹を語る。しかし、昨年と違うのは、山椒魚の惨めな現実を蛙に「見ぬかれてしまつ」ていたことである。蛙は孤独を抱えた山椒魚の事情などはおそらく知らない。自分を危険から守ることだけが優先する。「お前こそ頭がつかえてそこから出て行けないのだらう？　いゝ気味だ」と相手の弱点をついて揶揄するだけで精一杯である。挑発された山椒魚も怒り出す。「だまれ！　お前こそ、そこから降りて来い」と命令する。そのことばに誘われて、おめおめ降りていくことなど蛙には到底できない。蛙にしてみれば、そこで命の終焉を迎えるのだから。平行線は続くしかない。では、「更に一年」の後、なんらかの変化はこの二匹のなかで果たして起こるのだろうか。「強者／弱者」という自然界の掟が崩れるような認識が、蛙のなかに生じなければこの平行線は続くしかない。逆に言えば、強者である山椒魚が、自分が相手をいかに抑圧し命を脅かす存在かを自覚しなければ、事態は変わりようがない。しかし、このどちらも、末尾の二匹の会話を見た限り起こってはいないことがわかる。

均衡は蛙の小さな「嘆息」から破られる。山椒魚は「上の方を見上げ、且つ友情を瞳に込めてたづねた」。但し、山椒魚は相変わらず、偉そうな言い方しかできない。「お前は、さつき大きな息をしたらう?」このことばは言いようによっては、必ずしも脅威は与えない。しかし、蛙は山椒魚のこの質問に対して、「自分を鞭撻して答へ」なければならないのだ。空腹であるのに無理に答えるのも、相手が抑圧者ゆえだろう。被抑圧者の気持ちは抑圧している者には到底理解できないことがよくわかる。「それがどうした?」と自分をふるいたたせるように応じる蛙に、山椒魚は「そんな返辞をするな。もう、そこから降りて来てもよろしい」という。相変わらず、山椒魚は偉そうな言い方しかできない。山椒魚自身は、ある「悪意」を故意に発揚した当人であり、蛙を自分の運命に巻き込んだと確信犯的に思っているはずである。それなのに、「そこから降りて来てもよろしい」という横柄な命令口調でしか思惑を伝えられない。強者の、抑圧者の、無意識に発動する自己神格化の論理をくつがえすことは容易ではないようである。なにより当の抑圧者自身にとって。一方、蛙は、この時既に「空腹で動けない」状態であり、山椒魚の「それでは、もう駄目なやうか?」という問いに、「もう駄目なやうだ」と死を覚悟したかのようなことばを洩らす。ここまで、天敵である山椒魚から身を守ってきた蛙であったが、敵の生命力を超えることはできなかった。いわば立ち枯れていく運命である。したがって、山椒魚は「友情」をあたためることもなく、同居者を失うことになる。いや、「友情を瞳に込め」る山椒魚は蛙のことを既に喧嘩相手・友達だとでも勝手に思っていたようである。しかし、蛙の最期に立ち会いながら、実のところ山椒魚に蛙の気持ちはわからなかった。「よほど暫くしてから山椒魚はたづねた」のだ、「お前は今どういふことを考へてゐるやうなのだらうか?」と。他者への想像力の欠如を暴露することになる。

この時も、相手を威圧するような、山椒魚の偉そうな物言いは変わらない。だが、死んでいく相手に、山椒魚は、なにを期待してこのようなストレートな問いを発したのだろうか。この二年の間、山椒魚が、自ら抱えこんでしまった孤独を解消するために（まぎらすために）、蛙を巻き添えにしてきたことは、彼なりに自覚していたはずである。折あれば口論をくり返してもきたわけで、決してよい関係が結べたわけではないことは山椒魚とてわかっているはずだ。私なりに、山椒魚のこの時の気持ちを推し量れば、「自分が蛙を悪意をもって閉じ込めたことは確かだ。だから、蛙は自分のことを怒っているだろうな。しかし、蛙も常に自分の神経を逆撫でするようなことばを投げかけていたぞ。でも、そのことによって、自分はどれだけ寂しさを紛らすことができたか。本当は友達になりたかったのだが。」とでもなるだろうか。孤独に堪えられなかった山椒魚にとって、蛙はかけがえのない存在となっていたのではないか。そして、その相手をいざ失うという間際になって、山椒魚は自分が相手のことを全然わかっていない、ということに、ようやく気づいたのだろう。それが、この山椒魚には珍しい率直な問いとなったのである。しかし、肝腎の一点、山椒魚には、蛙の眼に映る自分という肝腎の一点への想像力は依然として働かなかったのではないか。蛙と山椒魚とは対等な関係ではないことを、山椒魚はまったく失念しているのである。それは、山椒魚には、他の生き物の生きることへの切実な執着がわからないということでもある。そして、そのことを遠回しながら教えたのが、他ならない大尾の蛙のことばだったのではないだろうか。

蛙は、「極めて遠慮がちに」答えたのである。「今でもべつにお前のことをおこつてはゐないんだ」と。これは、一見山椒魚を赦したようなことばと受け止められがちな台詞である。しかし、弱者である蛙にとって、果たして山椒魚を「赦す／赦さない」という状況が一度でもあったのだろうか、と考えると、そんな単純な台詞ではないことがわかる。蛙が、怒るとすれば、一口に食べられてしまう時くらいだろう。「今でも」つまり死を前にしても、「べつにお前のことをおこつてはゐないんだ」と、蛙は山椒魚に本当のところを、「極めて遠慮がち」に教えているのである。今も以前も「おこつてはゐない」、そういう関係は対等の者同士にいえることなのだ。お前は自分が「おこつてゐる」と勘違いしているようだが、私は最初からお前のことを怖れているだけだ。信用していないだけだよ。

こう言っているのである。それは、蛙にしてみれば当たり前のことであった。蛙が、天井の窪みから一度たりとも降りていかなかったことからも明らかである。

これまでの「山椒魚」を論じたほとんどといってよい論文が、この末尾の場面に両者の「和解」[*24]を読んできたという経緯がある。それは驚くくらいに山積みされ、いわば定説化している。二匹の和解や、友情の発生、蛙による山椒魚への赦し、そして山椒魚の救いや成熟、などといったことばで、なんらかの「ハッピーエンド」な物語が繰り返し語られてきたのだ。しかし、それほどこの場面は一義的に「和解」と読めるような場面なのだろうか。私にはそうは読めない。無論これまでの論者のなかに、私と同様、「和解」とは読まない者[*25]もいないわけではない。しかし、それは本当に少数派であることを、今回改めて確認した。そして、それら少数派の論文も、ともすればこの二匹の生物の非対称の関係については、失念しがちであることにも気がついた。二匹を単純に擬人化して読むゆえに、二匹はいつの間にか対等な人間同士のように錯覚されてしまうことになる。

ここまで、初出「山椒魚——童話」を基点にして読んできたのだが、ここに改訂のプロセスを置くと、なにより井伏自身が、筆を入れるその折その折の、もっともよき読者としてあったことが見えてくる。そして、この「山椒魚——童話」において、山椒魚は終始一貫、徹底して戯画化[*26]されてきたことも。無心に生きることを忘れた山椒魚を、戯画化という手法で批判し尽くしている。それは、大尾の弱者・蛙の台詞を置くことで完璧なものとなる。書かれてはいないその後に、このちっぽけな蛙のことばを、もし山椒魚が「和解」や「友情」の証しと、皮相的にうけとめるならば、その〈戯画〉は一層深いものになるだろう。蛙は、山椒魚の勘違いに気づき、そのことを「遠慮がちに」示唆しただけなのである。

こう読んでくると、『自選全集』「最終稿」よりも、この〈削除〉前本文の方が、はるかに奥深いものに、私には思われてくる。そして、蛙や山椒魚の台詞の一語一語を検証し、無駄を削り落とし、文章の推敲をくり返してきたのもこの部分であることを改めて確認したくなる。一つ一つのことばは多義を呼ぶようでいて、その実、くっきりと的確な表現がなされている。なのに、惜し気もなく〈削除〉したのはなぜなのか。頭でっかちな山椒魚の〈戯画〉というこの作品のアウラは、たとえ〈削除〉されても変わらないものの、『自選全集』本文が更なる完成を求めたものとは到底思えない。

もはや作家の真意は知る術もないが、ここまで考えてきた私には、大胆な仮説が膨らんでくるのを押さえることができない。つまり、井伏が『自選全集』に収録する際に、ばっさり末尾部分を〈削除〉したのは、読者の「誤読」の山にうんざりしたからではないか[*27]、などという仮説である。井伏は、〈削除〉という行為によって、読者の「山椒魚」の読みへの〈注釈〉を加えたのではないか、という仮説である。それくらい、多くの読者はこの部分の「和解」を自明視[*28]してきたのだ。それと平行するように、井伏の「山椒魚」本文へのこだわりも終始半端ではなかった。その生涯にわたっての「山椒魚」本文生成の軌跡を見て思うことは、作家が己の作品を守るとは、こうした行為としてあるのか、という気の遠くなるような情熱の傾け方である。語り残した論点も多い、別稿を期したい。

※本稿を成すにあたって、雑誌『文芸都市』は日本近代文学館所蔵の複写版を、『世紀』は早稲田大学図書館・特別資料室所蔵のものを閲覧させてもらった。記して感謝の意を表したい。なお、本文中の傍点は全て筆者による。

注

＊1　「凡例」に「井伏鱒二の全文業を網羅し、それを正確に伝えることが本全集の第一義と判断」、底本については「原則として」「初版の単行本」と定めたことが明記されている。本文の異同は「解題」にゆだねている。宗像和重氏は「8　全集の本文」『岩波講座文学1　テクストとは何か』（二〇〇三・五、岩波書店）において、「新たな本文を身に

まとうことになった」、この全集について言及し、全集とは「一般的に考えられているように、一つの文学テクストの「決定版」の本文が作られる場ではなくて、その「操作技術」を明らかにする場」に他ならないと指摘している。全集への新たな視線の要請であろう。

＊2　米田清一氏は、最初の筑摩版全集の「解題」で「山椒魚」本文は『シグレ島叙景』「収録の際、再び字句の訂正があって現行の形になった」とし、古林尚氏も『季刊　文学的立場』（第二次第一号　一九七〇・六）に「幽閉」が再録された時の「解題」のなかで、「山椒魚」の「加筆はさらに」「『シグレ島叙景』に収められた際にもおこなわれ、それ以後、このときの書き入れ稿が各種の文学全集や文庫などの底本として使用」されたとする。また、佐藤嗣男氏（『井伏鱒二—山椒魚と蛙の世界』一九九四・三、武蔵野書房）は「底本」は、「『シグレ島叙景』採録のもの以降」ことに「『屋根の上のサワン』あたりの作品にとるのが妥当」としている。

＊3　新全集の編者の一人である前田貞昭氏は、田中雅和氏との共同執筆の「井伏鱒二作品本文の諸問題・調査報告—『夜ふけと梅の花』所収作品と「へんろう宿」を例として」（兵庫教育大学『近代・文学雑志』第7号　平8・3）のなかで、「井伏鱒二研究において本文推移の調査は緒に就いたばかり」と言明している。そして、ここでは表記上の観点から『夜ふけと梅の花』所収の「諸本文の実態調査」を行なっている。

＊4　紅野敏郎氏も「座談会／教材としての井伏文学」（『月刊国語教育』一九八六・五）のなかで、三好氏と同様の発言をしている。また、古林尚氏は「大幅に編集権を保護されている教科書側」と著者との「対立抗争」の発生を懸念した（「偏執狂めいた加筆訂正魔」『週刊読書人』昭60・12・5）。

＊5　尚学図書「標準国語一（改訂版）」（平3・1・20発行）

＊6　東京書籍「新編国語II」（平11・2・10発行）・右文書院「精選現代文」（平11・4・1発行）・教育出版「精選現代文（改訂版）」（平12・1・20発行）・三省堂「新編現代文」（二〇〇〇・三・三〇発行）の四冊である。

＊7　当時、こうした世の中の反応に井伏が戸惑いを示した発言がある。たとえば昭和六十二年二月五日放映のNHKテレビ「ニュースセンター九時」（前掲佐藤嗣男氏著「あとがき」に掲載）で、「直さない方がいいようだな」とか、記

者の「もう一度もとにもどしますか」という質問に「そうするかもわからん」などの言葉である。このインタビューなどを見ると、一方で井伏が〈削除〉前本文にそれなりの愛着を持っていることが窺える。

＊8 「井伏鱒二素描―「山椒魚」から「遙拝隊長」へ」（『日本近代文学』第5集 昭41・11、のち「井伏鱒二・深沢七郎」『日本文学研究資料叢書』収録 昭52・11、有精堂）

＊9 前掲『井伏鱒二―山椒魚と蛙の世界』「第二章『山椒魚』――井伏文体の成立」参照

＊10 増補版は12巻まで旧版と同一で、「補巻」2巻が加わった。

＊11 この書に収録された作品はそれぞれ底本が異なるのだが、「朽助のゐる谷間」「炭鉱地帯病院」「夜ふけと梅の花」「屋根の上のサワン」などが『井伏鱒二全集』第一巻収録本文を底本にしている。この書で著者の「加筆訂正」がなされたのは「休憩時間」のみとのこと。

＊12 「『現代日本文学全集』／全集」の、主な本文の異同を示すと「量見／料簡」「水が汚れ／水が濁《にご》り」「出鱈目に直線を／直線を出鱈目に」「感激の瞳で／感動の瞳で」「見ぬかれてしまつてゐたらしい。／見ぬかれてしまつてゐた。」などである。

＊13 『自選全集』と『少年少女日本文学館12』との主な異同箇所は次のごとくである。「その可能とが与へられてゐただけであつたからなのだ」の「からなのだ」を削除。「今年の夏いつぱい」を「今年の夏いつぱいに」と加筆。「けれど彼等は、今年の夏はお互に黙り込んで、そしてお互に」の「けれど」「そして」という接続詞を削除。語り手の影を薄くした。この書の末尾には作品を収録するに際して「新潮社刊『井伏鱒二自選全集』を底本とし、著者校正において一部加筆が行われ」たとある。なお、この書については既に佐藤嗣男氏（「山椒魚」『解釈と鑑賞』平6・6）に言及があるが、そこでは「昭和62」刊となっている。

＊14 たとえば三好行雄氏は、「〈本文〉に就て」（『海燕』一九八六・五）のなかで、「時代の相を眺めるのを好む」、自身の研究者としての性癖からいえば「昭和四年に「山椒魚」が発表されたという事実だけが重要」といっている。

＊15 山下浩氏『本文の生態学―漱石・鷗外・芥川』（一九九三・六、日本エディタースクール出版部）では、底本選定

を、グレッグ理論を念頭に、「原稿」に「一番近い通常初版（初出）を底本」にして本文校訂を実践している。

＊16　「五月号の創作評」（『文芸都市』昭4・6）で古澤安二郎は「山椒魚」に触れ、「いまだかつて聞いたこともない不思議な山椒魚の身の上」と指摘し、「何のアレゴリなのか」と問いを発している。

＊17　「さざなみ軍記」『日本の文学56』（昭59・8、ほるぷ出版）は、初版『夜ふけと梅の花』本文を底本にしているため、「ルンペン」が復活している。本文は現代仮名遣いに改めてある。「責任編集小田切進（近代編）」と奥付にあり、著者の関与については不明。なお、ここでくり返すまでもなく、底本を同じくする新全集でも復活している。

＊18　涌田佑氏『井伏鱒二事典』（平12・12、明治書院）「「山椒魚」の改訂問題」の項では、『自選全集』までに「大きく分けると計六回の主要改訂が施された」とある。

＊19　六つのセクションに分割した本文もある。たとえば岩波文庫は、セクション3と4との間に行空けがない。

＊20　「自選を終えて」（昭60・10『波』）。のち河盛好蔵『井伏鱒二随聞』（昭61・7、新潮社）に所収。

＊21　「井伏鱒二「山椒魚」論」（『日本近代文学』平3・10）のち「井伏鱒二『山椒魚』作品論集」『近代文学作品論集成7』（二〇〇一・一、クレス出版）に収録。なお、この論での、「決定稿」を生かすことを前提に読んでいく姿勢には疑問を覚えた。

＊22　「「山椒魚」について」（『現代作家処女作集』昭28・8、潮書房）・「「山椒魚」について」（『現代作家自作朗読集』昭41・11、朝日ソノラマ）・「覚え書」（『自選全集』第一巻）などで、山椒魚の生態に井伏は何度も言及している。

＊23　前田貞昭氏「もう一つの「山椒魚」―資料紹介を中心に」（『日本文学』昭61・12、のち前掲『近代文学作品論集成7』に収録）で紹介された。

＊24　前掲（＊21）『近代文学作品論集成7』に収録された論文のほとんどが、末尾の蛙の台詞によって「和解」がなされたと読むことを前提にしているようである。「結末の和解へとつながるもの」（伴悦氏）・「両者が和解に傾く所で終っている」（関谷一郎氏）・「蛙は山椒魚の孤独ゆえの屈折した心を理解した」（鈴木貞美氏）・「旧作にみるような〈和解〉ともとれるユーモア」（松本鶴雄氏）・「蛙と山椒魚との和解部分」（前田貞昭氏）・「あの山椒魚と蛙との和解部

分」（川崎和啓氏）・「対立から和解へ、憎しみから許しへと」（上杉省和氏）・「衰弱した山椒魚の意識のレベルでなされた和解」（田中実氏）等々、「和解」を前提としている表現が頻出する。

＊25　たとえば鈴木啓子氏「『山椒魚』の行方・精神と身体の天秤」（『新しい作品論へ、新しい教材論へ3』所収　一九九九・六、右文書院）は、蛙の言葉に傷つく山椒魚を読んでおり、従来の「和解」の読みとは異なる。しかし、蛙の「美学」や自己を「優位に位置づける」姿を読む点には少なからず違和を覚えた。

＊26　関谷一郎氏「『山椒魚』」（『解釈と鑑賞』昭60・4、のち『近代文学作品論集成7』に収録）が、「幽閉」から「山椒魚」への転回に「語り手の自己確立」による山椒魚への「思い切った戯画化」を読んでいる。

＊27　小野寺凡氏「『山椒魚』について」（『大正文学』一九八七・三、大正文学会）が、やはり「私の勝手な憶測」として「削除に踏み切らせた」井伏の思いを、読者の読みへの「違和感」ではと語っているが、本稿とは観点はかなり異なる。

＊28　村田道夫氏「「山椒魚」私論―井伏鱒二氏との往復書簡をもとに」（『国語―教育と研究』一九九〇・三）は、副題からもわかるように興味をそそられる論文である。このなかで、村田氏は「和解」のある本文への執着を井伏に率直に伝え、その返書をもらったことを紹介している。断片的に引用されている井伏の言葉を見る限り、容易には読者の申し出に応じなかった作家の姿が想像されるのであるが……。

Ⅲ　樋口一葉と草稿研究

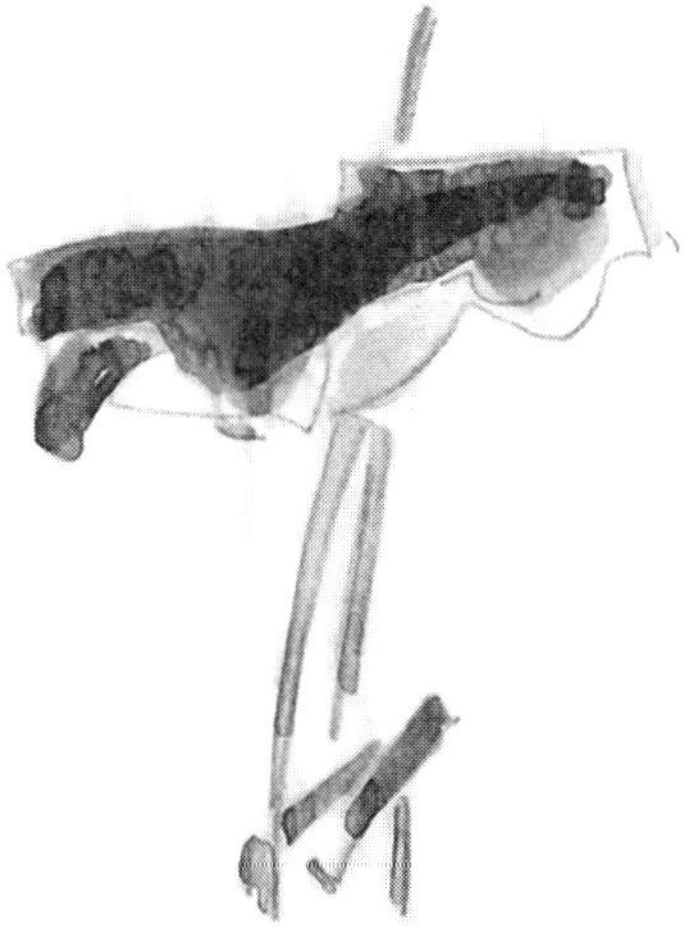

揺らめく「物語」——「たけくらべ」試解

1　問題設定——〈大黒屋・寮の門前での場面〉の意味するもの

「たけくらべ」で最も印象的な場面、何度読んでも切ない思いを抱かせられ好感を覚える場面は、十二・十三章の大黒屋の寮の門前での場面である。時雨の降る朝、使いに出た信如が美登利の住む寮の前を通り過ぎる時、下駄の鼻緒を切る。その人が信如とは知らず、美登利は助けの手を差し伸べるために、なかから駆け出して来る。そして格子門を挟んで、二人は各々の思いを巡らす静止した時間を過ごす。この場面は、「たけくらべ」のなかにくっきりと嵌め込まれている。千束神社の夏祭から初冬三の酉の祭りを経て、ある霜の朝へと、季節の推移にしたがって絵巻物のように流れる「たけくらべ」の日常的時間がここで停止している。そして、この場面にこそ「たけくらべ」のなかの唯一の劇《ドラマ》がゆるやかに繰り広げられる。その劇《ドラマ》とは、美登利のなかで、見えにくい形ではあるが信如のなかで、いや、ここまで饒舌なくらいこの「大音寺前」という土地の人々・子どもたちを手に取るように明確に隈取って語ってきた、「たけくらべ」の語り手のなかでこそ、起こっているようである。この場面で語り手は美登利・信如の二人に焦点を合わせて微細にその心理を探ろうとしている。語り手にとっても、ここでの二人は他者と化しているのである。「たけくらべ」はここでようやく小説的なうねりを顕現し始め、ひとつのクライマックスを迎える。

しかし、この印象的な場面をどう読むのか、「たけくらべ」一篇のなかでどう位置づけるのかと問われると、途端に立ち止まらざるを得ない。ほとんどの論者がこの場面について言及するが、その解釈は千差万別である。一つ一つの叙述の意味は揺れ動き、さまざまな意味を喚起する言葉の前に読者の解釈は大きく分岐していく。あるいは、読者は各々の構築した既有の「たけくらべ」の「物語」（その多くは「信如と美登利の初恋物語」としてあるのだが）にしたがい強引にこの場面を解釈して通り過ぎていく。この場面の読みはあたかも各自の「たけくらべ」読解の行方を占う試金石として置かれているようである。この要所の読みを何らかの形で固めない限り、「たけくらべ」の「物語」（統一的世界としての把握）が成されない、また「たけくらべ」の感動の内実が左右されかねない、そんな風に思われる。

作品論を志向する者は、その作品を読むことによって自分のうちに何らかの「物語」を構築していこうとする。見果てぬ夢としての唯一の「物語」を求めて解釈をくり返し、作品の言葉の究極の意味を見出そうとする。しかし、果たして「たけくらべ」はこうした読者のなかで、統一的像を結び得る本文《テクスト》としてあるのだろうか。また、〈読む〉という行為のなかで、本文は読み手のなかの一つの現象にしか過ぎないのだろうか。「たけくらべ」の本文自体を問うというもう一つの問いを抱えつつ、本稿でもこの場面の「たけくらべ」における意味を考える、という問題設定からひとまず出発してみたい。

2　「たけくらべ」本文の〈揺らぎ〉

ところで、野口碩氏の次のような指摘は、この問題を考える前提として捉えておく必要があるだろう。

『たけくらべ』の制作は、起稿より再掲のための改訂に到るまで、著者の制作の一般に関しても同様の特徴が認められるように、かなり流動性が著しい。それぞれの本文は常に、改訂の機会が与えられれば修訂が加えられ、形が変えられる可能性を含んでいる。（筑摩版『樋口一葉全集』第一巻「たけくらべ」補注）

指摘された「たけくらべ」本文の性格、その「流動性」については他の作品以上に考えさせられるのではないだろうか。周知のように、「たけくらべ」には、一年にわたって断続的に発表された初出『文学界』（明28・1・30〜明29・1・30、七回）掲載本文と『文芸倶楽部』（明治29・4）一括再掲本文との、二つの本文がある。それぞれの清書原稿は現存し、また第一章から十三章に関わる草稿も残されている。初出本文の清書原稿は部分的に残存し、現在その所在が確認されているに過ぎないのだが、再掲本文のそれはほぼ全文が存在し、近年公開され山梨県立文学館に保存されるようになったことは記憶に新しい。この再掲本文の清書原稿は先年三十数年ぶりに公開される以前に、影印本として何回か出版されてもきた。『たけくらべ』（大7・11・23、博文館、のち「新選名著復刻全集　近代文学館」『真筆版たけくらべ』として復刻　昭52・10、日本近代文学館刊行、ほるぷ出版発売）、『真筆版たけくらべ』（昭17・10、四方木書房）、『肉筆版選書　たけくらべ』（昭33・10、えくらん社）などであり、今日流通している本文の底本となってもいる。私たち読者は「たけくらべ」本文を活字化される以前の形、一葉の手跡によって読むという別の体験をすることもできる。これら「真筆版」を見ると、千蔭流による美しい筆使いに感動を覚えるが、またそこには加筆・削除というテクスト生成の痕跡も残されていることがわかる。ことに後半に至って顕著である。

この「真筆版」は、馬場孤蝶[*1]によれば、『文学界』連載終了後、一葉が博文館に前借を申し込んだ際「大急ぎで『文学界』に出て居る『たけくらべ』を書き写して、乙羽氏に渡し」たものとのことであり、「野口碩氏の意見[*2]」によれば「浄書原稿の際、一葉は『文学界』掲載のものを正しく筆写した、というよりは妹邦子の朗読を聞きながら一気呵成に書いたと思われる」とのことである。二つの本文を照合すると、表記の仕方にかなり差異が認められ、確かに書き写したというより「聞きながら」書いたと類推できそうである。さらに野口氏は次のような興味深い推定をしている。

特に（十三）以下は、初掲稿本の下原稿の本文の上に『文学界』掲載本文を参照して改訂を加えており、掲載本文のいずれにも存在しない独自の文形が、初掲本文と同様のものに修訂されている部分が多い。（前掲『樋口一葉全集』「補注」傍点は筆者による。以下特に断らない限り同様）

「初掲稿本の下原稿」に直接修正を加えたにしては「下原稿」は余りに美しく、「掲載本文のいずれにも存在しない独自の文形」が果たして「初掲稿本の下原稿」（すなわち「未定稿」）であったかどうか。野口氏の推定[*3]の根拠は逆転しているような節も窺える。むしろ『文芸倶楽部』再掲時においても本文に揺れや迷いがあったと考えることもできよう。

どちらが先行したかはともかく、こうした揺れは、たとえば十三章の次のような改稿箇所に窺える。

余《あま》りな人とこみ上るほど思ひに迫れど、母親の呼声しば〱なるを侘しく、詮方なさに一ト足〔づゝ、飛石づたひ悄々《しほ〱》と入るを、〕〈二タ足ゑゝ何ぞいの未練くさい、思はく耻かしと身をかへして、かた〱と飛石を伝ひゆくに、〉[*4]（〔 〕は削除、〈 〉は加筆を示す）

この二通りの本文は、全く異質な内容を示している。ここで美登利が胸に迫る信如への思いに自覚的であることは共通するものの、削除した本文ではその思いは断ち難くあり、「悄々と」という形容には思いの届かぬ挫折感さえ感じられる。それに対して、加筆修正した本文は美登利の決心を主体的な選択とする。この場面の格子門を廓のメタファーと読む指摘[*5]にしたがえば、美登利の信如への志向すなわち格子門の外（廓の外）への志向は、「未練くさい、思はく耻かし」として自らの意思によって断たれたのが、現在私たちの眼にする本文である。この時の美登利の内面を推し量ってみた時、美登利は信如への自分の思いは勿論のこと、信如の自分への何らかの視線を意識することすら「思はく耻かし」として放擲してしまっている。「悄々と入る」美登利の方に読者は、これ以降も信如への思いと期待を引き摺っていく彼女を想像させられるのではないか。いずれにしろ美登利の〈内面〉を語る〈語り手〉のなかで、非常にデリケートな〈揺らぎ〉を示していたことが明らかである。

　また、この美登利の断念、もっと正確にいえば信如との断絶を意識した美登利を置いた時、翻ってこの場面のいや作品全体のなかでの信如の美登利への思いをどう読むのかが読者のなかで俄然問題になってくる。美登利の差し出した「裂れ」を手にとりあげることのできなかった信如とは何者なのか。この信如に対する読み取り如何によって、これ以後の美登利の「憂き事」（15章　以降（　）の中の算用数字は章番号を示す）、美登利の運命への読者の感情の働かせ方も大きく変わってくると思われる。しかし、「たけくらべ」本文の〈揺らぎ〉は、この信如の心の読み取りをなかなかに困難なものにしている。前半子どもたち一人ひとりの個性を明確に限取って（解釈して）語ってきた語り手が、後半登場人物の内面へと踏み込みつつ、きわめて抽象的かつ曖昧な言葉を選んで、その文脈の意味が必ずしも決定できないような形で語っていくようになる。いや、「たけくらべ」の語り手はむしろ流動する子どもたちの心を固定的なものとして読み取り、意味づけてしまうことを故意に回避しているようにすら見えてくる。読者の前で微妙に揺らぐ本文、この〈揺らぎ〉を子細に凝視すること、ここにこそ「たけくらべ」を読む面白さがある。

　かつて、亀井秀雄氏（「口惜しさの構造」『群像』昭56・3　のち『感性の変革』所収　昭58・6、講談社）は「たけくらべ」

の「表現の構造」を分析し、「この場面だけでなく、信如の内的なことばがどのように美登利を視向していたか、ついに描かれなかった」（傍点は原文）と指摘した。しかし、近年の論である藪禎子氏「非望の生の物語――樋口一葉『たけくらべ』」（『フェミニズム批評への招待――近代女性文学を読む』所収　平7・5、學藝書林）は、この場面の信如を末尾の水仙の花を「さし入れる」行為と重ねて、「信如は、美登利の思いを確かに受けとめたのだ。それが、この作品を、柔らかく染め上げている。遂に交じらうことなく、しかし確かに通う心情の劇が、ここで効果的に刻まれる」と読んでいく。こうした解釈の振幅が生じる必然については、前掲亀井論文で「作品に内在的な語り手の存在」による演劇とは異なる小説の「宿命」、という一つの説明原理の可能性が示されていた。が、この点を「たけくらべ」の作品世界の問題としてさらに問いつめることは、近年の「たけくらべ」論の一大論点となっている、三の酉の日に「美登利が体験したことの実体規定[*6]」をめぐって「初潮」か「初店」かと議論する以上に重要なのではないだろうか。すなわち「たけくらべ」の〈語り手〉の再検討こそが当面する課題である。さらに、作家における〈書く〉という行為自体を対象化することの要請である。先に示した本文の「改稿」過程に見る〈揺らぎ〉も、この問題と関わってこよう。

3　美登利の〈恋〉／美登利の〈成長〉

「たけくらべ」本文の「流動性」は、作中、語り手の語る行為のなかでも起こってくる。実のところ十二・十三章では、時間を巻き戻して同じ場面を語り直す[*7]ということがなされている。たとえばそのなかで、信如の美登利への気づき方を語った箇所は、「信如もふつと振返りて」（12）から「顧みねども其人と思ふに」（13）へと、前言との矛盾を冒してでも語り直していく、という事態が起こっている。二つの本文の間には、信如のなかの美登利に対する意識の働かせ方に差があることがわかる。語り手にとって、この場面での信如や美登利の心の奥は、既往の捉え方を大きく逸脱していくものであった。ここまでの「物語」の論理では到底解釈できない事態が語り手の目の前で起こっている。そうした現象に対して、語り手は語り直すという行為によってでも、誠実に対応しようとする。

　さて、こうした語り手の動揺は、まず美登利によって引き起こされたようである。「それと見るなり」「顔は赤う成りて、何のやうの大事にでも逢ひしやうに、胸の動悸の早くうつ」(12)と、門前のその人を信如と察知した時の美登利の動揺は、信如に比較して内的なそれを想像させ、「何のやうの大事」かと語り手自身に疑問を抱かせたのだった。

平常の美登利ならば信如が難義の体を指さして、(中略)言ひたいまゝの悪まれ口、「よくもお祭りの夜は正太さんに仇をするとて私たちが遊びの邪魔をさせ、罪も無い三ちゃんを擲かせて、お前は高見で采配を振つてお出なされたの、(中略)余計な女郎呼ばはり置いて貰ひましよ、言ふ事があらば陰のくす〱ならで此処でお言ひなされ、お相手には何時でも成つて見せまする、さあ何とで御座んす」、(「　」は筆者)

　ここに見るように十二章末尾では、語り手は「平常の美登利ならば」という仮定のもとに、美登利が信如に投げかけるであろう、この間積もり積もった「言ひたいまゝの悪まれ口」を過剰なまでに語っていった後、実際にはそうしなかった「平常の美登利のさまにては無」い姿を提示する。「物いはず格子のかげに小隠れて、さりとて立去るでも無しに唯うぢ〱と胸とゞろかす」美登利は、語り手の事前の判断を裏切る意外な姿を顕現していたのであった。

　この章の冒頭の大黒屋の寮の説明は『源氏物語』「若紫」の巻との連想で、「中がらすの障子のうちには」「冠つ切りの若紫も立ち出るやと思はるゝ」と語られるように、なかに住む美登利は語り手から見れば、まだまだ幼い少女に過ぎなかった。ここまで語り手は、潤沢な小遣いをばらまいては、「子ども中間の女王様」（3）として勝手気ままに振る舞い君臨し続けてきた廓の少女の、身につけてしまった倨傲と、男女の関係にまつわる、廓の擬制をそれと知らずに模倣する「耻かし」さとを、「哀《あはれ》」（8）と同情的に眺めてきた。それというのも、「年はやうやう数への十四、人形抱いて頬ずりする心」「人事我事分別をいふはまだ早し、幼な心に」（同）と、年端のいかない「幼な心」ゆえと許容し納得してきたからであった。また「美登利の眼の中に男といふ者さつても怕からず恐ろしからず」（8）「これは顔をも赤らめざりき」（11）と呆れてもいたように、美登利のセクシュアリティにもたらされた歪みと、無意識に発露するコケットリィは、男女の関係に対する心と頭との乖離の不幸として、すなわち心の未成熟さゆえとして語り手に危惧を抱かせてもいた。しかし、ここでの美登利は違っていた。年相応の〈恋〉の感情に捕らえられ、恥ずかしさ、いじらしさを抱えて佇む美登利であった。

　十二章全体を眺めると、それでも語り手は、信如の内面は既述の情報によって視ているようである。先に引用した十二章末尾の、発することのなかった美登利の言葉は、この間信如が人知れず恐れていた言葉でもあったのである。とりあえず、この場の信如にとっての「大事」は、何よりも「運わるう大黒やの前まで来し時」「前鼻緒のずるゝ〳〵と抜けて」「何としても甘《うま》くはすげ」られないという醜態を演じるはめに陥ったことである。そして、美登利とわかった瞬間「脇を流るゝ冷汗、跣足に成りて逃げ出したき思ひ」から、急場しのぎの方策を探ろうと焦り、うろたえる。この困惑ぶりの原因をこれまでの「物語」の流れで探ると、千束神社の祭りの日の同胞長吉の引き起こした不始末を、「我が為したる事ならねど人々への気の毒を身一つに背負たるやうの思ひ」（10）として受けとめていたように、その日以降、美登利や三五郎に対して負い目を持っていたことからもきていよう。十一章で筆やに買物に来た信如が、店に美登利や正太の気配を感じて黙って引き返したと同様、美登利たちとの摩擦を回避したかったと思われる。単に晩稲《おくて》で自意識の強い少年が、異性としての美登利を敬遠していたためだけではなさそうである。祭りの日の事件を契機とする美登利の激しい批判の言葉と、「袂を捉らへて捲しかくる勢ひ」を頭に描いたのは語り手だけではなく信如も同様だった。語り手が、「さこそは当り難うもあるべきを」と対応に苦慮する信如のその時を自明のように想定していることからも窺える。したがって、語り手同様「平常の美登利のさまにては無いことに、信如も何かしら気がついてもよさそうである。心の〈成長〉を垣間見せた美登利に対して、この場の信如は余りにも子どもではないか。次章で語り手は、この場面の時間を巻き戻して最初から語り直していく。そこで二人の内面を再度検証するかのように。初出では十三章は翌月の『文学界』（明28・12・30）に掲載された。

　さて、こうして美登利の心の〈成長〉を認めた語り手は、再度時間を元に戻してその場を語り始める。心を新たにして二人の心理を探るかのように。十三章冒頭で「此処は大黒屋のと思ふ時より信如は物の恐ろしく」「詮なき門下に紙縷を縷る心地、憂き事さま〴〵に何うも堪へられぬ思ひ」「顧みねども其人と思ふに、わな〳〵と慄へて」と、語り手は再度抽象的な表現ながら信如の内奥を語っていく。異性としての美登利に対する信如の感情はやはり全く働かなかったわけではなかったのだ、と改めて確認するかのように、こうした解釈の余地を残す曖昧な言葉を選んで語り直していく。先に述べた信如の美登利への気づき方の微妙な改変もこうしたなかで起こっている。振り返らないまま「其人と思ふ」信如は、それだけ美登利を強く意識していたことが、読者に改めて伝わる。信如は背中で美登利を感じている。ここで語り手は信如のうちにも何らかの〈変容〉〈成長〉を認めようとする。一方、美登利の方は一直線に信如を見つめていくのである。

　「庭なる美登利はさしのぞいて」「此裂《これ》でおすげなされと呼かくる事もせず、これも立尽して降雨袖に侘しきを、厭ひもあへず小隠れて覗《うかゞ》ひし」と、美登利は雨のなか立ち尽くす。格子門を挟んで二人だけの時間が流れる。お互いを意識し合う、非日常的な時間を持つ。この時だけ、二人の間に交流電気は流れたのである。お互いの思いを確認するわけではない、ただお互いを意識するだけの真っ白な（信如は「半ば夢中に」とある）交感の時である。そして、その時間は、美登利の母親の呼び声によって断たれ、すぐに日常に引き戻される。「何うでも明けられぬ門の際にさりとも見過ごしがたき難義をさま〴〵の思案尽して、格子の間より手に持つ裂れを物いはず投げ出せば」と、呼ばれて追いつめられた美登利は、祭りの日以来の信如との不愉快ないきさつ、心の葛藤を超えて、ようやく信如に向けて救いの手を差し出した。しかし、その時の信如は「見ぬやうに見て知らず顔を」「つくる」だけだった。少なくとも美登利の眼に映った信如は、美登利の心を無視する信如だった。「ゑゝ例《いつも》の通りの心根」「何を憎んで其やうに無情《つれなき》そぶりは見せらるゝ、言ひたい事は此方にあるを、余りな人」と心のなかで信如を責める言葉を激しくぶつけながらも、それとは裏腹に「遣る瀬なき思ひを眼に集めて、少し涙の恨み顔」「こみ上るほど思ひに迫れど」と美登利は胸一杯に信如への思いを募らせていく。そしてやがて美登利は、前述のように自分の方からきっぱりと断念していく。信如との完璧な断絶を確認した美登利は「かた〳〵と飛石を伝ひゆく」。語り直したこの章では、語り手は美登利の示した感情に過剰に反応しつつ、この場面の二人を微細に見つめている。

4　取り残された信如

美登利が家に駆け込んだ後、その場に残された信如を語り手は次のように語る。

信如は今ぞ淋しう見かへれば紅入り友仙の雨にぬれて紅葉の形のうるはしきが我が足ちかく散りぼひたる、そゞろに床しき思ひは有れども、手に取あぐる事をもせず空しう眺めて憂き思ひあり。(13)

「淋しう」「床しき思ひ」「空しう」「憂き思ひ」という感情を表す言葉が具体的にどのような内実を示しているのか、この文脈から必ずしも明確に伝わってくるわけではない。「淋しう」や「床しき思ひ」は信如の主観と読めても、「空しう」「憂き思ひ」は、美登利の思いに過剰に反応した語り手が、傍らに立って信如を観察したところを記したような叙述とも読める。この部分の解釈をめぐっては、亀井秀雄氏（前掲論文）に「一見、等価的に二人の感情を描いた表現のようであるが、実は、友仙と一緒に捨てられた美登利の感情が信如のなかに移し変えられる形の語り方であった」という理解があり、私もこの理解を否定する理由は何もない。しかし、あえて信如に即して、作品全体のなかで信如の空しさや「憂き思ひ」を考えると、信如が自己形成する間に抱え込んでいった根深い自閉性に因っているとしか読めない。

九章では、信如の家庭環境すなわち「龍華寺の大和尚」一家について子細に語られる。信如の父親は僧侶にあるまじき、「経済」（金銭）への異常な執着を見せる「腥《なまぐさ》」坊主である。檀家の一人で未亡人だった母親も、生きるための手段が和尚の利害と一致して寺に居続けているうち花を「懐胎」し、和尚とは年の離れた「見ともなき事」と「心得ながら」正式の妻に納まった女性である。今やこの母も姉のお花も和尚の言いなり、金儲けの片棒を担ぐ。信如はこうした家族の「耻かし」さを一身にひきうけ、龍華寺の〈自意識〉として生きるようになっていた。「性来のおとなしき」性格に加えて、父親への批判・「我が言ふ事」が「用ひられ」ないという現実のなかで、自意識の殻を厚く厚くして自閉していったのである。「父が仕業も母の所作も姉の教育も、悉皆あやまりのやうに思はるれど言ふて聞かれぬものぞと諦めればうら悲しきやうに情なく」「我が蔭口を露ばかりもいふ者ありと聞けば、立出でゝ喧嘩口論の勇気もなく、部屋にとぢ籠つて」と、ひたすら「自ら沈み居る心の底の弱き事」「臆病至極の身」という自己意識をかみしめるばかり。外界との齟齬を〈自閉〉という形で処理してきた子どもだった。けれども「勉強もの」（1）でもある信如は、周りの者の眼には「変屈《ママ》者の意地わる」「生煮えの餅のやうに真があつて気になる奴」と映り「憎がるものも有」ったのであり、信如の〈弱さ〉を「知る者」はなく、二重の意味で孤独な生をかこっていたのである。

語り手は無論こうした「弱虫」信如の「憂き思ひ」を知っていた。美登利も知らない信如の一面を知るゆえに、その〈弱さ〉を克服して美登利の思いに応える信如を、思春期の信如が美登利へのセクシュアリティを発揮することを期待して、眼を凝らして観察していたのではないか。[*8] それが、再度語り手が語り直した一番の理由ではないだろうか。語り手は、いざ「立上」ってその場を立ち去ろうとした時の信如を、こう語る。

小包みを横に二タ足ばかり此門をはなるるにも、友仙の紅葉目に残りて、捨てゝ過ぐるにしのび難く心残りして見返れば、

実のところ、ここで「見返」る信如に、作中唯一の美登利へのまなざしの顕現が認められるのである。しかし、それも長吉が来かかることによってかき消されてしまう。長吉は「いま廓内よりの帰り」、その粋な装いに「黒八の襟のかゝつた新しい半天」を加えて、今朝から降り出した雨に、娼妓の情けか「印の傘をさしかざし高足駄の爪皮も今朝よりとはしるき漆の色」、「きわ〴〵しう見えて誇らし気」であったという。十六歳と信如より一つ年長の長吉は、いよいよ、廓に女を買いに行くという一種の「通過儀礼」（?・）を果たして晴れ晴れとしているようである。「見ッとも無い」姿で、「意久地なき事」を訴える「弱虫」（9）信如のセクシュアリティと対比して、語り手は〈一人前の男〉となった長吉のそれに惚れ惚れしているようにも見えてくる。「さあ此れを履いてお出で、と揃へて出す親切さ、人には疫病神のやうに厭はれながらも毛虫眉毛を動かして優しき詞のもれ出るぞをかしき」と「暴れ者」の長吉が常と違って見せる「優し」さに、語り手も「をかしき」と感心して見せるのである（ここを信

如が長吉の〈優しさ〉を感じると読むこともできるが、そうするとさらに信如の美登利への思いは後退していくことになる)。語り手は、「不器用」な信如を、ことさらにきわだたせるかのように、いや批判するかのように、「大人」となった長吉にまぶしい視線を向けていく。それが多分にアイロニカルな視線であるにしろ。どうやらこの場面で信如は、美登利からも語り手からもおいてけぼりをくってしまったようである。少なくとも、ここでの語り手が、二人の〈恋〉の未成の原因を、[*9]信如の〈弱さ〉に見ていることだけは確かである。

「思ひの止まる紅入の友仙は可憐《いぢら》しき姿を空しく格子門の外にと止めぬ」と、ついに手に取られなかった、この「紅入の友仙」は、信如が立ち去った後も門前で雨のなか濡れ続け、おそらくやがて美登利は、自分の〈心尽くし〉が残されたままであったことを確認したはずである。この日、美登利は信如にこだわることの無意味さを思い知った。かすかに自分のなかに芽生えた〈恋〉ともいえない感情を信如に向けた時、信如から返ってきたのは〈無視〉という完璧な拒絶であった。少なくとも美登利の眼にはそう映った。そして自分のなかの思いを断ち切ったのである。美登利の内面をこう読んできた時、小説末尾の「水仙の作り花」(16)の贈り主を、読者が信如と読む(読みたい)可能性は否定できないとしても、美登利が信如と考えることは有り得ない。語り手もいうように、美登利には「誰れの仕業と知るよし無」いことであった。そして、美登利が「何ゆゑとなく懐かしき思ひ」を感じて、「淋しく」その「水仙の作り花」の「清き姿をめで」たのは、かつての自分の姿をそこに重ねて見たからではないか。この時の美登利は、既に廓で働く娼妓として「汚された」後の美登利であった、と私には読める。

美登利の〈青春〉は余りにも短く寂しい。そのいじらしさ、切なさが胸を衝く。しかし、自身の信如への思いをかすかながらも伝えたことによって、少なくとも美登利のなかに悔いは残らなかったはずである。美登利と信如の〈断絶〉は思春期の心と心とのほんのわずかなすれ違いだったとも思われる。しかし、「たけくらべ」の語り手は、あたかも顕微鏡で見るかのように、子どもたち一人ひとりの心の〈成長〉を眼を凝らして観察しているようである。

そして、語り手は子どもたちの心を決して確定的には語らない。ここにこそ「たけくらべ」の語り手の変容のかたちが現れている。

5 心を凝視する〈語り手〉へ

「たけくらべ」の語り手[*10]は、当初、「大音寺前」という吉原遊廓に隣接する地域の土地柄を読者に伝える、メッセンジャーとして自己限定していた。語り手自身はこの土地に違和感を覚え距離を自覚していたからこそ、それが語る動機となっていた。見聞したところをしきりに「をかし」がり、「よそと変」(1)る風俗を強調していればよかった。語り手のこの外部からの観察者というスタンスは、各章の語り始めに並々ならぬ工夫を凝らしていることからも窺える。たとえば次のような各章の最初の語り出しの言葉はどうだろう。「廻れば大門の見返り柳いと長けれど、」(1)「打つや鼓のしらべ、三味の音色に事かゝぬ場処も、祭りは別物」(4)「待つ身につらき夜半の置き炬燵、それは恋ぞかし」(5)「走れ飛ばせの夕べに引かへて、明けの別れに夢をのせ行く車の淋しさよ」(8)「如是我聞、仏説阿弥陀経、声は松風に和して」(9)等々。その場の状況を時間的に空間的に克明に提示したり、端唄や経文の一節を引用したり、この町の音や声や光景やを過剰なまでに観察し伝えようとする視線は、一言でいえば好奇心以外の何ものでもない。語り手は、外部から来た教養人としての旺盛な好奇心を発揮しているに過ぎない。無論、登場人物たち、土地の子どもたちは、個性的な発話行為をくり返し、語り手の語りを超えて生き生きとした姿を見せていく。しかし、語り手の視線は、「たけくらべ」の最初のプロットとしてある夏祭りの日の喧嘩が収束していく頃まで、基本的には変わらない。いや、この喧嘩のプロットの収束の仕方は、見事に、ここまで語り手が捉えてきたこの土地の子どもたちの在りようを映し出すものであった。大人社会の力学に拘束されざるを得ない子ども社会の構図をあざといまでに顕現していた。語り手の言説は、既定の「物語」の方向から何ほども逸脱していかない。季節の推移という自然的な時間・循環する時間[11]が流れ、大音寺前の日常性が語られていく。身体を持つ存在としてのそれを読者に感じさせながら、この土地への同調や共感は極力示さないようにと、勿体をつけた慇懃な語り口は変えないのである。

ところが、後半に至って「たけくらべ」の語り手は次第に変貌していく。「正太は潜りを明けて、ばあと言ひながら顔を出すに、」(11)「此処は大黒屋のと思ふ時より信如は物の恐ろしく、」(13)「憂く恥かしくつゝましき事身にあれば」(15)と、各章の語り出しも、前半とは様変わりして、子どもたちへの親近感とともに彼等の内面にいきなり入っていく。そして語り手は、前章で見て来たように、とりわけ美登利の心的変容を発見して過剰な反応を示していくのである。こうした変貌を語り手[12]に促した契機と思えるできごとが、十章の夏から秋へと季節の変化を語った後に紹介されている。

> 茶屋が裏ゆく土手下の細道に落ちかゝるやうな三味の音を仰いで聞けば、仲之町芸者が冴えたる腕に、君が情の仮寝の床にと何ならぬ一ふし哀れも深く、此時節より通ひ初《そむ》るは浮かれ浮かるゝ遊客ならで、身にしみ〴〵と実のあるお方のよし、遊女あがりの去る女が申き、此ほどの事かゝんもくだ〳〵しや大音寺前にて珎《めづ》らしき事は盲目按摩の二十ばかりなる娘、かなはぬ恋に不自由なる身を恨みて水の谷の池に入水したるを新らしい事とて伝へる位なもの、

語り手は廓のなかから聞こえてくる歌沢節「香に迷ふ」の一節にしみじみと耳を傾けながら、娼妓と客との関係が、「情」によって結ばれる男女関係の擬制の下に成り立っていることを、そしてそれが擬制を容易に逸脱してい

く関係でもあることを、「遊女あがりの去る女」から聞いた言葉を浮かべつつ、改めて喚起されていく。そのことは、続いてこの土地では「珎らしき事」「新らしき事」として特筆した、「盲目」の娘の「恋」の話と重ねて見るとなお興味深い。語り手がなぜこの話を特筆したのか、このくだりからだけではわかりにくい。またこの娘の「恋」の「かなはぬ」理由としてある「不自由なる身を恨みて」ということが、相手に「盲目」を厭われたのか、恋人のために自らの「盲目」を厭うて身をひいたのかも不明である。が、いずれにしろ、この娘が〈個〉としての生を貫いているという印象は与えられる。「恋」というきわめて個的な感情に身をまかせていったがための不幸な選択ではあった。「大音寺前にて珎らしき事」として語り手がこの出来事にふと心を止めていくのは、語り手が、ここまでこの地域の人々を、廓内の表層的な論理に毒され、人間本来の感情や生き方を忘れている特別な世界の住民、と固定的に見ていたからでもあった。廓の内も外も、その境界もなく、どこにでも起こる〈恋〉という現象、人間にとって普遍の感情の存在に思い至った時、語り手の子どもたち一人ひとりへの視線の向け方もこれまでとは微妙に変わっていったのではないだろうか。次の十一章には、信如の「後かげ」を「何時までも、何時までも、何時までも見送る」美登利の姿をことさらに書きとめていく語り手がいた。「此ほどの事かゝんもくだ〱しや」と言いつつ、後半に至って「たけくらべ」の語り手は、〈書く〉ことによって引き起こされる葛藤のなかへと、自ら引き込まれていく様態を示し始めていたのである。

6　「大人に成るは……」——「たけくらべ」の彼方へ

霜月三の酉の日に美登利の身に起こった「事」で、確実に知られることは、髪を大島田に結い上げ、きらびやかな晴れ着を着せられて、廓の中に招き入れられたこと、である。この一事だけで、美登利にとっては「憂く耻かしく、つゝましき事身にあれば」と嘆き悲しむ出来事だったと想像される。いよいよ「その日」が、すなわち「廓の女」になる日が、美登利に訪れたということで、「その日」その事実に美登利がどう反応（対応）したかが、十五章に語られているのである。「たけくらべ」本文を見ると、その事実の具体的な内容を、たとえば「初潮[*13]」か「初店」か「水揚げ」かなどと探る必要も決定させる根拠もないように思われる（個々の読者が空想することは自由であるが）。この場面の語り手の語り方は、その日に美登利の身に起こったことを、美登利の内側から湧いてくる「憂き」思いや「耻かし」さのみを書きとめることによって、表現しようと努めているようである[*14]。きわめて抽象的・主情的な言葉が並べられていくのである。しかし、それらの言葉の発せられるシチュエーションを考えると、美登利のなかでこれからの自分の仕事の内実が具体的に想像されていることが、確かに窺える。

この日、廓をあとにした所で正太と出会った美登利は、後の短い時間のなかで何度も顔を赤らめ恥ずかしさに泣きそうな表情になる。連れ立って二人町並を歩いた時、頓馬の「お中が宜しう御座います」という掛け声を聞くなり、美登利は「泣きたいやうな顔つきして」逃げるように「足を早め」る。道行く人々の自分に向けられる視線に「我れを蔑む」として過剰に反応し、正太と並んで歩くことに対してことさらに嫌悪を覚える。家に戻るや、「小座敷に蒲団抱巻持出でゝ、帯と上着を脱ぎ捨てしばかり、うつ伏し臥して物をも言は」ない状態[*15]になる。ひとしきり涙にくれ、傍らにいる正太の心配する声に我にかえっては、また「さまざま」な「思ひ」に囚われ「正太の此処にあるをも思はれず」という世界で、独り、身の震えるような想いに沈んでいく。そして身体全体で、想像したそれへの嫌悪感を示していく。自分の心に「まうけ」た「思ひ」に拒絶反応を示していくのだ。やがて、正太が枕もとにいることに恥ずかしさを覚え、思わず「後生だから帰つてお呉れ、お前が居ると私は死んで仕舞ふ」という過激な言葉をぶつけてしまう。美登利はその連想のなかで、遊女としての自分の傍らで、ふと正太が廓の客のような役回りを演じているように想像され、いたたまれなくなったのである。こうした反応の仕方を見れば、美登利がこれからの廓での仕事の内実を、自ずから頭のなかに思い浮かべていることは明らかであろう。これが既に「体験」したゆえのことと限定する必要もないと思われる。[*16]

遊客を通わせる手練手管の数々を「唯おもしろく聞な」し、「廓ことばを町にいふまで」(8)になっていた美登利が、これまで、娼妓の仕事の中身について全く無知だったとは思われない。また「此界隈に若い衆とよばるゝ町並の息子」(8)は「生意気ざかりの十七八」にもなれば廓に出入りし、「素見《ひやかし》の格子先」に「串談」をいうようになる。「何屋の店の新妓を見たか、金杉の糸屋が娘に似て最う一倍鼻がひくい」などと、格子のなかの娼妓の値踏みを日常のこととしていく。無論「うかれうかれて入込む人の」「目当て」が何か、ほとんどの子どもは知っていよう。「目当て」の娼妓、という〈商品〉としての〈性〉を男性客が選択する世界を目の当たりにしているのである。「今三年の後に見たしと廓がへりの若者は申き」(3)というように、実のところ、美登利はこれまでも、こうした〈視線〉を身に受けて来たのであり、これからはさらにその〈視線〉を自覚して生きていかなければならない。この日ことさらに美登利が「人目」を厭うのは、自分が性的なまなざしによって選別される対象となった「恥かしさ」を実感しているからに他ならない。祭りの日に、長吉から「女郎」(5)とののしられ、「我まゝの本性」(7)を支えていた姉の「威光」の実体が「賤しき勤め」(8)であることに気づかされ、ひそかに心を痛めてきた美登利だった。が、〈性〉を商品とするこの仕事の本当の辛さは、信如への〈恋〉を知った美登利ゆえに痛切に実感されたのではないだろうか。

「憂き事さまざま」「心細き思ひ」「昨日の美登利の身に覚えなかりし思ひ」「此様の憂き事」と、語り手は何一つ具体的にその「憂き」「思ひ」の引き起こされる理由を明かさない。語り手にとっては、美登利のなかでさまざまに浮かぶ「思ひ」や感情、その葛藤自体を微細に見つめ続けることだけが重要だったのである。信如への〈恋〉を経た美登利の「その日」の心こそが、気がかりだった。

「ゑゝ厭や〱、大人に成るは厭やな事、何故このやうに年をば取る、最う七月十月、一年も以前へ帰りたいに」と、老人《としより》じみた考へをして、(15)(「　」は筆者による)

この美登利の述懐は悲痛である。「大人に成る」ことを否定するというのは、「大人に成る」ことを外側から強いられた者の言葉である。そして、その強いられた〈成熟〉を宿命として受けとめている者の言葉でもある。こうした美登利の内的言葉に対して、語り手は「老人じみた考へ」と批評する。語り手は美登利のこの日の「思ひ」に分け入って、ここで始めて主観を洩らす。美登利の捉え方を若者らしくないと、語り手ははがゆく思っているのであろう。そして、この言葉に、語り手の、美登利に対する単なる同情ではなく運命を切り拓くことへの励ましが窺える、――と読むのは私だけであろうか。

三の酉の日、この美登利の愁嘆場に立ち会うことになった正太、この正太のなかにも語り手はそれまでの幼さを脱却していくような常と異なる姿を、何らかの「気づき」[*17]を、発見していく。正太は当初、常と異なる美登利を前に戸惑うばかりであった。けれども、いつもの遊びの場である筆やへと「飛込み」(16)、「火ともし頃」になっても「店に転が」って居続けるなかで、「美登利が素振のくり返されて」「例の歌も出ず」「心淋し」い思いに捕らわれていく。この過程のなかに、美登利の運命へと思い至っていく正太の心の軌跡が窺える。そして「今日の酉の市目茶〱に此処も彼処も怪しき事成りき」と正太の述懐とも、語り手のそれとも受け取れる形で、この日の出来事は終息していく。子どもたち一人ひとりのなかに起こった「怪しき事」、常と異なる何らかの〈変容〉を語り手は子どもたちとともに見つめているようである。この「物語」の初め、「大音寺前」の子どもたちを、特殊な地域の子どもとして固定的に見ていた「たけくらべ」の語り手は、やがて子どもたちの心の琴線に触れることによって、子どもたちの未来と可能性とを流動的に見るようになっていったようである。後半、信如や美登利や正太やの内面をことさらに主情的・不安定な言葉で、多様な解釈が生成する場として暗示的に表現していくのは、そのためだったように思われる。そして、「たけくらべ」が、心と身体との成長途上にある子どもたちを描いた動的「物語」としてある、と読んだ時、「たけくらべ」の彼方にはあらゆる可能性が潜んでいるように思えてくる。「たけくらべ」の本文が、揺らめく「物語」として在り、そこから読者によって沢山の「物語」を生成させていく豊かなテクストであるように――。

信如にも〈弱さ〉を克服する時が来る。美登利にも親を乗り越える時、運命を切り拓く時が来る。子どもたち一人ひとりの心の成長を、目を凝らして見つめようとした語り手の視線に着目して読むと、私にはそんな風に「たけくらべ」の彼方が見えてくるのである。

※「たけくらべ」本文の引用は、『樋口一葉全集』第一巻（昭49・3、筑摩書房）によった。また『文学界』掲載時の清書原稿の閲覧・複写に関しては、天理大学附属天理図書館のお世話になった。記して感謝の意を表したい。

注

＊1　前掲、大正七年博文館刊『たけくらべ』「抜として」のなかの発言。

＊2　紅野敏郎氏「大橋本（再掲本）『たけくらべ』原稿の出現と特質」（『日本古書通信』第七四六号　平3・9月号）のなかで紹介されている。

＊3　野口氏は「現存資料所在案内」（『樋口一葉事典』平8・11、おうふう）では「FG（全集収録「未定稿」の分類記号―筆者注）は殆ど現存しないが、『文芸倶楽部』に再掲された際の元原稿に『文学界』本文作製時の下書き原稿が活

用された。従って既述の小林日文氏所蔵の元原稿の（十三）以下の書き込みを除き、修正部分を最初の形態に戻して見ると、未定稿の姿が浮かびあがって来る」と同様の指摘をしている。が、ここでも「下書き原稿が活用された」とする判断の根拠や、あるいは「活用された」という「下書き原稿」と「未定稿」との関係やについては具体的には何も示されていない。

＊4　参考までに、天理大学附属天理図書館所蔵の『文学界』掲載時の自筆清書原稿のこの部分を掲げると、「余《あん》まりの人とこみ上るほど思ひに迫れど、母親の呼声しばく〳〵なる侘しさ、詮方なしに一ト足二タ足ゑゝ何ぞいの未練くさい、思はく恥かしと身をかへして、かたく〳〵と飛石を伝ひゆくに」となっており、この本文は『文学界』掲載本文も同じである。再掲時に、これらの本文以前の「下書き原稿」すなわち「未定稿」を「活用」したとするならば、この時にはあえて『文学界』本文通りには修正しなかった箇所が、この部分に限っても三箇所（筆者による傍点部）あることになる。

＊5　関良一氏「「たけくらべ」の世界」（『樋口一葉　考証と試論』所収　昭45・10、有精堂）など。

＊6　高田知波氏「〈女・子ども〉の視座から―『たけくらべ』を素材として」（『日本文学』第38巻第3号　平元・3）からの引用。なお、この論のなかで高田氏は、美登利の変貌の「実体をあえて特定させない」「不安定な状態のまま」で終わらせることによって、「美登利の内面への読者の想像力をくりかえし喚起し続け」るという「作者のねらい」が、今日ようやく顕在化してきたのだ、という興味深い指摘をしており、本論の「たけくらべ」テクストの捉え方と重なるものがある。

＊7　関礼子氏（「少女を語ることば―樋口一葉『たけくらべ』の美登利の変貌をめぐって」『解釈と鑑賞』第59巻4号　平6・4）に、「同一場面の重複も厭わないという語り方は、あたかも稀有の時間をいとおしみ、ビデオ映像を低速操作して、繰り返しその場をみるような印象を与えている」という指摘がある。この部分に関しては他に、青木稔弥氏の「一つの出来事を、信如、美登利の双方から描くための工夫」（山本洋編「近代文学初出復刻1」『樋口一葉集』「たけくらべ」頭注　昭59・5、和泉書院）とする指摘、橋本威氏（「『たけくらべ』制作過程考」『樋口一葉作品研

究』所収　一九九〇・一、和泉書院）の、「方向を正し」「表現不足を補った」跡とする見方などがある。両者とも作家一葉の表現技法の問題に帰結させている。

＊8　山田有策氏「『たけくらべ』論」（『解釈と鑑賞』第51巻3号　昭61・3、他に山田氏には近年の論として「〈子供〉と〈大人〉の間―『たけくらべ』論」『『たけくらべ』アルバム』所収　平7・10、芳賀書店　がある）には、「子供たちがそれぞれ大人へと変貌する中にあってただ一人信如のみは不変のまま「水仙の造り花」に結晶した」、そこには「たけくらべ」のなかで一貫して「信如が読者によって自由に読まれることを拒否している」語り手の「強い意志が感じられる」という理解が示されている。こうした論を読む時、「たけくらべ」の〈語り手〉の読み方は常に反転する可能性を孕んでいることを実感する。信如の方こそ、語り手にとって最終的には〈他者〉としてあり、美登利の心情に荷担する語り手は、あえてさまざまな解釈の可能性を読者に喚起するように、信如の内面を曖昧な表現で語っていこうとしている、と捉える本稿とは対極に位置する意見であろう。

＊9　二人の「恋」が、僧侶／遊女・聖／俗という二項対立の構図のなか「御法度」「禁忌」として、当初から置かれていた路線のままに終わる、二人は既定の世界を逸脱しえない者とする論は多い。たとえば前掲藪禎子氏、重松恵子氏『『たけくらべ』の哀感―語りの手法」（梅光女学院大学『日本文学研究』27　平3・11）など。しかし「たけくらべ」の後半は、こうした二項対立（大人／子供、娼婦／少女のそれも）の枠組みは基本的に語り手のなかで倒壊されてくる過程だったのではないか。ここには一葉における〈小説〉を考える鍵があるように思う。「たけくらべ」以降の一葉小説の検討課題である。

＊10　「たけくらべ」の〈語り手〉が或る実体的存在として登場してくる様態についての分析は、山田有策氏「一葉文学の方法―『たけくらべ』の語り手」、新見公康氏「語りの変容―『たけくらべ』論」（二論とも「現代文研究シリーズ17」『樋口一葉』所収　昭62・5、尚学図書）などでなされている。なお、新見氏は、「たけくらべ」後半に顕著な語りの手法の変容と「語られる内容とを対応させ」た時に、「『たけくらべ』の特質が様々なうねりとして見えてくる」こと、この「様々なうねりを総体として捉える」ことによって「『たけくらべ』の魅力が明らかになる」だろうこと、

を指摘している。

＊11 「たけくらべ」には〈近代〉の時間という直線的に流れるもう一つの時間が背後に流れている。前田愛氏「子どもたちの時間――『たけくらべ』試論」（『樋口一葉の世界』所収 昭53・12、平凡社）は〈都市〉化への時間を、高田知波氏（前掲論文）は〈学校〉という近代的制度の問題を、考察している。いずれこの問題と〈語り〉の構造とのダイナミズムを捉えなければならないと考えている。

＊12 山本和明氏「『たけくらべ』における〈語り手〉の位相」（『城南国文』11 平3・2）は、〈噂〉から〈内面描写〉へと語りの位相が変化していくのは、当初〈よそ〉者であった〈語り手〉が、土地に根づく〈語り手〉となることによって、当地の独特の制度やシステムを自明のこととしてあえて語らなくなったことに起因するという理解を示していく。語りの変容の位相の説明はともかく、〈語り手〉変貌の根拠をどこに求めるのかは、なかなかに難しい問題である。

＊13 これは余談になるが、美登利と同性の筆者には「この日初潮を迎えた」とする理解には即物的次元で違和感を感じる。「その当日」にきらびやかな衣装を着て廓へ出入りし、町を歩くのはなかなかに辛いことだなと想像する。この時代の月経処置の現実を調べれば調べるほど違和感は増す。小野清美氏『アンネナプキンの社会史』（平4・8、JICC出版局）によれば「脱脂綿以外の月経用品の一つである月経帯は明治三十八年に初めて実用新案で登録されている」とのことである。明治の月経処置の歴史は、いまだ個人の工夫のなかにあったものに過ぎず、今日とは比較にならないくらい不備・非衛生的なものが多かった。身近な明治生れの女性に聞くと、「その日」はなるべく黒っぽい着物を着て静かに家で過ごすことが多かったとのこと。

＊14 出原隆俊氏「《典拠》と《借用》―水揚げ・出奔・《孤児》物語」（樋口一葉研究会編『論集樋口一葉』平8・11、おうふう）は、「たけくらべ」における「嵯峨の尼物語」（『都の花』掲載）からの引用を前提としつつ、「《語り手》は水揚げという直接的な事実を《秘匿》しつつ、美登利の衝撃の大きさを述べることに終始するのである」と指摘する。

＊15　和田芳恵氏注（『樋口一葉集』『日本近代文学大系8』昭45・9、角川書店）に、「寝間着に着替えない長襦袢姿は、遊女のなりに似ていたことだろう」とある。

＊16　いわゆる「たけくらべ」論争が起こった頃、一般読者として発言したコラム担当記者（昭60・6・20付『朝日新聞』「今日の問題」欄）の、「恐らく、その夜にも初店が「行われる」と知らされた少女の、やり場のない不安や恥ずかしさではないか、と一シロウトは感じたのだった」という読み取りが、この場面のもっとも素直な理解なのではないだろうか。

＊17　小浜逸郎氏『大人への条件』（平9・7、筑摩書房）「3章　成長の自覚―気づくということ」参照

「軒もる月」の生成——小説家一葉の誕生

1——「軒もる月」の孕む問題

「軒もる月」（『毎日新聞』明治28・4月3日、5日）は、一葉の小説のなかで、これまで余り論じられなかった作品である。四百字詰原稿用紙にして僅か十枚余の小品ゆえということもある。しかし、この小説の内包する問題は決して小さくはない。その即物的な題名からくる印象や、「殿」と呼びかける古風な雰囲気とは相反して、女主人公・袖の示す生き方の姿勢は、読者にある種の生の不条理性を喚起してやまない。この余白の多い短い一編を読み終わった読者は、袖とともに、捕えられた虚無の深さに思いを馳せずにはいられない。思いのほかに重く割り切れない問いを投げかけられてしまうのである。その意味では、近代小説としての新しさを秘めた作品ということもできる。

小説の〈読み〉の上では、従来、夫と恋人との間で煩悶する人妻の心理を描いたものとして、最晩年の「メインテーマ」[*1]へと、すなわち「われから」「裏紫」への発展を明示するものとして、ある一定の固有イメージを付与されつつ、一方で末尾の主人公の〈高笑い〉・「狂気」を思わせる姿の解釈に何か不透明さを残すとして問題にされてきた。[*2]関礼子氏も、初めて本格的にこの小説を論じた「「読む」ことによる覚醒——「軒もる月」の物語世界」（『亜細亜大学教養部紀要』第43号 平3・11）のなかで、この「一葉テクストの最大のポイント」として末尾の場面の〈高笑い〉を指摘し、「テクストの文脈に即した」ところでの解明を試みている。関氏は、「一葉テクストの多くがそうすることを求めているように、テクストのことばとことばの間、空隙の意味を辿ることのできることばを自ら探し出し、テクストの織り目を浮かび上がらせなければならない」と的確に余白の多い一葉のテクストを読む上での心構えを喚起していく。しかし、その関氏の論によっても、「軒もる月」の世界を統一的に捉える〈読み〉が提示されているとは言い難い。末尾の主人公の〈高笑い〉の解釈についても、その背後に潜む〈虚無性〉の解明にまで至っているとは思えない。

また、この小説の成立過程を考えると、一葉という作家の歩みのなかで軽視できない意味を持っているように思われる。この小説の構想・執筆期間は[*3]不明な所を残すものの、おおよそ明治二十八年一月末から三月末にかけてと、短編の割りには長かった。着想の時点は「大つごもり」(『文学界』明27・12・30)を発表し、「たけくらべ」一―三章(『文学界』明28・1・30)を執筆、掲載を開始した頃であった。いわゆる「奇蹟の十四か月」がはじまる時期である。この頃の一葉の日記は不在[*4]である。が、それを補うかのように、かなり多くの作品構想の跡を示す草稿が残っている。この「軒もる月」に関わる草稿もいくつか在り、それらを見ると、相当に紆余曲折して現在の形にまとめ上げたことが窺える。そして当初考えられたヒロインは、一葉その人を想わせるような、極めて自伝的要素を強く映す人物であった。本格的に作家活動を始めようとする時期、一葉は自らの定位を問う小説構想をさまざまに行なっていたのである。何度かの書き換えによって、自伝的要素は完全に払拭されていくことになる。しかし、こうした最終稿までの生成過程を考えてみても、この小説の一葉における意味が問題になってくるのではないか。

本稿では、「軒もる月」というテクストをできるだけ一つの統合された世界として捉えることによって、この小説の孕む問題を顕在化させてみたい。また、その生成過程を検討することによって、「軒もる月」という作品が作家一葉の〈書く〉という営為のなかでいかなる位置を占めていたのか、その位相を明らかにしてみたい。

2　語りの構造を追って

この小説はいわゆる三人称の小説ながら、ある夜の主人公・袖の独白に終始している世界と捉えることができる。「女は破れ窓の障子を開らきて」「女子は太息に胸の雲を消して」といった、「女」すなわち袖の行為を外側から説明する語り手のことばが時折顕現する。しかし、そのまま語り手は袖の意識と融合してしまう。たとえば、

女は破れ窓の障子を開らきて外面を見わたせば、向ひの軒ばに月のぼりて、此処にさし入る影はいと白く、霜や添ひ来し身内もふるへて、寒気は肌に針さすやうなるを、しばし何事も打わすれたる如く眺め入て、ほと長くつく息月かげに煙をゑがきぬ。

という箇所は、袖の内言と内言との間に現れた語り手のことばということができる。しかし、「向ひの軒ばに月のぼりて、此処にさし入る影」を「いと白く」と見ているのは「女」(すなわち袖)であり、身に「添ひ来」る霜にふるえているのも「女」である。語り手は「女」の身体感覚に訴えてくる外界の現象を語りながら、やがて寒気もなにも「打わすれたる」かのように、もの思いの世界に入っていく「女」と一体化していく。月影に「眺め入り」、「ほと長く」息をつく「女」に焦点化して、語り手は続く桜町の殿の上に思いを馳せていくことによって現れてくる「女」の内言を導いていく。また次のような箇所。

女子は太息に胸の雲を消して、月もる窓を引たつれば、音に目さめて泣出る稚児を、あはれ可愛いかなる

夢をか見つる乳まいらせんと懐あくれば笑みてさぐるも憎くからず、勿体なや此の子といふ可愛きもあり、此《こ》子《れ》が為我が為不自由あらせじ憂き事のなかれ（後略）

語り手による、「女子」のため息と窓を閉める行為の語りから入りながら、その音に目覚めて泣き出す我が子を抱き上げ乳を含ませ、母の胸のなかで幸せそうに微笑んでいる子の顔を見つめることによって、「大恩の良人」のことを思っていく袖の内言へとなだらかに繋がっていく。さらに、次のような箇所。

児を静かに寝床にうつして女子はやをら立あがりぬ。眼ざし定まりて口元かたく結びたるまゝ、畳の破れに足も取られず、心ざすは何物ぞ（中略）よし匿名《かくしな》なりとも此眼に感じは変るまじ、今日まで封じを解かざりしは我れながら心強しと誇りたる浅はかさよ、

ここに見るように、この小説の語り手は基本的には傍らで袖の行動を眺め語っていくにすぎない。しかし、「女子はやをら立あがりぬ。眼ざし定まりて口元かたく結びたるまゝ」といった一見観察したところをそのままに表現したような叙述や、「心ざすは何物ぞ」といった興味深げに未知のものを知ろうとする傍観者的疑問を示した語りやに見えても、その実語り手はこの「女子」の強い意思による行為であることを明確に限どって、続く「女子」のことばへと直結させていく。語り手と主人公袖との懸隔は少ない。

この小説では語り手は終始一貫、「女」「女子」という呼称を使っており、「袖」という名前は彼女自身の内言のなかに二度、夫の「我が名の呼声」として出てくるだけである。そのことは、結果的に、この短い一編のなかでの語り手と作中人物との距離を縮めていく。一見、語りの層においては、「女」と呼ぶことによって客観的な視点で

眺めているように見える。しかし、物語の主人公としての固有名を与えて語っているのではないぶんかえって、語り手は自分との距離を忘れ、「女」の内言に自由自在に融合していけるのである。「軒もる月」は一人の女の内面のドラマ・心理ドラマとして展開されていく。そして、肌に感じる「寒気」・「眺め入」る「月かげ」・「窓を引立つ」る「音に目さめて泣き出る稚児」の声・「乳房に顔を寄せ」て「寝入」るわが子への凝視等、「女」の身体感覚に訴えてくるものによって、「女」の内面が動かされていくという構成原理がこの小説では貫かれている。末尾の〈高笑い〉まで生理的・感覚的な次元のことばに導かれるという形をとりながら展開されていくのである。その意味では一人称のモノローグ的であり、かつヒロイン袖の身体的・実感的な印象をあたえる小説、ということができる。

3　袖の〈現実〉と〈非現実〉――「軒もる月」の時空間

さて、小説は、上野の鐘が九時を告げる音を聞きながら、いつもより帰りの遅い夫の身を案じる「女」の内言から始まる。そして、「我が良人」「我が子」と呼びかける「女」の姿が明示される。「大路の霜に月氷りて踏む足いかに冷たからん」「火気の満ちたる室にて頸やいたからん、振あぐる鎚に手首や痛からん」と妻子のために残業をして頑張っている夫を気遣い、「炬燵の火」を整え「酒もあたゝめんばかり」に用意している貞淑な妻の像である。勤勉で心優しい夫と可愛い子どもとのつつましい生活をしっかり守り、妻としての母としての務めに日を送っているのが「女」の日常性であり、〈現実〉であった。冒頭の内言はこうした夫と子どもとの関係のなかで堅実に生きる「女」の姿を顕現している。しかし、このすぐ後に再び現れる「女」の内言はこうした像を裏切っていく危機的状況を孕んだものであった。

この夜、夫の帰りを待つ「女」は、破れ障子を開けて、窓からさし入る月の白い影を眺めているうちに、独りもの思いの世界へ、〈非現実〉の世界へと誘われていく。その時、彼女の心に浮かんでくるのは、かつて小間使いとして奉公していた桜町家の殿のことであった。

　桜町の殿は最早寝処に入り給ひし頃か、さらずは燈火のもとに書物をや開き給ふ、然らずは机の上に紙を展べて静かに筆をや動かし給ふ、書かせ給ふは何ならん、何事かの御打合せを御朋友の許へか、さらずば御母上に御機嫌うかゞひの御状か、さらずば御胸にうかぶ妄想のすて所、詩か歌か、さらずば、さらずば、我が方に賜はらんとて甲斐なき御玉章に勿体なき筆をや染め給ふ。

「女」は、殿の現在を、殿の日常性を具体的に想い浮かべることができる。書物を繙いたり、手紙を書いたり、詩や歌を創ったりといういわば形而上的な世界に遊ぶことのできる殿の生活の様子を。そして、「さらずば」とひとつひとつその想像を否定しながら至り着くのは「我が方に賜はらんとて」手紙を書いている殿の姿であった。今宵からの残業で帰宅の遅れている夫の身を案じる妻にはあるまじき想像が、次第に殿と自分との関係に向かって求心的になっていくさまは、一種異様な世界を顕現する。「女」はこうした想像をめぐらせ得るほどに、殿の眼に映る恋人としての自分を確信できるのである。今もなお「女」のなかで、殿との関係が生々しいものとしてあることを物語っている。

　この「女」、すなわち袖は、鍛工場に勤める職工の妻。この夫婦の間には、まだ乳飲み児の子どもが一人いる。しかし、袖は、この夫と必ずしも望んで結婚したわけではない。恐らく夫は袖の家の「入むこ」*5であったと思われる。袖の両親は、この婿の手厚い看病も空しく一昨年・昨年と相次いで亡くなった。この貧しい裏屋住まいの身分の父が生前決めたのが、現在の夫である。当時、桜町家に奉公していた袖は、暇を貰い親に言われるままに、〈家〉

のため、自分と同じ世界に住む職工と結婚した。しかし、結婚した袖のもとへ、殿からは「幾度幾通の御文」が間断なく届いていたのである。これまで袖はその手紙を開くことすらしていない。夫の、自分の両親への孝養、自分への愛情を考えると、裏切ることはできない。また、「卑賤にそだちたる我身」の分もわきまえ、「身の行ひ」は「清く」あらねばならない。袖には自らの生きる世界は確実に見えていたはずであった。

「暫時がほども交りし社会は夢に天上に遊べると同じく、今さらに思ひやるも程とほし」「小間使といへば人らしけれど御寵愛には犬猫も御膝をけがす物ぞかし」「聟と定まりしは職工にて工場がよひする人と聞きし時、勿体なき比らべなれど我れは殿の御地位を思ひ合せて、天女が羽衣を失ひたる心地もしたりき」と自らの境涯との隔りのなかで捉えられる、かつての袖と桜町の殿との関係は、単に小間使いと主人といったものではなかった。それどころか殿からの一方的な袖への愛というのでもないことを想わせもする。袖が桜町家にどのくらいの期間奉公していたのか、また「暫時がほど」交わったという「夢に天上に遊」ぶような生活や、殿の「寵愛」の中味やがどのようなものであったのかは具体的には何も洩らされてはいない。しかし、殿からの十二通の手紙は「葛籠の底に納めたりける一二枚の衣」の下、「浅黄ちりめんの帯揚のうち」に隠されてあった。「長なる髪をうしろに結びて、旧りたる衣に軟へたる帯」といった現在の袖の身なりと、大切にしまわれている「一二枚の衣」・「ちりめんの帯揚」との懸隔は大きい。おそらく袖の日常のなかでは身につけることも稀な衣装であろう。殿からの賜わり物ととれなくもない。袖と殿との間に、ある種の濃密な関係があったろうことは否定できない。そうした関係を袖は「邪道」「汚らはしく浅ましき身」「犬猫」同然の所為と退け、今の生活に入ったのである。

「我れはさても、殿をば浮世に誹らせ参らせん事くち惜し、御覧ぜよ奥方の御目には我れを憎しみ殿をば嘲りの色の浮かび給ひしを」ということばからは袖が自分なりの判断から殿のもとを退いたことが窺える。殿の袖への「寵愛」がよそ目にも目に余るものになってきた時、「御暇を賜はりて」袖は自ら身を退き、折から親の決めた結婚に身を委ねたと思われる。したがって、かつての袖は一旦〈選択〉をしているのである。夫が親の決めた人であれ、結婚の際に袖が消極的な形ではあっても、ひとつの生の〈選択〉をしていることは記憶しておくべきである。その〈選択〉とは、宿命的自己意識に裏づけられた断念に近いものであったと思われる。

○我れは斯る果敢なき運を持ちて此世に生れたるなれば、殿が憎くしみに逢ふべきほどの果敢なき運を持ちて此世に生れたるなれば
○卑賤にそだちたる我身なれば
○野末の草花は書院の花瓶にさゝれん物か、恩愛ふかき親に苦を増させて我れは同じき地上に彷徨ん身の取りあやまちても天上は叶ひがたし
○あはれ果敢なき塵塚の中に運命を持てり

袖は、繰り返し己の身分・運命を確認していたものと思われる。今の生活は「袖よ今の苦労は愁らくとも暫時の辛棒ぞしのべかし」という夫の言葉や、「破れ窓の障子」「畳の破れ」「すゝけたる天井」「寸隙もる風」といったこの家の在りさまを語る言説やから窺えるように、決して豊かではない。貧しい生活のなかで、袖は、「地上」に生きる自分の宿命をそれなりに見据えていた。しかし、意識的・自覚的に思いを断ったゆえに、なおさら、一方でしばし垣間見た「天上」の生活に捕らえられていたのである。殿との関係のなかに囚われていた。いわば袖は意識の二重構造のなかで生きていた。

したがって、この夜もまた、袖がそうした想念に捕らえられるのは、必ずしも「夫が「今宵より」残業をはじめたことによって[*6]」訪れた特別な時間だからではない。その日常のなかで「果敢なき楼閣を空中に描く時」はしばし

ばあったのである。「いつまで斯くてはあらぬ物をと口癖に仰せらるゝは、何所やら我が心の顔に出でゝ卑しむ色の見えけるにや、恐ろしや此大恩の良人に然る心を持ちて仮にも其色の顕はれもせば」と夫の眼に映る自分を顧みるように、日常性のうちに抱えこんだ「あやなき物」の存在に袖は常に揺り動かされていたのである。

今宵の袖は、むしろ逆に、普段顧みなかった己の〈現実〉を考えるなかで、桜町の殿との関係を相対化しているようである。妻子のために、夜遅くまで働くことを厭わない夫と、今母である自分の胸のなかで乳を飲み「思ふ事なく寝入」っている子どものことに思いを傾けることによって、自分の心を対象化しようとする。

斯かる人さへある身にて我れは二タ心を持ちて済むべきや、夢さら二タ心は持たぬまでも我が良人を不足に思ひて済むべきや、はかなし、はかなし、桜町の名を忘れぬ限り我れは二タ心の不貞の女子なり。

ここまで思い至った袖は、「眼ざし定まりて口元かたく結びたるまゝ」「今日まで封じを解か」ずにいた殿からの手紙を読むことを決心する。

4　〈心試し〉の内実——開封された手紙

「身の行ひは清くもあれ心の腐りのすてがたくば同じ不貞の身なりけるを、卒《いざ》さらば心試しに拝し参らせん、殿も我が心を見給へ、我が良人も御覧ぜよ」「我が心は清めるか濁れるか」とくり返されるように、この夜、決然と手紙を開くことを決意する袖の動機は、自分の心を対象化するところにあった。その意味では、この「軒もる月」の「「読む」時間」を「夫の不在・子どもの就寝という限られた時間枠のなかでの出来事」、「人妻の秘めごと」の開示[*7]として捉えていくのは当たらない。もっと、袖の置かれた危機的状況に即したところで見ていくことが重要である。夫の帰宅はまもなく。迎える準備も万端整っている。物理的な時間を考えたら十二通を読み通す十分な余裕など到底ありそうもない。しかし、決然とそれを実行するのは、たとえ今夫が戻ってこようとも「何かは隠さん」という強い意志があるからであった。自らの抱え込んだ「二ゝ心」を止揚しようとする意思からであった。

桜町の殿からの手紙は全部で十二通。袖が殿のもとを去ってから二年ぐらい経っているだろうか。この間、手紙は中断することなく届いているように思われる。そうでなければ人一倍自己を律することの強い袖の心を、ここまで揺さぶることはなかったであろう。袖の側からの突然の暇乞いであったためか、殿の袖への執着は一層強かったようである。「やつれたりとも美貌とは誰が目にも許すべし」と語り手もいうように、美しい袖のおもかげは、いつまでも殿の心を捕らえていたのである。

「五通六通、数ふれば十二通の文」を取り出した袖は、順次一通ずつ開いては、読んでいくのである。

封じ目ときて取出せば一尋あまりに筆のあやもなく、有難き事の数々、辱じけなき事の山々、思ふ、恋ふ、忘れがたし、血の涙、胸の炎、是等の文字を縦横に散らして、文字はやがて耳の脇に恐ろしき声もて呻くぞかし

取り出した一通目の手紙は、「一尋あまり」も書かれた長い手紙。その中には、「思ふ、恋ふ、忘れがたし、血の涙、胸の炎」といった情熱的な文字が「縦横に散ら」されており、殿の袖への並々ならぬ恋慕の情が溢れていた。それを、袖は「有難き事」「辱じけなき事」と思いながら読んでいく。「文字はやがて」袖の「耳の脇に恐しき声もて呻く」のであり、読み終わった袖は「手もとふるへて巻納め」るほどの心の動揺を覚えるのであった。

「二通も同じく三通四通五六通より少し顔の色かはりて見えしが、八九十通十二通、開らきては読みよみては開らく、文字は目に入らぬか入りても得よまぬか」と語り手が見るように、袖は次々に手紙を開封し、読み進める。そして、次第に手紙のなかに没入していくのである。殿からの手紙の内容は詳しく読者に示されているわけではない。しかし、これまで袖は返事を書くことはもとより開くことすらしてこなかったのであり、そうした袖に対して十二通もの手紙を書き続けるという情熱は並大抵のものではない。〈返事がこない〉というメッセージをもらいながらも、なお書き続けるなかで殿の袖への執着は自ずとエスカレートしていったようである。「膝の上には無情の君よ我れを打捨て給ふかと、殿の御声ありあり聞えて」と、殿の手紙は、一通目の情熱的なことばを連ねた手紙から、やがて袖のつれなさを責める手紙へと変貌している様子が窺える。桜町の殿は終始一貫、袖に対して自らの思いを傾けていたのである。

手紙の束を一通ずつ開いていく袖の前に顕現されてくる世界は袖の心を大きく揺さぶっていった。殿の甘美で情熱的なことばによって、自分自身が今も殿の心を捕らえて離さないことを生々しく知っていくのである。その美貌によって「天上」の世界へと入っていけることを改めて確信していった。殿のことばは袖を自己陶酔の世界へと誘惑する刺激に満ちていた。殿との甘美な関係に生き得る自分をいやがうえにも顕在化させていった。自ずから袖はこれまでの自己を解体されていくような危機に直面するのである。その一方で袖は、己を頼む矜持、解体から自己を守ろうとする意志によって自分を支えていこうとする。この袖のなかの二つの自己の激烈な葛藤こそが、結果的に〈心試し〉の中味であった。

いざ雪ふらば降れ風ふかば吹け、我が方寸の海に波さわぎて沖の釣舟おもひも乱れんか、凪ぎたる空に鷗なく春日のどかに成なん胸か、桜町が殿の容貌も今は飽くまで胸にうかべん、我が良人が所為のをさなきも強いて隠くさじ、百八煩悩おのづから消えばこそ、殊更に何かは消さん、血も沸かば沸け炎も燃へばもへよとて、微笑を含みて読みもてゆく、心は大瀧にあたりて濁世の垢を流さんとせし、某の上人がためしにも同じく、恋人が涙の文字は幾筋の瀧のほとばしりにも似て、気や失なはん心弱き女子ならば。

「いざ雪ふらば降れ風ふかば吹け」「血も沸かば沸け炎も燃へばもへよ」と今や袖はあえて自分のなかの欲望のままに突き進もうとする。心に住みついて離れない「殿の容貌」も、「良人が所為のおさな」さに対する満たされない思いも、自分の心を捕らえてやまない「百八煩悩」全てを隠さず思い浮べていく。と同時に、この時、「微笑」すら浮べて恋人の手紙を読んでいく袖は、「ふかば吹け」「隠くさじ」「何かは消さん」「燃へばもへ」と己を頼む強い意志を支えに、「煩悩」の嵐に立ち向かってもいくのである。己の殿への欲望を全開にして、眼にとびこんでくる「恋人が涙の文字」を全身で受けとめつつ、一方でそれに流されまい、「濁世の垢」をこそ「流さん」と立ち向かうのである。しかし、袖にとって、直面する事態は思いの他大きかった。袖の心はともすれば「血」が沸き、「炎」と燃えるような情念の世界に巻き込まれていってしまう。その激しさは「大瀧にあた」る、「幾筋の瀧のほとばしり」と形容されるほどのものであった。このあたりの言説は『平家物語』巻第五「文学荒行」（『新日本古典文学大系44』「平家物語上」一九九一・六、岩波書店による）をふまえ、三七日《さんしち》の厳しい修行をしていく「某の上人」・文覚の姿と重ねていく。袖の心のなかの葛藤の激烈さは「心弱き女子」であったならば、「気」を「失な」うほどのものであった。

傍には可愛き児の寝姿みゆ、膝の上には無情の君よ我れを打捨て給ふかと、殿の御声ありあり聞えて、外面には良人や戻らん更けたる月に霜さむし、たとへば我が良人今此処に戻らせ給ふとも、我れは恥かしさに面あかみて此膝なる文を取かくすべきか、恥づるは心の疚ましければなり、何かは隠くさん。殿、今もし此処におはしまして、例の辱けなき御詞の数々、さては恨みに憎くみのそひて御声あらく、さては勿体なき御命いまを限りとの給ふとも、我れは此眼の動かん物か、此胸の騒がんものか、動くは逢見たき欲よりなり、騒ぐは下に恋しければなり。

傍に寝ている我が子を見やりながらも、袖の耳には殿の声が「ありあり聞えて」くる。その一方帰宅の時を感じるなかで夫のことをも想い浮かべる。袖は自分にとっての子ども・殿・夫との関係を具体的に考えることによって己を対象化しようとする。そうすることによって心のなかの「あやなき物」を見極めようとする。しかし今や、袖は、自分に向けられる殿からの甘美なことばの誘惑を極限まで心のなかに想い描いていってしまう。「殿、今もし此処におはしまして」と呼びかけることによって、この場に殿がいて思いのこもったことばの数々を呟いてくれる様子、自分の冷たさを責める恨みのことばを声を荒げて語る様子、果ては、袖なしではもはや生きていけないとまでいうことばを具体的に思い浮べていく。「動くは逢見たき欲よりなり、騒ぐは下に恋しければなり」と否定しようと努めれば努めるほど「逢見たき欲」「恋」しさから心は動揺し続ける。こうして袖の心のなかの葛藤は頂点にまで達していくのである。〈心試し〉としながらも、袖は「暫時悾惚とし」「夢路をたどるやう」になる。この時、袖は、想像のなかで殿との濃密な関係を極限まで生きていたのである。自分の意識のなかで殿との愛を完璧に貫いていった。幻想としての、〈夢〉としての世界を生き切っていくことによって、やがて袖の心は、「おぼろなる胸」「空虚なる胸」と形容される一種の虚脱状態にまで陥っていった。この時の袖はもはや以前の袖とは違う。〈夢〉を虚構の世界としてしか生きられない空しさを抱えた袖であった。こうして生の自己完結を果たし、自らの欲望を突き抜けて、袖はかろうじて〈現実〉の世界に還ってくるのである。

5 〈高笑い〉の響き／虚無の響き

袖にとって殿との愛に生きることはまさに〈夢〉〈虚構〉の世界を生きることに他ならなかった。袖は殿からの手紙を読むことによって、その世界に生きる自分すなわち殿との甘美な関係に生きる自分の存在を結果的に顕在化させてしまった。袖は、そうした〈夢〉の世界に住む自分とのすさまじい葛藤を通して、自分の欲望を極限まで生きることを通して、〈現実〉の我れに還ってくるのである。この時の袖のありようを、語り手は、袖の身体感覚に働きかける周囲の光景のなかで、きわだたせるかのように語っている。

女は暫時悾惚として其すゝけたる天井を見上げしが、蘭燈の火かげ薄き光を遠く投げて、おぼろなる胸にてりかへすやうなるもうら淋しく、四隣に物おと絶えたるに霜夜の犬の長吠えすごく、寸隙もる風おともなく身に迫りくる寒さもすさまじ、来し方往く末おもひ忘れて夢路をたどるやう成しが、何物ぞ俄にその空虚なる胸にひゞきたると覚しく、女子はあたりを見廻して高く笑ひぬ、其身の影を顧り見て高く笑ひぬ、殿、我良人、我子、これや何者とて高く笑ひぬ、

袖の眼に映る「すゝけたる天井」には「火かげ薄き」「蘭燈」の光が「うら淋しく」照りかえしており、袖の耳には「犬の長吠え」だけが静まりかえったなかにものすごく響いてくる。膚身に迫る「寒さもすさまじ」いものがある。夢うつつの放心状態から抜け出し回帰してくる袖が捕らえたものは、自分を取り囲む具体的な〈現実〉であった。袖の身体は、破れ屋の隙間からもれてくる風によって、霜夜の寒気のすさまじさを感じるのであった。その

のちに続く袖の〈高笑い〉は、「あたりを見廻して高く笑ひぬ」「其身の影を顧り見て高く笑ひぬ」というように、自分の置かれている境涯を確認することによってなされるのである。いわば、この〈高笑い〉は袖自身の生自体に向けられたものであり、〈現実〉を突き抜けたところからの一種虚無[*8]的な匂いのする笑いであった。「殿、我良人、我子、これや何者」といって「高く笑」った袖は、これまで殿や夫や子どもやの関係のなかで生きてきた自分を相対化し、存在としての、〈個〉としての自分を捉えるところにまで達している。袖が捕らえられていた「あやなき物」の正体は、己の心に巣くっていた欲望（夢）であり、本質的には袖自身の内面の問題であった。袖は、夫か「恋人」かという感情的な選択を迫られているのではなく、自らの欲望に忠実に生きたい、とする瞬間を捕らえてしまったのである。（ここにこそ、この小説の新しさがある。〈個〉としての欲望に生きようとする女性の登場である。）やがて、袖は思いの他に自分にとって重い意味を持っていた、殿との甘美な関係を観念のなかで生き切っていくことによって、この己のなかの欲望を突き抜けて、新たな生の局面を見据えることになった。

やよ殿、今ぞ別れまいらするなりとて、目元に宿れる露もなく、思ひ切りたる決心の色もなく、微笑の面に手もふるへで、一通二通八九通、残りなく寸断に為し終りて、熾んにもえ立つ炭火の中へ打込みつ打込みつ、からは灰にあとも止めず煙りは空に棚引き消ゆるを、うれしや我執着も残らざりけるよと打眺むれば、月やもりくる軒ばに風のおと清し。

今や殿との関係にはなんの未練も執着もなくなった袖は、心の平静を得たなかで殿の手紙を寸断し火のなかに投げ込んでいく。「からは灰にあとも止めず」とは己の観念のなかで内なる生命を燃やしつくした後の袖をも暗喩している。全てが煙りとなって昇華していくのを見ながら「うれしや我執着も残らざりけるよ」ということばには、内なる欲望を燃やしつくした果ての清々しささえ感じられる。こうした観念的操作による通路を経ることによって、袖は再び「地上」に生きる自分の現実へ、宿命に生きる自分へと回帰していったのである。心のどこかに残る虚しさを抱えながら。

袖の〈心試し〉の結果は、一見「我が良人」「我が子」との関係によって形づくられていた日常的現実を守ろうとしたかに見える。袖は殿の手紙を読むことを「心試し」をするといい、「清めるか濁れるか」とした。すなわち夫か殿かと二者択一のように問題を捉えていたのであり、その実、自分の心が見えていなかった。実際に手紙を読むことによって、袖は殿との関係を改めて生きていってしまう結果になった。極限まで殿との濃密かつ甘美な世界に浸っていってしまったのである。想像や虚構やの世界を辿ることによって。しかし、それはあくまで〈非現実〉の世界に過ぎない。袖はそうした形でしか殿との関係を生きられない己の生の虚しさを結果的に抱え込むしかない。そして、〈虚構〉の世界にせよ、こうした殿との関係を生き切ってしまった袖は、夫と子どもとの関係のなかで自分を位置づけてきたこれまでの袖ではない。「殿、我良人、我子、これや何者」ということばが発せられた真意は、恋人や夫や子どもやとの関係のなかで生きることに自足できない自分を知ってしまったところにあるのではないだろうか。逆にいえば現実の関係のなかでしか生きざるを得なかった自分の生に虚無を見てしまったためではないだろうか。

「軒もる月」という小説は、宿命的自覚を抱えつつ、きわめて意思的に生きようとした女主人公・袖の内面のドラマとして展開されるなかで、結果的に主人公に内在する問題を浮き彫りにしていった。そして、その時彼女が抱え込んだ虚無が、宿命意識としてさらに深化していく過程が描かれたきわめて動的な小説であったということができよう。こうした生の情景は、実はこの小説の草稿のなかに潜在している問題をたどることによって、より一層明確に捉えることができるのであり、また作家・一葉の問題とも重なっていたことが窺える。次章ではこの小説の生成過程を考えてみたい。

6 「軒もる月」の生成過程――〈零落〉意識から〈宿命〉意識へ

「軒もる月」の「未定稿」として『樋口一葉全集』第一巻（筑摩書房）で整理されている断片群はAからDまで四つある。そのうち、現「軒もる月」に直接的につながる草稿と思われるものは、DⅠ・Ⅱとして整理されているものである。DⅠの冒頭部分とDⅡは作中人物の名前が異なるくらいで、ほとんど「定稿」の一部と重なっている。ようやく小説の形が固まってきたことが窺える。しかし、DⅠとⅡとを比較した時、内容的にはかなりの違いがあることがわかる。卑賤な家に生まれた女性が、現在の生活の不如意をかこちながら過去を振り返るという構図は同じものながら、その回想の中味が相違しているのである。野口碩氏の解説を読むとDⅠとⅡとの間には「多少執筆時期の隔たりのあったことが窺われ」るとのことで、この間に習作「狂女」（甲種）が書かれているという。すなわち「軒もる月」着想の時点から「未定稿」DⅠまで作家一葉が志向していた作品を放棄することによって、現「軒もる月」へと結実していったのである。ある種の方向転換を余儀なくされることによって「軒もる月」の世界を獲得していったといえる。そのことの意味を捉えることによって、現テクストが潜在的に内包しているもの、一葉における〈書く〉という行為の意味するものを明らかにしてみたい。[*9]

一葉は明治二十八年一月末から「軒もる月」と題する（「まともる月」とも考えた）作品の想を練りながら何度か途中で筆を断ちまた執るということをしていたようである。題名は当初から決まっていたこと、ある霜夜にうらぶれた家の軒端からさし入る月の光に眺めいることによって「女」が物思いにふけるという書きだしがくり返されていることから、この小説のモチーフは早くから在ったことがわかる。[*10]

抹消〔霜よの月の冴える今日此頃〕（未定稿ＢⅡ２）
抹消〔軒ばはかたぶきて月のもるにまかせ、床板は踏むに音して畳の塵のはけどもうせず、〕（未定稿ＢⅡ３）
軒端はあれてさしいる月のかげ寒きに、宵々良人のかへりを待ちて心ぼそげに物おもへる妻のかほを、（未定稿ＢⅡ４）
軒もる月のかげ寒けきにきたる衣はうすけれども、さし入る光に今昔のわかちあらんや、昔しは女熟《ママ》のまどに友と眺めて（未定稿Ｃ）
女は破れまどの障子を開きて外面を見渡せば、向ひの軒ばに月のぼりて、こゝにさしいるかげいと白く、霜やそひくる身内もふるへて、寒気は肌に針さすやうなるを、しばし何事も打わすれたるようにながめ入りて、ほと長くつく息月かげに烟をゑがきぬ（未定稿ＤⅠ１）

裏長屋の一室にさしこむ月の光が残酷にもその家の貧しさを際立たせるという情景がまずこれらの断片から窺える。そのなかで満たされない思いを抱えて何事か昔日を振り返るというのが、残されているいくつかの草稿に共通する物語の発端である（この点は後述するが、稿が代わることによって次第に小説のかたち・〈文体〉が明確になっていくことに注意する必要がある）。

そして、未定稿ＡからＤⅠまでのなかで考えられていた主人公は、これまでの小説のどの作中人物よりも、一葉自身に近い人物として設定されていたのである。ＡⅠでは「塾主は植村松子、教育法は古風なれど」「東都に聞えし女塾」の取り次ぎに出る十四歳の「小女」八重子が、「きびんなる口上、優美の姿」「塾主が自まんの一つ」と形容されている。「八重子」という名前は、明治二十三年の習作「作品１」の主人公の名前であった。こちらの八重子は、父親不在の家の生計を助けるために、兄や母の制止も振り切り、けなげにも勧業博の売り子として働くことを積極的に志願する十六歳の少女であった。父亡きあと戸主として樋口家を支えていった一葉の姿勢を彷彿とさせる。そして、AⅠの八重子は、さらに具体的に十九歳当時萩の舎で小女として住み込んでいた一葉自身を想起させる。その着想の段階で、一葉は自身に近しい主人公を設定したのである。女塾のなかできわだつ才色を輝かせていた少女というヒロイン像、その後、こうした設定を何度か試みている。いくつか例に挙げてみよう。

「文よむ事、手かく事、多くの生徒のうちにて彼の娘に及ぶはなかりき、中にも和歌のたくみ成しは天より受たる自然の能にや」「品行正しくして假にも猥りの言葉を出さず、見る〈目は静なれども火の如き気象は人の後に立たる事なく、〉」（未定稿BⅠ）
「ありし植村の塾に才名たかゝりし木浦妙子」（未定稿BⅡ4）
「昔は女熟《ママ》のまどに友と眺めて」（未定稿C）
「ありしながらの私じゅくのまどに歌集ひらきながら友と物がたるさま」「いづくの園にかばら咲ける美くしき構内に、我れを中にこめて多数の人のほめ言葉にきやかなるも聞ゆるやう也」（未定稿DⅠ1）
「今は昔し其の女熟《ママ》に木浦妙子のおさゝ《ママ》な早くより聞えて学事の勝れたるに品行よければ人の覚えも一倍成し」（未定稿DⅠ3）

そして、「AⅠの余白」[*11]に書かれた未定稿AⅡには「歳月流れながれて今は二十四にも成ぬべき彼の娘の末」が推し量られ「本郷の片すみ白山下といへるに」と記されたように八重子の十年後の現在の姿が想定されようとしている。AⅡの叙述から具体的にその様子を窺うことはできないが、「娘の末を心にかくる人あらんや」（「娘はいかさまに成にけん」を訂正）「片すみ」といった語感からは輝きを発していた過去とのなんらかの差異が感じられる。また、「白山下」という地名は貧しい住民の街という記号になるという。[*12] 未定稿B以降ヒロインの名前は一貫して木浦妙子となるが、妙子の現在も決して恵まれたものではなかったようである。

今はいかなる人の妻に成けん、学士か、いかで、官吏か、いかで、商家か農家か、いかで〳〵、（本郷の一隅駒込の白山下といへるにゆきて見給へ、）（未定稿BⅡ1）

さる人は黒ちりめんの羽織に丸髷の姿を、車の上にて見きといひ、さる人はみそこしさげて結び髪の横顔を、たしかに白山下にて見きといふ、これはあまりの事なれど、丸髷の人は口元にほくろの有しといへば夫もいぶかし。（未定稿BⅡ2）

小石川の白山下に木浦松五郎といへるほう兵工廠の職工あり、（同）

職工の家に生れ職工の良人を持ちて、もゝ引はらがけの世話にて終るべき運なめり、（未定稿DⅠ2）

このように未定稿AからDⅠまでを見ていくと、ヒロインの〈零落〉意識が定着されようとしていることがわかる。草稿の女性たちは皆現在の境遇に、すなわち職工の妻に象徴されるような「みそこしさげて」「もゝ引はらがけの世話にて終る」生活におとしめられている。語り手は彼女達のかつての学びの園で才能を発揮していた頃との対比を意識した語り口で現在の不如意の生活を語っているのである。しかし、こうした〈零落〉へのプロセス・女書生の挫折のドラマは何一つ、その片鱗すら草稿には現れていない。わずかに「未定稿BⅡ4」に至って「あはれ浮世の波にあしを取られて、はかなき智恵に一身をあやまりし女子の末路」といった抽象的かつ否定的表現で語られているに過ぎない。そして、この間の草稿の推移を見ていった時、二つの傾向が見てとれる。一つは、次第に、

〈零落〉した現在の時点からの回顧という形が明瞭になっていく（未定稿C・DⅠではっきりしてくる）ということ。もう一つは「我れもしも賤しき職工の家に育たずば」（未定稿DⅠ1）「我れは小溝の流れに生れて小溝の中に一生を終るほうふりといふ虫とおなじく、職工の家に生れ、職工の良人を持ちて、」（DⅠ2）というような身分意識・宿命的自己意識が付け加えられ、職工の妻であることとの必然がそれなりに補完されていったということである。こうした草稿の動きは、ドラマの生じる不可能性の方向を示していると見ることができる。

才気あふれる少女という栄光の過去のプロットと貧しい職工の妻としての現在の落魄のプロットと両者の結合を何度か試みながら筆は運ばなかったようである。そして、この女書生の挫折のドラマが具体的に展開していかなかった、否、展開できなかったということが物語るものは、一葉にとって重い意味があったと思われる。女性の人生において「才名」や「智恵」や「学事」やを発揮する道が現実の社会においては閉ざされているということと無縁ではない。結果的には挫折しかないとしても、そこに至るプロセスすらリアリティをもって描き出すことができないのである。現実の女の生は、夫や家族やとの関係のなかでのみ位置づけざるを得ないからである。どのような才能に恵まれようが、それを生かし、花開かせる道を見出すことが女性たちにとっていかに困難か、所詮「女」の生は関係のなかに閉ざされて在る他ないのではないか。こうした問いかけが聞こえてくる。

「職工の妻」に象徴される草稿の女性たちの〈零落〉の中味は、職工という社会的地位それ自体によっているのではない。「未定稿BⅡ2」に「小石川の白山下に木浦松五郎といへるほう兵工廠の職工あり、身は入むこにて」「今は妻と我身と二つになる児なり、はかなき工銀に明くれの烟ふとからねど、家の内に波風なく我身に欲の多からねば、此ほかに何かはもとめん、（中略）かくして送る月日は王侯の位もうらやましからず」と職工の夫の側の精神的に満たされた生活のさまが描かれているように、草稿の女性たちの抱えた〈零落〉は皆彼女達の心の問題としてあったのである。己の才能を発揮する場を持たない女性ゆえの〈零落〉意識がその実質的中味なのである。

草稿を見ると、何回かこうした女性の思いを小説のなかで定着しようとしたことがわかる。そして、その砂をかむような苦い思いを切実な（リアリティのある）思いとして描くために、ヒロインの置かれた〈宿命〉意識として、外的かつ社会的な制約を甘受せざるを得ない方向へと転換させていったのである。

7　宿命のなかの生／「未定稿ＤⅠ」

前章で大ざっぱに眺めた草稿のダイナミズムを、「定稿」の直接的な下書きとなる「未定稿ＤⅠ」によって確認してみよう。ここには異なる二つの構想の跡を示す断片群が整理されている。一つはそれ以前の草稿の流れを受け継いだものといえるが、現「軒もる月」の冒頭の夫の帰宅を待つ妻の内言とそのままに重なるもので、まずなによりも小説の形式（文体）として踏襲されていくものである。ただ月影に誘われるように現れてくる、続く「女」の述懐の内容は最終稿のそれとは異なり女塾のまどに友と学んだ華やかな日々の回顧となっている（ＤⅠ1・2として整理されている）。もう一つの構想は未定稿ＤⅠ3・4で試みられたもので、「今は昔し」（ＤⅠ3）「今もおたえが口くせに」（ＤⅠ4）とはじめられるように語り手による物語化の意図があらわである。里子に出された今も実家のために自ら妾になる道を選択していく少女の物語といった内容が垣間見られる。断片群のなかで、その流れから見たとき最もまとまっている分、異質な感をうけるものである。この二つの構想の因果関係は不明であり残された断片で見るかぎり別のものとの印象が強い。次にみておきたいのは、「未定稿ＤⅠ」の段階に至った時、これまでの草稿には見られなかった設定として、ヒロインの生い立ちが付け加えられていくことである。

我れもしも賤しき職工の家に育たずば、我れもし誠の父母の手にそだゝば、（ＤⅠ1）

我れは小溝の流れに生れて小溝の中に一生を終るほうふりといふ虫とおなじく、職工の家に生れ職工の良人を持ちて、（DⅠ2）

哀れや身は貰はれ娘にして実家は父もなく、母の手一つに末の子供四人の育てを如何はせん、最初は生涯の縁きりとて貰はれしなれども、（DⅠ3）

こうした設定が主人公の自己意識を宿命的なものとして捉えさせていく方向に機能していることがわかる。そして、関係のなかに閉ざされた生の自覚を強めていくのである。「未定稿DⅠ4」でも「やしなひ親」の存在と実家の母・妹・「弟共」のしがらみが、養女にいった今もなおヒロインを根強く縛っていることが読みとれる。

もう一点指摘できることは、これまでの草稿のなかでは過去の栄光として描かれていた女性の才能・智恵といったものが、それ自体ヒロインによって相対化されてしまっているということである。

振分髪の昔しよりくらべ馬のまけじ気象と唱はれしも何の甲斐かは、一たび聞ては忘るゝ事なしと自ら信じたる記おくのよきも何のかひかは、今さらのやせ女房が角なる文字を我れ知がほによみて、良人は一文字をも得しらぬ物を持勝りたる女房などゝ、つらしや我れを賞め詞のいかで嬉しからん（DⅠ2）

ここでは、「くらべ馬のまけじ気象」「記おくのよき」、「角なる文字」を読みこなすといった才能も、職工の妻としての今の生活のなかでは「甲斐」なきもの、と嘆く「女」の内言として現れている。また「DⅠ3・4」では、才能や「学事」といったものではなく、「女」が必死になって駆使する浅はかな〈智恵〉といった屈折した捉えかたになっている。再度、語り手は、物語化の試みに挑戦したかったのであろうか、一度は養女に出され縁を切ったはずの実家の不如意を助けるために妾になる決心をしたという木浦妙子の物語は、習作時に少なからぬ影響をうけ[*13]た三宅花圃『八重桜』（『都の花』明23・4、5）を想起させる。関礼子氏[*14]は花圃の『八重桜』と一葉の習作「作品1」（前掲）との共通性として「「父の娘」の奮闘物語」という点を挙げ、ヒロインの直面していく「「職業と女性」というきわめて近代的テーマ」を見ていった。そして、『八重桜』が「父権と妥協する方向で屈折していった」のに対し、一葉の習作の文体が「父の娘の奮闘記としての活力に満ちている」ことを指摘している。この「未定稿DI3・4」の妙子も実家の妹の身分違いの結婚を成就させるため、義侠心を発揮していく娘である。「かくと聞てお妙あやしき手段をはかなき所々搆へし」（DI3）「人をはかるは罪深けれど、孝故なればの決心」「今日此度の頼みには彼の人をと思ひ寄りぬ」（DI4）と積極的に策を案じていく。それなりに現実打開へ向けて智恵を働かせていく女性の姿が現れているのである。しかし、その智恵とはたかだか金満家の妾になるといった、自分の身を売るような方向でしかない。したがって、この断片の文体もまた「今」の時点からの回想という形がとられており、「あやしき手段」（DI3）「はかなき物は女子の智恵」「おさなき思想」「後には浅ましさに涙もこぼれぬべし」（DI4）と「女」の〈智恵〉自体が相対化され、その間に何らかの破綻があったことが暗示されている。そして、そのプロセスは何も示されていない。女書生の挫折の物語は、ここでも展開できなかったようである。

「未定稿DI3・4」では「貫はれ娘」・父不在の実家との絆・妹を思う義侠心と、ヒロインを取り巻く関係の構図は幾重にも重ねられている。けれども、そうした複雑な関係のなかで規定されているヒロインの生自体はなんら対象化されていない。そして、これまでの草稿の動きを見てきた時、終始一貫してこの点だけは、すなわちヒロインのなんらかの行動原理のなかで、関係のなかにある生だけは疑われていなかったのではないか、と思われる。むしろ己を縛る強固な現実として、宿命的自己意識のなかに沈潜しているようである。しかし、現「軒もる月」では結果的にこの問題が改めて浮上してきたようである。袖は桜町の殿との愛を〈虚構〉のなかで生きていった時、現実の夫や子どもとの関係自体を相対化する眼を持ってしまったのである。ここに至って一葉の内部には〈書く〉ということの意味が明瞭に浮上してきたのではないだろうか。[*15] 執筆を開始した当初、自身に近いヒロインを具体的に設定した一葉は、何度かの書き換えを行ないながら、己を見つめ、〈女〉の生き方を見つめ、やがて明治という時代のなかで生きる女性の問題へと視野を拡げていったようである。小説は、まさに思索のための器であった。

「未定稿DⅡ」は登場人物の名前が異なるだけでほとんど成稿の一部そのままである。そして、その断片が、ヒロインが〈心だめし〉の決意をするところまでで終わっているのは、ある意味で象徴的である。このあとのヒロインの心の行方は、おそらくこの時の一葉にも見えていなかったのではないかと思えるからである。ヒロインと一緒に、〈書く〉という行為のなかで、その心の行方を追っていったのである。この時一葉は単なる物語の紡ぎ手ではなかった。〈虚構〉のなかで己の心を見つめる小説家であった。

廿日残花君にとはるミなわ集一冊これ見よとて也なほ毎日新聞か日曜附録にものせよとたのまる稿を八二十六日までにといふ文学界のかたもせまれるをこは」いとあわたゝし分いれはまつなけきこそこられけれいゝゝゝゝゝゝゝゝいゝゝ
しをりもしらぬ文のはやしに
（明28・1・20記「しのふくさ」）

明治二十八年一月、一葉の小説家としての道が佳境に入って行きつつある時期の記述である。今の一葉は「小説とは何か」をまず問う。道しるべもないままに入り込んでしまった「文のはやし」であった。しかし、「しをりもしらぬ」状態こそが当時の日本の〈小説〉の現実であったのである。ようやく、そうした現実が一葉には見えてきたのではないだろうか。一葉がひそかに翻訳文学や現代小説やに関心を示していったこともそのことを物語る（この問題については別稿[16]で考察してみた）。一葉は、その古い文体に縛られながらも、ある意味できわめて前衛の作家であったのである。一葉の小説はようやく実りの季節を迎えようとしていた。

※本文の引用は『樋口一葉全集』第一巻（昭49・3、筑摩書房）によった。なお、本文中の傍点・傍線は全て筆者による。

注

＊1　『全集樋口一葉』第二巻（昭54・10、小学館）の山田有策氏「鑑賞」。

＊2　「虚無的ともいえる高笑い」「女の内面の不気味さ」（前掲山田有策氏「鑑賞」）を感じさせるとしている。なお、関礼子氏は「ありていにいえば」殿への「愛想尽かしの笑い」と読み解いている。

＊3　野口碩氏（『樋口一葉全集』補注）によれば、この間、一葉は「たけくらべ」（一）～（八）章を書きつつ、「並行して「遠山鳥」と「ある人」が試作され」ていたということである。これら二習作はかなりまとまった形で残っており、「軒もる月」の「先行作品」（野口氏）と考えられるものの、一葉には満足できない作であったと思われる。

＊4　明治27年11月13日以降、明治28年4月16日の「水の上日記」が再開されるまで、一葉のいわゆる「正系」の日記は欠けている（傍系の「残簡その二」「しのふくさ」の記述がわずかに残っている）。野口碩氏は、村上浪六・久佐賀義孝との交際部分にあたるところ、などの理由から、一葉の手で処分されたか、との類推をしている。藤井公明氏は「特別に秘蔵した一連の冊子」である「しのふくさ」の意味を考え、「小説の構想になやまされるようになった一葉は、従来の日記をやめて新しい趣向の記録を残そうとしたようである」としている（『樋口一葉研究』昭56・7、桜楓社）。いずれにしろこの時期、一葉の頭のなかにはさまざまな小説構想が膨らんでおり、その点を考慮すると、日記を書く余裕はなかったかとも思われる。

＊5　「未定稿BⅡ」にヒロインの夫と思われる「木浦松五郎といへるほう兵工廠の職工」の設定として、「身は入むこに

て養父母去年一昨年とつゝきてうせたれば」とあり、妻が家つき娘であったことが窺える。

＊6　関礼子氏前掲論文

＊7　同右

＊8　前掲『全集樋口一葉』脚注

＊9　吉田城氏は、「テクストの生成学―プルーストの手稿をめぐって」（『文学』昭63・9）のなかで「草稿が決定稿に奉仕する下位の存在であるという考えは、ひとつのイデオロギーに他ならない」として文学研究における草稿研究の新たなあり方を考察している。我が国の現在の近代文学研究においては、草稿は、「未定稿」という呼ばれ方もするように「定稿」に従属するものとしての価値しか持たないとされているようである。確かに、「定稿」テクストの読みを補強する役割を果たしているに過ぎない。つまり基本的にそれほど重要ではないものとする捉え方が固定的にあるような気がする。しかし、草稿が残存する作家は近代において数多い。この草稿自体を文学研究の新たな対象として有効に取り込むことによって、「定稿」といわれる、活字化され流布するテクストの読みが活性化されること、すなわち言葉のダイナミズムのなかで新たに捉えかえされることが、がひとまず期待される。多様な文学研究の可能性を模索するためにも、草稿研究を今後の課題として、試みてみたいと考えている、なお、フランスの生成論研究の実践である松澤和宏氏「『感情教育』草稿の生成論的読解の試み―恋愛の物語と金銭の物語の〈間〉」（『文学』昭63・12）、また「近代的草稿の生誕の劇―もうひとつの歴史」（季刊『文学』一九九一春号）からは草稿の扱い方、言葉の捉え方等多くのことを学ばせてもらった。

＊10　明治26年11月24日付の日記に「筆とりて何事をかゝん、おもふことはたゞ雲の中を分くる様に、あやしうひとつ処をのみ行かへるよ（中略）さし入る月のかげは、霜にけぶりてもう〳〵朧々たるけしき、誠に深夜の風情身にせまりて、まなこはいとゞさえゆきぬ」と月かげに見入っている一葉自身の姿が窺える。一葉の小説と日記との相関は、「雪の日」をめぐってなど種々考察されているが、明治27年末から明治28年初めにかけて構想された小説（「大つごもり」「たけくらべ」「軒もる月」）も、一年前の日記（龍泉寺町時代）を繰るなかで生まれてきたことが想像される。

「軒もる月」に関しては、明治26年11月15日付の、久し振りに「師君を小石川にとふ」た時の日記が構想の契機となっていると想われる。「我も昔しはこゝに朝夕をたちならして一度はこゝの娘と呼ばるゝ計はては此庭もまがきも我がしめゆひぬべきゆかりもありしを今はた小家がちのむさ〳〵しき町にかたゐ乞食など様の人を友として厘をあらそひ毛を論じてはてもなき日を過すらんよ」という思いは「軒もる月」草稿段階からのヒロインに見るものと重なっている。

＊11 野口碩氏の脚注（『樋口一葉全集』第一巻）

＊12 野口碩氏は「樋口一葉研究の現段階の諸問題―「大つごもり」と「にごりえ」について」（『國学院雑誌』平3・1）のなかで小石川白山御殿町の帝国大学植物園付近の初音町は、「町家と田地の境界地帯に在り、無数の家屋が密集し、住民達の生活は極めて貧しかった」と述べている。

＊13 滝藤満義氏「花圃と一葉―初期一葉ノートⅠ」（『横浜国立大学人文紀要』第31輯　一九八四・一〇）で考察されている。

＊14 「闘う父の娘―初期一葉における性的差異《ジエンダー》の問題」（『日本文学』平3・1）のち『女が読む日本近代文学―フェミニズム批評の試み』（平4・3、新曜社）に一部改稿して所収。

＊15 野口碩氏の脚注によると「未定稿DⅡ」の余白には「DⅠ」のあとに試みられた断片の残簡として「浮世にわが如き仕合の又とあらんや、わか如き不仕合の又とあらんや」という記述が見られるという。〈書く〉ことの両義性を洩らした一葉自身の生なことばのように思えてならない。〈虚構〉のなかに生き得ることの喜び、しかし、その〈虚構〉のなかに己の真実の叫びをこめていくしかないことの虚しさ、この両面が一葉に見えてきたのではないだろうか。

＊16 『「水沫集』と一葉―「うたかたの記」／「にごりえ」」（『相模国文』第20号　平5・3　本書に収録）でその一端を考察してみた。

「にごりえ」論のために――描かれた酌婦・お力の映像

1　菊の井の店先――お力の登場

「にごりえ」（『文芸倶楽部』明28・9）の読みにおいて、よく先行の研究者が誤って読んでいる箇所がある。第一章冒頭、菊の井の店先でお力と朋輩のお高とが客を待ちながら会話を交している場面で、お力が「赤坂以来の馴染」の客に宛てて書いた「巻紙二尋」「二枚切手の大封じ」の手紙を、お高が、話題にするところである。

たとえば、「にごりえ」について緻密な考証を続けている山本洋氏[*1]は、「先刻の手紙」について、「他の客に出した手紙とも考えられないことはないが、やはり後に登場してくる源七への手紙と見るべき」と根拠は示していないが言い切っている。石丸晶子氏[*2]も、「第一章で、彼女が源七に二枚切手の大封じをした巻紙二尋のラブレターを書いていることをしらされ」と、山本氏と同じ理解を示している。これに対して、関礼子氏は、「「にごりえ」の源七は、お力になんとかして会ってもらおうと「二枚切手の大封じ」の手紙を寄こす[*3]」と、この手紙を源七からお力に宛てたものとしている。したがって関氏は、「お力には赤坂以来の馴染である源七という情人がいるが[*4]」というように「赤坂以来の馴染」の客を源七と理解している。この点は、前述の山本氏、石丸氏も同様で、近年の金井景子氏[*5]の論のなかでも「お力は彼女と源七の「赤坂以来」の歳月が」「蒲団屋の源七との「赤坂以来の」歳月の中で」とくり返されている。しかし、これらのお力と源七との関係にひきつけた解釈はどれも間違いなのではないだろうか。

この「巻紙二尋」「二枚切手の大封じ」の手紙は、お力からいわゆる「宜《い》いお客」に宛てた手練手管の「お愛想」の手紙である。このお客は「赤坂以来の馴染」で、お力の所に足繁く通っていたものの、なにかお力との間に「紛《い》雑《ざ》」があって、近頃足が遠退いたものと思われる。お力は、そうしたお客に対して、朋輩のお高の前では、「虫が好かない」「無き縁」になっても構わないとそっけない態度を示し、不興を買うのである。しかし、その実、裏では長い手紙を書いて、上客をしっかり取り留めようとしていることは明らかである。それに反して、源七は、お高もいうように「今の身分に落ぶれては根つから宜いお客ではない」人なのである。

この冒頭の会話については亀井秀雄氏[*6]が、話題は「客をどんなふうにつかまえておくかについて」で、「二人の考え方はまことに対照的」である、しかし、「結局お力とお高は一つことを別々に語っていたにすぎない」のであり、「お力の返事は、表向きは「赤坂以来の馴染」への嫌悪を語っているが、実は、お高の常識的な忠告にこだわり、反撥しているだけであった」と的確に読みとっている。つまり、この部分から読みとるべきなのは、お力とお高の酌婦としての在り方の微妙な差異なのである。お高は、「精を出して取止めるやうに心がけ」ろと忠告する。一見、酌婦としての商売上の常識的な姿勢を強調しているようである。が、お高の真意は単にそこだけにあるのではない。「お愛想で出来る物かな」「冥利がよくあるまい」と、酌婦・お力が客に傾けるべき、それなりの〈情〉を勘繰り揶揄してもいるように、お高は、客に対して何らかの人間的感情が働くことから免れない女なのである。つまり、客と情人との境界が曖昧になりがちなのである。亀井氏が指摘したお力の「反撥」は、こうしたお高の在り方に対するそれでもあった。

お高は、同じ場面で、「往来の人のなきを見て」、源七のことを話題にする。

力ちゃんお前の事だから何があつたからとて気にしても居まいけれど、私は身につまされて源さんの事が思はれる、夫は今の身分に落ぶれては根つから宜いお客ではないけれども思ひ合ふたからには仕方がない、年が違をが子があろがさ、ねへ左様ではないか、お内儀さんがあるといつて別れられる物かね、構ふ事はない呼出してお遣り、私しのなぞといつたら野郎が根から心替りがして顔を見てさへ逃げ出すのだから仕方がない、どうで諦め物で別口へかゝるのだがお前のは夫れとは違ふ、了簡一つでは今のお内儀さんに三下り半をも遣られるのだけれど、お前は気位が高いから源さんと一處にならうとは思ふまい、夫だもの猶の事呼ぶ分に子細があるものか、手紙をお書き（中略）お前は思ひ切りが宜すぎるからいけない兎も角手紙をやつて御覧、源さんも可愛さうだわな（一）（傍点は筆者による。以下同様）

引用が長きに亘ったが、ここからまず読みとれることは、お力と源七に関わる情報というよりも、お高という酌婦のありようであろう。落ちぶれて「根つから宜いお客ではない」男に、手紙をおやり、呼びだしておやりとけしかけるのも酌婦としては妙である。しかし、そこにこそお高の位相がよく窺えるのである。五章の冒頭に、「今の稼業に誠はなくとも百人の中の一人に真からの涙をこぼして」、心底惚れた「染物やの辰さん」が近頃つれなくするといった悩みを語る酌婦が出てくる。この酌婦がお高かどうかははっきりしない。が、お高もこの酌婦同様、客の一人とやがて所帯を持つことを夢想している女である。自身の恋人の「心替り」を嘆くお高は、自分の感情にひきつけてお力と源七との間をいたく詮索し心配する。お高の気持ちは、「私は身につまされて源さんの事が思はれる」「源さんも可愛さうだわな」と振られた形の源七への同情によって占められている。そして、「力ちゃんお前の事だから何があつたからとて気にしても居まいけれど」と、こうした事態はお力の常のことと大局では理解しながらも、あくまで「思い合ふたからには」「別れられる物かね」とこだわり、達観しているお力の態度の意味を「お前は気位が高いから」「お前は思ひ切りが宜すぎるから」と自分なりに解釈しようとする。客と情人との境界も忘れがちなお高から見れば、源七に本気で慕われ、「了簡一つでは今のお内儀さんに三下り半をも遣」って女房におさまることもできるお力の立場は羨ましくもあり、そうしないお力の気持がわからないとでも言いたげである。

　お力が、「久しい馴染」（三）であった源七に対して何らかのこだわりを持っていることは、作品の展開につれて明らかになってくる。しかし、「泣くにも人目を恥れば二階座敷の床の間に身を投ふして忍び音の憂き涕、これをば友朋輩にも洩らさじと包むに」「障れば絶ゆる蛛《くも》の糸のはかない處を知る人はなかりき」（五）と語り手によって明かされるお力が、お高に自分の心の奥底を打ち明けているとは思えない。ここはやはりお高の主観によって捉えられた二人の間柄[*7]としてひとまず読むべきであろう。自分自身の感情をない交ぜに、お力と源七との「昔しの夢がたり」（お力の言）を滔々と店先で話し続けるお高に対して、お力は「気をつけてお呉れ店先で言はれると人聞きが悪い」「菊の井のお力は土方の手伝ひを情夫に持つなど〻考違へをされてもならない」とぴしゃりとはねつけ、「石川さん村岡さんお力の店を忘れなされたか」と表を通る客をやおら座敷に呼び込む。お高よりはるかにプロ根性に徹している酌婦・お力がここには描かれている。疎遠になった上客への手紙の件といい、店先での「痴話」話をつつしむ態度といい、一章におけるお力の登場の仕方を見ていくと、語り手がまず語り出したのは、何か因縁を抱えた源七とお力との物語[*8]の序章としてではなく、酌婦お力の日々の姿であった。それも菊の井の「一枚看板」「年は随一若」くて「客を呼ぶに妙あ」る、とびきり腕のよい酌婦としての姿なのである。

　さて、一葉と主人公お力を一体化して読む多くの「にごりえ」論に対して、「にごりえ」を「最下級の「淫売」を描いた客観小説」として読むべきと問題提起したのは今井泰子氏[*9]である。私もこうした指摘に基本的には賛成する。ここまで述べてきたように第一章の描かれ方は、そうした作品の方向を示している。しかし、今井氏がその論文のなかで、また今井氏以後の「にごりえ」論において、酌婦・お力の映像をどこまで具体的に捉えてきたか、といったら疑問が残る。

一葉作品のなかで最もわかりにくい作品といわれ、また、最もその作品の言葉の余白を埋めることの難しさを指摘されながら、なお論じることの興味を駆り立てられる作品が「にごりえ」である。しかし、これまでの多くの「にごりえ」論は、その多義的な小説のことばの断片的な解釈に振り回されてきたきらいがある。お力の像一つとってもその映像は必ずしも明瞭になっているとは言い難い。「にごりえ」をトータルな形で捉えるための第一歩として、本稿では、まず描かれた酌婦としてのお力像をできるだけ具体的に捉える所から論を始めることにする。

2 酌婦としてのお力

たとえば、前章で捉えたような腕のよい酌婦お力の姿は、結城朝之助を初めて客として迎えた場面（第二章）にもよく現れている。その日、お力は「雨の日のつれ〴〵に表を通る山高帽子の三十男、あれなりと捉らずんば此降りに客の足とまるまじ」と思って、「かけ出して袂にすがり」「何うでも遣りませぬと駄々をこね」強引に店にひきこんだ。菊の井にとっては「例になき子細らしきお客」であった。この日の、座敷に落ち着いてからの結城とお力とのやりとりの様子を見ると、いかにお力が客あしらいの上手な酌婦であるかがわかる。お力は、座を盛り上げるために朋輩のお高を呼ぶ。興に乗った結城が「御褒美だ」といって懐中から紙入れを出すと、お力はそれを手に、勝手に「ずんずん引き出」して店の者に大盤振舞してしまう。そのくせ自分の分は一銭も取らず、代わりにそれと気づかぬうちに「此品さへ頂けば何より」と「客の名刺」を手に入れている。以後も自分の客としてしっかり取り留めようとするお力の工夫の現れだろう。これには結城も驚いて、「何時の間に引出した」といい、「お取かへには写真をくれとねだる」。お力はこの結城のことばに対しては「此次の土曜日に来てくだされば御一處にうつしませう」と応え、次回の約束を取りつけるのである。

この「写真をくれ」「御一處にうつしませう」というやりとりは、私娼である銘酒屋の酌婦のことばというよりも、当時の花柳界の習慣を模倣したことばであろう。「たけくらべ」の正太は美登利にいう。「ねへ美登利さん今度一処に写真を取らないか、我れは祭りの時の姿で、お前は透綾のあら縞で意気な形をして、水道尻の加藤でうつさう」（六）と。正太は吉原遊廓の客と娼妓との特別な関係を示す習慣を無意識のうちに身につけ、実行することを期待している[*10]。また、この「写真」にまつわる話で印象的に思い浮かべるのは、晩年の一葉とも親交のあった斎藤緑雨[*11]の小説「油地獄」（『国会』明24・5・30―6・23連載）である。花柳世界に通じた緑雨は、この小説で、ふとしたことから柳橋の芸者にのぼせ、その挙句、斯界の習慣を心得ないために一人相撲を取らされる、うぶな田舎出の書生を揶揄的に描いている。その作中で、芸者の「写真」が重要な小道具として使われているのである。

「油地獄」の主人公目賀田貞之進は二十一歳の法学を学ぶ学生。在京長野県人会の宴席で芸妓の小歌に声を掛けられてから、彼女のことが忘れられなくなる。仕送りも注ぎ込んで小歌のところに通いつめる。商売上の甘いことばやお世辞も真に受け、すっかり小歌の方も自分に気があるものと思い込んでしまう。料理屋の婢のはからいで小歌の写真を持ち帰ってからは、「此写真は、机の抽斗の錠のある方の奥へ蔵まはれ、日に夜に幾度か引出されて、人の足音のする迄はながめられ、そして或時、実に或時、肌に着けられて寝たこともあつた」（九）のである。しかし、小歌には「過日も写真を一緒に取に行つたので皆んなにからかはれて居」（十二）たというパトロンがいて、やがて小歌がこの「浜田の旦那」によって落籍廃業するという記事が新聞に載る。この事実を知った貞之進は逆上して油の煮えたぎる鍋の中に小歌の写真を投げ込むのであった。写真はみるみるうちに焼け焦げて消えてなくなる。題名の「油地獄」は、まさにここからきているのである。

当時の文芸雑誌[*12]を見ると、有名芸妓の肖像が「口絵写真版」として毎号のように飾られており、芸妓の写真は現代のアイドルタレントや映画スターのブロマイドに代るものだったことが窺える。緑雨の小説などを見ると、芸妓は馴染みの客に自分の写真を配ったり、客との仲がさらに進むと一緒に撮りに写真館に行ったり、というような花柳界の習慣があったことが知られる。先のお力と結城とのやりとりには、そうした記号が読みとれるのである。

一葉がどこまで当時の花柳世界に通じていたかは定かではない。けれども、描かれたお力の映像のなかにその世界の種々な記号が垣間見られることは確かであろう。既に何人かの人によって指摘されているように、お力の前身は芸者であったことが窺える。本文中の「赤坂」[13]、「未定稿」に見る「一度は左り褄に手ぬぐひくばりて待合の門をもくゝりし事あれど」[14]「田舎芸者の上りにて、音メにかゝはらず三味の手達者によく客をうかせて」[15]という記述を重ねると、お力の設定のなかに一葉が意識して芸者から私娼への転身を置いたとも言えそうである。

さて件の結城朝之助は、以後「一週には二三度の通ひ路」(三)となる。お力の方も「何処となく懐かしく思ふかして三日見えねば文をやるほど」になる。朋輩の女達もそうした二人の様子を、「岡焼ながら弄か」う。確かに結城は短い間にお力の特別な客になった。「他の人ではなし僕ではないか何んな事でも言ふて宜さそうなもの」(同)という結城のことばにも窺える。しかし、「十六日は必らず待まする来て下されと言ひしをも何も忘れて、今まで思ひ出しもせざりし結城の朝之助」「常には左のみに心も留まらざりし結城の風采」(六)といった語り手のことばを読むと、お力の結城への関心もあくまで商売上のものであったことが想われる。お力は「宜いお客」を通わせるためには、こまめに「お愛想」の手紙をやり、嘘も言い、手練手管を駆使する酌婦であった。

ところで、「にごりえ」の草稿として早い時期に書かれたと思われる「未定稿A」[16]が、地方出身の書生の眼を通して銘酒屋の女を描こうと試みられたことは注目に価する。本郷弥生町に下宿する伊豆正雄は「小石川の柳丁《ママ》」も「魔窟」の意味も知らないうぶな書生である。ちょうど前述の緑雨作「油地獄」の目賀田貞之進を思わせる。その正雄が本郷四丁目の薬師様の縁日の日、「夕立の俄か雨」に降りこめられて、勧工場の出口に「ぼんやりたゝず」んでいた時、召し使いを連れたご大家のお嬢様風の女性が声をかけ、親切にも傘を貸してくれる。正雄は丁重に断るが、女は自分達には迎えが来るから遠慮には及ばないと無理やり押しつける。では、と正雄が借り受け、名前と住まいとを聞くと、女は小石川・柳町の菊の井が私の家、名を「りき」というと答える。正雄が立ち去った後の状況を語り手は次のようにいう。

> あとに残りし女二人、先きの詞にも似ず迎ひの車の来るけしきもなく、(中略)あやしや此舘の中に知る人ありといひしにも似ず、やがて迎ひの来るべしといひしにも似ず、表を通る二人乗一つ呼いれて車代の高下など更に直《ママ》きらんともせで、二人ひとしく乗移り、いそがする先は小石川の柳町、しる人はしるべし新開といひて御神燈いくつもかゝやく処なり

偶然の出会いのなかで、客を店に引き寄せようとする娼婦のテクニックが発揮されているわけで、語り手が皮肉っぽく語っているように、この後、正雄はまんまとその罠に掛かっていく。後日、彼が返礼にと傘を持って柳町に行くと、あれこれ想像をふくらませていた屋敷は見あたらず、通りすがりの人に聞いて探しあてた菊の井は何やら怪しげな家であった。行きがかり上、座敷にあげられた正雄は、かねて耳にしていた、このような商売に対する警戒心から、一刻も早く立ち去りたいと心落ち着かない。しかし、正雄の前に現れたおりきは、玄人とは思われない風情を湛えている。うぶな正雄の心は惹かれていきそうである。「未定稿A」は、こうした展開を示した所で終っている。結局、男性の側から酌婦の世界を描くことは挫折する他なかったのだろうか。この先、正雄とおりきの関係がどのように発展していくのか想像することは難しい。が、残された部分には、明らかに酌婦の手練手管が具体的な形で描かれている。

前田愛氏[*17]は、一葉の作品の語りの構造のなかに見られる、「多声的《ポリフォニック》な構成」すなわち街の声・噂話を取りこんで

いく手法を指摘している。確かに、「にごりえ」の世界にも、酌婦・お力に対して投げかけられるさまざまな〈声〉が満ち満ちている。朋輩の毀誉褒貶、お初の罵詈雑言、客達の評価・街の噂等々。そうした〈声〉を集めてみると二つに大別できる。一つは、お力が菊の井随一のそして新開でも評判の、魅力的で遣り手の酌婦だという声。そしてもう一つは、そうしたプロ意識に徹するゆえか、義理も人情もない冷酷な女として「鬼」だ「悪魔」だと罵られているというもの。要するに、ある意味でお力は男性を相手に商売をする女たちの典型を示しているともいえる。

　誰れ白鬼とは名をつけし、無間地獄のそこはかとなく景色づくり、何處にからくりのあるとも見えねど、逆さ落しの血の池、借金の針の山に追ひのぼすも手の物ときくに、寄つてお出でよと甘へる声も蛇くふ雉子と恐ろしくなりぬ（五）

第五章冒頭、語り手が「白鬼」「地獄[*18]」と通称されるお力達私娼の商売について、やゝ奇抜な連想で表現した箇所である。お力はこうしたことばで捉えられる娼婦のなかでも際立って腕のよいプロの酌婦だったのである。

梅雨の季節[*19]の「さる雨の日」（二）に、座敷に引き込まれた結城がお力の所に通い出してから、菊の井に初めて泊った[*20]七月十六日の晩までは約一ケ月余りか。この間に、結城とお力は、作中に描かれなかった日（結城は「一週には二三度の通ひ路」となった）の座敷でのやりとりや紆余曲折やを重ねて、この夜本来の意味での「馴染[*21]」の客と娼妓の関係になったと思われる。

お盆の終った翌日、つまり七月十七日[*22]、源七の息子・太吉に「日の出やがかすていら」（七）をお力が買い与えた時、一緒にいた「何處のか伯父さん」とは恐らく結城のことだろう。「未定稿」では、第七章として、結城を泊めた翌朝の菊の井を描いていたり、あるいはお力の顚末に「結城の道雄が囲はれ者になりて菊の井が店をば出る事になりぬ」[*23]としていたりもしている。こうした行末を「定稿」のお力が意識していたかは不明である。しかし、この夜を境に結城とお力の関係はより親密なものになったことだけは確かだろう。二人の枕元に「軒下を行かよふ夜行の巡査の靴音」が響く情景もそれを暗示する。また、結城を泊めた翌日、二人揃って外出しているという光景が物語るものは、ちょうど一年前の盆に、源七と「揃ひの浴衣をこしらへて二人一處に蔵前へ参詣した」（七）という光景のそれと重なる。六章で結城を泊めたということの意味するものは、酌婦お力にとって大きかったのである。

お力は、そう遠くない過去に、身代を潰して落ぶれた、「久しい馴染」（三）客・源七を袖にした。そして、盆の十六日の夜、新しい上客・結城を「馴染」にしたのである。源七が太吉の持ち帰った「かすていら」の一件から、やおら逆上するのも、お力の「馴染」という、かつての自分の場所に新たな男が座ったことを知ったからに他ならないのだ。が、それはともかく、作中に流れる結城とお力とのこの一ヶ月余の時間を考えた時、二人の座敷でのやりとりを描いた二・三・六章は、酌婦お力が結城を新たな馴染の客としていくプロセスとしても読むことができる。この小説のなかのお力の言動を、まず酌婦のそれとして読みかえしてみる作業も無駄ではないだろう。

3　お力の〈決意〉

「結城朝之助とて、自ら道楽ものとは名のれども実体なる處折々に見えて身は無職業妻子なし、遊ぶに屈強なる年頃なれば」（三）と語り手によって説明されるように、結城はかなり花柳世界に通じた、遊び馴れた男として登場してくる。その点では、捨てられた今もお力のことが忘れられない源七とは対照的である。「まあ嘘でも宜いさよしんば作り言にしろ、かういふ身の不幸だとか大底の女はいはねばならぬ」（三）「これは何うもならぬ其やうに茶利ばかり言はで少し真実の處を聞かしてくれ、いかに朝夕を嘘の中に送るからとてちつとは誠も交る筈」（二）

といったことばの端々から窺えるように、結城はこうした稼業に生きる女の裏も表も熟知しているようである。お力も結城がそうした客であることを心得ているからこそ、計らずも「久しい馴染」であった源七の事が話題に上ってしまうと、「結城さん貴君に隠したとて仕方がないから申ますが」(三)として、こうした店での遊びに供なう暗部《リスク》、酌婦である自分に入れ揚げた挙句に身代を潰した男のなれの果てを語ってしまうのである。結城とお力は、酌婦と嫖客というお互いの役割を意識しつつ、即かず離れず、まさに「虚実皮膜のかけひき」「心理ゲーム」（前掲金井景子氏論文）を行なっていく。

結城がお力の所へ足繁く通ってくる理由の一つには、よく指摘されるように、新開地という場末の銘酒屋には珍しい美貌と気概を備えた女お力の素姓、来歴への興味ということがある。初会の折、お力は結城から「年を問はれて名を問はれて其次は親もとの調べ」(二)、そして「履歴をはなして聞かせよ」といわれる。「悪所」「悪業」と呼ばれる酌婦稼業に身を沈めた女へのお定まりの質問に過ぎなかったのだけれども、答を適当にはぐらかし、肝心のことは黙して語らぬお力のためか、結城の追究は執拗でなかなか話題を転じない。「真実の處を聞かしてくれ」「良人はあつたか、それとも親故かと真に成つて聞」く。その日以降、結城は折あるごとに、お力の「履歴」を追究する。第三章、「或る夜の月に」も、「種々秘密があると見える」「これまでの履歴は」とまた尋ねる。お力は「貴君には言はれぬ」「お聞きになつても詰らぬ事」と「取あは」ない。結城はなおも、「まあ嘘でも宜いさよしんば作り言にしろ、かういふ身の不幸だとか大底の女はいはねばならぬ」「お前に思ふ事がある位めくら按摩に探ぐらせても知れた事、聞かずとも知れて居るが、夫れをば聞くのだ」と、「嘘」でも「作り言」でもいい、聞かなくても知れていることだがと、いわば座敷の余興だとでも言いたげに何が何んでもお力に語らせようとする。結城は「大底の女」とは違って、なかなか自分の要求に応じない、お力への一層の関心と苛立ちとを募らせていく。

「困つた人だな種々秘密があると見える」「一度や二度あふのではなし其位の事を発表しても子細はなからう」

「奥様にしてくれろ位いひそうな物だに根つからお声がゝりも無いは何ういふ物だ」（三）「あれほど約束をして待てくれぬは不心中」（六）等々、時折結城が洩らすお力に対する不満げなことばは、お力が結城の欲求に必ずしも応えていないからであろう。一方で、手紙をやって呼び出したり、「貴君の事をも此頃は夢に見ない夜はござんせぬ、奥様のお出来なされた處を見たり、ぴつたりと御出のとまつた處を見たり」（三）「そも〳〵の最初から私は貴君が好きで好きで、一日お目にかゝらねば恋しいほどなれど」（六）といった「お愛想」のことばをそのつど重ねたりと、手を尽くしつつも、この間お力は結城に対して一定の距離をとって接している。

「遠慮なく打明けばなしを為るが宜い」「夫れでは何か理屈があつて止むを得ずといふ次第か、苦しからずは承りたい物だ」と三章で再び繰り返される執拗な追究には、ついさっき「貴君には言はれぬ」といったその口で、「貴君には聞いて頂かうと此間から思ひました、だけれども今夜はいけませぬ」と、〈いずれ〉という言い方でその場を逃げている。結城をじらすかのように、お力はなかなかその要求に応じない。まるで、結城の好奇心を適度に刺激しながら回を重ねて通わせるテクニックを駆使しているようにも見えてくる。こうして、少くともお盆の七月十六日の夜まで、お力は結城の要求を満たすことはなかったのである。

一体、客が酌婦の身の上を尋ねることには、また酌婦が客に身の上話をするということには、どのような意味が隠されているのであろうか。こうした店で働く「大底の女」がするという身の上話をめぐっての結城の要求は、単に知的好奇心を満たすとか、心理ゲームに興じるというだけではなく、ことばの本来の意味で「馴染」客になることの欲求をも秘めているのではないか。「夢に見てくれるほど実があらば奥様にしてくれろ位いひそうな物だに根つからお声がゝりも無いは何ういふ物だ（中略）苦しからずは承りたい」「今夜はいけませぬ」「何故〳〵」「何故でもいけませぬ」というやりとりのなかには、そうしたきわどい意味が暗喩されているように思われる。「もとより箱入りの生娘ならねば」「泥の中の蓮とやら、悪業に染まらぬ女子があらば、繁昌どころか見に来る人もあるまじ」

「私が處へ来る人とても大底はそれ」（六）とお力自身がいうように、結城とても決して「別物」（同）ではないのである。

したがって、こうした酌婦・お力と、嫖客・結城とのやりとりという流れのなかで見た時、何事か意を決したような、第六章の結城への打明け話をする場面も、まず何より酌婦としての〈決意〉として読むことができる。これまでの「にごりえ」論では、打明け話の内容にばかり気をとられてきたきらいがある。しかし、ここでも客に対する酌婦の行為として、一旦は読んでみよう。

第五章の末尾、横町の闇を出て店へ戻る道すがら、「酷く逆上て」「気が狂ひはせぬか」と気持が昂揚していたお力の肩を叩いたのが結城である。この日の約束を取りつけてあったのも忘れていたお力であった。しかし、ふっと我にかえったお力は、すぐに気持を取り直して、人目も気にせず結城の手を取って、自分の方から積極的に菊の井の二階座敷に招き入れる。そして、お力は結城に、「貴君には聞て頂きたい」「今夜は残らず言ひまする」とその〈決意〉のほどを述べる。お力は、これまで避けてきた〈物語〉・酌婦の身の上話をするというのである。すなわち結城の好奇心を満たしてやるというのであり、二人の間の「心理ゲームの終わる日」（金井景子氏前掲論文）でもあった。しかし、それは同時に、酌婦お力にとっては、いちかばちかの賭けでもあったはずで、以後、上客・結城の関心を惹きつけていくためには新たな手腕を必要とするのであり、それは恐らく身を売ることしか残されていない。

常には左のみに心も留まらざりし結城の風采の今宵は何となく尋常ならず思はれて、肩巾のありて背のいかにも高き處より、落ついて物を言ふ重やかなる口振り、目つきの凄くて人を射るやうなるも威厳の備はれるかと嬉しく、濃き髪の毛を短かく刈あげて頸足《ゑりあし》のくつきりとせしなど今更のやうに眺られ、何をうつとりして居ると問はれて、（六）

「酔ふと申ます」と意を決したような態度を見せるお力は、この時改めて「結城の風采」を眺めていく。結城の身体つき、物を言う時の口振り、目つき、髪の毛、頸足と、その肉体を「何をうつとりして居る」と指摘されるくらい、しげしげ見つめ、その一つ一つに好意を示していく。

こうした結城の肉体に対して投げかけられるお力の視線が物語るものは意味深長である。「今夜は残らず言ひまする」とお力が結城に示した〈決意〉が、必ずしも身の上話をするということ自体にあったとは思われない。この夜、長い物語の後、「何うでも泊らする」といって、お力は結城を無理やりに泊らせているように、〈決意〉の真に意味するところはそこにこそあったのではないか。言い換えると、この夜のお力の〈決意〉とは、他ならない、菊の井のお力を通して行くことであり、結城を新しい「馴染」とすることであった。ここには、そうした酌婦お力の強い意志のようなものが感じられる。

ゑゝ何うなりとも勝手になれ、勝手になれ、私には以上考へたとて私の身の行き方は分らぬなれば、分らぬなりに菊の井のお力を通してゆかう（五）

五章の末尾、「横町の闇」を出て、菊の井の店へ帰ることを決心した時のお力のことばである。「菊の井のお力を通してゆかう」と決意した、その具体的な実践として、六章のお力の行為が描かれているのである。

さて、ここまで酌婦お力という角度から、二・三・六章の菊の井の座敷の場面を捉えてきた。無論、「にごりえ」の中心的部分を占めるこうした場面を、一面的な角度からのみ読むことはできない。この場面を見ると、お力は、結城に対して、投げ出したことばとは裏腹に、ことばにはならない思いを身体的表情を通して何度も垣間見せているわけで、そうしたなかにこそ、真にお力の抱えている孤独な〈生〉が示されているのである。

「真に成つて聞かれるにお力かなしく成りて」「投出したやうな詞に無量の感があふれてあだなる姿の浮気らしきに似ず一節さむろう様子のみゆるに」「一生を頼む人が無いのでござんすとて寄る辺なげなる風情」（二）「と薄淋しく笑つて居るに」「とて潸然《さめぐ》とするに」「空を見あげてホツと息をつくさま、堪へかねたる様子は五音の調子にあらはれぬ」（三）と語り手は、当初から、必ずしも結城が捉えているわけではない、お力の暗い表情をくり返し読者に提示していく。多くの読者は、必ずしも結城と一緒になって、お力の「履歴」を求めているのではなく、こうした本来ことばにはならないもの思いを身体的表情によってふと垣間見せる、お力の内面の奥深い暗さに捕えられてきたのではないか。先行研究者もその点の解明にのめりこんでいった。しかし、こちら側の角度から結城とお力との会話の場面を眺めた時、むしろ、お力の身体的表情を必ずしも受けとめてはいない結城の在り方の方が気になってくる。結城は始終一貫、酌婦お力の〈物語〉を引き出すことに執着した。そして、最後まで、お力の孤独とは無縁の男であった。六章、打明け話のあとの長い沈黙の後、結城が発した「お前は出世を望むな」ということばが、そのことを如実に示している。このことばは、結局お力が語らなかった、娼婦になった動機を結城が彼なりに解釈したことばに他ならない。つまり、極貧からの脱出の道として今の稼業を望んだのだと結城は理解した。お力は内心で「ゐツと驚き」再び「打しほれて」黙ってしまうしかなかった。こうして、一連の二人の会話の部分だけを取り出してみた時、まさに嫖客と酌婦との皮相的な乾いたことばのやりとりとして浮き上ってくるのである。

4 お力の〈自意識〉

ところで、お力が働く店、「新開」の銘酒屋「菊の井」については、先行の研究者によって種々考証されているが、[24]当面、次のような斎藤緑雨の随筆中の発言は参考になる。

○明治の十四五年頃までは、何處の何家と大約の数も知らるゝ程なりしが、廿一二年頃より小路といはず新道といはず、追々町中に堅気と軒をならべて、著しく増加したるは待合宿なり。それが影響の直ちにとは言難けれど、様子もおのづから以前にをとりて、次第々々に減少したるは引手茶屋なり。
○まちがひ茶屋と仇口も偽りならず、待合なる義の今は昔と全く異りて、寝ぬ可き處と解せらるゝやうになりぬ。厳くいはゞ料理屋と待合、待合と芸者屋の境界さへ、内うらにては殆んど立たずなりぬ。やがては此三つの業を、一つ家にて兼ぬるやうになるべしと、相も変らぬ昔者の苦り切つて言へるも遅や、それを実地に企てたるもの、既に世にありとぞ。

（「ひかへ帳」『太陽』明31・1〜12『明治文学全集28』「斎藤緑雨集」昭41・2、筑摩書房所収）

周知のように、廓を構成する三業とは、娼妓、貸座敷（妓楼）、引手茶屋であり、芸妓花街の三業とは、芸者屋（置屋）、待合、料理屋である。[25]明治も二十年代に入ると次第に市中に「待合宿」「曖昧茶屋」が出現するようになり、それにともない、こうした三業種の境界が曖昧になっていったという。「にごりえ」の「菊の井」は、まさにこうした業種の再編成がなされつつある過渡期にあって、「やがては此三つの業を、一つ家にて兼ぬるやうになるべし」という「昔者」の憂うべき推察を既に安直な形で実践している非常に曖昧な店であった。そこで働く女たちは、ある時は三味線や踊りやによって客を浮かせたり、酒の相手を勧めたり、また、ある時は娼婦として客を取ったりと、多様な、それでいてどれ一つ取っても間に合わせ的な働きを要求されている。

そうした「菊の井」の在る場所として、多くの読者は（それも一葉の実生活に通じた読者は、）一葉の住んでいた本郷丸山福山町や、臨接する小石川柳町辺を想定する。一歩家を出ると、客を呼ぶ女達が眼に入り、また彼女達の身の上の相談にのったりという日常のなかで生活していた一葉が、そこから得た材料をふまえて筆を執っていることは確かである。「未定稿A」には「小石川の柳丁《ママ》」と明記されているように、当初の発想はまさにそこにあった。

しかし、「柳町」という固有名称が「決定稿」で消されたように、「にごりえ」という作品が、新開の銘酒屋を具体的に描き出しながら、一方でその場所の特定を拒んでいるという側面を持つことに注意してみる必要がある。ここまでの所で見てきたように、語り手は、お力という腕のよい酌婦の姿をくり返し語っていた。しかし、その一方で、お力のなかには、現実の酌婦の実態やリアリティの追究やを放棄している側面があることも確かである。一面、この辺の酌婦たちを代表する存在として登場しながら、一面で他の酌婦とはまるで異質だという存在。それがお力なのである。前掲の「ひかへ帳」に見るように、待合宿や曖昧茶屋やの実態に詳しい緑雨が、「にごりえ」の合評(「雲中語」『めさまし草』まきの十五、明30・3・31)のなかで「僕は何處迄も実際から言ふが、お力の如き女は所謂曖昧茶屋に断じて無い」と断言していることも印象的である。

冒頭に登場するお高とお力の違いについては、既に触れてきたが、それと同時にこの場面の二人の風俗の相違も読者の注意をひく所であろう。「天神がへしの髷」といった結うに安直な日常的な髪型[*26]に、安物の「洋銀の簪」をさし、「白粉べつたり」「唇は人喰ふ犬の如く」といった厚化粧[*27]。場末の銘酒屋の酌婦の典型のようなお高の風俗に対して、「洗ひ髪の大嶋田に新わらのさわやかさ、頸もと計の白粉も栄えなく見ゆる天然の色白」というお力の風体は、まさに芸者[*28]のそれを思わせる。「未定稿」でお力を形容する表現として「馬ふんの中にさくあやめ」「はき溜に鶴[*29]」といったことばがくり返される。一方、現「にごりえ」では、結城という上客の「唯の娘あがりとは思はれぬ」「殊にお前のやうな別品さむではあり、一足とびに玉の輿にも乗れさうなもの」(二)といったことばによって容貌においても、気性においても、所に不釣合いな存在としてのお力が強調されている。

ところで、亀井秀雄氏は、「にごりえ」の〈語り〉の構造を検討し、「表現視点を閾のなか」「店の内側」に自己限定した、「二人称的な文体」[*30]で書かれていることを指摘している。そして、第五章のお力の闇のなかでのモノローグを菊の井を始めとする新開の酌婦たちと共有する嘆きとして読んでいく。第五章冒頭、「誰れ白鬼とは名をつけし」という「恨みぶし」で始まる語り手のことば、それに続く他の酌婦達のくどきが、「ひとつづきの文章で展開されているため、それらの一切がお力のなかに流れ込んだ形で、彼女の死の願望がリアライズされている」とする。確かに語り手は、世間では「地獄」「鬼」と呼ばれる私娼達の裏に潜む人間としての嘆き、各々が抱え込んだ悲しみに眼を向けることによって、恋人として入れ揚げてしまった客の不実を悲しむ酌婦や、今は離れ離れになっている息子を思って「涕ぐむ」酌婦やの述懐を導き出している。そして、その後に続くお力の人知れず涙する姿の提示や闇のなかでの独白やも、そうした流れのうちに位置づけようとしているかのようである。お力の語る「つまらぬ、くだらぬ、面白くない」という現実認識や、「情ない悲しい心細い中に、何時まで私は止められて居るのかしら」という思いやは、他の酌婦にも共通するものであろう。しかし、続く自らの〈生〉に関わる激しい心の振幅や、自己凝視の視線やは、他の酌婦には見られないお力固有のものであり、この点にお力の異質性は集約される。

お力は、「行かれる物なら此まゝに唐天竺の果までも行つて仕舞たい」「何うしたなら人の声も聞えない」「物思ひのない處へ行かれるであろう」と、ふと死への願望に捕らえられる。また、その逆に、「丸木橋をば渡らずはなるまい」と、危うい生の方向へと衝き動かされてもいく。心は大きく揺れながら、やがてお力は、「私には以上考へたとて私の身の行き方は分らぬ」と、「思ふ」ことを止め、「分らぬなりに菊の井のお力を通してゆかう」と決意する。このことは、「私の身の行き方」、すなわち自らの未来への展望をかき消していくことでもあった。

一体に、お力の〈もの思い〉については、「秘密」とか「謎」、といったことばで、何事か故意に隠されたものとして、その内容が問題にされ勝ちである。しかし、実は、お力の存在そのものの不安から派生してくるものに他ならず、彼女自身、考えたからといって明確に捉えることのできない、といった性質のものであった。「何やらん考へて居る様子」「唯こんな風になつて此様な事を思ふのです」「私はどんな疲れた時でも床へ這入ると目が冴へて夫は夫は色々の事を思ひます」「よもや私が何をおもふか夫れこそはお分りに成りますまい、考へたとて仕方がない故人前ばかりの大陽気」（三）「人情しらず義理しらずか其様な事も思ふまい、思ふたとて何うなる物ぞ」（五）と、〈思う〉こと自体にお力のアイデンティティはある。お力は、「考へたとて仕方がない」「考へたとて」「分らぬ」としながら考えずにはいられない。それは、何よりも酌婦という己の現在へのこだわりゆえに為されるもので、存在の否定と肯定の間で揺れながら、お力は常に「私の身の行き方」について思い案じずにはいられない。

けれども、自らのあり得べき将来像として、他の酌婦が、何の疑問もなく「堅気」（五）の世界、「人並の」世界の住人としての自分を夢想するのに対し、お力は「何うしたからとて人並みでは無いに相違なければ、人並の事を考へて苦労する丈間違ひであろ」と、「人並の事」を考えることだけはあえて否定する。「此様な身で此様な業体で、此様な宿世で」（五）「此様な賤しい身の上」「私が身の自堕落」「悪業」「此様な厄種《やくざ》」「此様な浮気者」「出来そこね」「気違ひ」（六）と、お力は、自虐的といってもよい自己認識をくり返す。そうした自分が、「世間さま並の事を思ふ」（六）ことを、「恥かしい事つらい事情ない事」としてかたくなに退けていくのである。したがって、お力の「身の行き方」は、常に袋小路に入るしかない。

新開一の人気酌婦と自他ともに認める存在でありながら、そうした自分を相対化する眼を持ってしまったところにお力の不幸があった。語り手は、この点に「友朋輩にも洩らさじと包む」お力の「憂き涕《なみだ》」、孤独な生のありようを見ているのである。お力のモノローグを、菊の井の「閾のなか」「店の内側」[*31]ではなく、店の外の「闇」のなかでのこととした理由もここにある。座敷を放り出して「何をも見かへらず店口から下駄を履いて筋向ふの横町の闇へ姿をかくし」たお力は、ひとしきり心の中に溜っていた思いを吐き出すと、「もう〳〵皈りませうとて横町の闇をば出はなれて」行くのである。

このように、自らの稼業に強くこだわるお力の存在は、ある意味で、悪所・悪業とされる酌婦稼業に従事する女たちの〈自意識〉でもあった。それゆえに、お力は、酌婦として世間から疎外されると同時に、酌婦の世界からも自らを疎外せざるを得ない人間としてあり、二重に疎外された存在であった。

「にごりえ」において、一葉は「最下級の「淫売」[*32]」を描いた。しかし、それを相対化する眼を持たずに「店の内側」からだけ描くことはできなかったのである。宇佐美毅氏[*33]は、柳浪の「今戸心中」を論じるなかで、古くから類似を指摘される二作品の本質的な相違点として、「時空間の限定性の問題」を挙げ、「「にごりえ」では、源七とその家族についてかなりの分量が割かれることによって、お力の世界を相対化する外の世界の存在が明確に示されている」と指摘する。しかし、「お力の世界を相対化」するものは、まず何よりお力自身のなかにあった。その意味では、この作品のなかで、落ちぶれた源七一家の描写は、一義的にはお力の〈自意識〉としてある、ということもできよう。腕のよい酌婦・お力は、一方で、正業ではない自らの稼業、「悪業」にこだわる酌婦であった。

5　自立への道のゆくえ

七月十六日の夜、結城に「七つの年の冬」（六）の悲惨な体験を語ったところで、お力は語ることを止める。涙にくれながら、その場に流れる沈黙の時間は、「小半時」（三十分）。この長い沈黙の間、お力は何を考えていたのだろうか。語ることを止めた七歳から以後の自分の歩いて来た道を思い返していたのだろうか。「にごりえ」のなかで、お力がなにゆえに現在の境遇に落ち込んだのかは一切書かれていない。「さる子細あればこそ此處の流れに落こんで」（五）と語り手によって説明されるだけであり、結城に語った身の上話のなかにも、この点は一切触れられていない。けれども、「私は其様な貧乏人の娘」（六）というお力の生い立ちを聞いた結城が、それ以上聞こうとはしなかったように、お力の運命の選択は限られていた。

母は「肺結核といふを煩つて死《なく》なり」（六）、父もそれから「一週忌《ママ》の来ぬほどに跡を追」ったという。それが、お力が何歳の時かは不明である。「親は早くになくなつて今は真実の手と足ばかり」（二）ということばから察すれば、七歳の時の辛い体験から間もなくであったかもしれない。それから、少女お力は天涯孤独の身となった。身体的ハンディキャップを持つゆえに「人中に立まじるも嫌や」「気位たかくて人愛のなければ贔負にしてくれる人もなく」（六）というように、世間から孤立した生き方をして来た父との生活のために、お力一家を助けてくれる他人は皆無であったろう。お力が、身を売るという今の境涯に流れていくのは、いわば必然であった。

一方、「私には親もなし兄弟もなし」（七）という、源七の女房お初も、かつてお力同様、天涯孤独の身となり、広い世の中に投げ出された女であった。しかし、「差配の伯父さんを仲人なり里なりに立てゝ来た者なれば」（同）というように、お初は両親亡き後、他人の世話によって源七に嫁ぎ、夫にすがることで自らの生活を支えて来た。当時の女性としては、ごく普通の選択であった。したがって、そうしたお初は、七章で源七に離縁を告げられた時、やおらそれまでの夫を責める態度を翻し、「手を突いて」「謝《あやま》」るという屈辱的な行為もいとわない。「離縁されての行き処とてはありませぬ」と、泣いて訴えるお初には、夫に頼って生きていく道しか考えられない。

それでも、どうあっても離縁だと夫に言われたお初は、「今詫びたからとて甲斐はなしと覚悟して」、息子を連れて、ひとまず家を出て行くのである。しかし、この時のお初の「覚悟」の中味は問題で、七章の末尾、いよいよ家を出る時のお初の心は、未練で占められている。「最ういくら此子を欲しいと言つても返す事では御座んせぬぞ、返しはしませぬぞと念を押して」、「御酒の上といふでもなければ、醒めての思案もありますまいけれど、よく考へて見て下され」と、一人息子の幸福を第一にという論理を前面に出しながら、冷静になってからの源七の翻意に望みをつなぐ。「もうお別れ申ますと風呂敷さげて表へ出れば、早くゆけ〳〵とて呼びかへしては呉れざりし」という末尾の一行からは、お初の、思いを残す後姿が浮かんでくるようである。[*34]

　こうしたお初の期待に反して、源七の覚悟は「見事な」(八)ものであった。お力を道連れに切腹自殺という顚末は、お初にとって、これ以上打ちのめされることはなかったはずである。もっとも、草稿ではお初のその後について、「お初は伯父なる差配の世話にて横丁のつき米やの相応なるに」[*35]と、再婚することが想定されており、お初は、やはり男の庇護の下に生きていく他ない女性であったのか。

　さて、こうしたお初の生き方と、お力のそれとを並べてみると、対照的なことがわかる。お力は、お初のように周囲の人の情を掛けられることはなかった。だとしたら、極貧の家に生まれた少女が独り生きていく道としてどのような選択があったのだろうか。まして、忘れられない「七つの年の冬」の体験を経、「私は其頃から気が狂つた」というお力は、結婚という制度のなかで生きていくという、当時の女性の一般的なコースをたどることはなかった。現在のお力は、自分のことを「三代伝はつての出来そこね」「浮気者」とし、母の人生を想うよりも、祖父や父やのそれに自らの生き方を重ねていく。そうすることによって、「九尺二間でも極まつた良人に添う」ことを退け、「持たれるはいや」と言い切る。ここからは、自虐的な自己認識と同時に、明治という時代のなかで、独立独歩で生きる女性の矜持すら読みとることができる。「三代伝はつて」という宿命論的自己意識が、お力を現在に釘づけにしている[*36]という言い方もできるが、一面、このことばは、時代のなかで「気違ひ」としかいえないお力的生き方を貫くために、自らを納得させる物語《ストーリー》として紡ぎ出されたもののようにも思えてくる。

　同輩の酌婦との異質性をきわだたせ、酌婦としての〈自意識〉を強調していくことによって、お力は、〈酌婦〉の問題を遥かに越えて、明治という時代のなかを、己れ独りの力を頼りに生きていく〈女〉としてのリアリティを示したのである。
しかし、ふと我にかえったお力が「菊の井のお力」を通そうと決意したにもかかわらず、お力は理不尽な死を迎えた。そこにも時代を反映したリアリティが感じられよう（一葉は、結末をどのような形にするか、相当思い迷ったようである)。[*37]
「にごりえ」の後、もう一人、貧しく孤独な女性が「わかれ道」（『国民之友』明29・1）に顕現する。仕立物をして裏長屋で細々と生計を立てていたお京は、天性の美貌を武器に、貧しい生活を捨て妾奉公に出ることを決意する。お京のなかにもお力と同様の葛藤があったはずである。「にごりえ」の末尾に、「恨は長し人魂か何かしらず筋を引く光り物」（八）が飛んだとあるように、限られた選択のなかでしか生きられない明治の女・お力は、この世に執着を残しつつ死んでいく他なかった。お力の「恨」は、お力と同じ時代を生きた女性たちの「恨」でもあったはずである。
「にごりえ」に関しては、まだまだ論じ切れていない点が多々ある。本稿を「「にごりえ」論のために」とした理由もそこにある。なお、本文中の傍点は全て筆者による。

※「にごりえ」本文の引用は、『樋口一葉全集』第二巻（昭49・9、筑摩書房）による。

注

＊1　「「にごりえ」注解（一）」（『文林』昭56・3）
＊2　「にごりえ」（『日本の近代小説Ⅰ―作品論の現在』所収　昭61・6、東京大学出版会）
＊3　「一葉と手紙（前）」（『日本文学』昭61・3）

＊4　「日本の小説555」（『国文学』昭60・9臨時増刊号）「にごりえ」の項。

＊5　「「女」の来歴―「にごりえ」論への視覚」（『媒』第五号　昭63・12）

＊6　「非行としての情死」（『感性の変革』所収　一九八三・六、講談社）

＊7　三章には、「下坐敷より杯盤を運びきし女」が、結城と居るお力に源七の来訪を「耳打ち」し「兎も角も下までお出よ」と告げる場面が出てくる。「断つておくれ、あゝ困つた人だね」というお力の冷たさに、婢は「お前それでも宜いのかへ」といって、「不思議さうに立つてゆく」のだが、こうした箇所からも、お高同様、この店の者たちが自らの主観に照して、かつての「情人」源七に対するお力の冷たい態度の意味を解しかねていることがわかる。読み方は、種々あると思うが、私は、銘酒屋「菊の井」のなかで、他の酌婦からきわだったプロ意識を持つ、お力の屹立する姿と捉える。

＊8　「にごりえ」は今日でも、しばしば劇として新派などで上演される（川口松太郎、久保田万太郎等による脚本が使われる）。それらは大抵、源七とお力との恋物語として仕立て上げられている。最後の心中場面をクライマックスシーンとして、再現してしまうためではないだろうか。

＊9　「「にごりえ」私解」（『吉田精一博士古稀記念　日本の近代文学―作家と作品』所収　昭53・11、角川書店）

＊10　前田愛氏編「一葉明治風俗誌」（『国文学』昭59・10）の「写真」の項には、「たけくらべ」のこの場面について、「馴染の客と同じ写真におさまることで親昵の意をあらわそうとする遊女や歌妓の手管をまねたいかにも正太らしい早熟のたくらみである」という記述がある。なお、紅野謙介氏は、「書物のなかの肖像写真―写真空間と文学テクスト」（『昭和文学研究』第21集　平2・7）のなかで、「文学テクストの内部に取り込まれた写真」について考察している。

＊11　緑雨と一葉の親交は、明治二十九年に入ってから始まる（一月八日緑雨から初めて来信。五月二十四日緑雨初めて来訪）。明27・11・10付一葉の日記には「正太夫」の名が出てくる、また明29・6・2付日記には「油地獄」の名が記されている。

*12 「にごりえ」の掲載誌『文芸倶楽部』は、明治二十八年一月に創刊されたが、第四編（明28・4・20刊）から口絵が写真になっている。それ以降、毎号のように、新橋（ぽん太、お染）、柳橋（あい子、小万、みつ子）などの芸者の写真が飾られている。

*13 赤坂は、花街として「明治中期から一流地にのしあがった」という（『江戸東京学事典』一九八七・一二、三省堂「花柳界」の項参照）。国木田独歩「夜の赤坂」（『文芸界』明35・9）を見ると、「赤坂芸者と言つて、東京市中、数ケ所の芸者の居處の一になつて居る」とある。「赤坂」は、既にこの頃から花柳界の代名詞の一つとして一人歩きしていたと思われる。

*14 「未定稿」CⅣ3（『樋口一葉全集』第二巻　昭49・9、筑摩書房　以下『全集』と略す）

*15 「未定稿」CⅡ3（『全集』第二巻）

*16 『全集』第二巻

*17 「一葉の文体をめぐって—語りの構造」（『国文学』昭55・12）

*18 宮武外骨編纂『売春婦異名集』（大10・10、半狂堂）によれば、「地獄」は「関東地方にて唱ふる私娼の異名なり、二百五六十年来の語なるべし」。「白鬼」は、「明治一七年頃から東京に出現した私娼」を指し、「私娼を「地獄」と称するに因みて「鬼」と見立て、顔及び首に白粉を濃く塗れるによりて」、こう呼んだという。

*19 「新わら」の季節ということになる。山本洋氏（前掲「「にごりえ」注解（一）」）によると、お力が髪に飾っている「新わら」とは、「さみだれや入梅のころ、田植に用いる早苗」を、「熱湯をかけて蔭干しにしたもので」、「近郊の農家の女たちが花柳界や下町へ」売りに来たという。

*20 この日、結城は菊の井に初めて泊ったと推定される。その根拠は結城がこの夜も帰ろうとしたこと、「貴君は別物、私が處へ来る人とても大底はそれ」（六）というお力のことば、「未定稿」CⅣ32に、泊った結城を翌朝見送った後で、「又もや一つ罪をそへぬ」ということばをお力が漏らしていることなどからわかる。また、（六）章末尾の「巡査の靴音のみ高かりき」から、鑑札のない「娼妓」への取締・摘発の恐れを暗示していることがわかる。

＊21　中野栄三氏『廓の生活　増補新版』（昭51・10、雄山閣）に、「初めて登楼して相方の妓がきまった客をすべて「初会」の客という。二度目に同じ妓を買った客を「うら」の客、三会《ママ》目からを「馴染み」客といった」「昔からの遊びの慣行では、妓は馴染になって初めて帯を解くともいわれて来た。さまざまな手管があるらしい」とある。

＊22　七章の日時はもう一つはっきりしないが、お初のことばに「お盆だといふに昨日らも小僧には白玉一つこしらへても喰べさせず」とあることから、お盆の終った翌日即ち七月十七日と推定される。小説の流れからいえば、六章（七月十六日）の時日と遠くない日と思われる。

＊23　「未定稿」CⅣ37。CⅣ40には「結城の道雄と夏の始より馴染て三月の間むつましく、丸髷に結はせて七草見物の洒落などもありしが」とある。

＊24　山本洋氏は「「にごりえ」の背景」（『文林』昭53・2）で、「菊の井」の詳細な検討を行ない、「より正確な業種の呼称としては曖昧料理屋というべき」としている。

＊25　前掲中野栄三氏『廓の生活』

＊26　大原梨恵子氏『黒髪の文化史』（昭63・11、築地書館）の「天神髷」の項に、「太夫級より一段下がる遊女が結いはじめ」「後に一般の婦女子に結われた」とある。

＊27　俗に「白首」とか「白鬼」とか称されるのは、「年を隠し、醜婦をも若く見せるために、白粉を濃くぬっていた」ためだという（前掲『廓の生活』）。

＊28　芸者の風俗の変遷を追っていくと、江戸時代後期以降「化粧はかえって落化粧に変った。「襟白粉」は濃いのを貴いとしたが、顔は化粧をしているかどうかわからないような淡白な作りとし、肌の美を競うようになった」という（前掲『廓の生活』）。

＊29　「未定稿」CⅡ2、CⅢ3（『全集』第二巻）

＊30　前掲（＊6）『感性の変革』「非行としての情死」

＊31　同右

＊32　前掲（＊9）今井泰子氏論文

＊33　「「今戸心中」論――アンビヴァレントなテクストとして」（『日本近代文学』第40集　平元・5）

＊34　「未定稿」CⅣ34。抹消したという126には、お初の覚悟が、源七を脅かすためのもので、本物ではないことが示されている。

＊35　「未定稿」CⅣ38

＊36　三好行雄氏「一葉と日本近代の底辺―「にごりえ」を中心に」（『国文学』昭55・12）に、「〈出世〉の願望を自己閉鎖して、宿命の自覚にのめりこんでゆくという形」のお力の心象風景の提示は、「身を売って生きねばならぬ女の底辺を描くために」「迂路にすぎる方法」であるという指摘がある。

＊37　いったん、「にごりえ」の原稿は、「未完成なまま博文館に届けられ」、追って「終りの部分が送附された」という。（野口碩氏『全集』第二巻「にごりえ」補注）お力の顚末をどうするかで、一葉は随分迷ったようである。

『水沫集』と一葉――「うたかたの記」／「にごりえ」

1　『水沫集』の波紋

明治二十五年七月春陽堂から刊行された森鷗外の『水沫集』（表紙・扉の題字は「美奈和集」）は、「舞姫」以下独逸三部作及び翻訳小説十四編同戯曲二編、そして附録として訳詩集「於母影」を収録した六百十二頁の大型本である。[*1] 濃い緑のハードカバーの一冊を手にすると、ずっしりと重くいかにも大著という感じがする。泉鏡花は後年の回想のなかで、『水沫集』一冊がその刊行当時よい質種になったというユーモラスなエピソードを紹介している。

はやく其の出版当時の事。……私どもが一冊づゝ心得て秘蔵して居たはいゝが、驚破《すは》と言ふと、いやそれほどの一大事ではありません。蕎麦と言ふと、汁粉と言ふと、恐縮ながら、水沫集を質に入れたものなんです。出版後、しばらく経つと、版が切れて居たものですから、原価、並製が四十銭、上製が六十銭（中略）其の並製を質屋で三十銭、上製を五十銭貸しました。てくだで口説くと、並製を以て上製に替へて五十銭とお目にかける事が出来たのです。市の売価が原価の四倍五倍と言ふのですからね。（「みなわ集の事など」『新小説』大11・8）

実際に見ると並製と上製の装丁にはかなりの差があり、「てくだで口説く」のも相当難しかったと思われるが、この鏡花の文章は、『水沫集』というさまざまな意味で清新かつ画期的な本の当面の受けとめられ方が窺えて興味深い。「一冊づゝ心得て秘蔵して居た」というように、恐らく多少とも文学に志を立てた青年達は、争って、とにかく買い求めたのではないだろうか。明治二十七年には早くも版を重ねており、明治三十九年には『改訂水沫集』、大正五年には『(縮刷)水沫集』が刊行と、この本の波紋は静かに広がっていったようである。

「此文集は我明治の文壇に於ける文情《ママ》並に傑特なる絶類の好著訳集なり」「新国文の好き模範たるに堪へたり」(「みなは集」無署名『早稲田文学』明25・8)と刊行当初から評価は定まっていた。が、何人もの作家が後年の回想のなかで自分にとっての『水沫集』を語っていることは注目に値する。たとえば田山花袋のそれ。

「水沫集」一巻、これはことにその頃のすぐれた記念文集であつたといふことを私は思ふ。勿論、それはかれの創作ではなく、翻訳である。しかし、そのさまざまの各国の翻訳が、紅葉万能、硯友社万能の文壇にいかに異つた清新な気分を齎らして来たであらうか。(中略)私達は篁村や、露伴や、紅葉や、更にそれ以外に発展して行かなければならない新領地のあるのをそれで知つた。(「その時分の文壇」『東京の三十年』大6・6、博文館)

馬場孤蝶も「鷗外さんの初期の著作は悉く、文学者にならうとする当時の青年の為めに、有力な教科書であつた」(「森鷗外論」『新潮』明43・11)といい、蒲原有明は「『水沫集』中にあつても、(中略)「浮世の波」とか「二夜」とか「地震」とか云つたやうなものは愛誦措かないで居る。単に文章の方から云つても、優れてゐるやうに思へる」(同)と懐かしく語っている。また、正宗白鳥は第二次大戦の末期疎開先の軽井沢で「うきよの波」を読み返し思いにふけったことを述べている。

粗末なストーブに威勢よく燃えている薪火のそばで、鷗外訳の「うき世の波」を読んで、すがすがしい気持になつたことが回顧される。ステルンという作家の小品で私が年少のころ、よく分からぬながらも、夢の世界にひき入れられる思いして読みふけつたのであつた。（中略）書きはじめから、私はほぼ暗記しているほどである。

（『文壇五十年』昭29・11、河出書房）

こうした文章を読む時、『水沫集』の影響が広く深く潜行していったことを想像させる。[*2]その波紋は、文体の獲得において、恋愛観・人生観において等々、さまざまな角度から個々の作家に即して考えてよい問題のように思われる。そして、一見『水沫集』の西洋的世界とは無縁に見える樋口一葉も、またこの著の波紋を静かに内面化していった一人のように思われてならない。本稿では一葉における『水沫集』の意味を作品に即して考察してみたい。

2　一葉と西洋文学――『水沫集』との出会い

夙に吉田精一氏は、一葉研究上の疑問の一つとして「外国文学（翻訳物）にはどれほど親しんでゐたであらうかといふ事」を抱きつつ、花圃や秋骨、露伴など、一葉周辺にいた人達に直接確かめた折にも、「翻訳物にはほとんど触れなかつたらう」という否定的な話ばかりを聞いていたという。しかし、戸川安宅（残花）の「樋口なつ子ぬしをいたむ」（『女学雑誌』明29・12・10）によってそうした憶測が必ずしも正しくなかったことを知ったと述べて資料として紹介した。[*3]残花はこの一文のなかで、一葉を訪ねた時の印象、交わした会話のことなど懐かしく語っている。

なによりも悦こばるるは和漢の書ことには翻訳小説なりき、不知庵君の罪と罰をかしまひらせし時にはいと〳〵悦ばれ後の日に来られて操（繰？）り返し〳〵数度よまれしと云はれぬ、（中略）されど西鶴の文致には負はれ所多ければ、恐らく愛読の第一ならんと思へど、今の露伴、紅葉二子の小説より学ばれし方が多からんと考ふるなり、さすが女性のいと精細にして一冊の小説をもおろそかに読まれざりしなり、（傍点は筆者。以下同様）

塩田良平氏[*4]は、一葉を取り巻く『文学界』同人のなかで最年長の残花（当時四十歳）ゆえに「他の同人の如く、文学上人生観上の意見を闘はすといふよりも、寧ろ指導的口吻をもらす立場にあつたらう」として、外国文学をも一葉に「学ばせたかつた」「読ませようとした」ことを想像するとしている。そして、残花が言うところの、一葉がくり返し読んだという内田魯庵訳のドストエフスキー『罪と罰』（明25・11　巻一・明26・2　巻二刊）の足跡を探り、「要するに『罪と罰』は一葉の作家精神に支持を与へたといふ程度が一番妥当な解釈であらうか」と結論している。表面に現れた具体的な影響関係は捉えるのが難しい、というところであろうか。しかし、引用の後半の残花のことばによれば、一葉は愛読していた西鶴よりも露伴・紅葉の同時代の小説に興味を募らせていたとのこと。だとすれば当然西洋文学にもそれなりの熱い視線を投げかけていたはずである。一葉は身につけた文体の古さ・伝統的教養による制約をうけながら、新しい文学を試行錯誤していた作家だったのではないだろうか。その徴憑はその他にもかなり見られるのである。

たとえば鷗外の「たけくらべ」評（「三人冗語」『めさまし草』明29・4・25）に次のようなくだりがある。

大音寺前とはそも〳〵いかなる處なるぞ。いふまでもなく売色を業とするものの余を享くるを辱とせざる人の群り住める俗の俗なる境なり。されば縦令よび声ばかりにもせよ、自然派横行すと聞ゆる今の文壇の作家の一人として、この作者がその物語の世界をこゝに擇みたるも別段不思議なることなからむ。唯々不思議なるは、この境に出没する人物のゾラ、イプゼン等の写し慣れ、所謂自然派の極力模倣する、人の形したる畜類ならで、吾人と共に笑ひ共に哭すべきまことの人間なることなり。（中略）或る境遇のMilieuに於ける個人を写すはひとり立ちて特色ある個人を写すより遙に難し。たけ競出でゝ復た大音寺前なしともいふべきまで、彼地の「ロカアル、コロリツト」を描写して何の窘迫せる筆痕をも止めざるこの作者は、まことに獲易からざる才女なるかな。

ゾラやイプセンやも視野にいれた鷗外の眼から見て、一葉の小説はその材の採り方、描写及びそのリアリズムの本格さ等、同時代の小説のみならず西欧のそれと比べても、なお群を抜いていたのである。「たけくらべ」は無論一葉の「彼地」の鋭い観察によって生まれた小説であった。また「にごりえ」（『文芸倶楽部』明28・9）や「われから」（同明29・5）には「遺伝への注目というかたちで現れる新しい人間観の萌芽」[*5]が示されている。「にごりえ」では祖父・父・お力という「三代伝はつての出来そこね」と多分にヒロインの宿命的自己意識に拍車をかけるものとして機能しているものである。しかし、草稿では「私が心一つでもなく、聞たら驚きなさろう父親の遺言で」「私はそのやうな貧乏人の娘、気ちがひは遺伝で」（「未定稿」CⅣ）といった叙述がくり返されている。この「未定稿CⅣ」の題名は「親ゆづり」であり、一葉のなかで〈遺伝〉という自然派的な「科学」的視点が自覚されてあったということが窺える。「われから」は「一葉としては太く劣りたる作なり」（「三人冗語」『めさまし草』明29・5・25）といった不満の声もあり発表当時から評価の分かれる作品である。けれども、美尾と町子と母娘二代の物語という壮大な仕組みが構想されている。一葉がこうした新しい人間解釈の視点を具体的にどこから手に入れていったのか今のところ不明である。しかし、ゾラの影響の下に、花袋が三代にわたる家族の遺伝による運命物語「うき秋」[*6]（『文芸倶楽部』明32・12）を、小杉天外が旧家の淫乱の血筋を扱った『はやり唄』（明35・1、春陽堂）を発表していくのに遙かに先行していた。

そして、一葉と『水沫集』との出会いは、明治二十八年一月いよいよ小説家としての道が本格的になってくる時期、やはり戸川残花によってもたらされた。「廿日残花君にとはるミなわ集一冊これ見よとて也なほ毎日新聞か日曜附録にものせよとたのまる稿を八二十六日までにといふ文学界のかたもせまれるをこは」いとあわたゝし」（「しのふくさ」明28・1・20記）とあるように、この日残花は自身が記者を務める『毎日新聞』「日曜附録」への執筆依頼をかねて初めて一葉を訪問した。[*7]「たけくらべ」の掲載がはじまろうとする時であった。一葉は、『罪と罰』同様、この書をくり返し読んだと思われる。

3 一葉における『水沫集』影響の跡

一葉における『水沫集』の影響についての指摘はいくつかある。野口碩氏は『樋口一葉全集』第三巻（上）（昭51・12、筑摩書房）の「補注」（四五八頁）で「日記の「おそろしき世の波かせにこれより我身のたゝよはんなれや」（明28・10・31付「水のうへ日記」―筆者注）とある表現は、森鷗外の『水沫集』に収められた翻訳「うきよの波」（原題"Die Flut des Lebens" 原作アドルフ・スターン Adolf Stern）から感化を受けたもので、「水の上」の意識を示している」と述べている。白鳥も暗記するほどに読んだという「うきよの波」は、森の番小屋で静寂な毎日を送りながらも、やがて「世に出でゝ身を立てむとおもふ心」を密かに持つ青年エエリヒが、友人の老僧の忠告も空しく、国王と美しい王妃のために争いの渦に巻き込まれ「浮世の波に洗はれたる淋しき死人一人」になっていくという話である。作中「エエリヒが心は波間に漂へり」「浮世の波に漂ひては、余所をおもふ遑なく」「浮世の波のげに怖ろしさよ」といった表現が頻繁に現れるように、世の功名的野望に捕らわれることを「浮世の波」と譬えている。そして、野口氏が指摘するように明治二十八年の一葉の日記「水の上」には同様の表現が頻出する。たとえば、「家に伝えし高傑なる風のうきよにかなハて心もたゆるあまりわかき人のならひ血のさわきはけしきなめり（中略）うきよのほかに立てる身ハいかならん波のたゝよひもよ所に見るへきなれと」（明28・5・28付）「うきよの波にもまれてハ終におほれぬ人少なきを」（明28・6・2付）等々、この時期、同世代の『文学界』同人達と交わるなかで彼等若者の野心に触れたり、自身の文名が上がったり、ということによって起こる心の動揺を抑えようとする気持ちがエエリヒのそれと呼応しているようである。またこうした表現は「軒もる月」の草稿のなかにも「あはれ浮世の波にあしを取られて、はかなき智恵に一身をあやまりし女子の末路」（「未定稿」BⅡ4）というように現れている。「軒もる月」（『毎日新聞』明治28年4月3日、5日）は残花の依頼によって書かれた小説で、その草稿は『水沫集』を手にした直後[8]頃書いていたと思われる。

　また、藤井公明氏[9]は本格的に「『美奈和集』の影響」を論じて、その考察は「創見に富む[10]」とされた。藤井氏は一葉が『水沫集』を借りた時期との関係から、ちょうどその頃書いていた「たけくらべ」四章から八章までと「軒もる月」とを、主として「うたかたの記」からの影響として論じている。マリイの「狂気」を「軒もる月」の女主人公・袖の「高ぶる激情と、恍惚となった狂乱の姿」に重ねて、「「うたかたの記」の最後の道行きの一節」から「高ぶる女主人公の激情を、一瞬の短篇にまとめるローマン的手法の美しさを」一葉は学んだとする点など示唆されること大である。しかし、『水沫集』の冒頭に置かれた「うたかたの記」と一葉の小説との類縁を論じるならば、まず「にごりえ」とのそれを指摘したい。二作品は深いところで通底しているように思われる。

　一読、「うたかたの記」と「にごりえ」との最も強い同一性を感じるのは、ヒロインのマリイとお力の背負った宿命の重さという点であろう。しかし、この二つの作品の展開の仕方にも、意外なほどに多くの類似性が隠されている。まず冒頭、「うたかたの記」の語り手は「バワリヤの首府」の象徴である凱旋門をくぐり、美術学校近くの「カツフエエ・ミ子ルワ」へと案内してくる。店内の様子はあたかもその場に居るかの感をもよおすように、細やかに、精彩を放って活写されている。「にごりえ」の冒頭は、いきなり新開の銘酒屋・菊の井の店先の呼び声で始まり、やがて店のなかへと視点が移っていく。こうした視点の移動によって、やはり、街の生態や店先の様子が活き活きと伝わってくる。作中人物たちが出会う場が用意されてくる導入の見事さは、両者に共通するところである。

ここで、マリイは巨勢と再会し、お力と結城とが出会っていく。そして、巨勢も結城も、ヒロインにとっての重要な聞き手としての役割を担っていくことは同じである。

「今も我が額に燃ゆるは君が唇なり。はかなき戯とおもへば、しひて忘れむとせしこと、幾度か知らねど、迷は遂に晴れず。あはれ君がまことの身の上、苦しからずは聞かせ玉へ。」（「うたかたの記」中）

再会したマリイに新たな愛を抱きはじめてしまった巨勢にとって、マリイの実像を捉えるための切実な問いであった。一方、結城は、菊の井には珍しい上客、さる雨の日に座敷に引き込まれて以降、「一週には二三度の通ひ路」となる。酌婦と飄客との会話という視点で捉えたことがあるが[*11]、結城は来るごとにお力に語ることを求めたのであり、こうした「例になき子細らしきお客」の出現によって、お力の身の上語りはなされていくのである。

「履歴をはなして聞かせよ定めて凄じい物語があるに相違なし、唯の娘あがりとは思はれぬ何うだ」（「にごりえ」（二））

「種々秘密があると見える、お父さんは」「お母さんは」「これまでの履歴は」（同（三））

「夫れでは何か理屈があつて止むを得ずといふ次第か、苦しからずば承りたい」（同）

やがてヒロインが語り出す。「まづ何事よりか申さむ。」とマリイが告白をはじめる。「今夜は残らず言ひまする、、、、まあ何から申さう胸がもめて口が利かれぬ」とお力が口を開く。
この他、後の生を深く規定した少女時代の辛い体験、父祖伝来の家系を意識するヒロインの自己意識、話を聞いた巨勢も結城も真の救済者にはなれなかったこと、ルウド井ヒ第二世、源七、と心の闇を抱えた男の世界にひきずりこまれるようにヒロインが死んでいくこと。彼女たちの死は、無責任な市井の噂のなかでかき消されるように葬られていくこと等々。そして、ヒロインが死んだ後の次のような語り手のことば。

をりしも漕来る舟に驚きてか、蘆間を離れて、岸のかたへ高く飛びゆく螢あり。あはれ、こは少女が魂のぬけ出でたるにはあらずや。（「うたかたの記」下）
恨は長し人魂か何かしらず筋を引く光り物のお寺の山といふ小高き処より、折ふし飛べるを見し者ありと伝へぬ（「にごりえ」（八））

このように、二作品の表層的な部分での共通性はかなりあるようである。しかし、こうした表層的なところでのみ、一葉は「うたかたの記」に共感したのではない。また「うたかたの記」を模倣したのでも、「借用」[*12]したのでもない。「にごりえ」という小説が持つ力は、「うたかたの記」の持つ力と十分に拮抗し、両作品の間に読者はその深いところでの通底性を感じるのである。次章ではこの奥深い通底性に照明を当てて考察していこう。

4 「うたかたの記」／「にごりえ」

「うたかたの記」の先行研究においては、従来、巨勢がミュンヘン再訪の折に携えて来た「一画藁」の構図の意味とその完成か否かをめぐっての議論が多くなされてきた。[*13] これらの議論は自ずとマリイと巨勢との関係を中心にして展開するため、マリイという人物それ自体に関わる問題、ことにルウド井ヒ第二世との関係の問題（何よりもまずマリイの物語化（認識）の問題として現れている）を作品のなかで位置づけた論は意外に少ない。管見の限りでは、田中実氏[*14]に世界の不条理性を捉えてしまう優れた認識者・マリイゆえに自身の「不幸の元凶」である王の「狂気」への理解を示していく、という指摘があった。この認識することによって、すなわち〈思う〉ことによって逆に世界の不条理を確認し、それを乗り越えようとして「狂気」とまごうような生活を送っていくヒロイン像こそが「にごりえ」のお力へと通底していくものであったと思われる。以下、両者の〈語り〉（認識）のありようを、いわば、生の位相を、捉えてみたい。

マリイは十九歳という年齢には似つかわしくない優れた認識者としての顔を持つ。これまで何度もマリイを襲った数奇な運命と、それを受けとめつつ「独立《ひとりた》ちて」生きてきた彼女の生が育てたものということができる。しかし、実際のマリイは、愛を求めてやまない孤独な娘でもあった。六年前、菫売りの少女・マリイは「遠きやまとの画工」巨勢に助けられた。この束の間の邂逅が両者にもたらしたものは、その後の各々の人生を規定した。マリイは「救ひ玉はりし君をまた見むとおもふ心を命にて」、巨勢は「一朝大勇猛心を奮ひおこして、わがあらむ限りの力をこめて、この花売の娘の姿を無窮に伝へむ」として、「幾歳をか経」てきたのであった。孤独を抱えながらも強く生きてきたマリイは密かに真の救済者を求めて、巨勢は自らの捕らえた西洋の美を「空想」ではなく真に芸術として完成させるために、言い換えると菫売りの少女への愛を実現するために生きてきたのであった。再会した二人が真に向き合えるか（愛が成就するか）というお互いの課題がこのマリイの身の上語りにはこめられていた。

「国王に愛でられて、ひと時栄し画工」スタインバハを父に持ったマリイ。そのマリイが十二歳の冬、王宮の夜会に招かれた両親の身にふりかかった事件を発端に、以後数奇な運命をたどることになったことから語りはじめられる。国王がマリイの母に「望なき恋」をしたことが、ひきがねとなったのである。それから、両親は相次いで亡くなり、天涯孤独となり、十三歳で性的暴力に遭遇し等々、マリイの身に起こった不幸は数知れなかった。しかし、今のマリイは、敵である王の不幸をも見ようとする認識者であった。マリイは、この間、表面的に見られる国王の横暴（噂として流布する王の暴政）を責めるのではなく、国王を囲い込もうとしている側近たちに見る事実を押さえ、それゆえ次第に孤立していく王の悲劇の原因としての「狂気」を捉えていく。我が母マリイの「類なかりき」美に捕らわれた王の「狂気」を確認する。マリイがこうした解釈をしていくのは、彼女がこれまでに形成してきた独自の「狂人」論・芸術家論に拠っている。つまり、マリイは、世界の不条理（自身の数奇な運命）を自分自身の思惟によって合理化し、乗り越えようとしているのである。

己の数奇な運命と闘った挙句、マリイは孤独な認識者と化していた。「行儀悪しき」といわれる「美術家の間」に「独立ちて交る」ために「しばしも油断」せず「寄せず、障らぬやうにせばやとおもひて」過ごしているうち、「計らず」「不思議の癖者」「狂人」と他者から「罵」られることになった経緯をマリイは語る。「数知らぬ苦しき事は、わが稚き心に、早く世の人を憎」む心を植えつけ、加えるに十三歳の時の性的体験によって、マリイは孤立した生を送ることを強いられざるを得なかったのである。「をりをりは我身、みづからも狂人にはあらずやと疑ふばかりなり」。こう言いながらマリイは独自の「狂人」論を展開していく。

これにはレオニにて読みしふみも、少し祟をなすかとおもへど、若し然らば世に博士と呼ばるゝ人は、抑々いかなる狂人ならむ。われを狂人と罵る美術家等、おのれらが狂人ならぬを憂へこそすべきなれ。英雄豪傑、名匠大家となるには、多少の狂気なくてかなはぬことは、ゼ子カが論をも、シエ、クスピアが言をも持たず。見玉へ、我学問の博きを。（中）

マリイは「我学問の博き」ゆえに、本来私は狂人ではないと主張する。他ならない認識者の冷徹な眼を持っているのだという。「英雄豪傑、名匠大家」といったその道への一筋の傾斜を示す人こそ、ある種の「狂気」がなくてはならないのだ。そして、「狂人にして見まほしき人の、狂人ならぬを見る、その悲しさ。狂人にならでもよき国王は、狂人になりぬと聞く、それも悲し」とままならぬ、世界の不条理性を述べていく。認識することによってだけでは到底、捉えられない世界の存在にまでマリイの眼は向っていたのである。

悲しきことのみ多ければ、昼は蟬と共に泣き、夜は蛙と共に泣けど、あはれといふ人もなし。おん身のみは情なくあざみ笑ひ玉はじとおもへば、心のゆくまゝに語るを咎め玉ふな。嗚呼、かういふも狂気か。(中)

これまで「その履歴知るものな」かった自身の来歴を、「心のゆくまゝに」巨勢に向かって打ち明けてきたマリイは、覚えず「悲しきことのみ多」い孤独な日々を「泣き」暮らしている己の弱さを洩らしていく。しかし、そのことばをもすぐに「嗚呼、かういふも狂気か」と相対化してしまうのである。このマリイの身の上を巨勢はさまざまな思いを抱きつつ聞いていた。そして、「聞きをはりし時は、胸騒ぎ肉顫ひて、われにもあらで、少女が前に跪かむとし」た。この時の巨勢は無意識のうちにマリイへの畏敬の念を表わそうとしていたのである。少女への「かぎりなき愛を見せ」て手を差し延べているロオレライの構図に示された巨勢とは立場が逆転しているのである（この時、巨勢の「空想」によるロオレライの構図は壊れつつあった）。こうした巨勢の動きを拒むかのようにマリイは「つと立ちて」、運命の地・スタルンベルヒの湖へと誘う。巨勢は「唯母に引かるる穉子の如く従」って行った。マリイが巨勢を湖へと連れて行くのは自らの愛に生きるためであった。湖に着いた時、マリイは小舟に乗って漕ぎでることを巨勢に申し出る。かつての忌まわしい思い出を再現するかのように巨勢を誘うのは、マリイが巨勢との愛、エロスをも含めた愛[15]に生きようとしていることを示している。マリイがいかに巨勢に己の人生を賭けていたか、孤独からの救済を求めていたかが窺える。しかし、ここに予期せぬ事態[16]が起こる。国王がマリイの眼の前に姿を現すのである。国王はマリイを認めるや「マリイ」と叫ぶ。この一言によって瞬時に己の捉えてきた認識の正しさをマリイは知ってしまう。すなわちこの世界の不条理性そのものを思い知るのである。そして、またまた己の前に顕現された運命（不条理）に捕らえられていってしまうのであった（それはルウド井ヒ第二世の運命でもあった）。これまで数々の数奇な運命に遭遇しつつ、それにあらがって「独立ちて」生きてきたマリイの新たな運命に対して巨勢は余りにも無力であった。

*

「父は間もなく病みて死にき。交広く、もの惜みせず、世事には極めて疎かりければ、家に遺財つゆばかりもなし」「母も病みぬ。かゝる時にうつろふものは人の心の花なり。数知らぬ苦しき事は、わが穉き心に、早く世の人を憎ましめき」（マリイの言）

「私の父といふは三つの歳に椽から落て片足あやしき風になりたれば人中に立まじるも嫌やとて（中略）気位たかくて人愛のなければ贔負にしてくれる人もなく」「其時私は七つであつたれど（中略）立てしばらく泣いて居たれど何うしたと問ふて呉れる人もなく（中略）私は其頃から気が狂つたのでござんす」（お力の言）

少女時代の悲しい体験がその後の自分の生を形作ったことを、すなわち孤立して生きるしかない道を強いられたことを語っていくこの部分は酷似している。両親を相次いで失い、マリイもお力も生き難い世の中を独り生きていく道を選択した〈女〉たちであった。

「にごりえ」のお力もマリイと同じ十九歳。新開地の銘酒屋の酌婦であるお力は、マリイのように教養を身につけてきた女ではない。明治という時代のなかで社会の底辺に生きていた。「四角な字」を読んだ学問好きの祖父の血はひくものの、不条理な世界を認識する力はお力にはない、必ずしも優れた認識者とはいえない。しかし、お力もまた〈物思う〉女であった。「私はどんな疲れた時でも床へ這入ると目が冴えて夫は夫は色色の事を思ひます」。「考へたとて仕方がない故」といいながらもお力は考えずにはいられない。新開一の人気酌婦と自他ともに認めながら、お力は酌婦としての存在に常にこだわる。己の「人並みでは無い」生を見つめずにはいられない。そして、そのことがお力から「堅気」「人並」の生への方向性を切断する。お力の心は引き裂かれ、そして閉ざされ、悩むしかない。お力の「思ふ事」は存在の不安そのものの現れであった。

あゝ嫌だ嫌だ嫌だ、何うしたなら人の声も聞えない物の音もしない、静かな、静かな、自分の心も何もぼうつとして物思ひのない處へ行かれるであらう、つまらぬ、くだらぬ、面白くない、情ない悲しい心細い中に、何時まで私は止められて居るのかしら、これが一生か、一生がこれか、あゝ嫌だ〳〵（五）

暗闇のなかで漏らされたお力の現実認識は暗い。お力には、今の己の生自体が不条理なのである。「行かれる物なら」と死の世界にすら憧れてしまうお力であった。こうした絶望的認識にまで至ったお力を再び生の方向へ押し上げていくもの、身に受けた不条理にあらがい乗り越えていかせるものもまた他ならない、己の生を不条理とし、宿命として感受していく自己認識であった。

「仕方がない矢張り私も丸木橋をば渡らずはなるまい」「何うで幾代もの恨みを背負て出た私なれば為る丈の

事はしなければ死んでも死なれぬ」「情ないとても誰れも哀れと思ふてくれる人はあるまじく」「私には以上考へたとて私の身の行き方は分らぬなれば、分らぬなりに菊の井のお力を通してゆかう」（五）

自分を「人並みでは無い」「気違ひ」として世間から疎外していくこと、これがお力が選び取った生き方（運命）であった。「唯我れのみは広野の原の冬枯れを行くやう」とは、世間から隔絶した世界を歩くお力の心象風景であった。

第六章、七月十六日の結城への〈身の上語り〉は、五章のお力の横町の闇のなかでのモノローグと重なって、お力の現在の生の在りようを更に浮かび上がらせる。「私が身の自堕落」「悪業」「此様な厄種」「浮気者」「気違ひ」といい、それを「三代伝はつての出来そこね」と規定しつつ、祖父・父の、世に入れられることのなかった閉ざされた生涯をふりかえる。お力の〈語り〉はやがて、七歳の冬の極貧の生活体験へと回帰していく。母から預かった「端したのお銭」で、その日のお米を「嬉しく」買って帰る途中、「氷にすべり」転んだ弾みに「溝泥」に落してしまう。空しく落ちていくお米を眺めるばかり、ただ諦めるしかなかった悲しい体験へと遡っていく。この時から「気が狂つた」というお力は、身をもって自分の人生に救済者のいないことを知った。以後のお力の人生は語るまでもなかった。「持たれるは厭」と結婚という世の制度に自らあらがいながら、己だけが頼りの孤独の生を自分に強いてきたのである。ここまで語ったお力は涙に暮れて、「物いはぬ事小半時」と沈黙してしまうしかなかった。再び結城に問われた際、お力はしみじみとこう言う。

「なれども名人だとて上手だとて私等が家のやうに生れついたは何にもなる事は出来ないので御座んせう、我が身の上にも知れまする」（六）

マリイのように世の中の不条理を対象化していることばではない。しかし、少なくとも世の不条理を身をもって知った人間のことばではあった。「お前は出世を望むな」「思ひ切つてやれ〳〵」という結城の反応とお力の真実との乖離は大きかった。語り始める時から、お力に結城への期待はなかったであろう。しかし、このことばの後は、やはり「打しほれて」しまうしかなかった。この夜、結城を泊めるのは「菊の井のお力を通してゆかう」とする決心の現れであり、お力は宿命に打ちひしがれながらも、その宿命を乗り越えようとする生への指向を示していく。しかし、お力の暗い運命はあくまでお力を捕らえて離さなかった。お力に心を奪われた挙句、一家は離散、自己を崩壊させていった源七の「狂気」に巻き込まれるようにして、お力は死んでいかなければならなかった。

明治のマリイは最下層の酌婦として顕現された。強いられた運命にあらがいながら孤高の生を生き、結局その運命の前に挫折する他なかったのがマリイとお力であった。無論、二人の差異も大きい。西洋の女と明治の女と、その背負った社会的・歴史的背景は二人によってよく顕現されてもいる。しかし、時代を越え、社会を越えて現れる女性の運命の重さを、一葉は「うたかたの記」から確実に読み取っていたのではないだろうか。

一葉と西洋文学という大きなテーマを掲げつつ、論証不足の問題提起的な文章になってしまったことをお断りしておく。また、一葉が新しい文学を指向していた作家であるという見方は今後も考えていきたい課題である。

※『水沫集』収録作品の本文は、一葉の見た版がどれか不明であるが、明治二十七年一月五日刊行の「第貳版」によった。閲覧に際しては文京区立鷗外記念本郷図書館のお世話になった。記して感謝の意を表したい。なお、本文中の傍点は全て筆者による。

注

＊1 『春陽堂書店発行図書総目録』（一九九一・六刊）によると「判型24㎝」とある。
なお『水沫集』の構成についての考察に、松木博氏「『水沫集』の構成をめぐって―ハイゼの小説理論を軸として」（『日本近代文学』29　昭57・10）がある。

＊2 国木田独歩『欺かざるの記』には「いろは屋にて「美奈和集」の一を借り来り、其日は殆んど此れにて日を暮す」（明26・5・16）以降、「再び「悪因縁」を読む」（同6・10）「「埋れ木」を写して十時迄力む」（同6・12）「嗚呼『浮世の波』。」（明27・4・4）「心浮世の波に迷はんとする時」（明30・1・22）「昨夕「ふた夜」を読む」（明30・3・24）といった記述が頻繁に見える。秦行正氏は、「独歩「源叔父」の虚実」（『福岡大・総合研究所報』75　昭59・9）のなかで、「源叔父」における「うきよの波」の影響について論じている。

＊3 「樋口一葉の一資料」（『文学』昭10・5　のち『樋口一葉研究』「樋口一葉全集」別巻　昭17・4、新世社に所収）

＊4 『樋口一葉研究　増補改訂版』（昭43・11、中央公論社）

＊5 『日本文学全史5　近代』（昭53・6、学燈社）佐藤勝氏「第五章近代文学の試行」

＊6 宮内俊介氏は「花袋論の微調整―「離れ小島」「うき秋」と『ルゴン家の人々』」（『熊本商大論集』平3・1）のなかで「うき秋」がゾラの『ルゴン家の人々』の全くの翻訳であることを指摘している。

＊7 萩の舎塾の妹弟子に残花の娘・戸川達子（結婚後は疋田姓）がいたことから一葉との面会となった。明治二十八年一月十五日の「しのふくさ」に「十五日戸川の達子はしめてわかもとをとふ残花道人といふ父なる人の質はしらねと」とあり、この五日後に残花が初めて訪問していることが想われる。

＊8 ちょうどこの頃をはさむ、明治二十七年十一月から明治二十八年十一月までの、一葉の「詠草」の表題は「うたかた」であった。

＊9 『樋口一葉研究』（昭56・7、桜楓社）

＊10 塚田満江氏「藤井公明『樋口一葉研究』」（『解釈と鑑賞』昭61・3）

＊11　拙稿「「にごりえ」論のために―描かれた酌婦・お力の映像」（『相模国文』平3・3）。本書に改稿して収録。
＊12　出原隆俊氏に同時代の小説の「にごりえ」への影響を考察した「お力の登場―「にごりえ」における〈借用〉について」（『文学』昭63・7）がある。
＊13　これまでどちらかというと画は未完成とする説が大勢を占めていたようである。完成を論じた最近の論には田中裕之氏「「うたかたの記」論―「ロオレライ」の図の完成・未完成をめぐって」（広島大学『近代文学試論』平3・12）がある。また大塚美保氏「『うたかたの記』試論―ロオレライ像について」（『国語と国文学』平4・8）は作品の表層との二重構造を指摘、深層にある芸術の問題という観点から考察している。
＊14　『日本文芸史―表現の流れ』第五巻「近代Ⅰ」（一九九〇・一、河出書房新社）所収「新制度の輸入者森鷗外」
＊15　渡辺千恵子氏「「うたかたの記」論―「ロオレライ」の構図をめぐって」（『成城国文学』昭60・4）にはマリイのなかに存在する「性的欲望を放肆する男性を生理的に拒絶する感性」の指摘がある。
＊16　実はマリイは心のどこかで予期し怯えてもいた。巨勢に「胸騒ぎて堪へがたければ」と洩らしてもいる。それは、不条理な世界を認識することによって自分のなかで何とか合理化しようとしたマリイが、逆に合理化しえない不条理そのものにぶつかってしまっていたからである。

付記　一葉が鷗外の作品に接したのは、この残花から借りた『水沫集』が最初ではなかったことは、この拙稿を発表した後の出原隆俊氏「《典拠》と《借用》――水揚げ・出奔・《孤児》物語」（『論集　樋口一葉』所収　平8・11、おうふう）や野口碩氏「鷗外と一葉の接点を探る」（『森鷗外論集　出会いの衝撃』所収　二〇〇一・一二、新典社）などに指摘がある通りである。それらをふまえて、拙著『樋口一葉　人と文学』（「日本の作家100人」二〇〇八・三、勉誠出版）のなかで、一葉初期の「暁月夜」（『都の花』明26・2）と鷗外「文つかひ」（明24・1、吉岡書籍店刊『新著百種』第一二号）の類縁などについて触れた。参照していただきたい。

お関の〈決心〉――「十三夜」試論

1　「十三夜」の幕開け

「十三夜」の幕開けは、当時の読者ことに女性の読者にとって、ある意味で新鮮な驚きを与えたのではないだろうか。嫁に行った女性が、自ら離婚を決意し、愛する子供も置いて実家に戻って来るところから始まるのである。明治という時代は、このこと自体に、大きな意味を見る時代ではなかったか。まして、この女性、主人公の原田阿関（以後「お関」とする）は、高等教育を受けたわけでもなく、十七歳の時、親に言われるままに嫁ぎ、子を産み育て、七年間の結婚生活を続けてきた、ごく普通の女性である。加えるに、彼女の夫は奏任官で、駿河台に邸を構える高級官吏。いわばお関は玉の輿に乗った女性であり、さらに幸運なことに第一子として跡取りの男児を産んでいる。こうした世俗的には恵まれた、といえる結婚生活を全て棄てて、独り離婚を決心したのである。当時の進歩的な女性読者であったならば、ひそかに拍手喝采をおくったかも知れない。

「十三夜」が掲載された『文芸倶楽部』明治二十八年第一巻第十二編（12月10日発刊）は臨時増刊号で、「閨秀小説」が特集されている。「はしがき」として中島歌子が二首和歌を寄せ、巻頭小説は田辺花圃「萩桔梗」。若松賤子の「わすれがたみ」が続き、三番目に「一葉女史」の「十三夜」が載っている。その他、北田薄氷、田澤稲舟、小金井喜美子、大塚楠緒など、当代「閨秀小説」家の作品十二編が並んでいる（このなかで、一葉は「なつ子」の署名で「やみ夜」が巻末に再掲載されており、二編同時掲載という光栄に浴している）。女性読者を大いに意識したこの特集号で、[*1]一葉は正面から離婚（すなわち結婚）の問題を俎上にのせたのである。当時の読者は、冒頭の、お関の離婚の決心に至った背景に、まずこの小説の最大のドラマを見たのではないだろうか。読者の関心はさらに、お関のこれからの運命にすなわちお関の決心が成就されるか否かという点に集まったのではないだろうか。その意味では、この小説は、お関の立場、お関の意識に寄りそって読まれることを基本的に要請しているところがある。それが「十三夜」の幕開けであった。

ところで、明治二十五年七月十三日発刊の『国民之友』第百六十号の巻頭には、「家庭の革命　人倫の恨事」と題する無署名の文章が載っている。筆者は湯浅初《はつ》、東京婦人矯風会のメンバーの一人で、徳富蘇峰・蘆花の姉である。湯浅はこの論文で、当時の社会問題であった離婚問題を取り上げ、夫側の一方的な追放離婚を甘んじて受けざるを得なかった妻の立場に「一定の保護を規定した[*2]」明治二十三年公布民法の速やかな施行を訴えている。

周知のように、明治二十三年の民法公布から、明治三十一年の施行まで、法曹界を始め論壇は〈家族〉〈家〉の捉え方をめぐって大きく揺れていた時期であった。明治二十八年発表の「十三夜」の背景には、国をあげての〈家〉についての大きな制度的選択がなされつつある時間が流れていたのである。その流れとは、〈家〉が法規定の上に明確に姿を現していく過程であった。[*3]

明治二十三年に公布された民法（いわゆる「旧民法」）は、公布後多くの論議を呼び、三年に亘る法典論争の結果、明治二十五年の第三議会は、その修正を行なうために明治二十六年施行予定を二十九年まで延期するという法案を可決する。実質的に施行に至ったのは明治三十一年であった。「家族の中心に夫婦をおき、一夫一婦制を家の基礎に据えること」という、開明主義的な近代家族観をまがりなりにもその基調に置いた、旧民法「第一草案」から、「旧慣の尊重を唱える修正意見の影響を受けて、大幅な退歩を強いられて[*4]」公布されたのが「旧民法」であった。公布後はさらに断行派と延期派に分かれての激しい議論が展開されていった。そして、結果的には穂積八束を中心

〈表1〉

年度	結婚	人員千に付結婚	離婚	人員千に付離婚	結婚一万に付離婚の数
明治十七年	二八七、八四二	七、六〇	一〇九、九〇五	二、九〇	三、八一八、人二四
同　十八年	二五九、四九七	六、八〇	一一三、五六五	二、九八	四、三三七、八一
同　十九年	三一五、三一一	八、一九	一一七、九六四	三、〇六	三、七四一、二一
同　二十年	三三四、一四九	八、五五	一一〇、八五九	二、八四	三、三一七、六五
同　廿一年	三三〇、二四六	八、三四	一〇九、一七五	二、七六	三、三〇五、八七
同　廿二年	三四〇、四四五	八、五〇	一〇七、四七八	二、六八	三、一五六、九八

（第十統計年鑑によりて調整す）

数字　統計中「結婚一万に付離婚の数」明治十八年の四、三三七、八一は四、三七六、三五、十九年の三、七四一、二一は三、七四一、二〇の誤りか。（『日本近代思想大系20　家と村』所収　数字についての注記は本書解題者による。）

とする延期派が勝利し、旧慣に則った家父長的家族制度を主軸に据えたものとなっていった。そんななかで湯浅の文章は、民間にあっての民法断行論の一翼を担うものであった。

ここで湯浅は、具体的な統計上の数字（別掲表1・2参照）を挙げて、「我邦」における近年の離婚多発の現状を憂えている。「欧米列国に於て最も離婚の頻繁なる、普魯西の都府伯林に於てすら、結婚一万に対する離婚五百三十三に過ぎず。之を我邦に於て結婚一万に対する離婚三千余に比すれば、我邦の彼に超過する実に六倍余の概数を見る」と指摘している。そして、こうした「過多なる離婚」の主たる原因は、「共諾の離婚にあらずして、追放の離

〈表2〉結婚一万に付離婚の比例

	自千八百六十七年至千八百七十八年平均	自千八百七十七年至千八百八十六年平均
英克倫（イングランド）	九	一九
蘇格蘭（スコットランド）	一六	二九
愛耳蘭（アイルランド）	一	二
英吉利（イギリス）平均	九	一八
仏蘭西（フランス）	七二	一二七
独逸（ドイツ）	一〇七	一五二
露西亜（ロシア）	一八	二二
波蘭（ポーランド）	四九	五五
澳地利（オーストリア）	七	一〇
匈牙利（ハンガリー）	―	六四
伊太利（イタリー）	三一	二四
丁抹（デンマーク）	三五三	四〇六
諾威（ノルウエー）	二四	三〇
瑞典（スウェーデン）	五六	七三
和蘭（オランダ）	五〇	九一
白耳義（ベルギー）	四〇	六九
羅馬尼（ルーマニア）	九九	一〇六
瑞西（スイス）	―	四六八
巴里（パリ）	二九七	三二二
伯林（ベルリン）	四二〇	五三三
維也納（ウィーン）	二一〇	二九〇
濠洲	―	三五
合衆国	三三〇	四四四
加那太（カナダ）	五	一二

（本表は千八百八十年巴里出板ベルチロン氏著結婚統計、其他諸氏の結婚統計に拠るものなり）

婚なり。男子が無理に女子を――その一旦終天偕老を誓ふたる女子を――駆逐する也」と夫側からの一方的な離婚成立の慣習を半ば制度的に認めていることにあるとする。それだけではなく、「現時婦人の最も苦痛を感ずる」ことは、「復た離婚の強迫にある也」という。「離婚の強迫とは何ぞ。曰く、何時にても男子がその意に満たざる時には（中略）勝手に離婚するの特権を使用するの威嚇と恐怖是れ也」と、結婚生活の日常性のなかで如何に妻が精神的にも不安定な立場に置かれているかを述べていく。そして、そうした現実認識に立った上で、湯浅は、婦人の「人類としての位地」「一個人として」の「識認」を要求し、民法の実施による一日も早い「保護」を与えることの必要性を説いたのであった。この『国民之友』に載った湯浅の文章は、「別に冊子として刊行」され、彼女が先頭に立って行なっていた家庭改良運動にも「利用」されたとのことである。*5

こうした湯浅の文章に見る離婚の実態と、その主張が当時にあって一定の意味を持っていたという現実とを考慮すると、先述の「十三夜」冒頭に描かれたお関の〈決心〉の意味を改めて小説の文脈のなかで問うてみたい衝動にかられる。少なくとも、冒頭、お関は身を起こして現実に抵抗する姿勢を見せているのである。近年の「十三夜」論では、（上）におけるお関の急激な「翻意」[*6]の説明を求めることに、ことに父親の説得の言葉のなかに、その論理を求めていく〈読み〉が目立っている。確かに結果的には、或いは現象的には、この冒頭に現れたお関の〈決心〉は、静かに、十三夜の月の光に照らされるなかでかき消され、お関は親の言うままに婚家へ戻っていく。小説は、お関に何一つとして変わらぬ苛酷な現実を突きつけて終っている。しかし、果して帰っていくお関が本当に「翻意」しているのか、ということも実は疑問である。[*7]この短い一編のなかで、そうした「翻意」の理由を具体的に求める読み方では、この小説の冒頭に示されたお関におけるもっとも劇的な出来事、離婚を決意して婚家先を出てくるという彼女の主体をかけた行為の内実を問うことを見失わせてしまうのではないか。この〈決心〉へのプロセス、すなわち「十三夜」の背後に厳然とあるお関の七年間の結婚生活の在りようも問いかえされないままになってしまう。「十三夜」という小説を、七年間の奥行きを背後に持つ立体的・空間的な世界として捉えるためには、お関の結婚の意味や、離婚の意味やを、彼女自身が抱えこんだ問題として一度問うてみる必要があるのではないか。本稿は、こうした発想から「十三夜」の余白を捉え直してみようとする試みである。

2　お関の〈決心〉

さて、「十三夜」の冒頭、原田家に嫁いだお関が離婚を決意して実家の斎藤家に帰ってくる場面。この場面でのお関の登場の仕方については、田中実氏に[*8]「彼女の内面が二極に分裂」しているさまを見事に提示しているという指摘がある。お関の〈決心〉の内実を探ろうとした数少ない〈読み〉の試みである。氏は、これまでの原田家における「地獄のような毎日」を経て、ようよう決意した離縁への意思と、にもかかわらず、一人息子を置いて来たことから起こる後髪を引かれる思い、すなわち決意をもっとも大きく揺り戻す母としての思いとに、お関は「引き裂かれ」「苦悶」しているという。こうした登場の仕方が象徴的に示しているように、お関は、やがて、両親の前で離婚の決心を口に出しながらも、その身体的表情には、言葉にならない苦悶が顕現されることになる。そして、その点を父親が見抜き、深い人生経験を持つ人間として、冷静に愛情深く諭すことによって、お関に原田家へ戻ることを促していく、と田中氏は捉えている。しかし、

彼女はあたかもあっけなく婚家に戻るかに見えるが、それは彼女の自我の脆弱性の問題にも斎藤の家固有の事情や父親の封建的な強制の問題にも還元して済むことでなく、お関自身が引き裂かれるかたちで登場し、実家に戻るという決心さえつきかねる苦悩のなかにいたことがその原因にまず挙げられよう。

という、田中氏の論理をつめていくと、(上)の末尾、婚家に戻るお関は、父親の言葉に自ら納得して帰っていくことになる。けれども、(上)末尾のこの部分を仔細に検討すると、必ずしもお関は納得してはいない。後に詳述するが、この場面のお関は、父親に追い立てられるようにして腰を上げる。お関の内面は、むしろより一層絶望している。お関が納得するためには、お関の前に新たな〈現実〉が見えてこなければならない。しかし、この時のお関には、少なくとも、原田の妻としてのお関には見えていない。実のところ、離縁を〈決心〉したお関にとっては、〈妻〉の問題、夫との関係こそが重要だったのである。ここでのお関は、再び「鬼」の夫の許へ「死んだ気」になって帰るだけである。

「十三夜」という作品の「オリジナリティ」として、「父と娘だけの黙劇」「父と娘の絆の深さ」、斎藤家の共同体

的愛の深さを見ていく田中氏の読み取りは独創性に満ちており、一面において正鵠を射ているかのようである。この斎藤家という（上）の空間を考えた時、押さえておかなければならない重要な側面であろう。おそらく、この小説の〈語り手〉も、斎藤家の人々もこの家族愛については、何一つ疑ってはいないだろう。お関が何のためらいもなく、婚家から戻っていく先として実家を選んだことからも知れる。したがって、田中氏が捉えた父親の「見抜い」たというお関の言葉にならない部分も、やはり父親の論理にしたがって捉えたお関の一面に過ぎない。それ以前のところで、お関のような女性が決意を表明したということの重さへの配慮は、明治の父にあっては必ずしも意識化されるものであったとは思われない。父親の説得の言葉が、お関の抱えた個別具体的な問題に対応しているというよりも、一般論に傾きがちなのもそのことを物語っている。父親の論理（多分に同時代の論理と重なってくるところのそれであり、お関がこれまで則って生きてきたところの論理）では届かないところ、あるいは父親の論理を一時的にせよ超えようとしたお関の〈決心〉の内実への考察が必要なのではないだろうか。これまでの「十三夜」論では、小説における父親の存在を、正負いずれの方向で捉えるにしろ、過大に評価していく余り、お関の内面への照明がなおざりになっていたのではないだろうか。むしろ、田中氏のいう「引き裂かれた」お関の内面の位相（ことに妻としての在り方）そのものの検討がなされるべきだろう。

そのことの検討に入る前に、再度「十三夜」の冒頭を見てみよう。お関の〈決心〉が、いかに冷静かつ強固なものであったか、そして一時の激情にかられてのものではなかった（というより機会を窺っていた節さえ感じられるものであった）かがよくわかる。

お関は、「辻より飛のりの車」を降りて後、実家の玄関の格子戸の外に佇んだまま、なかなか家内へ入ろうとはしない。お関の逡巡の度合は確かに大きいともいえよう。しかし、なかから聞えてくる父親の高声、「いはゞ私も福人の一人、いづれも柔順しい子供を持つて育てるに手は懸らず人には褒められる、分外の欲さへ渇かねば此上に望みもなし、やれ〳〵有難い事」という言葉に応える形で、お関はここでも冷静に思案する。「戻れば太郎の母と言はれて何時〳〵までも原田の奥様」、「御両親に奏任の聟がある身と自慢させ」、「私さへ身を節倹れば時たまはお口に合ふ物お小遣ひも差あげられる」と、この結婚を継続させることのメリットを考え、「太郎には継母の憂き目を見せ」「今更にお老人を驚かして是れまでの喜びを水の泡にさせ」「御両親には今までの自慢の鼻にはかに低くさせ」「人の思はく」「弟の行く末」「出世の真も止めずはならず」と、離縁に伴うデメリットを考える。要するに、お関は、ここで「寧そ話さずに戻らうか」「戻らうか、戻らうか、あの鬼のやうな我良人のもとに戻らうか」と何度も自分に呼びかけることによって、最後の念押しをしているのである。しかしそうした念押しも冷静な判断も、「ゑゝ厭や厭や」と次の瞬間、激しく「身をふるは」せて嫌悪するのである。お関にとって、「鬼」でしかない良人への拒絶反応がいかに激しいものであったかがここに窺える。

この冒頭に描かれたお関の内言を見ると、後に父親の説得の言葉のなかで語られる事柄は、軽重の差こそあれ、既に冷静に整理し尽くされているのであり、このことは注目に価する。ただ斎藤家の経済的基盤が原田の恩恵の上に成り立っているという認識はお関のなかにはなかった。自分が原田に嫁いだことによって実家にもたらされる物質的恩恵は、たかだか「私さへ身を節倹れば時たまはお口に合ふ物お小遣ひも差あげられる」といった程度に考えていたのであり、もし、先述の実家の経済への認識があったのなら、お関は戻ってこられなかったかもしれない。その意味では高田知波氏の指摘[*9]は正しいともいえよう。しかし、ここで見ておきたいのは、お関の判断の働かせ方である。お関は自分の〈決心〉が周囲へもたらす影響についてはさまざまな角度から冷静に捉えようとしている。けれども、〈決心〉それ自体については微塵も揺らぐことなく、そうした冷静な判断を否定し続けていたのである。「太郎と言ふ子もある身にて置いて駆け出して来るまでには種々思案もし尽し」、「千度も百度も考え直し」たのは、離婚の結果もたらされる事態についてであって、「二年も三年も泣尽し」たお関の結論は夫のもとを去ることしかなかった。その強固な結論を秘めつつ、離婚に伴うマイナス要因を見極めていたのがこの間のお関だったのではないか。そして、そうした〈決心〉を鈍らす冷静な判断を一つ一つ斥けながら、結局「思ふまゝを通して」「此身一つの心から」、〈決心〉を行動に移したのである。その内実は、自分を抑圧する夫への激しい拒絶であった。「一昨日より家へとては帰ら」ない夫の留守に出てきたという言葉からは、機会を見た上での計画的な行動とも受けとれる。

十七歳で、原田に見染められ親の言うままに嫁いだ「温順しい」お関、自分の意思などあることすら考えずに過ごしていた幼いお関が、この七年の間に彼女なりに、考えに考えつくして帰ってきたことは確かである。それは親の決めた結婚を否定することでもあった。後に、お関自身によって、このことは「我まゝ」と相対化される。しかし、少なくとも自分の思いを通そうとする女性にまで変貌してきたところからこの小説は始まるのである。その意味でも、「十三夜」の背後にある七年間は、まずお関に即して読まれなければならない。

ところで、この冒頭のお関の心中思惟のなかには「何の顔さげて離縁状もらふて下されと言はれた物か」という箇所がある。「妻からの離縁状は、父兄または親族の長老を通して要求するのが一般」（「樋口一葉「十三夜」を読む（上）」季刊『文学』一九九〇冬）だった当時にあって、お関は父の同意がなければ離縁はできない。清水の舞台から飛び降りるような気持ちで実家に戻ってきたお関には、その自分の〈決心〉を、父親に理解してもらわなければならないという、もう一つのハードルが控えていた。

「私は今宵限り原田へ帰らぬ決心で出て参つた」「勇が許しで参つたのでなく」「太郎を寝かしつけて、最早あの顔を見ぬ決心で出て参りました」と、お関は夫の〈許し〉ではなく自分の意思で決めたことと強調しながらも、「今日といふ今日どうでも離縁を貰ふて頂かうと決心の臍をかためました。何うぞ御願ひで御座ります離縁の状を取つて下され」と、最終的な決断は父親にゆだねるしかない立場であった。実のところ、父親の言葉に納得しようがしまいが、お関にとって父の結論は全てであった。

3　〈妻〉としてのお関

この七年間のお関の結婚生活のありようは、お関の口から切々と語られる。お関の訴えのリアリティは、当時の読者ことに女性読者にはおそらく微塵も疑われるものではなかったと思われる。多く共感をもって受けとめられたのではないか。なぜなら、ここで語られる〈忍従の妻〉のイメージは、同時代の他の小説[*10]のなかで描かれたような、通俗的・一般的な妻の像と、いか程の距離もないものだから。けれども、他の多くの結婚・離婚を扱った小説と「十三夜」との相違は、その妻としての辛い忍従の生活が、妻自身の口から語られるものとしてしか小説のなかに現れてこないという点にある。夫の暴虐を描き出すことも或いは夫からの相対化の眼も、この「十三夜」では必要とされていない。そのことが物語るものは、「十三夜」では、この七年間のお関自身のありようが、その彼女の言説自体から問われる、という形になっていることである。語り手は、多く、このお関の訴えに共感を示しながらも、なお、お関の生のありようを厳しく見つめている。

その訴えの言葉から窺える、〈妻・お関〉は、夫に対して一切の口応えをせず、甘んじて夫の罵詈雑言を受け、夫の無法な行為にもひたすら忍従していたというものである。お関はそうすることが、妻のあるべき態度であり、そうしなければ妻としての本分は果たせず離婚の理由になると思い込んでいた。つまり、『女大学』風の伝統的徳義でもって、落度のないように妻としての自分を律していたのがこの七年間のお関であった。お関の言い分から妻としての彼女のあり方を探ってみよう。

○物言ふは用事のある時慳貪に申つけられるばかり、朝起まして機嫌をきけば不図脇を向ひて庭の草花を態とら

しき褒め詞、是にも腹はたてども良人の遊ばす事なれば我慢して私は何も言葉あらそひした事も御座んせぬ
○よしや良人が芸者狂ひなさらうとも、囲い者して御置きなさらうとも其様な事に悋気する私でもなく（中略）
男の身のそれ位はありうちと他處行には衣類にも気をつけて気に逆らはぬやう心がけて居りまするに
○御自分の口から出てゆけとは仰しやりませぬけれど私が此様な意久地なしで太郎の可愛さに気が引かれ、何うでも御詞に異背せず唯々と御小言を聞いて居りますれば（中略）左うかと言つて少しなりとも私の言條を立てゝ負けぬ気に御返事をしましたら夫を取てに出てゆけと言はれるは必定（中略）離縁されたからとて夢さら残りをしいとは思ひませぬけれど、何にも知らぬ彼の太郎が、片親に成るかと思ひまするとと意地もなく我慢もなく、詫て機嫌を取つて、何でも無い事に恐れ入つて、今日までも物言はず辛棒して居りました、

ここでお関は、これまでいかに自分の「意地」や「我慢」（ここでは、意地っぱり、強情の意。前掲季刊『文学』注釈＝我意を出すこと）を抑えていたかを必死になって訴えている。「私の言條を立てゝ負けぬ気に御返事をしましたら」と仮定のこととしながら、「夫《それ》を取つてに出てゆけと言はれるは必定」と、貝原益軒らの著した『女大学』の「七去」[*11]の一つにあたる「多言なこと」は、あえて避けていたことを洩らす（その他、「七去」のうちの「従順なこと」「嫉妬しないこと」など、妻としてあるべき本分を、お関はかたくなに守っている）。これまで、自分の感情を表に出したり、自分の主張をしたり、意地を通したり、といった行動を起こすことを、お関は頭の中では考えながらも抑えてきたというのである。その理由は明白で、息子の太郎のためであり、太郎を守り育てるために、離縁の根拠を夫に与えないように努めてきたというのである。母としてのお関の強さが窺えるところである。

言ってみれば、この七年間のお関は、太郎を守り育てるためにだけ、忍従に忍従を重ねて生きてきたといえる。その間に乳飲み子であった太郎は六歳にまで成長している。

○本当に悪戯ばかりつのりまして聞わけとては少しもなく、外へ出れば跡を追ひまするし、家内に居れば私の傍ばつかり覗ふて、ほんに〳〵手が懸つて成ませぬ

○今頃は目を覚して母さん母さんと婢女どもを迷惑がらせ、煎餅やおこしの哆しも利かで、皆々手を引いて鬼に喰はすと威かしてゞも居やう、(お関の内言)

○まだ私の手より外誰れの守りでも承諾せぬほどの彼の子

こうした太郎への思いを語るお関の言葉からは、母子の密着した生活振りが窺える。お関が、人の手を借りず手塩にかけて育ててきた太郎は、家を留守にしがちな父親から直接的な愛を受けることもなく、母親以外には懐こうともしないという。「鬼に成つて」置いてきたというものの、離れていてもお関には太郎の現在が手に取るようにわかる。こうした母としてのお関が自ら離縁を決意するに至るまでには相当距離があるように思われる。が、またその反面、この間、いかに自らの「意地」や「我慢」やを押さえつけてきたかが強く窺えるのである。逆に言えば、お関は、太郎の成長を待って、離縁の〈決心〉をしたともいえる。

お関にとって、最も耐え難かったのは、夫から、「蔑み」「嘲」りの込められた言葉の数々を投げかけられること、いわば言葉の暴力であった。「召使の前にて散々と私が身の不器用不作法を御並べなされ」「二言目には教育のない身、教育のない身と御蔑みなさる」「箸の上げ下しに家の内の楽しくないは妻が仕方が悪るいからだと仰しやる」「いはゞ太郎の乳母として置いて遣はすのと嘲つて仰しやる斗」。こうした夫の言葉に対して、お関はお関なりに反論の言葉を持っていたようである。「出来ずは人知れず習はせて下さつても済むべき筈」「召使いの婢女どもに顔の見られるやうな事なさらずとも宜かりさうなもの」「夫れも何ういふ事が悪い、此處が面白くないと言ひ聞かして下さる様ならば宜けれど」と、お関は夫に対する批判的な言葉を両親の前で一気に口にする。それは、太郎のため

に自分の言葉をあえて飲み込み、ひたすら〈忍従の妻〉として過ごしたお関が、必死に自分を取り戻そうとしているかのようである。離縁の〈決心〉がそれなりにお関にとっての人間性の回復をかけての行動であったことが窺える。

しかし、子供を養育するためだったとはいえ、これまで夫から離縁を言いわたされることはひたすら拒み続けながら、[*12] 自ら離縁状を貰ってくれと言い出すお関のありようが物語るものは、お関を内側から縛る徳義の重さと、徳義を守ることに対するお関の疑いのなさである。お関は、自分の内なる声を抑圧して、あるべき妻の本分を尽くそう尽くそうとするゆえに、より一層自らを抑圧し袋小路に入ってしまったのである。そして、力つきた挙句にそこからの脱出を願うようになったのではないか。あれほどお関の日々の支えとなっていた、太郎を育てるという名分を捨てての〈決心〉には、自らの人間性の回復と同時に、一面で辛い現実からの逃避の影がちらつく。

一方お関の夫、原田勇についての情報は、この小説のなかでは、お関や彼女の両親の語る言葉から類推して得るしかない。「彼の通り物の道理を心得た、利発の人」「随分学者でもある」「世間に褒め物の敏腕家」「彼れほどの良人」（父親の言葉）「彼れほど働きのある御方」「名のみ立派の原田勇」（お関の言葉）というように、原田は奏任官として一方で社会的評価を得ていることは確かであろう。お関との結婚生活は、夫婦と長男の太郎と三人で、駿河台の屋敷で営まれており、現代風にいえば核家族である。当時としては新しい「家」の形がある。お関との結婚のいきさつは、猿楽町に住むお関を通りすがりに見染めて、「何も舅姑のやかましいが有るでは無し、我が欲しくて我が貰ふに身分も何も言ふ事はない」と強引に取り決めた、というものである。こうした原田には、自分の思い通りにことを押し通すといった「恐ろしい我まゝ物」（父親の言葉）の側面も見られる一方、身分や家柄といった条件や、結婚という制度にまつわる煩瑣な手続き、習俗習慣などといったものとは無縁の、豪放磊落さも感じられる。「何も舅姑のやかましいが有るでは無し」という言葉からは、原田が新しい形の〈家〉を想定していたということだけではなく、地方出身の上京青年であったことが窺える。お関の訴えのなかに、妻を「教育のない身」とくり返し軽蔑する夫・原田が出てくるが、そのことから逆に原田が「教育」を受けることによって、今の地位にまで出世してきた人間であったことを想わせもする。少なくとも、原田は、「教育」というものに、それなりの価値を置いている人間であることは確かであろう。原田のなかには開明主義的な価値観がのぞいているようである。

　お関の言葉のなかには、「身の不器用不作法を御並べなさ」る、「家の内の楽しくないは妻が仕方が悪るいからだ」「詰らぬくだらぬ、解らぬ奴、とても相談の相手にはならぬ」「張も意気地もない愚うたらの奴、それからして気に入らぬ」といった、原田のお関に対する不満の声が垣間見られる。ここから窺えるのは、原田が原田なりに理想とする妻のイメージを持っていたということであり、そのことと現実とのギャップから不満が発せられるということである。お関がこれまで必死に自分を押し込めようと努力してきたあるべき妻の像、『女大学』風の良き妻のイメージと、原田の考えている、相談相手としての妻、機転をきかせて明るい家庭を創っていく妻のイメージとは、現実生活のなかで大きな距離があった、ともいえる。[*13] 夫の言に逆らわぬようにとひたすら自分を失くして忍従してきたお関は、原田の眼から見た時、自分の意思や感情を持たない〈旧い妻〉としか映らなかったのかもしれない。

　お関の語る原田像は決してこの七年間一様であったわけではなく、時間的推移のなかで微妙に変貌していったことが窺える。「嫁入つて丁度半年ばかりの間は関や関やと下へも置かぬやうにして下さつたけれど、あの子が出来てからと言ふ物は丸で御人が変りまして」という結婚後半年余り経った頃からの変貌が最も大きかったようである。しかし、その後、お関に対する「蔑み」「嘲」りの言葉を「散々と」「並べ」たて、「二言目には」、「箸の上げ下しに」不満を言っていた（この間、原田は原田なりにお関を理想の妻に近づけようと努めていたようでもある）時期が過ぎると、ろくに口もきかなくなったようである。「良人は一昨日より家へとては帰られませぬ、五日六日と家を明けるは平常の事、左のみ珍らしいとは思ひませぬけれど」、「何といふ事で御座りませう一年三百六十五日物いふ事も無く、稀々言はれるは此様な情ない詞をかけられて」という近況を語る言葉のなかに、夫が家を留守にし勝ちになったことや、会話も皆無となった昨今の日常性やが現れている。自分の身分にものを言わせて、十七歳のお関を無理やり妻にし、約束を違えてその稚い妻の教育も怠った原田が、理想と違う、妻に飽きた、といっていじめたてることは当然責められるべきことである。しかし、この間の原田の変貌が時間的推移のなかで、すなわちお関との関係のなかで見られるということは注意しておく必要がある。

夫の最初の変貌に対して、「丸で御人が変わりまして、思ひ出しても恐ろしう御座ります、私はくら暗の谷へ突落され」たと嘆くだけのお関に、この時の夫の変貌の理由などわかるわけもなかった。それから以後のお関は、夫をただ「鬼」として捉え、恐れおののいて暮らしてきただけであった。それまでの「関や関やと下へも置かぬやうにして下さつた」優しい夫は、まさにお関にとって理解の及ばない他者として迫ってきたのである。[*14]お関は、その他者としての夫を受け容れることはもとより、向き合うことすらできず、射すくめられ、ひたすら自らの信じる〈妻〉を演じてきただけであった。

さて、こうした内からと外からとの抑圧の日々からの脱出を試みたお関が、その行為に対して、「思ふまゝを通して」「我身一つの心から」とか、「我まゝ」とか、自省的なニュアンスをこめた言葉を使って捉えている限りは、実はこれまで自分を律してきた徳義自体への懐疑は毛頭ないことが露呈してくる。当時の妻たちにはめられた枠として当然のものだったわけで、この点はお関の父親においても同様で、父はお関に再度忍従の妻の道を歩くことを説く。そして、それを親の「慈悲」とする語り手も恐らく根底から疑っていたようには思われない。しかし、これまで見てきたように「十三夜」のお関の妻としての訴えを相対化した時、明治という時代のなかで、多くの妻たちのあるべき姿として機能していた、前近代的な徳義が、既に有効性を持たなくなってきているさまを結果的に描き出していることは確かである。まして、奏任官という、近代化を促進する機構のなかで働く役人である原田を夫に持つお関には、伝統的な妻の務めといった枠を越えたものを要求されたのではないだろうか。

いずれにしろ「十三夜」の文脈のなかでお関の妻としてのありようを捉えた時、お関の「不運」を招いた要因はお関自身にもあったことがわかる。[*15] お関にとって必要なことは、他者としての夫と真に向き合うことであり、他者である夫の眼に映る自分の姿を見つめることであった。

4 父の〈慈悲〉／お関の〈涙〉

娘の突然の離縁の申し出に対して、父親の反応が母親に較べて冷静沈着であったということは、大方の指摘する通りである。しかし、その冷静さがどういう形で働いているかについては、また、父の娘への説得の内実については、さまざまな読みとりがあり、評価は分かれるようである。ここでも、この点について、ひとまず検討してみよう。その上で、お関の、父への対応について考えてみたい。

娘の訴えを聞いた後の母親の激昂をたしなめるように口を開いた父親は、「阿関の事なれば並大底で此様な事言ひ出しさうにもなく、よく〳〵愁らさに出て来たと見えるが」と、娘の「愁らさ」に同情の意を表わす。しかし、こうしたお関に対する感情的傾斜を示す言葉を、以後、父は極力洩らさないように努めている。無論、父親のなかに娘への愛情がなかったわけではない、「父は歎息して、無理は無い、居愁らくもあらう」「斯く形よく生れたる身の不幸、不相応の縁につながれて幾らの苦労をさする事と哀れさの増れども」と、心のうちでは、お関の「愁らさ」を推し量る気持ちが渦巻いている。この結婚を決めた自分への忸怩たる思いもある。それらを全て飲み込んで、父親は、娘のため、〈家〉のため、最善の選択と信じて現実的な対応を示していく。

こうした意識的かつ冷静な対応の仕方の末に、父の「お前が口に出さんとても親も察しる弟も察しる、涙は各自に分て泣かうぞ」という言葉が思わず再び洩らされるのであり、「目を拭い」「咳払ひの是もうるめる声成し」と語り手によって示される父の姿があるのである。父のくだした選択が、お関の現実にとって厳しいものであったとしても、それによって、父の愛情が疑われるわけでもなく、また〈家〉のために娘を「売りわたし」[*16]たというのも当たらない。しかし、父の説得の言葉が、お関の〈現実〉に、的確に届いていたかどうかは疑問である。父は、お関の「不運」の内実をそれなりに「汲み取り」、「愁らさ」を十分噛みしめている。けれども、お関の抱えている問題は、実のところ明治の父には見えないものであったようである。父が優先させるものは、やはり〈家〉の論理であった。

「して今夜は聟どのは不在か、何か改たまつての事件でもあつてか、いよ〳〵離縁するとでも言はれて来たのか」と、父親はまず現実的な状況を「落ちついて問ふ」ことから始める。この言葉には既に、「今まで通りつゝしんで世を送つて呉れ」という結論が用意されている。状況が許すならば、この娘のたてた「波風」を収めたい、「事あら立」てたくないという思いが込められている。「先刻より腕ぐみして目を閉ぢて」「何うした物かと思案にくれ」て娘の話を聞いていた父親の出した結論は、このあと微塵も動かない。小説の冒頭、

いはゞ私も福人の一人、いづれも柔順しい子供を持つて育てるに手は懸からず人には褒められる、分外の欲さへ渇かねば此上に望みもなし、やれ〳〵有難い事

と、二人の子供の成長を見届けた親の安堵の気持が提示されている。今や隠居の身である父にとっては、余程のことがない限り、我が子の人生の軌道修正は認められない。

お関は、父の問いに答えるなかで、再び「最う何うでも勇の傍に居る事は出来ませぬ」「私はもう今宵かぎり何

うしても帰る事は致しませぬ」と強い調子で訴える。この時、語り手は、「断つても断てぬ子の可憐さに、奇麗に言へども詞はふるへぬ」と、言葉を裏切る形で表出されてくるお関の身体的表情、すなわち母性の強さを捉えていく。しかし、このお関の声に現れた身体的表情を、必ずしも父親が十分意識化して受けとめていたわけではない。この時、「父は歎息して、無理は無い、居愁らくもあらう、困つた中に成つたものよ」とお関の言葉を受けとめつつ、「暫時阿関の顔を眺めしが」と視覚によって娘を捉えようとする。「大丸髷に金輪の根を巻き」「黒縮緬の羽織」といった「いつしか調ふ奥様風」の娘の姿形を眺めながら、父親が独り胸中深く確認することは、娘の結婚を「百年の運」とする思いである。

太郎といふ子もあるものなり、一端《ママ》の怒りに百年の運を取はづして、人には笑はれものとなり、身はいにしへの斎藤主計が娘に戻らば、泣くとも笑ふとも再度原田太郎が母とは呼ばるゝ事成るべきにもあらず、良人に未練は残さずとも我が子の愛の断ちがたくは離れていよ〳〵物をも思ふべく、今の苦労を恋しがる心も出づべし、

お関の父親が、娘の結婚を「百年の運」と捉えていくには、単にお関が奏任官・原田勇の妻となったというだけではなく、お関が太郎という原田家の跡取りを産んでいるということが大きい。やがて、太郎が原田家の家長となっていく将来を見越してのことである。斎藤家の戸主の位置から隠居し[*17]、長男の亥之助が戸主となる日も近いことを知る主計にとっては見やすい未来であった。いや既に斎藤家の経済的基盤は、実質的には亥之助によって支えられている。父が「今まで通りつゝしんで」と、このお関の立てた「波風」をなんとか収めようとする方向でさまざまに説得していくのは、自分自身には、斎藤家の今の生活をすら、維持していく力が失われていることを知ってのことからかも知れない。主計にとって守るべきものは、第一に原田太郎、斎藤亥之助という次の世代の〈家長〉に

他ならなかった。〈家〉の存続と繁栄という長い視野で眺めた時、父にはお関の〈決心〉は「一端《ママ》の怒り」にしか見えなかった。こうした論理は、父のなかでかなり強固に存在したのではないだろうか。前掲引用部分の「良人に未練は残さずとも我が子の愛の断ちがたくは」という、語り手が捉えたことに重なる、お関の母性に即したところで察した心情は、「今の苦労を恋しがる心も出づべし」と続き、自らの論理（「百年の運」のために「今」を耐えろという論理）を補強する形で取りこまれていくのである。父と娘が、同じ「原田太郎の母」に重い現実を見ていくにしても、そして、その点で父娘が了解する接点を形成していくにしても、その中味は微妙にずれている。

父親は娘にさまざまな言説で説得しているように見える。しかし、そうした言葉のはしばしに挟まれているのが「不相応の縁」ゆえという一貫した論理である。「身分が釣合はねば思ふ事も自然違ふて」、「彼れほどの良人を持つ身のつとめ」「格が違ふ」、「是れほどの身がらの相違もある事なれば人一倍の苦もある道理」と、身分違いの結婚のもたらす幸と不幸との必然をくり返し説いていくのである。そして、「やかましくもあらう六づかしくもあらう夫を機嫌の好い様にとゝのへて行くが妻の役」「今日までの辛棒がなるほどならば、是れから後とて出来ぬ事はあるまじ」「何事も胸に納めて、知らぬ顔に今夜は帰つて、今まで通りつゝしんで世を送つて呉れ」と、これまで通りの忍耐が最良の選択であることを諄々と説き聞かせていく。これらの言葉が、単なる説得のためにする言葉ではないことは、お関が離縁を申し出る前にも次のような言葉を告げていることから知られる。

> 嫁入つては原田の奥方ではないか、勇さんの気に入る様にして家の内を納めてさへ行けば何の子細は無い、骨が折れるからとて夫れ丈の運のある身ならば堪へられぬ事は無い筈

父の説く、努めるべき〈妻の本分〉と「運」のあるお関の結婚、という論理はここにも顕現されている。しかし、

ここで取り違えてはいけないのは、父親は、お関に斎藤家の犠牲になれといっているのではないことである。あくまでも、やがて孫の太郎が家督を相続していく原田の〈家〉を思ってのことであり、「原田太郎の母」としてのお関をかけがえのないものとして、忍従を説くのである。確かに「亥之が昨今の月給に有ついたも必竟は原田さんの口入れではなからうか、七光どころか十光もして間接ながらの恩を着ぬとは言はれぬに」というように、父親が、亥之助の就職及び昇給に関して、原田に対して必要以上の「恩」を感じていることは事実である。

あれ（亥之助―筆者注）もお前お蔭さまで此間は昇給させて頂いたし、課長様が可愛がつて下さるので何れ位心丈夫であらう、是れと言ふも矢張原田さんの縁引が有るからだとて宅では毎日いひ暮して居ます

という母親の言葉にも知られる。実際に、どれほど原田の力が亥之助の昇給に関与しているのか、また、亥之助の給与がどれほど斎藤家の経済を豊かにしたのかは、知る術もないが、斎藤家の両親が、背後にある「間接ながら」の原田の威光を恩に着ていることは確かである。しかし、「恩」を感じるということは、それゆえの負い目も背負っている、ということでもある。そして、これまでの斎藤家の暮しぶりから見た時、両親にとって決して本意とするものでないことも想像に難くない。おそらく、亥之助が就職するまでは、斎藤の両親は、原田の援助は何一つ受けていなかったと思われる。そのことは、両親の意識のなかで潔癖なまでに、原田の家から相対的に独立して存在する斎藤家に固執することからも窺える。*18

大威張に出這入しても差つかへは無けれど、彼方が立派にやつて居るに、此方が此通りつまらぬ活計をして居れば、御前の縁にすがつて聟の助力を受けもするかと他人様の處思が口惜しく、痩せ我慢では無けれど交際だ

けは御身分相応に尽して、平生は逢いたい娘の顔も見ずに居まする

斎藤家の姿勢は、この母親の言葉に端的に示されている。「つまらぬ活計」「里方が此様な身柄では」「重箱からしてお恥かしい」「賤しき身分」と、貧しい斎藤の家を恥入る気持ちはあっても、娘の婚家先の世話にはならない、嫁いだ娘に肩身の狭い思いや迷惑はかけたくないという意識が強く働いている。それは、「嫁に行つた身が実家の親の貢をするなどゝ思ひも寄らぬこと」「仮にも言ふてはならぬ」と激しくお関の言葉を遮る父の姿勢にも明らかである。

「猿楽町を離れたのは今で五年の前」と、お関が太郎を出産した前後の時期に、斎藤の家が猿楽町から上野新坂下へ引っ越した理由は明らかではない。先行論文の解釈としては概ね、「どう見てもこの転居が斎藤家の経済状態の向上を意味しているとは考えがたく[*19]」「斎藤家のさらなる困窮を暗示するか[*20]」というように経済上の問題として捉えられている。しかし、孫が産まれた時期に、住み慣れた土地を離れた最も大きな理由は、娘の婚家先から遠のいたということではないか。駿河台と猿楽町とは目と鼻の先、通りすがりに原田がお関を見染めたのもそのためである。「孫なり子なりの顔の見たいは当然なれど、余りうるさく出入りをしてはと控へられて、ほんに御門の前を通る事はありとも木綿着物に毛繻子の洋傘さした時には見すくお二階の簾を見ながら、吁お関は何をして居る事かと思ひやるばかり行過ぎて仕舞まする」というように、原田家とは不釣合いの斎藤家の「活計」を恥じ、嫁入りして、子まで成した娘に肩身の狭い思いをさせまいと、近所からさりげなく遠ざかったように思われる。身を詰めるようにして、娘の幸せを祈ってひっそりと暮らしていたのが、この七年間の斎藤家の人々であった。

さて、「原田の妻」「太郎の母」であることをかけがえのないこととし、「今まで通りつゝしんで世を送つて呉れ」、これが終始一貫して父親が娘に説いた願いであった。厳しくいえば、「今の苦労」「人一倍の苦」を耐えろ、

「大泣きに泣け」という言葉であった。それに対するお関の対応の仕方は、表面的には父親の言葉への全面的な屈服であった。離縁を考えたのは、「我まゝ」であり、「唯目の前の苦をのがれた」いだけのこと、「つまらぬ事」「嫌やな事」を聞かせてしまったと後悔の念を示し、手の平を返したように自らの〈決心〉を相対化してしまう。そして、これからの具体的な生き方として、「私さへ死んだ気にならば」「今宵限り関はなくなつて」と、自らの精神的な〈死〉を語っていく。「今まで通り」生きていってくれという父の言葉は、お関にとっては、実は〈死ね〉というに等しいものであったことがわかる。やはり、この間の父と娘との了解の仕方には相当距離があるようである。

確かに父の説得のなかの「太郎といふ子もあるものを」という言葉は、お関の身体に備わった強い母性によって受けとめられていく。[*21]「成程太郎に別れて顔も見られぬ様にならば此世に居たとて甲斐もないものを」「兎もあれ彼の子も両親の手で育てられまする」「魂一つが彼の子の身を守る」と母としてのお関は応えていく他ない。しかし、お関はまた、そのために自らの精神的な〈死〉を口にしていくのである。ここには、〈原田の妻〉を放棄したままのお関がいる。「死んだ気」になってという言葉は、まさに「鬼」の許へ再度帰るための「覚悟」のことばに他ならない。「良人のつらく当る位百年も辛棒出来さうな事」と自分に言い聞かせるお関にとって、前に横たわる現実は余りに重い。父の捉える「百年の運」との隔たりは大きい。

「合点が行つたら兎も角も帰れ、主人の留守に断なしの外出、これを咎められるとも申訳の詞は有るまじ」「先づ今夜は帰つて呉れ」と、父親はお関のたてた「波風」の発覚を恐れて「手を取つて引出すよう」に追い立てる。この時、語り手は「事あら立じの親の慈悲」と、父親なりの論理に基づく、娘のためを思っての処置を確認していく。しかし、「これまでの身と覚悟して」と、その時のお関の対応を語る語り手は、親の論理とお関のそれとの距離を明確に見ているようである。「最う何も言ひませぬ」「私は何も思ふ事は御座んせぬ」「不了簡など出すやうな事はしませぬ」と自らの言葉を再び封じ込めていくことを親の前に誓うお関の言葉は、親を安心させるための言葉であって、その内実は、納得も新たな生の選択もしていないことを示している。実家に帰ってくることによって、お関は結果的に自らの〈決心〉を封じ込めていくことになるのである。「是非なさゝうに立あが」り、「温順しく挨拶して」「涙をかくして」帰っていくお関を、語り手は「哀れ」と同情をこめて見送っていく。

前章でも述べたように、「十三夜」という小説は、それまでの女性の生き方を律していた、伝統的な徳義が既に明治という「近代」の時間のなかで有効性を持たなくなっているさまを結果的に描き出している。そして、そのことが最も端的に示されているのが（上）の末尾の語り手の視線なのではないだろうか。娘のためにこれまで通りの忍従を説くしかない父親と、再び忍従の妻の生活を「死んだ気」になって務めていかなければならないと思う娘と、ここでの語り手は、親と娘と両者それぞれが抱えた辛い思いを見つめつつ、引き裂かれているのである。いずれにしろ、ここに描かれた、あたかも父の説得の言葉に「翻意」したかのように、婚家へと帰っていくお関の内面を考えた時、冒頭の激しい夫への拒絶から離縁を決意してきた時点のお関と、何一つ変わっていない姿が顕現されてしまっている。原田の妻としてのお関の課題は依然として残されたままである。

5　録之助との出会い——（下）の意味するもの

婚家への帰宅を急ぐためにお関がとび乗った車の車夫が、「いかにしたるか」「轅を止めて」、「代は入りませぬからお下りなすつてと突然に」言い出すところから（下）は始まる。余りに思いがけない事態に驚くお関に対して、この車夫は、「最う引くのが厭やに成つた」「何うでも厭やに成つた」と投げ出すように言うだけで、凄まじいばかりの自暴自棄の姿を露呈する。この男が、他ならないお関の幼馴染み、一度は結婚も考えた初恋の人・高坂録之助であった。しかし、この冒頭に描かれた捨鉢な世捨人といった男、お関から見て、「知らぬ他人の車夫《くるまや》さん」のイメージは、その後かつての思い人と知って、二人が親しく言葉を交わすなかでも、お関のなかで一度も崩れることはなかった。一見、この十三夜の一夜の邂逅が、お互いにとって失われた時間を懐かしく思い出し、つかの間〈過去〉を共有しているかに見えて、二人の現在は完全にすれ違っていく。その在りようを見事に描き出したのが（下）である。ここを、お関の意識に即して読んでみると、お関にとっての始めての〈他者〉の発見があったことがわかる。そして、ここにこそ、（下）において、お関に録之助を出会わせた、最も大きな意味がある。

　月明りに、車夫が幼馴染みの高坂録之助と気づくお関。この気づき方、思い出し方も、お関がなかなかそれと自信を持って言えない様子がよく現れている。お関は、「あの顔が誰れやらで有つた」「誰れやらに似て居る」と思いながら、その名前を自分から口に出すことができない。「もしやお前さんは」と声をかけて、「振あふぐ男」の顔を見て、車から思わず降りるお関は、それと確信したかに見えて、なおその名前を呼ぶことができず、「男」を「つくづく打まも」ってしまう。車夫の方から先に「貴嬢は斎藤の阿関さん」と呼ばれることになる。[*22] そして、ひたすら今の「身を恥」る録之助を前に、改めてお関は、「頭の先より爪先まで眺め」てしまうのである。このことは、いかにお関が自分の見知っていた録之助と、眼の前にいる「男」と一致して捉えることが困難であったかを物語っている。この突然の再会の場面は、お関のその戸惑いの大きさ、認識上の落差の大きさを明確に示している。録之助は、まさにお関にとって、理解の及ばない他者として現れたのであった。

　「唯た今の先までも知らぬ他人の車夫さん」とお関自身がいうように、お関は、あの録之助とわかった後も、なかなか信じられないでいる。眼の前の「男」が「他人の車夫さん」[*23]としか思えず、その差を埋めることに必死になる。続く場面で、お関の方がしきりに録之助に問いかけ、「一方的に」情報を得ようとするのはそのためである。

　「よく其か弱い身に障りもしませぬか」「気の優しい方なれば、此様な六づかしい世に何のやうの世渡りをしてお出にならうか」と、「か弱い身」「気の優しい方」といったこれまで持っていた自分のなかの録之助に関する認識と、車夫をしている眼の前の録之助に対するそれとのギャップを埋めようと、「我が身のほども忘れて問いか」ける。しかし、「男は流れる汗を手拭にぬぐふて」「男はうす淋しき顔に笑みを浮べて」と語られていくように、お関の眼にはどうしても、眼の前に居る録之助は、「男」としか映らない。

広小路まで、「道連れ」になって無言のうちに歩くなかで、お関は「昔の友といふ中にもこれは忘られぬ由縁のある人」のことをさまざまに思う。たった今聞いた録之助の、その後の「身の上」にも思いを馳せて。けれども、お関にとって、「小川町の高坂とて小綺麗な烟草屋の一人息子」「世にある頃の唐棧ぞろひに小気の利いた前だれがけ、お世辞も上手、愛敬もありて、年の行かぬやうにも無い、父親の居た時よりは却つて店が賑やかなと評判された利口らしい人」であった、かつての姿と較べ、今は「此様に色も黒く見られぬ男になつて」「さてもさてもの替り様」「今宵見れば如何にも浅ましい身の有様、木賃泊りに居なさんすやうに成らうとは思ひも寄らぬ」「身の破滅」と、その変りように驚くばかりである。自分のなかにある「世にある頃」の録之助のイメージと、今のイメージとを対比して見ることしかお関にはできない。今のお関は、録之助を、人生に「破滅」した「浅ましい」「男」すなわち「世」の外に住む人としてしか捉えることができない。原田の妻として、「世」の中で、確固とした基盤の上に生きているお関から見た時、現在の録之助は、自分とは異質の世界の住人であった。まさに、眼の前の録之助は、お関にとっては、自らの認識の及ばない他者として迫ってきたものと思われる。

しかし、ここでのお関は、他者を他者として認めた上で、その「破滅」の原因としての自分を見つめてもいく。録之助の放蕩の原因がお関の結婚にあったということは、作中はっきり明示されているわけではなく、録之助の言葉や、「其頃に聞きし」「噂」から、お関が推測しているだけのことである。お関は、「今の原田へ嫁入りの事には成つたれど、其際までも涙がこぼれて忘れかねた人、私が思ふほどは此人も思ふて、夫れ故の身の破滅かも知れぬ物を」と、ここで彼女なりに、録之助を自分との関係のなかで理解しようとしている。そして、「我が此様な丸髷などに、取済したる様な姿をいかばかり面にくゝ思はれるであらう」と、録之助の眼に映る自分へと思いを傾けていく。こうした他者としての録之助を捉えていくお関は、原田家で、結婚半年後の夫の変貌にただただ驚き、その理由を求めて心を向かわせることもなく、夫の眼に映る自分の姿を、一瞬たりとも考えて見ることもなかった、この七年間のお関とは明らかに違っている。原田を「鬼」とするお関にとって、原田は明らかに理解不能の他者であったはずである。その他者を他者として認め、向き合うことからお関と原田の夫婦としての関係が始まるわけである。再度、原田の妻として帰っていく道を強いられた時、お関には、人と人との関係のなかで生きざるを得ない自分の〈現実〉が仄かに見えてきたのかも知れない。[24]

お関は、録之助との昔を思い出すなかで、かつての自分の結婚が、「量らぬ人に縁の定まりて、親々の言ふ事なれば何の異存を入られやう」、「夢の様な恋」を「あきらめて仕舞《しまは》うと心を定めて、今の原田へ嫁入りの事には成つたれど」と、親の言うまま、自分の思いを断ち切ってのものであったことを再確認していく。そして、原田の妻としての自分が、「夢さらさうした楽しらしい身ではな」いことを改めて思っていく。お関の思いが自分の現在へと向かっていった時、お関はふっと「振りかへつて録之助を見やる」。この時、一瞬、お関はそれまでの「男」ではなく、懐かしい「録之助」を意識しようとしたかのようである。お関に再び「変容の契機」[25]が訪れるかに見える瞬間である。しかし、その時の録之助も、「何を思ふか茫然とせし顔つき、時たま逢ひし阿関に向つて左のみは嬉しき様子も見えざりき」と空虚な表情を見せるだけであった。お関は、再度、他者としての録之助を認めるだけであった。

「十三夜」の語り手は、お関に何度かの「変容の契機」を与えつつ、それが容易にかなわぬ〈現実〉を身をもって知るよう、教え諭しているかのようである。その意味では、お関はお関なりに、自分の体験の幅のなかで歩いて来たということができる。そして、こうした観点から「十三夜」の世界を眺めた時、お関が離縁の〈決心〉を翻えして婚家に帰っていく理由を、この一夜の父親の説得の言葉だけに求めていく読み方は、おそらく当たらないであろう。実のところ、語り手も意識しないところで、父の言葉はお関の内実に届いてこない。お関にとっては、実家の父もまた〈現実〉であったのである。冒頭の離婚を〈決心〉してきたお関にも、この七年間の成長の跡があるとすれば、帰っていく時偶然に出会った録之助への処し方にも、お関の成熟の跡がある。「十三夜」の一夜には、このお関の辛い七年間の結婚生活の重味が、背後にこめられているのである。本稿は、ひとまずお関の意識に即した形で「十三夜」の世界を捉えかえしたものである。発想のところで示した背後に流れる近代の時間との関係については、いずれ稿を改めて考察したいと考えている。

※「十三夜」の引用は、『樋口一葉全集』第二巻（昭49・9、筑摩書房）によった。なお、本文中の傍点・傍線は全て筆者による。

注

＊1　日記「水のうへ」（明29・1・7付）に、一葉は「十三夜」の好評について「こゝろくるしくも有かな」と記している。同じ日の記述に「閨秀小説のうれつるは前代未聞にして、はやくに三万をうり尽し、再はんをさへ出すにいたれり」「というよし」とある。

＊2　『日本近代思想大系20　家と村』（一九八九・九、岩波書店）所収「家庭の革命　人倫の恨事」解題

＊3　大島美津子氏「村と家の法制度」（前掲『日本近代思想大系20』「解説」）

＊4　同右

＊5　前掲「家庭の革命　人倫の恨事」解題。明治二十三年公布民法から明治三十一年施行の明治民法への過程で、家父長的「家」制度が法の上に確立され、家族法的側面は削られていった。「離婚」に関する両者の間の大きな違いの一

例として次のような点が挙げられる。湯浅が、「民法は、実に婦人に向て故なくして放逐せられざるの保護を与へたる也」「婦人の為めに、最後の鉄城を築きたるものにあらずや。試に左の条文を見よ」として掲げた「第五章　離婚」の条文中、「第二節　特定原因ノ離婚」「第一款　離婚及ビ不受理ノ原因」「第八十一条　離婚ハ左ノ原因アルニ非ザレバ之ヲ請求スルコトヲ得ズ。（以下略）」の項目が、明治民法では、「第一款　協議上ノ離婚」ではずされることになる。そして、かろうじて「第二款　裁判上ノ離婚」のなかで「第八百十三條　夫婦ノ一方ハ左ノ場合ニ限リ離婚ノ訴ヲ提起スルコトヲ得」となっていった。夫から妻への「協議上ノ離婚」請求は、依然としてなされ易いものであった。

＊6　高田知波氏「「十三夜」ノート」（『近代文学研究』創刊号　昭59・10）。たとえば高田氏は、「父親の説得がお関を母性に支えられた「辛棒」の世界に引き返させることができたのは、離婚決意過程において彼女の視野が十分に捕捉していなかった新しい論理が父親の言説の中に含まれていたからだ」と発想していく。

＊7　（上）の末尾のお関が必ずしも「翻意」しているわけではないという〈読み〉の方向を示したものに、「樋口一葉「十三夜」を読む（上）」（季刊『文学』一九九〇冬　平2・1　十川信介、紅野謙介、小森陽一、山本芳明各氏）がある。

＊8　「「十三夜」の「雨」」（『日本近代文学』第37集　昭62・10）

＊9　前掲「「十三夜」ノート」

＊10　同時代の結婚・離婚を扱った小説としては、尾崎紅葉「焼つぎ茶碗」（『読売新聞』明24・5・15〜6・25）「二人女房」（『都の花』明24・8〜明25・12）、北田薄氷「鬼千匹」（『文芸倶楽部』明28・5）「黒眼鏡」（『文芸倶楽部』明28・12）などがある。

＊11　江戸時代以降、女子の修身・斉家の心得としていかに広く一般に行なわれたかは改めていうまでもない。前掲湯浅初の文章中では、「孔門伝授の修身書たる小学に曰く」として、「婦に七去あり。父母に順ならざれば去る、子無ければ去る、淫すれば去る、妬なれば去る、悪疾あれば去る、多言なれば去る、窃盗すれば去る」と引用されている。

＊12　原田が自分の方から離縁をいい出さなかった理由は不明で、確かに「一つの謎」（前掲「樋口一葉「十三夜」を読む（上）」）かもしれない。湯沢擁彦氏（『世界の離婚─その風土と動向─』一九七九・七、有斐閣）によれば、上層階層（武士・地主・華族など）では、「妾が公認されていた」「夫への絶対服従が説かれた良妻教育がもっとも徹底した層であった」ことなどから、平均よりも離婚率は低かったという。お関の言葉によれば、原田には「囲い者」がいたようである。

＊13　お関が意識する「華族女学校の椅子にかゝつて育つた物」「御同僚の奥様がた」の年齢、受けた教育の内実はもう一つ明瞭さを欠くが、お関と同世代だとすれば、欧化主義の時代に教育を受けているかも知れない。その後「明治二十年代の前半から後半にかけては女子教育が急速に変化していった時期」であり、ナショナリズムの高揚とともに、「家を守る貞節な女性を養成する」「儒教色の強い女子教育」が唱えられていったという（前掲季刊『文学』一九九〇冬注釈）。

＊14　前掲田中氏「「十三夜」の「雨」」に「お関は夫をまなざし返すことができないなかで、夫を「鬼」と罵っている自己の現実が見えていない。（中略）お関もまた夫を〈他者〉として捉えることはできず、自己の「不幸」を嘆き、夫を「鬼」として否定することしかできなかったのだ」という指摘がある。

＊15　前田愛氏「十三夜の月」（『樋口一葉の世界』一九七八・一二、平凡社）に「お関の不運はより彼女自身の問題である」という指摘がある。しかし、この点を前田氏のように「彼女自身の自主性の乏しさ」「人間的自覚の欠如」と断定的に捉え、批判していくのは当たらない。

＊16　小森陽一氏「囚われた言葉／さまよい出す言葉─一葉における「女」の制度と言説」（『文学』昭61・8のち『文体としての物語』所収　昭63・4、筑摩書房）

＊17　亥之助の年齢は不明であるが、「年はゆかねど」という母親の言葉や、「夜学」に通うということなどから十代後半かと推定される。明治民法「第七百五十二條」には、「戸主ハ左ニ掲ケタル條件ノ具備スルニ非サレハ隠居ヲ為スコトヲ得ス　一満六十年以上ナルコト　二完全ノ能力ヲ有スル家督相続人カ相続ノ単純承認ヲ為スコト」とある。

＊18　高田知波氏（前掲論文）は、「お関の告白を聞いた母親の昂奮に没落士族の衿持」「忍従を説く父親の冷静を規定していたものは没落士族の使命感」と読みとっている。斎藤家を没落士族と捉えそこに「衿持」を見る点はともかく、「家名の回復」の「使命感」は筆者にはそれほど読みとれない。

＊19　同右論文

＊20　「「十三夜」を読む（下）」（季刊『文学』一九九〇春　平2・4）

＊21　水野泰子氏「「十三夜」試論―「母」幻想の称揚」（『文芸と批評』平元・9）は「「十三夜」の底流を流れるのは「母」性なるものの称揚と、それに対する絶大な信頼である」と指摘している。

＊22　松下浩幸氏（「「十三夜」小論―記憶のドラマ」『明治大学日本文学』第18号　一九九〇・八）は、「車夫が突然、客に下車させようとするのは、まさにその客がお関と知れたからではないのか」としている。

＊23　高田知波氏前掲論文

＊24　田中実氏（前掲論文）は、（上）で父親はお関の言葉を原田の側から相対化し、「娘が「鬼」と呼ぶ原田を父は人間だと言い換えている」、すなわち娘に〈他者〉としての夫に向き合うことを「示唆」していると指摘する。しかし、この部分の父の言葉は一般論としてしか語られておらず、また仮にそうした「示唆」があったとしても、帰る時点のお関がそれを受けとめていたかは疑問である。

＊25　関礼子氏「「十三夜」解説（『短編の愉楽①　近代小説のなかの都市』所収　一九九〇・一二、有精堂）

点滅するテクスト――「この子」の時代

1　人妻ものの系譜

「この子」(『日本乃家庭』明29・1) は、未完のものも含めて二十二篇ある、一葉の発表された作品群のなかでも、今では余り顧みられなくなったものの一つである。しかし、今日読み返してみると、さまざまな意味で、決して看過できない、問題性を孕んだ作品であることが窺える。たとえば、一葉が西欧的・近代的夫婦の問題をこれだけ正面から扱ったのは初めてではないか、という点一つとっても、それはいえる。唯一の口語体(言文一致体)小説という、この小説の文体的特徴よりも、ある意味では興味深い問題である。そして、「この子」の語り手である「私」を読むことによって、これまで余り照明を当てられることのなかった、書き手である一葉と〈女学〉や、一葉と近代的家族・夫婦の問題が、改めて焦点化されてくる。本稿では、こうした問題意識のもとに、ひとまず「この子」という作品の再評価を、同時代のテクストを視野に入れつつ試みてみたい。「点滅するテクスト」と題した理由である。それは、言い換えると、私なりの新たな一葉像構築へ向けての考察の一端を示したものでもある。どちらかといえば旧弊な家庭に育ち、必ずしも、時代の先端的言説や新しい教育やに直接触れる機会に恵まれなかった一葉が、彼女なりの、「開化の明治」「西欧的近代」にどう接したのか、ひとまず「この子」を通して探ってみたい。

まず、「この子」の物語内容を簡単に(私流に)紹介しておくことにする。この小説は、作中人物の一人が語る一人称独白体小説(正確には、聞き手「みな様」が存在しているため二人称複数の語り)である。語り手の

「私」・山口実子《じっこ》は、一葉作品には珍しく、当時としてはそれなりの高等教育を受けた女性である。三年前、裁判官・山口昇に嫁ぎ、幸せな新妻となったのも束の間、やがて、結婚前の期待に反して満たされない日々を送るようになる。そんな折に妊娠。それから出産までの期間は、「私」にとって「宇宙に迷ふやうな」絶望の時間であった。「昨年のくれ押しつまつてから」長男を出産、その後一年ほど育児の日々を、悶々と送った後、語っている「今」に至っている。この間に、実子は紆余曲折を経つつ、我が子の〈愛らしさ〉に日々導かれるかのように、それまでの夫婦関係・結婚生活を振り返り、夫との齟齬・反目を自ら解消していったと語る。語り手「私」が、向日性あふれる生の姿勢を獲得していった経緯を、自身の口から「みな様」（実子の友人たちか）に披瀝していくという、回想のかたち（物語言説）をとっている。

結婚生活を正面から扱った一葉作品としては、既に「軒もる月」（『毎日新聞』明28・4・3、5）や、「この子」と同時期に発表した「十三夜」（『文芸倶楽部』明28・12）がある。この後も「裏紫」（『新文壇』明29・2　未完）・「われから」（『文芸倶楽部』明29・5）と、人妻をヒロインにした、考えてみると当時としてはかなり衝撃的な作品を、身体的な衰弱を抱え、生命を燃やし尽くしていった晩年に、つぎつぎ書き継いでいった。「この子」を読むことは、これら、一葉の作品群（人妻ものの系譜）が点滅する様態をうけとめることへと、必然的に導かれていく。「この子」をめぐって考えることは、晩年の作家一葉を捉えなおす契機となるのである。

2　発表誌『日本乃家庭』と「この子」の問題

近年、この作品を論じる時に、「良妻賢母」という国家的イデオロギーに包囲された当時の既婚女性をターゲットにして創刊された、発表誌『日本乃家庭』[*1]というメディアの問題がクローズアップされてきた。そして、この雑誌の性格と重ねて、「この子」が、国家的理念としての家父長制が強化されつつある、時代の様相を色濃く顕現した作品であるとする指摘[*2]がなされていった。その傾向は、「国家との共犯関係」を呼びこむ「危うい作品」（菅聡子氏「同時代のなかの『この子』」『解釈と鑑賞』平15・5）という評言にまで至っている。確かに「この子」が発表された明治二十九年初頭は、折しも、我が国最初の対外戦争である日清戦争の勝利を通過し、まさにナショナリズムの高揚期に入った時期であった。また、紆余曲折を経つつも、伝統的・慣習的な家父長制を実質化するべく、法制化へと向かっていった明治民法が、まさに施行（明治三十一年）に至る前夜でもあった。こうした時代を映す鏡として小説があることは否めない。「この子」の実子も、まさに「今」（時代）を生きていることは確かである。

しかし、考えてみれば、このような時代のイデオロギーによる洗礼という側面を特化し、それも発表誌への通説的な概観のなかで短絡的に結論づけるならば、「この子」という作品の評価は自ずときわめて凡庸なものとなり、あえて文学批評や研究のことばを紡ぐ必要性も生まれてこないように思われる。「国家との共犯関係を結びかねない」「危うい作品」という時、無論ここでいう「国家」の概念規定も問われるべきなのだが、背後に、歴史を相対化しうる現代の位置からの、論者自身の反「国家」の姿勢があることは確かであろう。また、「この子」を一葉の作品系列のなかでは「特異」、としていく留保も多くの論者のなかにある。しかし、そうした論法に足をすくわれるならば、おそらく他の一葉作品に照らしたところで、評価は「この子」と五十歩百歩のものとなるのではないか。なぜなら、時代のイデオロギーのなかで書かれ、読まれ・受容された（あるいは、はずだ）、とする「方向性」の「検証」は、実のところ改めていうまでもない、半ば自明のことであって、多かれ少なかれどの文学テクストにも強いられる宿命だから。いや、各時代のさまざまな「反映」それ自体が、読み手の読解に収斂していくのが「テクスト」であるから。「この子」の発表誌（ことに創刊号が問題にされていくのが通例である）が、たまたま他の発表誌と異なり、国家主義的色彩をあらわに打ち出した雑誌と論断したところで、その問題を「この子」評価に接続させるには、それなりの周到な手続きを必要とする。

この論者に限らず、あたかも明治近代の「国民国家」批判が、帰結すべき結論といわん許りに無限定に言説化され、流通していく研究状況があり、それは連綿と今に底流しているように思われる。私のような「文学」主義の研究者は、その軌道にいささか抵抗を覚えないではない。流布する時代の言説が、本来の作品評価・作品鑑賞をスポイルしていく現実がないか。文学研究のことばはどのようなプロセスで生まれるのか。文化論へと大きくハンドルをきった今、あらためて、文学研究のアイデンティティを問い直してみたい衝動にかられる。現代の読者にとって、百年以上経た一葉テクストがいかなる意味を持つのかを問うてみること。これこそが、文学研究・文学批評を志す者にとっての最大の〈問い〉ではないのか。そのテクストの歴史性を視野に入れつつ、今に切り結ぶ問題を、つまり何らかのかたちで時代を超える問題性を、対象とする文学テクストから発見し、検証しようと試みるのが研究者一人ひとりに課せられた課題ではないだろうか。現在を生きる読者の問題を顕在化させる営みとして、私たちは文学研究を機能させるしかない。

文学研究者は、その作品を論じることで、批評や研究のことばがどういう意味をもってくるのか、と不断に考えつつ、その営為に手を染めるのである。予定調和的に答えが用意されているものなどは、研究でも批評でもないだろう。結果的には空しい営み（書く価値のない論）に終るやもしれないことを覚悟しつつ、ぎりぎりのところまで検証・考察（作品の読み）をくり返すのが、設定したわが課題にアプローチする読み手の姿勢であろう。そこに作品があるから、とりあえず論文が生まれるという場にも、一定の存在価値があることを全否定はできない。が、今日、文学研究者にとって、自己の問題設定自体を対象化し、解決へのアプローチの方策を模索することが、焦眉の課題である。文学研究とは、つまるところ究極の鑑賞（批評）だと私は思う。評価しえない作品を論じること自体に懐疑を覚える。

少々横道にそれてしまった、話をもとに戻そう。先にも述べたように、「この子」は明治二十九年一月新年号（第一巻第二号）『日本乃家庭』に「附録」として発表された。実際にこの雑誌を手にすると、「この子」が破格の扱いだったことが窺える。閨秀作家として文名が上り始めた一葉に対して、編集人である有明文吉が執筆を懇願して異例の「附録」という形で掲載することが実現したのである。この発表誌と「この子」との相関について、先行研究のなかで注目すべき論は、やはり高田知波氏「『こわれ指環』と『この子』」（『日本近代文学』第47集　平4・10）であろう。高田氏は、その当時の「女性読者」向け雑誌の盛衰、すなわち明治二十年代メディアの歴史的ダイナミズムを視野に入れて、清水紫琴の小説「こわれ指環」や一葉「この子」の、時代のなかの意味を論じた。そして、「この子」をかなり過激な作品として評価する。

高田氏は、「この子」の「私」の一人称（正確には二人称複数）の語りの背後に垣間見えるもの、つまり語り手「私」の「現在」に鋭い視線を投げかけていく。その帰結として、我が子を「私一人のもの」とする「私」の在り方、我が子と一対一の関係を生きる「私」の、同時代のなかでの起爆性を指摘していった。「私」は、家父長制体制が、法律上も整備されていく時代のなかで、「家」という秩序のなかに組み込まれていくことに抵抗を示しているという。この「抵抗」の中身自体の検証が必要だが、仮にそう捉えるならば、「私」は、時代の要請する婦女子の在り方から逸脱する、ある意味でかなり先鋭な存在ということになるだろう。だとすると、この「私」の未来は、現実問題として、やはり暗く自閉していくことが想像される。我が子の成長だけに望みを繋いで、沈黙のなかで生きていく他ない。わが子への教育は？　未来はどうなるのか？　などつぎつぎ想像を逞しくさせられ、「私」の孤立せざるを得ない、辛い現実が見えてくるようである。離婚を決意して実家に戻りながら、父に諭され嫁ぎ先に再び帰る「十三夜」のヒロインお関とは、違った意味で暗く閉ざされた生を生きていくことにならないか。高田氏の読みに従えば、「この子」は、ある意味、時代のアクチュアリティを想像以上に超えたテクストとなってくる。

▲図❶—口絵

図❷—挿画▶

高田氏の想像力は、掲載誌の、同じ画家（槇岡蘆舟）によって描かれた巻頭の口絵（図❶参照）と「この子」の挿画（図❷参照）と、二葉の絵の差異に着目していくことになる。その解読は、それなり鮮やかな印象を与える。すなわち、母子だけを描いた「この子」の「さし絵」「小説この子の図」の特異さと、巻頭の「口絵」、両親と幼い息子のなごやかな「新年の家庭の図」との差異に、語り手「私」の抱いた想念と時代との亀裂を読んでいく。しかし、二葉の挿画の記号作用の意味を考えると、そこにはまた異なる解釈をも可能にする。たとえば、既に指摘もあるが、巻頭の親子三人の構図が、「この子」の山口家の現在あるいは近い将来を示しているのではないか、などと。

手許に所蔵する、八号まで（七号欠）の『日本乃家庭』を見ると、この号のような若夫婦と息子という、核家族のような構図の方が、この雑誌の巻頭口絵としては珍しい。創刊号の口絵には姑を上座に、夫婦と二人の子ども（長男と妹娘）という家族の団欒、一家の和楽の構図が描かれている。この図のように『日本乃家庭』において、家族・家庭を描く時、舅姑が居たり、或いは親子或いは母娘二代または三代の構図が、限られた号数の範囲ではあるが普通なのである。家族を象徴するのは「親子」なのである。七冊のうち四冊の絵に姑と思われる老婦人が居る構図が見られることは、注目すべきだろう。新年号の「附録」という特別待遇のかたちで掲載された「この子」のために、同じ画家による二枚の絵が用意されたと読むこともできよう。

私が、「この子」の「私」から感じる〈新しさ〉は、なにより「私」が、我が子との関係というよりも、徹頭徹尾、夫との関係・夫婦の問題を語っているという点にある。そして、西欧的・近代的夫婦の問題を一葉がこれだけ問題化したのは、この小説が初めてではないか、と改めて同時代の女学思想・女権思想との関わりなどが気になってくるのである。周知のように、一葉は高等教育を受ける機会には恵まれなかった。しかし、一葉の周囲にいた友人たちは、ほとんど女学校や高等女学校へ通った女性たちである。田辺花圃・伊東夏子・乙骨まき子・野々宮菊子・安井てつ・木村錦子などなど、枚挙にいとまがない。間接的にせよ、『女学雑誌』に象徴されるかたちで、そこに流通・底流していた西欧的女学思想が一葉の視野に入らなかったはずはない。高田氏も試みた、清水紫琴「こわれ指環」(『女学雑誌』明24・1・1)との比較も、この点をめぐって考えてみるべきだろう。明治二十四年という時点で発表された「こわれ指環」は、まさに啓蒙的に新しい夫婦のかたちを示した先駆的な小説なのだから。そして、時代は明治民法制定に向けて議論がかまびすしかった時であったのだから。

3 内面化された新しい〈思想〉——生意気・剛情・負けるぎらひ

さて、山口実子(旧姓小室)は、高等教育をうけた女性と指摘した。それは「未定稿」(「Ⅳ」と分類)に見るヒロイン(槇村八重子、旧姓藤堂)の「私立のなれど何処やらの女学校を卒業」という語り手のことばを解読の鍵としたためではない。そもそも「この子」の「未定稿資料は、冒頭部分の制作に関係する六枚の現存が確認されているだけ」(『樋口一葉全集』第二巻〔補注〕)である。そのなかの「Ⅴ」は、もっとも「定稿」に近いもので、この段階に至って、その語りは一人称の「私」語りになった。そこには「私が此処へ嫁入つて来たは廿二のとし、学校を出ると直ぐさま」とあり、「もうい〻としをして居るに撰り好みをしてはならんぞ」という「親代りにお世話して下さつた伯父さま」のことばに従って、言われるままに結婚相手を決めたという下りがある。この部分に見る年齢からも、「私」が確実に女学校なり高等女学校なりの教育を受けた女性であることは窺える。しかし、発表された「この子」では、こうした学歴を単刀直入に示すことばは消える。その代りに、「私」の語り全体から、より一層内在化されたものとして「私」が高等教育を受けた女性である事実が読者に知られるようになる。小説としてのアクチュアリティが高まったのか、改稿は小説表現の進化の軌跡を残している。

学校で読みました書物、教師から言ひ聞かして呉れました種々の事は、夫れはたしかに私の身の為にも成り、事ある毎に思ひ出しては彼《あ》あで有つた、斯うで有《あつ》たと一々顧られまするけれど、此子の笑顔のやうに直接に、眼前、かけ出す足を止めたり、狂ふ心を静めたは有りませぬ。（中略）大学者さまが頭の上から大声で異見をして下さるとは違ふて、心から底から沸き出すほどの涙がこぼれて、いかに剛情我まんの私でも、子供なんぞ少とも可愛くは有ませんと威張つた事は言はれませんかつた。

ことばの端々に現れる「学校」「書物」「教師」「大学者さま」「異見」という実子の受けてきた教育環境を暗示することばは、確かに彼女の高等教育の学歴を確認するてがかりとなる。しかしむしろ、ここで実子が、わが子の「笑顔」によって自分の身が矯められたとすること、つまり、良くも悪くも観念的に啓蒙されてきた教育理念を絶対化していた過去の自分のありようを反省的に顧みていること、に着目したい。「今」の実子は、柔軟に現実に対応する術を心得ている。この小説は、出産・育児を経験することによって母性に目覚め、夫との不和も解消したという、ありきたりの良妻賢母の「物語」と表層的に読まれてしまう危険性があることは確かである。が、「この子」の「私」の語り全体を対象化すると、そんな紋きり型の結論を導くものでないことは明瞭だろう。「私」は、一貫して、夫との関係[*3]をめぐって自己省察的な言説をくり返しているのである。かつての自分と、「今」の自分をきわめて冷静に客観的に捉えている。その意味でこそ、実子を、知的な〈新しい〉女性ということができる。実子の年齢は、必ずしもはっきりしないが、内在化されたその教育内容から、彼女は女学校で、明治十年代後半から二十年代初頭にかけての第一次「女学」ブームの時代を過ごし、西欧的・開明的な教育を受けた世代のようである。

とりあえず、「私」の自己認識から、そうした側面を見てみよう。「剛情我まんの私」「私の生意気の心」「負けない気」「勝気」「私のやうな表むきの負けるぎらひ」「強情」「我まゝの生地」「私の生意気」「私の剛情の根が深く」

というように、自己を説明する同じようなことばが、実子の口からはくり返される。ここでいう「勝気」「強情」「負けない気」とは、単に生来の性格といったものではないだろう。「六づかしい事を遣りのける」ためには大事と「仰しやるお方」のことばからの影響を受けた、生き方の姿勢、意思の問題としてある。「生意気」（いわゆる「新しい女」を形容する常套句でもあった）同様、「私」が後天的に、知識として身につけた理念、というか観念である（観念であるがゆえに、その呪縛は大きい）。いわば、近代的女性の生き方として、啓蒙されたものである。この観念ゆえに、「私」は、夫へ「口を出し」、夫の「かくし立」や「お隔て心」を嫌悪し、徹底的に責め立てる妻になっていった。

私が生意気ですものだから遂ひ〳〵心安だてに旦那さまが家外で遊ばす事にまで口を出して、何うも貴郎は私にかくし立を遊ばして、家外の事といふと少しも聞かせては下さらぬ、夫れはお隔て心だと言つて恨ますると、何そんな水臭い事はしない、何も彼も聞かせるではないかと仰しやつて相手にせずに笑つていらつしやるのです、現然《ありあり》かくしてお出遊ばすのは見えすいて居ますし、さあ私の心はたまりません、一つを疑ひ出すと十も二十も疑はしく成つて、朝夕旦暮あれ又あんな嘘と思ふやうに成り、何だか其處が可怪しくこぐらかりまして、何うしても上手に思ひとく事ができませんかつた

しかし、結婚直後の頃の、この「私」はなんと率直に、夫へ向かっていったことか。夫に関わるあらゆることに「口を出」さないではいられなかったのだ。昇も、裁判官としての仕事上の秘匿義務をともなうこと以外、話せることは「何も彼も」話す夫であったようである。彼もまた妻に隠し事をすることを「水臭い事」としていたのである。なのに、「私」の「生意気」は止まるところを知らず、夫とのコミュニケーションを過剰に求め、それが得ら

れないと直ぐに不満不足を覚えていったのである。その頃の「私」は、相手の心を「上手に思ひとく事ができ」ず、結果としてかえって夫との関係を見失った、というのである。そればかりか、家内の使用人との関係も悪化させていった。この間の「私」を想像すると、どう考えても「蓮葉」で、わがままな悪妻だろう。幼いとしかいいようがない。こうした渦中（「彼の頃」）にあった「私」は、自らのあるべき「道理」に埋没し、「道理」に反する夫を一方的に悪者に仕立て、その〈思い込み〉ゆえに被害者意識に囚われていったのである。そして、自分の身の「不運」、自分の一生の「不幸」を嘆き続ける、という悪循環をくり返していたのである。「私」は、完全に他者を見失い自閉してしまっていた。

4　自己省察の果てに――「十三夜」の時代のなかで

こうした〈思い込み〉を作り出していった発端となる、隠し事のない対等な夫婦という、「私」が理想とする夫婦観・結婚観は、やはりこの時代にあっては、かなり先進的・西欧的な考え方であろう。「いかにも私の剛情の根が深く、隠しだてを遊ばすといふを楯に取つて、少つとや些つとの優しい言葉ぐらゐでは動きさうにも無く執拗ぬ」いたという実子は、夫との対等な関係を当然と考えている女性である。同時期に一葉が発表した「十三夜」の原田阿関とは決定的に異なる、いわゆる〈新しい女〉である。お関は、伝統的な日本の女性の徳義とされた、「女大学」的生き方を内面化している女性であった。夫には逆らわず、口答えもせず、ひたすら耐え忍ぶことこそが、良き妻の証しと信じていた。それが、開明主義的な考えをもつ夫、奏任官・原田勇との関係に齟齬をきたすような事態を生み出していたふしも、なきにしもあらずであった。お関の語ったところによれば、夫の勇は、「二言目には教育のない身、教育のない身と」蔑み、「詰まらぬくだらぬ、解らぬ奴、とても相談の相手にはならぬ」「張も意気地もない愚うたらの奴」とお関を責めたてたという。しかし、こうしたことばの暴力の背後に、勇は勇なりに、快活で、夫の相談相手になるような知的な妻像を夢想していたのでは？という夫としての満たされない姿も窺える。勇の眼には、次第に、妻は自分の意思を持たない旧弊なだけの女性と映っていったようである。

「この子」の「私」が抱く夫婦観・結婚観は、結婚七年を経た十三夜の夜、「鬼」と呼ぶ夫から逃れるように、離婚の決意を胸に実家に帰ってきたお関には、微塵も理解の及ばぬ世界観であった。また、いままで通り「原田太郎の母」として生きろ、耐えろと、原田家での忍従を涙とともに娘に説く父親も、当然ながら気づいていない。お関が、長男の太郎を置いて家を出たのは、決して母性愛がないからではない。太郎が原田家の跡取りゆえに、たとえ離婚が成立しても親権は勇にあるからに他ならない。「子どもは家の子」といった通念が一般的な世の中であった。また、お関の離婚も、後見人である父親の承諾なしには叶わぬことだった。お関の意識に即せば、その夜、絶体絶命のなかで婚家に戻るしか道はない。ただ、途中、偶然かつての恋人、人力車夫に身をやつした録之助に出会い、その変貌ぶりに驚いたお関に、他者の眼に映る〈自分〉への想像力が生まれてくる。こうした読みを誘う場面が、「十三夜」（下）には現出している。見る影もなく零落した録之助の眼に、良家の奥様然とした自分がどう映るのか、という想像力を働かせるのである。その点に、お関の未来への僅かな光明がさしているように、私には見える。つまり、再び原田家で生きるお関は、夫の眼に自分がどう映っていたのかに、やがて思い至るのではないか、という暗示が、ほんのかすかに感じられるのである（詳しくは本書に収めた「お関の〈決心〉――「十三夜」試論」参照）。

「この子」の「私」は、このお関とは違い、妻としての自分が夫から疎外・虐待されることなど到底許せない。その耐えがたい感情をストレートに夫にぶつけていった。そして、「まだ家内に言葉あらそひの有るうちは好きなれども」「絶頂に仲の悪かつた時」は「二人ともに背き背きで」「物言はず睨め合ふやうに成り」と、夫婦仲が険悪になっていった経緯には段階があったことを、客観的に振り返るのである。この間、終始かたくなに、自身の正当性を主張し、一歩も譲歩しなかった自分を正直に告白する。妻がこうあってほしいと願う、夫像へのこだわりをひたすら貫こうとしたのである。ある意味で、この実子の闊達で自由な考え方は、明治という時代のなかで、むしろ稀有だったのではないだろうか。多くの妻たちは「十三夜」のお関ではなかったか。たとえ夫に不満を覚えても、実子のように、声に出してその不満を夫へ投げかけることなど夢にも思わなかったのが、一般的だったのではないだろうか。しかし、実子の〈新しさ〉は、その考え方、行動力だけにあるのではない。現実に即して、自らを省みる眼をもった〈考える〉女性であったことにこそ、真の〈新しさ〉がある、と私は思う（この点は、「こわれ指環」と比較するとより一層見えてくる）。自己の思い込みゆえに自閉していったのは、お関も実子も同様である。しかし、その解決への道をどうやって切り拓くのか。両者は、一葉テクストのなかで試されているように見えてくる。その意味では、二作品の間には、差異のみならず、アナロジーが認められる。

「私」の口からは、「彼の時代のやうな蓮葉な私」「我が身の心をため直さうとはしないで人ごとばかり恨めしく思はれ」「其やうな詰まらぬ考へを持つて、詰まらぬ仕向けを致しまする妻」「勝手気儘の身持をして」「妻たる者の風上へも置かれぬ女」等々、自己批評のことばがくり返し語られる。一つ一つの過去の事例に即して、我が身の処し方を顧み、その反省の上に立って、自分の改心を語っていくのである。こうした冷静で客観的な「今」の「私」への変容（成長）は、突然起ったというものではないだろう。平凡な日常生活のなかで重ねられた、「私」の気づきによってなされたのである。その気づきを支え続けたのは、いうまでもない、「私」自身が語るように、日々成長していくわが子の笑顔であった。「旦那さまの思ひも、私の思ひも、同じであると言ふ事は此子が抑も教へて呉れた」と、夫との和解が生まれたきっかけが「わが子の笑顔」であったことを明かしている。「私」は、それを契機に初めて、他者としての夫の「思ひ」に心が至ったのである。

或時旦那さまは、髯をひねつてお前も此子が可愛いかと仰しやいました、当然で御座います、とてつんと致して居りますと、夫れではお前も可愛いなと例に似ぬ滑稽を仰しやつて、高声の大笑ひを遊ばした（後略）

夫婦は、わが子が可愛いという「思ひ」を共有することで、関係を修復[*3]したのである。

「この子」の「私」は、語っている「今」も、自分のよしと信ずる、あるべき近代的夫婦像を否定しているわけではない。「現に今でも隠していらつしやる事は夥だしく有ります」「たしかに左様と知つて居りまするけれど」と、留保の上で納得している自分を、滔々と「みな様」に語ることばを見てもそれは知れる。しかし、「あれ位私が泣いても恨んでも取あつて下さらなかつたは旦那様のお豪いので」と、裁判官という特殊な夫の仕事への理解を語る「今」の「私」は、夫を敬愛する自信に満ち満ちているではないか。いわば、惚気を語っているのである。また、「私」は、「浅ましく」「つまらぬ」とする「女の勝気」「負けるぎらひ」も、全否定しているわけではない。「負けない気」が、人として「六づかしい事を遣りのける」ために必要なことは「今」も一方で認めつつ、それを「中へつゝんで諸事を心得て居たら宜い」と、芯からの強さとして身につけたいとしているのである。「今」の「私」は、「私が宜くすれば旦那さまも宜くして下さります」というように、自分の道理や思いを一方的に押しつけて、それ自体を宜しと信じていた、かつての「私」とは違う。自分の心の反映が、相手を曇らせたり晴れさせたりすることの危険性にも気づいているのである。そして、「現時《いま》の旦那様が柔和の相」「此子が面ざしに争はれないほど似た處」のある「お顔」を思い起こしては、「今日の楽しみ」を心から喜んで語っているのである。夫との関係に、ある意味で折り合いをつけていく、すなわち現実的対処の仕方を見出していく、その術を得たゆえに、「私」は前向きな生を獲得したのである。

　ここで、「この子」に先行するテクストである、清水紫琴「こわれ指環」を見ておこう。一葉における「この子」の意味、すなわち一葉における「女学」「女権」意識を探るためには、無視することができないと思うからである。冒頭で自分の〈宝物〉について語りだすところ、「私」が聞き手である「あなた」「みな様」へ向けて語りかけるという小説の形式、近代的夫婦・結婚を問題にしていること、などなど、この二作品を読んだ時に感じるアナロジーは決して否定することはできない。

　「こわれ指環」は、先にも記したように明治二十四年一月一日発行の『女学雑誌』に、発表された。筆名は「つゆ子」。紫琴にとって最初の小説であった。紫琴は、この時、この雑誌の主筆・編集責任者であり、編集方針として女性の地位向上を掲げ、そのための論陣を張っていた。この発表時、一葉が「こわれ指環」を読んでいたかどうかは定かではない。[*4] しかし、その当時いやそれ以前から、『女学雑誌』を友人から借りて読んでいたことは確かである。前にも述べたように、田辺龍子や伊東夏子たち萩の舎の同輩、友人の野々宮菊子など、一葉の身近にいた女性は、みな女学校・高等女学校に学んだ人たちである。彼女たちにとって、女性啓蒙誌『女学雑誌』はいうまでもなく愛読誌であった（因みに、この雑誌は明治18年7月20日創刊、終刊は必ずしもはっきりしないが、明治37年2月頃まで五百冊を超えて刊行された）。『女学雑誌』は、まるで女学生の聖地のような様相を呈していた。一葉が、友人からまとめて借りては、夢中で読みふけっていたことは、何度か日記のなかに出てくる。田辺龍子（筆名・花圃　のち結婚して三宅姓）などは、この雑誌に頻繁に寄稿・執筆[*5]していた。一葉がこの小説「こわれ指環」を読んでいた可能性はきわめて高い。

「こわれ指環」は、「この子」同様、「私」が同性の「あなた」に語りかける二人称の回想談である。「私」は、今も指にはめる壊れた(「心あつてこわした」)指環にまつわる自分自身の結婚・離婚の体験を語る。結婚の契約を象徴する、夫からもらった指環(日本で一般的になるのは大正時代とのこと)にせよ、「私」が主張する一夫一婦を基盤とする近代的夫婦観・結婚観にせよ、この小説が西欧的・近代的な知識の啓蒙を旨とした掲載誌の性格を、直接的に反映して書かれていることは明らかである。また、作中に「今ではおひおひ結婚法も改まり世間に随分立派な御夫婦もござりますから」ということばが現出するように、「私」が明治民法制定の「過程」を意識していることは確かである。いまだ施行には至らない民法「断行」への期待が背後に隠されている。折しも、前年の明治二十三年十月に、民法中の人事編が公布された直後であり、公布後起こった、いわゆる「民法典論争」の渦中であった。

ヨーロッパ法、ことにフランス民法に範をとり「家族の中心に夫婦をおき、一夫一婦制を家の基礎に据えること」という開明主義的な近代家族観をその基調においた旧民法「第一草案」から、「旧慣の尊重を唱える修正意見の影響を受けて、大幅な退歩を強いられて」(大島美津子氏「村と家の法制度」『日本近代思想大系20　家と村』所収　一九八九・九、岩波書店)公布されたのが明治二十三年公布民法(いわゆる「旧民法」)だった。公布時には、「明治二六年一月施行」となっていたが、公布後、この民法実施の可否をめぐって、法学界には、激しい論争が巻き起こった。「施行」延期派(家父長制イデオロギー護持論)と断行派(家長権を過去の遺物とする近代的家族論)に分かれての対立・論争である。結果的には、穂積八束を中心とする延期派が勝利し、旧慣に則った家父長中心の家族制度を主軸に据えた法律へと軌道修正され、明治三十一年に至って、ようやく施行となったのは周知のことである。わが国において、初めて〈家〉が法規定の上に明確になったのである。一葉の「十三夜」「この子」の背後には、この家父長制を法制化した明治民法が施行へと至る歴史的な時間が流れていた。この民法によって、女性の人権が、法律上からも後退していったことは、改めていうまでもない。

話をもどして、明治二十四年のテクスト「こわれ指環」の「私」が語る「物語内容」を確認してみよう。語り手の「私」は、地方の女学校で教育（「支那風の修身学」）を受けた女性である。母親も「女大学」を内面化し、夫への絶対的従属を生きた人である。「今より」「五年前」の十八歳の時、「私」は親の決めた相手と、見合いもせずに結婚した。しかし、結婚後まもなく、夫には直前まで同居していた女性がいたことを使用人から知らされ愕然とする。やがて、夫の外出が頻繁になり、外泊して家を留守にすることも度重なる。そうでなくとも馴染めない夫との生活のなかで、「私」は、より一層、辛い孤独な日々を送るようになる。父は遠方に単身赴任し、実家に残された病身の母は娘の不幸を悲しみ、自身の無力を嘆きつつ、「私」が十九歳の秋に亡くなる。

しかし、この「不遇悲惨」の結婚生活を二年三年と送るうち、「私」は「非常に女子の為に慷慨する身」となっていった。時代の流れは、日本の社会にも女権論をもたらしつつあった。家事の傍らの読書によって、「私」は「脳底」に「泰西の女権論」を刻んでいった。そして、夫を「理想」の姿に変えるため、「真心の諫めを尽くし」たのである。が、その甲斐もなく、「とうとう心を定めて」「不本意ながら」協議離婚をする。その破婚の「記念の為」自ら「玉を抜き去り」、そのこわれた指環を「今」でもはめ続けているというのである。もう「二年越」になる。けれども、「今」の「私」は、こうして振り返って過去を対象化しているようでいて、実のところいまだ心は定まらず揺れている。「私」は、一方で、「ひたすら世の中の為に働こふと決心」「玉のやうな乙女子たちに、私の様な轍を踏まない様、致したいとの望みを起こし」たと、女性啓蒙の活動家となる自分の志望を語っていく。しかし、その一方で、別れた夫との復籍を望んでいるのである。

ただこの上の願ひには、このこわれ指環がその与へ主の手に依りて、再びもとの完きものと致さるる事が出来るならばと、さすがにこの事は今に……。

小説大尾のこのことばに、読者は、ことに現代の読者は少なからず驚くのではないだろうか。「貞女は二夫にまみえず」とでもいうのか、「私」は、かつての夫との間に「理想」的結婚・「理想」的夫婦の関係を築けたらと、離婚して「二年越」の「今」もなお考え続けているのである。このこと自体に驚く。つまり、「私」にとって、あるべき結婚観や夫婦観がいかに観念的で、机上の空論としてのみあるのか、ということを如実に物語ってしまうからである。「私」は、学習した「泰西の女権論」を〈正しい〉ものとして絶対化し、それに現実を近づけようとしているだけなのである。見合いもせずに結婚した夫とは、「私」は、所詮一度も向き合うことができなかったのである。その夫の「行なひをため直し」たいとか、「人の夫として恥しからぬ丈夫《ますらお》にならせたい」などという対応の仕方自体、どだい無理というものだろう。他者を変えることなど所詮不可能である。

一人称、いや二人称の「私」語りは、その語りの背後に、さまざまな〈空白〉を生む。この小説で、夫の抱えた問題は、ついに、空白のままだろう。一葉の「この子」以上に、「こわれ指環」の夫は不明である。「あなた」への語りという制約から、語られない側面もあったやも知れない。また、実際「私」の語るような、横暴で不誠実というだけの男であったかも知れない、この時代の多くの男性がそうであった程度に。しかし、そうだとしても、夫には夫なりの考えがあったやも知れないという推測は読者のなかに生まれる。書生時代の下宿の娘と今でも関係が続いていることなどは、さまざまな想像を招く。果たして、そうした夫の〈問題〉と「私」がどう向き合ったのか、「私」はここでは何も語っていない。「理想」を追う前に、「私」は、自分にとっての他者である夫を、現実の結婚生活それ自体を対象化することが必要だった。それはいつの時代でも変わらない、結婚の在り方であろう。妻自身の夫への〈愛〉の確認である。しかし、それすらも難しかったのが、明治という時代を生きる女性たちの意識だったのか。結局、妻は己の意思など考えることすら封じられたまま結婚するのが当たり前であったのか。いずれにしろ「私」の「理想」実現の道は、いかにも時期尚早といわざるをえない。

「こわれ指環」発表から、ちょうどその五年後に発表された「この子」と、〈時代〉を異にする二つのテクストを比べると、性急に、観念的に理想を追い求めた「こわれ指環」の「私」と、理想を抱きつつも現実に立つことによって自己凝視の眼に気づいていった実子と、同じ新しい〈観念〉への対し方にも差があることが見えてくる。新しい〈観念〉を、すなわち近代化を拙速に、その内実が未だどこにもないのに、実現しようとしたのが「こわれ指環」の「私」の時代とするならば、その理想の夫婦（近代的家族）の実現に向けて、一歩一歩、現実的に考え続けようとする女性を登場させたのが、「この子」の時代ではなかったか。その意味で、先行するテクストの批評的受容のかたちを一葉テクストのなかに見たい、と私は思うのである。歴史は、ゆっくりと確実に動いていたと思いたい。

明治十二年生まれの長谷川時雨は、「この子」の「私」を評して、「非常に智的で健康」「実に明確に若い妻君たちの思つて居さうな事、夫へ対して云ひたい不足を言尽くしてゐる」（「「この子」評釈」『一葉小説全集』「冨山房百科文庫25」昭13・8）と指摘した。実子は、わが子の「無心の笑顔」を見ながら、自己省察をくり返し、他者としての夫を発見しつつ、「今」の「幸せ」を獲得したのである。「智的で健康」とは、こうした実子の「今」の姿をこそ指していよう。しかし、実子とは違い、旧弊な徳義を内面化して生きている「十三夜」のお関にも、その小説の末尾に至って、この実子に見るような、それなりの〈成熟〉を感じるのは、私だけであろうか。十三夜の夜、再び嫁ぎ先へと戻るお関は、それまでとは異なるまなざしで夫を見ることができそうではないか。一葉は、小説のなかで、女性の成長・成熟への軌跡を見つめ続けていったように、私には思われる。そして、そう読むことで、深いところで、今を生きる私たち女性への励ましを感じるのである。一葉の小説が、現代においてもなお生きていると感じる瞬間である。しかし、考えてみると、一葉が生きた明治という時代は、女性たちにとっていかに自己実現への道が閉ざされていたことか。女性たちは結婚という制度のなかで、夫の人生に随伴する以外生きる道はなかったようである。ことに、明治二十八、二十九年という、「十三夜」「この子」の背後に流れる時間は、より一層の閉塞感を女性に強いていく時代の幕開けの時でもあった。[*6]女性たちは、個々人のレヴェルでささやかな抵抗を示しつつ、自分なりの「幸せ」を獲得するしかなかったのが、一葉の生きた明治という時代であったようである。

※「この子」本文の引用は、『樋口一葉全集』第二巻（昭49・9、筑摩書房）、「こわれ指環」本文の引用は、古在由重編『紫琴全集』全一巻（一九八三・五、草土文化）による。なお、本文中の傍点は全て筆者による。

※本論の基盤になっているのは、平成十四（二〇〇二）年十一月二十三日開催された樋口一葉研究会第十一回大会（於お茶の水女子大学）での口頭発表である。その直後に論文化を行ないつつ、さまざまな事情で中絶したままであったものを、今回成稿した。また、本稿は、本書「はじめに」で述べた『日本の作家100人　樋口一葉・人と文学』（二〇〇八・三、勉誠出版）と重なる部分があることをお断りしておく。

注

＊1　発表誌『日本乃家庭』（目次には「日本の家庭」と表記。発行所は日本の家庭社）は、明治二十八年十二月一日創刊（第一巻第一号）し、第五巻第二号（明32・2・15）まで刊行された月刊誌である（全45冊）。それ以後は、『家庭教育』と改題して七冊、再び『日本硒家庭』と題して二冊刊行された。「戦争を契機としてのナショナリズムの高揚が背景」となって発行を促す。「婦人の高上と実用的知識の提供を目指す本誌」（榑松かほる（『教育関係雑誌目次集成　第Ⅲ期・人間形成と教育編』第20巻・第33巻　一九九一、一九九二、日本図書センター）という「解題」の説明がある。編集人は当初有明文吉、後半は秋山角弥であった。

＊2　メディアとの関係を踏まえるなかで、早い時期に「この子」を論じたものに関礼子氏「樋口一葉『雪の日』『この

子』の語りをめぐる一考察」(『嘉悦女子短期大学　研究論集』第27巻第2号　通巻46号　昭59・12)や、小森陽一氏「囚われた言葉／さまよい出す言葉――一葉における「女」の制度」(『文学』昭61・8、岩波書店)などがある。

＊3　前掲高田論文では、この子は「私だけのもの」とし、わが子と一対一の関係を生きていく実子を最終的な姿と捉えている。しかし、そうした実子の思い方は、夫との関係を修復する途上で彼女のなかによぎったものであり、一時的な心境としか読めないだろう。

＊4　渡邊澄子氏「一葉論ノオト」(『近代文学研究』創刊号　一九八四・一〇)は、「これほど評判高く、しかもこの第二四六号には花圃の作品」が掲載されていることから「一葉の視野に入らなかったとは考えられない」という「実証」面からの推定を下している。

＊5　『女学雑誌』に掲載された花圃の文章は、ざっと数えても六十五編ほどある。また、明治二十五年二月二十日発行の三〇五号には「中島歌子先生点取」「たつ子録」が載っており、そのなかには「樋口夏子」の和歌がある。一葉と『女学雑誌』の関係は、考えている以上に深かったのではないだろうか。さらに検証を要する課題であろう。

＊6　当時の「女学」の問題は、桜井彦一郎(鷗村・方寸子とも)「新日本女学論史」(『女学雑誌』明29・1・25)、鷗村「女子教育今日の趨勢」(同明29・3・25)など、いくつかの論文を見ても知れる。欧化主義が否定されつつある状況となり、「数年来」「其勢ひを養ひつゝありし保守反動の強暴なる風潮」が強まってきたのである。

「わかれ道」の行方——交差した〈時間〉の意味

1　小説「わかれ道」の構図

私たち読者にとって、小説は、それもいわゆる「純文学」などといわれる小説は、一読してわかったという気持になる読み物ではない。しかし、読むことによって何らかの感動や感慨に浸り、小説から投げかけられた問いや疑問を抱きつつ、考えさせられ、また再読を促される。そして、その小説を〈わかろう〉とする。ことに背後に創作者を意識しつつ〈作品〉として読む読者は、自分の内部に結ばれる、統一的像（物語）を求めて読んでいく。けれども小説は、しばしばこうした読者の読みを限りなくはぐらかし裏切り続ける。小説を読むとは、多くの読者にとってそんな〈体験〉なのではないだろうか。今から百年余り前に発表された一葉の小説「わかれ道」（『国民之友』明29・1・4）を読んだ時、こんな現代の短篇小説を読んだ時と同様な一種茫漠とした印象を与えられ、深々とした読後感に浸される。そして自分のなかに、なかなか統一的像が結ばれず、それによってかえって不思議な新しさに捕らえられもする、——こんな読後感を持つのは私だけであろうか。

この小説では、鉤括弧で括られた会話は一つも出てこないのに（一葉の小説は皆そうなのだが）、吉三とお京と、二人の登場人物の声だけが前景化してくる。「お京さん居ますか」という吉三の呼びかけで始まり、「お京さん後生だから此肩の手を放してお呉んなさい」という悲痛な科白で閉じられる。吉三の孤独な生をつかの間、救い慰めたお京との交わりに、自ら終止符を打った言葉である。あたかも吉三のなかで一つの円環が閉じられ、「物語」も見事に完結したかのような終り方である。しかし、読者はそこに止まることへの居心地の悪さを感じ、書かれていないその後の吉三に思いを馳せ、この科白を聞いた後のお京の心を想像する。なぜなら、この時二人は自らの意思による〈選択〉をしているに他ならないのだから。それぞれの「人生」がふと顔を出したところで小説が終結を迎えることによって、読者は未解決の問いを抱いたまま放り出されてしまうのである。ごく短い作品でありながら、「わかれ道」は決してわかりやすい小説ではない。けれどもそれゆえに、自分なりに〈わかる〉ことを強く促されてしまう小説なのである。これまでの、「わかれ道」の「読まれ方の歴史」をたどって見ても、そんな感想を持つ。

(上)(中)(下)から成る「わかれ道」において、小説内の時間の流れにしたがって場面を現前させているのは(上)と(下)であり、ここでは語り手の語る説明、いわゆる小説の地の文にあたる叙述はきわめて少ない。ただ吉三とお京の会話が繰り広げられる。(中)は、それまでの二人の閲歴の片鱗が語り手によって示されるのだが、それとても語り手の直接的な説明はごくわずかで、それぞれに関わった人物たちのそのつど発した言葉や当人の洩らした言葉あるいは心中思惟が示されることによって、吉三やお京の抱えた背景が提示されていくに過ぎない。ここでも、「わかれ道」という小説世界を統御していくような語り手の存在を読者は実体的に意識させられるわけではない。

「わかれ道」はいわば登場人物の会話だけで成り立つ演劇的世界のような様相を呈している。それも、一幕二場のごく短い、それぞれの人生の断面を示しただけの世界である。語り手の無色透明性[*1]ゆえに、作中人物同士の他者性は強められ、読者が誰の側に立って読むかによって、作品世界は大きく相貌を変えてくる。こうした小説の構図から促される読みは、吉三やお京や、登場人物それぞれにとっての、交差した〈時間〉そのものの意味を問う、といったものなのではないだろうか。描かれた短い時間のなかでの、二人が〈わかれ〉ていく理由を探ることや、〈わかれ〉に至るプロセスを一義的に解釈することが唯一の読みの方向性なのではなく、むしろこの一年にも満たない交差した〈時間〉が、それぞれのなかでどのような意味を持ったのか、あるいは持たなかったのか、そここそを問うことを促されるのではないか。この小説のなかでのドラマは、吉三お京各々の内部で起こっているものに過ぎない。吉三の人生とお京のそれと、二人の生が交差する場、それをきわめて小説的な世界として現前させているのが「わかれ道」なのである。本稿では、こうしたこの小説の仕組みを考えつつ私なりに抱えた、「わかれ道」を〈わかる〉ための問題を、可能な限り小説内言説を通して、また残された草稿から小説生成の現場をのぞくことによって、考察してみたい。

2 「大人にならない少年」

近年の「わかれ道」論を見ると、概ね、お京を読むことに集中してきた感がある。比較的具体的設定（背景）を施された吉三に比べ、お京は、その背景について語り手が沈黙したままに、小説世界に放たれているためである。また、その一方で、語り手はしばしばお京の身体によって受けとめられる吉三の姿を読者に喚起していくのであり、それによってお京の内面がわずかに読者のなかに表象されるからでもある。乏しい情報を検討して、また一葉という作家の問題すなわち外部の情報を駆使して、お京を読み解こうとする。そうした試みを経て、「わかれ道」を読む際の最大の課題である、二人のわかれ、すれちがいを、「大人／子供」の対比で見ていく捉えかたは既に定説化しているに近い。たとえば、こうした指摘を早い時期にした滝藤満義氏[*2]は「お京に吉三の純な慕情がわからなかったわけではない。しかし、それに答えることだけでは、既に社会とかかわって人生を経てきた大人のお京には満足できなかった」、「姉弟の関係だけでは」「女盛りの肉体が承知しなかった」とし、棚田輝嘉氏[*3]は「読者は、感情的に子供の論理を振り回す吉三の側にではなく、大人の論理や実生活をかかえこんだお京の側に寄り添った大人なのだ。読者は別れを悲しむ「一寸法師」吉三の姿に悲惨さを感じながらも、同時に、〝その向う〟に〝沈黙〟しているお京の大人の姿をも十分に理解できる」と述べる。近年の山﨑眞紀子氏[*4]の論も「お京の配慮さえ気づかないほど、吉三は幼い」「お京と吉三の関係は相互依存的なものではなくて、吉三が一方的に甘えている」と指摘、「男／女」という性差だけではないものを読みとっている。また、「辛酸を嘗め尽くしている吉三は、既に世間知に長けた面も持つ少年」とする重松恵子氏[*5]も、お京と吉三との時間（年齢）的差異が境遇を同じくする二人の現在の落差を浮き彫りにするとして、吉三を「見守」るお京と、「彼女の孤独は見えない」「幼い吉三」との対比の構図を見ている。いずれにしろ年齢的落差からくる「現実」認識の相違に「大人／子供」の構図の根拠を見ている点では共通する。そこにはまた、論者それぞれのなかにある「大人／子供」という二項対立の図式によって、書かれていないお京を読み解こうとする試みの反映も透かし見える。しかし、この問題も二人の抱えた内面に、ことに吉三のそれに即して捉えた時、たちまち反転して異なる様相を呈していくことに気がつく。

吉三は「たけくらべ」の子供たちのなかで最年長（十六歳）の長吉・三五郎と同年であり、子供から大人への微妙な「時間」を精一杯背伸びして生きる彼等同様、思春期の真っ只中にいる。ましてや吉三は既に傘の油ひき職人として「大人三人前を一手に引うけて鼻歌交り遣つて除ける腕」をもった職業人として生活しており、その意味では立派な社会人・大人といってよい。この吉三が身体的にも精神的にも一人前の大人へと成長していく「思春期」という「時間」のなかで、お京との出会いを迎えたことの意味は大きい。既に高田知波氏[*6]が、「大人に成るは厭やな事」と嘆く美登利と「響き合うものを持」つ吉三の「成長拒否的願望」を指摘しているように、吉三は観念的には自分の未来・「大人」としての自分を想像することを全く拒絶している少年としてあるからである。しかし、少なくとも美登利は、否定的なものにしろ大人になる自分を具体的に想像することはできた。自然的な成長としての大人への道程を確実に歩いていく自分の未来を想像することはできた。これに対して吉三は、自ら未来を封じた

「子供」であった。こうした設定の意味こそを、顕微鏡で覗くように検証してみたい。

「朝から晩まで一寸法師の言れつゞけで」きた吉三の、成長を停止した身体的ハンディキャップが、「角兵衛の獅子を冠つて歩いた」前身と深く関わったスティグマであったことは見易い。[*7]「夫れだからと言つて一生立つても此背が延びやうかい」と嘆く吉三の宿命の重さは、年齢的にも大人への段階にさしかかった「今」になって一層顕在化してきた。「己れは何うしても出世なんぞは為ないのだから」「誰れが来て無理やりに手を取つて引上げても己れは此處に斯うして居るのが好いのだ」「何にも為やうとも思はない」と一切の上昇意識を自ら遮断する吉三は、確信犯的な「成長拒否的願望」の持ち主であった。吉三の「成長」を阻んでいるのは吉三自身、きわめて内的な問題としてあった。それは、「言れつゞけ」だった他者の〈差別〉の言説が吉三を深く傷つけ、前身を烙印された身体的ハンディキャップがその言われ無き〈差別〉を喚起しつづけていたからに他ならない。「角兵衛の獅子」といえば人身売買か人さらいと相場が決まっていたという時代、親が誰かも知らない出自の不明を抱えた吉三は、生の方向性が何一つ決定できないままに、外部の力によって生かされ、不条理の霧のなかを生き続けてきた少年だった。

「ひよつくり変てこな夢何かを見てね、平常優しい事の一言も言つて呉れる人が母親や父親や姉さんや兄さんの様に思はれて、もう少し生て居やうかしら、もう一年も生て居たら誰れか本当の事を話して呉れるかと楽しんでね、――」。お京に語る吉三のささやかな「夢物語」である。吉三を生につなぎとめるものはこの「物語」でしかない。出自の闇は闇であるがゆえに、吉三を不条理な「心細さ」に陥れると同時に、一方で「物語」を抱かせるという逆説を生んでいた。吉三の家族共同体への帰属幻想はどこまでも募り、それは「自家《うち》の吝嗇ぼうめ」「自家《うち》の半次さん」という言葉に明らかなように、不満を抱きながらも「親方」「主人」の下で「奉公」する「自分」、すなわち家族共同体的擬制を構成する傘屋の吉として生きる「自分」という自己規定が、かろうじて吉三を辛い現在に繋ぎ留めていたことにも関わっている。こうした吉三の前に現れた「愛想を見せ」るお京は、母であり姉であり、あるいは妻にもなりうる、「家族」幻想を抱かせるに充分な、曖昧で多義的な存在であった。つねに吉三の繰り言にも「笑顔」で応じ、「私が少しもお前の身なら非人でも乞食でも搆ひはない、親が無からうが兄弟が何うだらうが身一つ出世をしたらば宜からう」と、「見守」り「励ま」すお京の言葉は、〈差別〉の不条理を生きてきた吉三の心にどれだけ快く響いたか（このことの意味は後述）。外部から訪れる僥倖としてしか未来の光を想定できなかった吉三にとって、お京の出現は久々に訪れたまさに僥倖であった。吉三はこの間、彼女に対して過剰なまでの幻想を紡いでいくことになる。こうした吉三の抱えた重い固有の問題を考えた時、「大人／子供」という一般論的な対比によって見ていくよりもむしろ、十六歳という子供から大人へという微妙な年齢にさしかかった、スティグマを抱えて揺れ動く吉三の心の奥こそが、この「わかれ道」の〈時間〉のなかで見きわめたくなる。

3　吉三の〈恋〉／吉三の葛藤

「己れは何うもお前さんの事が他人のやうに思はれぬは何ういふ物であらう」と洩らす言葉は、単純な「家族」幻想の表出とだけは言い切れない。お京は、未来を封じた「大人にならない少年」の前に現れた、ことさらに親近感を覚える「一人住居」の若くて美しい異性でもあった。十六歳になった吉三の眼に「年頃二十余りの意気な女」お京が、異性としての輝きをもって映らないはずはない。[*8]「お京さんお前は自家の半次さんを好きか、随分厭味に出来あがつて、いゝ気の骨頂の奴では無いか」「質屋の兀頭《はげ》めお京さんに首つたけで（中略）小五月蝿這入込んでは（中略）附届をして御機嫌を取つては居る」とお京の周囲にいる男性の動向や、お京の内心に無頓着ではいられない。またお京の長屋に「入浸る」吉三を、「帯屋の大将のあちらこちら」と「翻弄」て「好い嬲りものに」する「職人ども」に対して、「男なら真似て見ろ」「夜《よ》るでも夜中でも（中略）寝間着のまゝで格子戸を明けて（中略）手を取つて引入れられる者が他に有らうか」と挑発する言葉のなかに、吉三の男性性の顕示（成長願望）が見てとれる。

しかし、お京の眼にはもとより毎夜「御餅」をねだりにくる「町内の暴れ者」「持て余しの小僧」としか映らないし、周囲の同輩たちから見れば、はなから吉三はお京の相手・性的対象には成り得ない存在であった。その理由は、「一寸法師一寸法師と誹ら」れ「廻りの廻りの小仏」とからかわれ続けてきた、吉三のスティグマそれ自体にあった。「背さへあれば人串談とて免すまじけれど」と語り手もいうように、十六歳になる吉三が普通の身長であったならば、「一人住居の相手なしに毎日毎日さびしくつて暮して居る」というお京の長屋に、それも夜遅くに出入りすればスキャンダルを呼ぶこと火を見るより明らかである。「十六なれども不図見る処は一か二か」という子供っぽい体格を〈特権〉として自由な出入りを許されていただけなのである。このことは、上昇意識を拒むところに現れているように、無論吉三自身も自覚していたことではある。しかし、「山椒は小粒で珍重される」と負け惜しみの言を吐きつつも、「一寸法師」としての自分を生まれて初めて肯定することの出来る瞬間を味わっていたことも一方の事実ではなかったか。「己れは此處に斯うして居るのが好い」とお京に洩らす、上昇意識を遮断する沈鬱な言葉は、屈折した感情を抱えた吉三の切実な本音でもあった。吉三はお京を前に、男性性の顕示と「成長拒否願望」という、アンビヴァレンスを抱いて、いわば停止した至福の時間を生きていたのである。したがって、こうした吉三にとって、同輩の「帯屋の大将のあちらこちら」という揶揄の言葉に出てくる、浄瑠璃「おはん・長右衛門　桂川連理柵」[*9]の世界は、ある意味でその「幻想」を甘い方向へと密かにかきたてるものではなかったか。妻もいる分別盛りの中年男と十四歳の少女という常識では考えられないカップルの誕生とその後の心中は、幾重にもかさなった世の中の柵ゆえに導きだされた結末であり、単純な〈恋情〉などとはいえない両人の世界が展開されている。ただ少女お半の純情だけが浮き上がって映るのである。お京への「叶わぬ恋」の純情を潜在させつつ吉三は、「常識」を超えたところでの〈恋〉の成就を夢見ていたのではないだろうか。

吉三とお京との交わりは、「今年の春」お京が「越して来」た時からである。それから一年ほど経た十二月の、ある「夜」の会話を描いた（上）の場面では、「例も」と同じ一方通行の吉三の甘えの構図を示しているかのような光景が繰り広げられている。しかし、この夜吉三は一つだけこれまで自分からは語らなかった心の中のわだかまりを口にする。「話さないでもお前は大抵しつて居るだらうけれど今の傘屋に奉公する前は矢張己れは角兵衛の獅子を冠つて歩いたのだから」という前身を明かす。「角兵衛の獅子」という記号は、出自不明の霧のなかにいる吉三にとって唯一の「手がかり」として在るのだが、同時に朋輩の「悪口」にあるように「生まれると直さま橋の袂の貸赤子に出された」「母親も父親も乞食かも知れない」という連想、いや通念を呼ぶ。吉三は「打しをれて」いう。「お京さん己れが本当に乞食の子ならお前は今までのやうに可愛がつては呉れないだらうか、振向いて見ては呉れまいね」。この言葉はこれまで吉三が日々紡いできたお京への〈幻想〉、「他人のやうに思はれぬ」すなわち姉弟という仮想現実への期待の地平から微妙に逸脱する方向を示している。これまでも、お京からは「私は一人娘で同胞なし」と否定的応答をくり返されてきた吉三が、有りのままの自分をお京に顕示することによって、新たな〈関係〉を生きようとする姿勢を示したことが窺える。心のこだわりを告白した数日後の、（下）の冒頭に描かれたいつになく弾んだ吉三の姿は、ある種の解放感を物語ってはいないだろうか。

そして、お京の妾奉公の噂をめぐって、「己れは其様な事は無いと思ふ」と半次と「大喧嘩を遣つた」のも、十二月三十日の夜お京の口から直接告げられるや「嘘つ吐きの、ごまかしの、欲の深い」と激しく責めまくるのも、単に吉三の生き方の「潔白」さゆえとだけは思われない。「己れはお前が居なくなつたら少しも面白い事は無くなつて仕舞ふ」「何だか己れは根つから面白いとも思はれない」と、お京を失う現実を前に吉三はこの世の終りが来たかのように嘆き悲しむのである。吉三のなかで紡がれた「お京」像と、彼女との共同体幻想（一体化願望）とがいかに大きかったたか。そして、吉三のなかでそれはあたかも〈恋〉というに等しいものに変貌しつつあったのである。読者はこの夜お京とともに、子供とばかり思っていた吉三の純情を思い知らされる。だとすれば、この〈恋〉は「大人にならない少年」吉三に何らかの〈成長〉を促す契機となったはずである。〈恋〉という個的な感情の芽生えは、これまで自分から前に進むということを一切封じていた吉三に、自己を再生する契機を獲得させたと、いえないだろうか。

「私は何うしても斯うと決心して居るのだから夫れは折角だけれど聞かれないよ」というお京の決心の言葉を耳に、「お京さん後生だから此肩の手を放してお呉んなさい」と「涕の目」でお京を「見つめて」自ら別れを〈選択〉した理由もここにある。この時、吉三の眼には自分の思い込みとは無縁なところにある現実の世の中のありようがしっかりと映っていたはずである。

4 「未定稿A」から「定稿」への距離——吉三〈出世〉物語の解体

さて、残存する「わかれ道」の草稿（全集では「未定稿A、B」として整理されている）から「定稿」への改稿過程を追った時、同時にそれが、この小説の通低音が明瞭に聞こえてくるプロセスであったことを知る。ここまで見てきたように、小説末尾で吉三に突きつけられた「現実」とは、個々人がそれぞれの論理によって生きる他ない世の中の仕組みであり、そのなかでの他者との関係性断絶のありようである。その「現実」自体を顕現するという、この小説の基調をなすコンセプトが次第に浮上してくる様相を読みとることができる。

初期「未定稿A」から検討してみよう。ここで、まず気がつくことは、吉三像の「定稿」との差異である。ここまで見てきた「大人にならない少年」という吉三像は当初の構想からの一八〇度の転換だったことがわかる。野口碩氏によれば「この作品（「わかれ道」——筆者注）も相異なる二つの過程が結合して成立した」とのことで、「その一つ」が、『樋口一葉全集』第二巻に整理されている「未定稿A」である。ここには、現在私たちが眼にする「わかれ道」とは異なる書き出しを、何度も試みた形跡が窺える。「一葉」と署名して、「(上)」と記して、いざ書き出そうとした断片が八葉ほど残存しているようである。

「町内の憎くまれもの、傘屋の吉蔵といふ暴れの有けり、」(Ⅰ3)

「一寸法師と一ト口に言はれて、傘屋の吉蔵が名は夫れにて通る町内の暴れもの、」(Ⅱ2)

「(亓処へ行くは傘やの吉ちやんでは無いか、)」(Ⅲ)

「仇名は一寸法師、本名は吉蔵、……」(Ⅳ2)

これら断簡の書き出しを見ると、「わかれ道」を構想し書き始めようとした時、まず「吉蔵」という活発な「暴れもの」の傘屋の少年に照明を当てようとしたことがわかる。なかで最もまとまった形で残されている「Ⅳ2」を見ると、そこには意志の強い潔癖な、そしてなによりも向日的な少年・「吉蔵」の姿が明瞭に造型されていたことが窺える。

小室屋佐吉の傘屋で働く十七歳の吉蔵は、一寸法師と渾名されているように「背のひくい事」「肩幅の狭い処」「憐れの不具もの」と指さされている。しかし、「主を主とも思はねば心にかゝる煩ひも無くて、働きたければ人構はずの勉強」「身のうち常に火のやうにて」と形容されているように、身体的ハンディキャップをはねかえすだけの強さと積極性をもっている。さらに、傘屋で働くことになったいきさつは、「定稿」の「吉三」のそれとは決定的に違う。角兵衛獅子をしていた「九つの暮れ」のこと、兄貴分が「我が貰ひの頭をはねて」「しるこ屋に甘い汁を吸ふにくらしさ」に、「己れも仕たいまゝをして呉れよう」と吉蔵は「途中から逃げた」のである。そして、偶然入り込んだ傘屋の主人にすがって「今夜かへるといぢめ殺されますから、後生お願ひ止めて下さいまし」と必死で頼み込む吉蔵の姿がまず描かれた。この部分は「抹消」の後、さらに改稿(「Ⅳ3」)され、そこには、「すはりこみて、誰れが追へども動きさうにもせぬ」吉蔵が示される。主人の佐吉が、「とつくりと見」た上で「喰はせてやれ」と「呼込」み、その夜泊まらせ、翌日「手まへ傘やの職人に成る気は無いか」と吉蔵自身に決断を迫ったいきさつが描かれている。傘屋の職人になったのは結局のところ吉蔵自身の選択だったのであり、現に今の吉蔵は「働きたければ人搆はずの勉強」[*10]をする職人となっており、「未定稿A」の「V」では、「長火鉢の前に笑ひ顔の良人と顔見合わせ、勢ひが宜いから嬉しいのね」と気持ちよく働く「吉三」[*11]を好もしげに見ている主人夫婦の姿が垣間見えることになる。「Ⅳ2」の語り手は、たとえば「肩ににぎり拳のませた風まで憎《く》げはなくて気の利いた子がらなれども、いかにもをしきは背のひくい事」「誠にみる目は十一か二か（中略）みぐるしくは無けれど、さりとは憐れの不具ものと指さゝれぬ」と語るように、「背のひくい事」を唯一の負い目と理解しつつも、それを負い目とせずに前向きに生きる吉蔵少年に共感の意を示している。「語り」の方向は、何らかの吉蔵の「成長」物語・「出世」物語へのそれを暗示していよう。こうした「未定稿A」に見る吉蔵（吉三）に対して、「定稿」の吉三は、出自の不明という闇をかかえたまま、ひたすら己の人生に背を向ける孤独な少年として現れた。二人を並べて見ると、類似の設定と同時に決定的な差異を認めることができよう。

「定稿」では、吉三が傘屋の職人になったいきさつは、彼を拾った側の論理が強調される形となっている。吉三にとって「恩ある人」となった、「傘屋の先代」「太つ腹のお松」が「六年前の冬」に彼を「拾ふて来」たのは、一つには、足を痛めて歩行困難となった吉三を朋輩が置き去りにして捨てていったのを見て、「可愛想に」という同情心を持ったからであった。が、同時に、その時、家の「皆」に告げたように、お松なりの計算もあった。「判證文を取つた奴でも欠落《かけおち》をするもあれば持逃げの吝な奴もある、了簡次第の物だわな、いはゞ馬には乗つて見ろさ、役に立つか立たないか置いて見なけりや知れはせん」と「皆」を説得し、吉三を油ひき職人として居つかせようとする目論見があった。朋輩に取り残された吉三が帰るところは新網の親方のところ以外には無く、お松に声をかけられなかったら、十歳の吉三は足をひきずり泣きながらでも新網へ戻って行ったはずである。お松は「少《ちつ》とも怕《おつ》かない事は無いから私の家に居なさい」と説得して、吉三を引き止めたのであった。そして「お前新網に帰るが嫌やなら此家を死場と極めて勉強しなけりやあ成らないよ、しつかり遣つてお呉れ」と「言ひ含められ」た吉三は、お松の「吉や〳〵と夫よりの丹精」によって、「目鏡」通り、腕の好い職人になっていったのである。「定稿」の語り手は、この間のことを語るのに、その当時、吉三に向かって、あるいは「家」の「皆」に向かって発した、お松の言葉を示して語っているに過ぎない。その言葉の受け手の思惑も読者には伝えない。おそらく「一代に身上をあげたる、女相撲のやうな老婆さま」の言は有無をいわさないものであったと思われる。その時の吉三は、言われるままに角兵衛獅子から傘屋の油ひき職人に転身したのである。お松が死んで四年、吉三にとって「今の主も内儀様も息子の半次も気に喰はぬ者」であり、この仕事を続けているのは「此處を死場と定めたるなれば厭やとて更に何方に行くべき」というように、亡き「恩ある人」の言葉を内面化していたためである。「今」に至るまで吉三は、自らの人生を決定することを何一つとしてしない、「大人にならない少年」のまま生きてきたのだった。「未定稿A」に見る前向きな吉蔵像は、むしろ「定稿」のお京のなかにこそ見られるものではなかったか。人生に背を向けた吉三像を定位した「定稿」では、出生（過去）にこだわり、「大人にならない」ことを強いられた吉三の姿が中心に置かれていくのであった。ハンディキャップを抱えた少年の〈出世〉物語は解体し、読者は必然的に吉三の内面（内的成長の如何）へと解釈の方向を移動していくことになる。

5　「未定稿B」の位置――お京の〈出世〉と吉三との〈わかれ〉

一方、「お京」が現れてくるのは「未定稿B」からである。「未定稿B」は、全集では「I」以下「IV8」までの十二のブロックに分かれて整理されており、「Ⅰ」は「定稿（上）の下書きとなった断片」、「Ⅳ８」は（下）の末尾に近い部分とほぼ同じで「定稿の制作に関係する断片」とされ、「未定稿Ａ」と比較してより「定稿」に近いものとなっている。「Ⅱ１」以下「Ⅳ７」までは、「定稿」（下）に関する「下書き資料」としてあり、〈別れ〉をめぐってのニ人の葛藤が、どちらかといえばお京を中心にして、くり返し執筆されたことが窺える。

「Ⅱ１」では、吉三はお京が妾になること自体を反対するというよりも、大好きなお京が、希望しない所へ行かされることを案じて反対しているのである。「善い処なの」「当事もない良いか悪いかしれもしない処へ出たらめに飛込んで何うなる物か」と心配し、「全体その親類は善人か」と問う。お京の答えは「何うでいひ人の気遣ひはない、髭武者の嫌やの奴の、考へても身ふるひさ」であり、決心した理由は「いひ事は無くつても、もう洗ひはり仕立物に倦はてた」からだという。「私がこんな事をして居るを幾年に成るとお思ひだ、十四のとしに父親が死んで以来、のべつに人の台所から這入つて、御世辞の安うりをして、馬鹿にされて」と吉三にひたすら訴える。これまで経てきた身の上の不幸と、世の中の不条理に反発し、今の生活を放棄していく自分を打ち明ける。「Ⅱ２」に見える、「お互ひにこんな身で居るのは余り嬉しくも無からうでは無いか、私はこれからはやはらかづくめで世を経ようとおもふよ、何うで私なんぞはいけないのだ物」という言葉も、同様な自棄的なお京の繰り言といえよう。

「Ⅳ１」は、かなりまとまったもので「定稿の制作に関係する断片」とのことである。ここでは、お京から別れを告げられた吉三の反発と、それをなだめて理解を求めるお京の姿が、「定稿」とは微妙に異なる形で丁寧に描かれている。語り手は「吉は我が身の潔白に比べて、つねなつかしき人と思へば人の風説に乗せたくなさ」にと、吉三が反対する理由をお京への思いやりとして説明する。「世間一体その通りをいつて指さすだらうに」と妾への世間の白眼視を心配して止める吉三は、「己れは不承知だ」「己れは厭だ」と頑強な態度をなかなか変えない。お京は「立上つて傍により」「手を取つて身近くに引寄せ」「三つごをあつかふやうにして火ばちの傍へ抱きすくめ」とスキンシップによってなだめ、切々と行かねばならない事情、すなわち生活の辛さを訴えて理解を求めていく。ここでは双方ともに別れ難い思いを抱いていることが読み手に伝わってくる。「両刀たばさんだ流れの末が、無念ではあるまいか」とお京自身妾奉公をすることを『無念』としつつも、やむを得ないこととして受け入れているのである。ここでのお京はかなり自暴自棄に陥り葛藤している。

こうした、お京自身がそのやむを得ない決心の辛さを吐露することがむしろ強調されるという構図は、「Ⅳ5」では、さらに強まり、「定稿」と較べると、お京と吉三の関係は逆転しているかのような様相を見せている。「私も両刀たばさんだ物の娘だ、だゞ《たゞ》人の手遊びにはならない、今に〳〵相応のはたらきをしてみせるからね、何うぞそれまで私の事をつまらない女と捨てずに居ておくれ」と、お京の方が吉三に積極的にこれまでの関係の維持を懇願する。妾になるのは一時の方便でいずれ大きな目的を達成するつもりだと自己弁護し、自分を見捨てるなとすがっていくのはお京なのである。そのお京を吉三は「欲にはまつて、つまらぬ人になんなさるのか」と激しく批判し縁を自ら切っていく。このような吉三の、「妾」に対する否定的な見方は、「未定稿B」のなかで過剰なまでに書き記しては消された痕跡が残されている。たとえば「何も其様な妾なんぞに成つてきたならしい栄耀をしないでも好いでは無いか」（Ⅳ6）とか「馬鹿〳〵しい、くだらない、きたならしい、奥様をいぢめて」（Ⅳ7）といった形容がなされた。しかしこうした記述は結局消されたように、改稿の方向は、吉三の潔癖さがストレートに強調されるというよりも、お京との断絶・別れを意識した吉三固有の問題へと重心を移していった。「勝手にしなさいお前さんは仕事やのお京さんだ、己れは傘やの吉三だ」（Ⅳ5）「お前は仕事やのお京さんだおれは傘屋の吉三だ、何うて《で》思ふ事は違ふだらうさ」（Ⅳ6）「何うで不親切の人が寄合つて居る中に一人心切のなる訳がない」（Ⅳ7）「そんな嘘つつきのごまかしの、欲の深い、利口ものゝお前さんを姉さん同様に慕つて居たが口惜しい」「人をつけ、最う誰れの事も頼む物か」（Ⅳ8）と、人と人との関係性の断絶を意識した吉三の言葉が断簡のなかでくり返し書きつけられ、

「定稿」へと結晶していくのである。

6 「わかれ道」の生成――〈小説〉的世界の顕現へ

「わかれ道」の草稿が「定稿」へと生成する過程を見た時、誰もが顕著な現象として着目し指摘するのは、お京の抱えた背景が捨てられたことである。しかし、こうした「改稿」によってもたらされた現象を仔細に捉えれば、実のところ、背景が捨てられたとか、「消され[*12]」たというのはあたらない。またお京像の「空白化」「朧化表現の徹底化[*13]」という言い方も必ずしも的確ではない。あえて言えばお京と吉三との「関係」の在り方・親昵《しんじつ》の度合いの変化といったらよいかと思う。「未定稿B」においてもお京の過去は吉三に語る言葉として表面化していたわけで、「定稿」ではそれが断片的に洩らされたに過ぎないものになっている、という捉え方があたっていよう。「定稿」のお京は、「未定稿」とは異なりことさらに吉三に向かって弱音を吐いたり、引き裂かれた心中の迷いを相談したりしないのである。孤独な境遇や「随分胸の燃える事がある」と何らかの不条理性を抱えていることは、時折洩らされるものの、それが具体的に吉三に明かされることはない。だからといって、お京が「未定稿」に見る像から大幅に改変されたとはいえない。お京の妾奉公への選択がアンビヴァレンスなものとしてあったことは、「未定稿」に、より一層明らかである。が、それは潜在的にはそのまま「定稿」にも移し置かれている。一方で「上等の運」が「迎ひに来た」と喜びつつ、一方で「何うで此様な詰らないづくめだから、寧その腐れ縮緬着物で世を過ぐさうと思ふのさ」と自棄的言葉を思わず洩らすのである。そして、こうした葛藤を超えて、その上でお京は人生の選択をしていることが窺える。その選択に際して吉三の存在が全く介入して来ないことは「未定稿」も「定稿」も、どちらも同じである。「定稿」では自分の人生として選択していくお京の姿勢だけが明瞭に示されていくのである。「定稿」でも、（下）の場面に見るように、眼の前でわかれを嘆く吉三に対するお京なりの優しさは感じられる。その夜の吉三の感情の動きが摑めなかったゆえに、お京は当初「お前は何うかおしか」と不審を立てずにはいられなかったのである。しかし、吉三の真意（自分への吉三の純情が思いもよらず激しかったこと）がわかると、それなりの思いやりを持って対応していく。けれども、「身一つ出世をしたらば宜からう」と説くお京の生活信条は、作中終始一貫したものとしてあり、「定稿」ではお京の個としての自立した姿だけが強調されていくのである。

「未定稿A、B」で構想された吉三（蔵）の〈出世〉とお京の〈出世〉と。社会の底辺に生きる人間が現実からの脱出、何らかの〈出世〉を考えた時、恐らくお京の〈出世〉[*14]の方が遥かにリアリティをもって想像されたはずである。小説冒頭の場面でお京の口から〈出世〉という言葉が出た時、吉三が「お前さんなぞは」「上等の運」が迎えにくるといいつつ、「お妾に成ると言ふ謎では無い」と、あわてて付け加えたように、お京が境遇を変える最後の手段として、「性」を売ることは誰もが容易に想定できたことであった。しかし、それも一つの人生の選択には違いない。作家一葉は、最下層を生きる孤児吉三の〈出世〉物語の構築に躓きながら（物語の想像力に挫折しながら）、生の選択の限られた、閉塞した現実の世の中自体を見つめる方向に、沈潜していく他なかったのではないだろうか。そして、「未定稿」から「定稿」への生成過程を見た時、そこに共通して浮上してきたのは、そうした現実の閉塞性のなかで生きる、一人ひとりの生の〈模索〉の姿ではなかったか。過酷な境涯にあっても、否、それゆえにこそ、人は結局、個（孤）としての世界を生きる他ない。それは明治という新たな時間のなかで、人々に強いてきた論理でもあった。しかし、個としての〈自由〉をもって懸命に生きれば生きるほど、人は他者との関係性の断絶から免れ難い。人と人との関係性の断絶という現象は、現実の世の中の一断面として、前近代的な共同体的世界を生きる人間には、ある意味で過酷なものとして迫ってきたはずでもある。外部の力で生かされてきただけの、吉三のような人間にはなおさらのことであった。

しかし、「わかれ道」のなかで吉三を取り巻く女性たち、吉三に束の間救いの手を差し延べた女性たちは、皆なんと個としての生を貫く映像を見せていることか。お京はしかり。傘屋のお松も、吉三を単なる同情だけで受け入れたわけではなく、商売を仕切る人間としての固有の論理をきちんと働かせていた。かつて吉三を「可愛がつて呉れた」という紺屋のお絹さんの「お嫁に行くを嫌やがつて裏の井戸に飛込んで仕舞つた」という不幸な生涯も、吉三とは無縁のところで、自らの意思を貫いて自死を選んだお絹の個としての生き方を浮き上がらせている。吉三にとってお松やお絹との別れは、〈死〉という絶対的現実によってもたらされ、それぞれの他者性が吉三のなかに表象される機会は必ずしもなかった。その意味では、この夜のお京との別れこそが、初めて吉三のなかに世の中の現実の一断面として厳しく突きつけられたものだった。吉三にとっての「わかれ道」の意味が、「今宵」初めて問われてくるのであり、ここにきわめて内的な形での吉三〈成長〉物語が浮上してくるのである。

和傘屋・紺屋・妾奉公・裁縫師・油ひき職人・角兵獅子、「わかれ道」に出てくるこうした記号は、近代化の進む時間のなかで次第に消えていった記号である。これら前近代的職種・生活形態[*15]によって成り立つ世界を「わかれ道」は色濃く映し出していた。けれども、「わかれ道」に表象された人間模様のありようは、明治という〈近代〉の時間によって現象してきた世界をまぎれもなく顕現しているのである。ここにこそ、極めて〈小説〉的世界として顕現された「わかれ道」の世界の、真の〈新しさ〉がある。そして、一人ひとりの読者が、吉三やお京の〈未来〉を占う意味がここにこそ在る。「近代化」の行方を考える一つの〈場〉が提示されているのである。

※「わかれ道」本文の引用は、『樋口一葉全集』第二巻（昭49・9、筑摩書房）によった。本稿中の傍点は全て筆者による。

注

＊1 原文に即した「わかれ道」の現代語訳（『現代語訳　樋口一葉「十三夜他」』平9・3、河出書房新社）を試みた阿部和重氏は、本書の「後書き」で、作業をしていくなかで生じた一つの大きな疑問、「この物語はいったい誰が語っているのか？　という謎」が、「いまも頭を離れない」と語っている。訳のなかで既に、阿部氏の「物語」化への試みが成されているように、この「謎」は読者各自に解明を委ねられている。読者のなかで多様な「物語」を再生させうる言説の探求が、一葉の〈小説〉構築への軌跡ではなかったか。

＊2 「『わかれ道』」（『現代文研究シリーズ17』『樋口一葉』昭62・5、尚学図書）

＊3 「樋口一葉『わかれ道』―語り手の位置・覚え書」（『考』1号　昭60・6）

＊4 「すれ違う物語―『わかれ道』論」（『樋口一葉を読みなおす』所収　平6・6、學藝書林）

＊5 「樋口一葉論―吉三の〈わかれ道〉」（『萩女子短大研究紀要』1号　平5・12）

＊6 「『わかれ道』の位相」（『駒沢国文』25号　昭63・6）、のち『樋口一葉論への射程』（平9・11、双文社出版）所収。

＊7 平出鏗二郎『東京風俗志』上巻（明32・10、冨山房）「第二章　社会の組織及び其情態」「窮民の業―辻芸人、物貰」の項目参照。なお山本欣司氏（「出会わない言葉の別れ―『わかれ道』を読む」『論集樋口一葉』所収　平成8・11、おうふう）も、吉三の前身から、「幼少期からの慢性的な栄養不足による成長不良と解釈すべきであろう」と類推している。

＊8 関礼子氏は、「貧者の宵―『わかれ道』」（『文学』昭63・7のち『語る女たちの時代―一葉と明治女性表現』所収平成9・4、新曜社）のなかで「ウワサのなかの二人は、期せずして性的な関係を演じている」と指摘している。

＊9 ここでは『菅専助全集』第四巻（平成5・1、勉誠社）所収のテクストを参照した。「桂川連理柵」の長右衛門も吉三と同じく孤児である。なお「実説」と称されるお半長右衛門桂川心中は、その他にも歌舞伎に脚色されたものがいくつかあるとのこと（岩波文庫『近頃河原達引・桂川連理柵』頼桃三郎氏「解説」）。

＊10 竹内洋氏は、『立身出世主義―近代日本のロマンと欲望』（『ＮＨＫライブラリー』平9・11、日本放送出版協会）

「第2章　勉強・遊学・書生」のなかで、「勤勉」を意味していた「勉強」という語が、明治10年代に入って「学習」の意味に「ほぼ定着し」、立身出世と学問が緊密に結びついていった経緯を考察している。ここでは、従来の「勤勉・努力」を意味していると思われるが、いくぶん「出世」と結びついて使われていることは否めない。「未定稿B」では、傘やの息子半次について「餅を食べるといが悪くなるの、大食は脳に障るのといやに医者がつた詞を覚えて、いやに養生を振廻すがをかしい、傘屋の息子は傘やの息子にした方がいゝね、今斗な学問なんぞやらせるから彼んな狂気じみた事を並べるのだ」と、吉三に言わせている。「わかれ道」というテクストが、「近代」における「出世」を考えるそれとして構想されていることが窺える。

＊11　「未定稿AV」では「吉三」という呼称になっている。「吉蔵」から「吉三」にどの段階で変わったのかは不明である。だが、「わかれ道」が掲載されたと同じ『国民之友』に載った星野天知「のろひの木」には、「片目しひたる見憎き若者」「吃り男」吉蔵が描かれていることを考えると、天知との間でなんらかの調整があったかと想像される。

＊12　前掲（＊3）棚田輝嘉氏論文

＊13　前掲（＊6）高田知波氏論文。なお、高田氏の「決心を変えないお京の強靱さに向かって収斂していく作品として読まれるべきだ」という指摘には共感を覚えたことを、お断りしておく。しかし、その上でやはり吉三の心の奥に読者の関心は収斂していく作品として私は読みたいと思う。そして、こうした双方向の読みを誘うのが「わかれ道」だとあえて言いたい。

＊14　菅聡子氏「一葉の〈わかれ道〉―御出世といふは女に限りて」（『国語と国文学』平5・2）は、女の「御出世」とそれに対する一葉の捉え方について考察している。

＊15　近世以来の職人社会の名残りを止める「わかれ道」の世界が、新しい近代の時間のなかで「退潮を余儀なくされてい」く諸相についての考察は、前掲（＊8）関氏の論文に詳しい。また、中丸宣明氏「吉三の肖像―一葉と深刻小説のあいだ」（神奈川歯科大学・湘南短期大学『湘南文学』平9・10）も、こうした前近代的記号への考察を重ねている。

「われから」――〈小説〉的世界の顕現へ

1――錯綜する人間世界の小説化――「われから」の評価をめぐって

それにしても、一葉がこの最後となった小説で試みたものは、なんと複雑な人間模様の顕現だったのだろうか。人それぞれの思い込みや心理がものごとの解釈を決定し、他者との関係性をかたち作っていく。そしてそれが思わぬかたちで結果をもたらしてくる。その錯綜した人間世界を小説化するという困難な課題に挑戦したのが「われから」(『文芸倶楽部』明29・5)だったのではないだろうか。まさに一葉は本格的近代小説[*1]の世界の実現に向けて歩き始めていたに他ならない。私は読後そんな思いを抱いてしまう。発表当時から現在にまで至る、この小説に対する読みとりや評価のゆれは、こうしたこの小説自体の持つ性格を如実に示しているようにさえ思われてくる。ヒロインの「姦通」に対しても、読者は自分自身の倫理や主観を反映しつつ読んでいかざるをえない、という仕儀に立ち至らされてしまう。一葉は読者一人ひとりをこの小説の仕組みのなかに巻き込んで、人の世の断面を突きつけているようである。

また、こうした小説構想のためか、「われから」の「未定稿」は他の作品に較べ、群を抜いて多いのである。現在もっとも権威のある筑摩書房『樋口一葉全集』には、「琴の音」を除いて、未完の「うらむらさき」も含め二十一編の、発表された作品に関する「未定稿」が「成立順」に各作品末尾に配列されている。一葉の作品生成のプロセスが、現時点で可能な範囲で窺える構成になっている。そのなかで、「われから」の「未定稿」は、百ページ余りを占めている。通読していくと、紆余曲折、試行錯誤を重ねた跡が如実である。「定稿」との差異はどの作品よりもきわだっており、それゆえに、一葉の小説構想の本格化や、ある意味での変容やを示す軌跡となっているようである。「われから」草稿のなかで、一葉は、さまざまな作中人物一人ひとりの設定を、いつになく綿密に、執拗に行なっている。

近年「われから」論が頻出し、どちらかといえば評価の低かったこの作品の見直しがなされている。その評価の仕方は、女性の〈性〉や〈身体〉という側面から〈家〉という制度を相対化している、という多分にフェミニズム的な観点から――藪禎子氏[*2]が最も尖鋭に提出していると思われるが――再評価の熱い視線が向けられる、というものである。一葉の言説が生理的・身体的なところから紡ぎ出されていることは女性読者である私も強く感じるところである。しかし、たとえば「美尾の出奔」を「性の解放」として捉えることによって再評価がなされていくのでは、「われから」を「失敗作」とする、同時代批評以来、一方で根強く続いている否定的評価の声を消すことはできない。本稿では「われから」への私自身の「評価」の一端を検証していくことによって、貶められていたこの作品を復活させてみたい。そのための第一歩として、まずこの小説の語り手[*3]の諸相に着目することによって、作品構造を捉えることに主眼を置くことにする（なお、本論は平成六年十一月の樋口一葉研究会第三回大会で口頭発表したものに基づいていることをお断りしておく）。

2　「われから」の冒頭――二組の夫婦の破綻物語への序章

「哀れに淋しき旦那様の御留守、寝間の時計の十二を打つまで奥方はいかにするとも睡る事の無くて」と、冒頭で語り手は「奥方」という呼称を使いながら、夫の留守の孤閨の淋しさを抱く妻の側から夫への敬語を使い、彼女の内言へといきなり入っていく。眠られぬ夜の「奥方」のもの思いは、去年の今頃のことから近頃の夫の行状・変貌へと止めどなく膨らんでいくのである。次第に社交の場を拡げ、外出・外泊の多くなった夫と、家の内という狭い世間にしか置かれていない自分という対比が「奥方」のなかで際立ってくる。「奥方」は「夕かた倶楽部へ電話をかけしに三時頃お帰りとの事」と、夫の所在を確かめる電話[*4]をかけながら、既に不在であった夫の行く先をあれこれ詮索する。今や「奥方」にとって夫の言葉は「口先」「お利口」「嘘」と受けとめられ、「押へ処の無いお方」とする他ない。この小説が、こうした夫との心の懸隔からくる、妻の虚しいもの思いによって始められていることに注目した時、「われから」の一見分裂しているかのような構造も新たな観点から、すなわち二組の夫婦の破綻へのプロセスとして捉えかえされてくるのではないか。そしてその破綻は、町子の日常的なもの思い、美尾の「心の狂ひ」(四)と、結婚生活のなかで妻の側が抱え込んだ何らかの満たされない思いが発端となって展開していくことになる。「われから」の語り手はこうした小説世界の構築へ向けて意識的である。

後に読者に知らされるように、この「奥方」・金村町子は二十六歳。生後四ケ月の時に母が家出、以後父には疎まれつつ人のぬくもりを知らずに生い立つ。まだ少女といっていい頃に政治家である今の夫恭助を婿として迎え、やがて父を亡くす。以降子供にも恵まれないまま、「兄とも親とも頼母しき方」(八)と、夫を、天涯孤独の身の唯一の支えとして生きてきた。父親の残した「幾万金」によって気ままな生活を送ってはいるものの、結婚して「十年余り」、町子は今日この頃の夫に対する不満と不信の念を拭うことができない。こうした「奥方」が、「ぬば玉の闇たちおほふ」深夜「僅かに光りほのめく」のを見つけて、人恋しさから書生部屋を訪問する、という行為が冒頭の内言に続いて描かれる。孤独な「奥方」の自然であるかのように。そして一方で語り手は「廊下の闇に恐ろしきを馴れし我家の何とも思はず、侍女下婢が夢の最中に奥さま書生の部屋へとおはしぬ」と、「奥さま」の軽率さを暗に批評してもいる。この視線は「お子様なき故」「あらばいさゝか沈着くべし、いまだに娘の心が失せで」「一家の妻のやうには無く」「奥様とも言はれぬる身ながら」(三)というように、人妻らしからぬ「奥さま」の日常を冷やかに見ていく眼と重なっていくものである。しかしこの語り手を単純に「「女中」たちの「こゑ」と同じ位相にある、家の内部の潜在的外部としての言葉」[*5]の発話者とのみ捉えていくことはできない。語り手は表層で名流夫人らしからぬ「奥さま」の未成熟さを敬語を利用してアイロニカルに語りつつ、一方で「町子」が深層に抱え込んだ孤独と不安の必然性をも追っていく(語り手はこの二層の語りのなかで呼称の区別を明瞭に施している)。内と外との双方向から末尾の町子の孤立へ、夫婦の破綻へと導いていく。その二層の語りは互いに補完する関係にあるといえる。

またこの語り手は他の作中人物たちの知らない「奥さま」の情報を読み手に与えてもいる。第二章の「奥さま」の深夜の書生部屋訪問は、これだけでも「不義ものと一喝」[*6]されても仕方のない時代のことではあった。しかし、発表当時からかまびすしいヒロインの〈姦通〉云々という議論も、読者は語り手に即して考えてみる必要がある。火鉢を挟んでの二人の会話からは、なんらの〈不義〉の匂いもかぎとれない。語り手はその場を現前させ、その間の時間が「雪灯」の「蠟燭いつか三分の一ほどに成りて」という程度の時間であることを明示する。また、三章から七章までは町子の両親の話が入れ子型のように挿入されていくのだが、その導入部で「目鼻だちより髪のかゝり、歯ならびの宜い所まで似たとは愚か母様を其まゝの生れつき」(三)と、ことさらに母親似を強調する語り手の言葉は意味深長である。父親の与四郎亡き今「奥様」の母親・美尾の容貌を具体的に知る者はいない。いわゆる「美尾物語」とされる部分の語り方を眺めた時、背後で語り手が町子はもとより知らぬはずの、町子の出生の秘密・町子の〈不幸〉という情報を意識しつつ語っていることがわかる。この小説の語り手はひとつの〈世界〉の構築へむけてきわめて意識的な語り手であることがわかる。いわば全知の視点からの語りがなされているようである。

3　美尾の抱えた問題の内実

いわゆる「美尾物語」の語り方は、過去のできごとを了解した上で、今の時点からつまり町子の部分を語るための必要性から招き寄せられているという語り方である。「今の桜雲台」「今様ならば襟の間に金ぐさりの」[*7]（四）という言葉が挿入されるように、明治初年代と二十年代末の現在と、時代の差異が意識されている点もそのことを裏づける。意図のひとつには確実に町子の出生の秘密を明かすということがあった。語り手だけが知る情報として、町子の孤独の背景を説明する必要性から要請されていったのである。しかし、それだけでは十三章中五章を占める分量が費やされたことの意味は解けない。ひとまずこの部分で語られたことの実態を捉えて見る他ないであろう。

実のところ町子の父親が本当は誰なのかという議論を語り方に即して考えてみると、語り手だけが知っている情報として読者に示唆されているに過ぎないことが見えてくる。「ありし梅見の留守のほど、実家の迎ひとて金紋の車の来」（五）た日の美尾の無断外泊の際、「与四郎は何事の秘密ありとも知らざりき」（三）と語り手は「秘密」の存在を暗示する。結婚五年目、子供のいなかった夫婦に子が生れるに至る発端の出来事と理解される。「お美尾が病気はお目出度かた成りき、三四月の頃より夫れとは定かに成りて、いつしか梅の実落る五月雨の頃にも成れば、隣近処の人々よりおめで度う御座りますと明らかに言はれて」「此十月が当る月」という経過がその後に示され、語り手はほとんど〈不義の子〉として町子を捉えていることが窺える。しかし「さりとも憎くからぬ夫婦は折ふしの仕こなし忘れがたく」（五）という夫婦の日常性のなかで、与四郎も、また美尾自身でさえ疑念はあってもその確信はなかったのではないか。ただ美尾がこの時以降、夫に言えない「秘密」（罪）を抱え込み、ひそかに新たな心の葛藤を始めたことだけは確かであろう。テクストの表面には何も書かれていないけれども〈想像〉することは容易である。

この出来事の一年ほど前から、すなわち結婚四年目の春四月十七日の花見の折に華族の一行に遭遇したことが、更新させる契機となった最初の〈変貌〉といえる。それ以降、美尾が「此ある甲斐なき活計」（五）に満たされないものを感じ、物質的欲望に囚われ、ある種の上昇志向を抱くようになったことは確かである。それを美尾は夫の〈出世〉ということで解決しようと熱心に働きかけた。一方与四郎の方は妻の物思わしげな様子を単純に浮気かと勘ぐってしまい、妻の「諌め」（五）や励ましを正面から受けとめず、「勤めに出るさへ憂がりて」、「悋気」から妻の「傍を放れじとする」始末。与四郎にとってこの美しい妻は、誰にも取られたくない宝物であったのである。「互ひの思いそはそはに成りて」（傍点は原文）と夫婦間の水面下での葛藤が一年ばかりあったことが窺える。この間のことは、さらに過去を振り返って語るという大過去の時制の形で挿入されており（四、五章）、そこでは美尾の内面もそれなりに語り手によって説明されている。しかし、「幼馴染」（三）の美尾に「恋」をして結婚したように（美尾の家は母ひとり娘ひとりであり、その結婚は当初から困難を乗り越えてのものだったことを想わせる）、基本的にこの夫婦の仲は、しごく円満だったと思われる。そこに美尾の母親の介入があったことによって、事態は複雑な様相を呈するようになり、夫婦は結果的に破綻を余儀なくされていったのではないだろうか。

「梅見の留守」の美尾の〈不義〉は、「家内あけ放しにして」（三）、身繕いも「其まゝ」にと、実家からの不意の呼びだしによるものであったのであり、美尾自身の意思による行動とは必ずしも読めない。美尾の母親の巧妙な計画が遂行されたようである。「一廉の働きをして、人並の世の過ごされる様に心がけたが宜からう」という六章冒頭に示される美尾の母親の与四郎への忠言を見ると、その提案には具体性とそれなりの説得力が備わっている。その言に対して反発しか感じない与四郎に、語り手は「心おごりて」「高々と止まれば、母を眼下に視下して」と批判的な視線を向けている。実のところこの母親の忠言は、今少し生活の向上を計って欲しいという先の美尾の「諌め」と重なっていたものであった。だが、この時の与四郎の耳にはただ痛いものとしてしか聞こえず、事の本質を見過ごしてしまうのである。それとともに美尾の夫を促しての自己実現の道も遠のいていったのではあるまいか。このあたりに夫婦の間の曲り角があったようにも見えてくる。

「美尾物語」とされる部分のなかで美尾の〈変貌〉は二回あった。先述の最初の〈変貌〉の中身は、語り手もいうように「若き心」(四)ゆえの漠然としたものであったと思われる。いわば美尾個人の内的な問題であった。しかし無断外泊以後の二度目の〈変貌〉はそれとは質の違う深刻なものであったはずである。以後「兎角に物おもひ静まりて、深くは良人を諫めもせず、うつ〳〵と日を送つて」「しのびやかに吐息をつく」(五)という表情を見せた後、妊娠・出産を挟み、やがて乳飲み児の町子を置いて出奔ということになる。その直前に「お美尾は日々に安からぬ面もち、折には洟にくるゝ事もあるを」(七)という様子を垣間見せる。しかし、それ以外美尾の内面は一切示されない。ここにまで至る間、美尾は夫と母親との間で引き裂かれ、「迂路〳〵」(六)しつつ、ひとり心のなかで葛藤をくり返していたのではなかったか。「美尾は死にたる物に御座候」(七)という、残していった「文《ふみ》」の言葉は悲痛である。この美尾を捉えて、〈妻〉・〈母〉としての生を捨て〈女〉として生きる道を選択したなどと言い切るような、「新しい女」的な評価を、単純に下すことはできないだろう。与四郎・美尾夫婦の破局の原因には、既に渡邊澄子氏[*8]に指摘があるように美尾の母親の論理が強く介在していたのである。三者がそれぞれの論理をもちながらぶつかりあうなかで、その〈声〉がもっとも封じ込められていったのはやはり美尾だったのではないだろうか。そしてこの点に、町子の〈声〉が、夫や世間の思惑が錯綜するなかで封じられていったと同様の経緯が認められるのではないか。

4　作中人物それぞれの思惑のなかで——町子の孤立への必然

語り手は八章で再びいわゆる「町子物語」へと回帰してきた時、奥様町子の「機嫌かひの質」を紹介するが、この性格ゆえに派生する「人に物を遣り給ふ」「道楽」によって結局自らを外側から窮地に追いつめていくことになる。その顚末へのプロセスを、語り手は全篇を通して周到に描いている。金村家で働く使用人たちは忠義な僕などではない。公平な報酬を分配しない「奥様」に対して、恩恵に預かれない者はひそかに不平不満を募らせていく。

其事あれば夜と言はず夜中と言はず、やがて千葉をば呼立てゝ（中略）無骨一遍律義男の身を忘れての介抱人、の目にあやしく、しのびやかの咡き頓て無沙汰に成るぞかし、隠れの方の六疊をば人奥様の癪部屋と名付けて、乱行あさましきやうに取なせば、見る目がらかや此間の事いぶかしう、更に霜夜の御憐れみ、羽織の事さへ取添へて、仰々しくも成ぬるかな、あとなき風も騒ぐ世に忍ぶが原の虫の声、露ほどの事あらはれて、奥様いとゞ憂き身に成りぬ。（十三）

引用は最終章冒頭、語り手が「奥様」の不幸な末路を語った所である。さり気ない数行のようである。が、ここには人の主観的な思惑や心理がものごとの意味を決定しながらひとつの現象をつくりあげていった過程が、それ以前の具体的な事例をいちいち踏まえつつ集約的にかつ微妙な語り口によって示されている。たとえば、無骨で実直な書生・千葉の介抱を「あやしく」見たのは誰かと考えれば、小間使の米としか思えない。米は「小間づかひの米よりほか、絶えて知る者あらざりき」（十一）というように家中でもっとも奥様の身近につかえ奥様の行動を熟知している女中である。その米は千葉に対して恋慕の情をほのかに感じていた。「時雨ふる夜」（十）中働きの福が奥様の気晴らしにと千葉の初恋物語を語った時、最も興味を示したのは米だった。「夫れは何方からと小間使ひの米口に出すに」「小間使ひ少し顔を赤くして似合頃の身の上、悪口の福が何を言ひ出すやらと尻目に眺めば」「お米どん何とゝ題を出されて（中略）私は知らぬと横を向く」と、この場面で語り手はくり返し初々しい反応を示す米の表情を素描している。多少の嫉妬も働いて、米の眼には千葉の奥様への介抱が過剰なものと映ったのである。

また一方奥様のこれまでの千葉への心遣いも突出したものとして周囲の者たちに映り、それによって被害を被った者に、ある種の屈折を抱えこませたようである。「霜夜の御憐れみ」「羽織の事」などは、なかでも「物縫ひの仲」によって、ことさらに意味を含んで語られたはずである。「何事も無くて奥様、書生の千葉が寒かるべきを思しやり、物縫ひの仲といふに命令て、仰せければ背むくによし無く、少しは投やりの気味にて有りし、飛白の綿入れ羽織ときの間に仕立させ、彼の明る夜は着せ給ふ」（八）とあるように、そのために仲は「大急ぎ」（二）の仕事を課せられたのであった。「しのびやかの咡き」や「忍ぶが原の虫の声」[*9]や、すなわち根のない噂が、「仰々しく」なるにはそれなりの理由があったのである。そして、この噂が家内に止まらず外へと流出していったのは「渡り者」（八）の中働きの福のためであった。「かねてあら〳〵心組みの、奥様お着下しの本結城、あれこそは我が物の頼み空しう、いろ〳〵千葉の厄介に成たればとて、これを新年着に仕立てゝ遣はされし、其恨み骨髄に徹りてそれよりの見る目横にか逆にか、女髪結の留を捉らへて珍事唯今出来の顔つきに、例の口車くる〳〵とやれば」、外部へと「一町毎に風説《うわさ》は太」っていったのである。夫の耳に入ったのもこの段階であった。語り手はこのように登場人物一人ひとりが抱え込んでいる思惑や心理を、明確な隈取りをもって描き出すことに自覚的であった。そして、ものごとの意味は各々思惑を抱え込んだ〈他者〉が決定する。ここにこそ語り手の世の中を捉える基本的原理が隠されてあった。

5　結末へ――町子の「一念」／町子の成熟

町子・恭助夫婦の破綻は、町子が抱え込んだ夫婦間に横たわる本質的な問題は不問のまま、外圧を受けた恭助自身の論理によって遂行されていく。町子が夫への不信感を決定的にしたのは、十二月十五日、夫に妾と十一歳になる男の子がいることを偶然知った時である。以後「さま〴〵物をおもひ給へば、奥様時々お癪の起る癖つきて」という状態になり、件の状況に発展するまでの時間はほぼ年末の一、二週間。町子の癪は短期間に治まったようで、世話になった千葉に「新年着」を与えてもいる。それに引き替え、恭助が〈噂〉にうろたえた挙句「別居」という結論に至るまでにはあしかけ四ケ月もかかっている。「今日は今日はと思ひ立ちながら、猶其事に及ばずして過行く、年立かへる朝より、松の内過ぎなばと思ひ、松とり捨つれば十五日ばかりの程にはとおもふ、二十日も過ぎて一月空しく、二月は梅にも心の急がれず、（中略）今はと思い断ちて四月のはじめつ方」「別居の旨をいひ渡しぬ」。一見町子への情愛から躊躇逡巡しているかのように見える。しかし、恭助の論理は常に世間体と政治家としての自身の地位の維持、保身にこそあった。

「安からぬ事に胸さわがれぬ、家つきならずは施す道もあれども、浮世の聞え、これを別居と引離つこと、如何にもしのびぬ思ひあり、さりとて此まゝさし置かんに、内政のみだれ世の攻撃の種に成りて、浅からぬ難義現在の身の上にかゝれば、いかさまに為ばや」「金村が妻と立ちて、世に耻かしき事なからずはと覚せども、さし置きがたき沙汰とにかくに喧しく、親しき友など打つれての勧告に」（十三）

この恭助の思案のなかには町子への直接の配慮は何もない。町子の〈不義〉の真偽を問い質す意思さえない。ただ「浮世の聞え」「世の攻撃」「世に耻かしき事」への憂慮だけがある。国会開設・憲法発布という政治の季節を、養父の財力によって泳いできた男の実体がここにある。一方、この間の町子の内面は一切明かされていない。しかし「浮世は花に春の雨ふる夜」、夫から別居を言い渡された時、涙ながらに訴えた町子の言葉は確実に以前の彼女とは違っていた。「私を浮世の捨て物になさりまするお気か、私は一人もの、世には助くる人も無し、此小さき身すて給ふに仔細はあるまじ」。この「私は一人もの」という町子の孤独の自己認識は、夫を唯一の頼りとするゆえにその夫との心の乖離に不安を抱き、虚ろな日々を送っていた町子とは一線を画するものであった。

　この「十年余り」の結婚生活のなかで、町子は町子なりの成熟を示している。小説冒頭の内言のなかで漏らされた、一頃「散々といぢめていぢめて、困《いぢ》め抜い」たという夫の身持ちの悪さを責める言葉は、この小説末尾の現時点での町子には見られない。九章には夫への直接の訴えが描かれているが、その言葉には格段の成長を見せている。ひそかに感じている夫の浮薄さや夫への不信感やはおくびにも出さず、夫との間に距離を感じ置き去りにされてしまう自分の心細さ・淋しさを率直に夫に向けて吐露しているのである。しかし夫は自らの処世の論理から保身に懸命で、町子の言葉を正面から受けとめることはない。町子が癪を起こしていくのは、次第に心の不安を裏付ける事実にぶつかり、夫への言葉を内にこめざるをえなくなった当然の帰結であった。抑圧状態のストレスからくる心身症といえる。町子は夫の裏切りの前に何ら関係打開への道も見出せず、孤独な自己を深く認識していったのである。それは今の生活が「身にそぐなはぬ事ならば」（九）として抱え込んだ潜在的不安が現実となっていくプロセスでもあった。全てを失い「浮世の捨て物」にされた町子[*10]は、「一念が御座りまする」と夫を「はたと白睨む」。「死にたる物」として商品のように妾になっていった母親の美尾とは異なり、この時から本当の意味での町子の成熟の道が拓かれていくように思われる。二組の夫婦の破綻への過程を重層的に描きながら、妻の〈声〉の行方を追っていったのが「われから」だったのではないか。問題設定を限定しながらも多くの論点を残してしまった。別稿を期したい。

※本文の引用は『樋口一葉全集』第二巻（昭49・9、筑摩書房）による。なお、本稿中の傍点は、特に断りのない限り全て筆者による。

注

＊1　西川祐子氏は「樋口一葉のモデルニテ」（『国文学』平6・10）で、一葉小説が「世界の近代文学に共通するテーマと構造を持つこと」を指摘している。

＊2　「『われから』論」（『透谷・藤村・一葉』平3・7、明治書院）及び「みたりける夢の中――一葉と「性」の解放」（『クレド』平5・12）。

＊3　「語り手」に着目した論に、関礼子氏「物語としての「われから」」（『立教大学日本文学』昭61・12）重松恵子氏「樋口一葉「われから」論――母娘の物語が指向するもの」（『近代文学論集』平4・11）がある。

＊4　明治二十三年十二月東京・横浜に電話交換局が開設、電話需要の機運は急速に高まっていく。二十九年には「既設四千人、外に申込三千五百人といふ盛況」（『増補改訂明治事物起原』下巻「明治文化全集」別巻　昭44・2、日本評論社）であった。「われから」の背後には電話が普及し始める時代が意識されている。

＊5　小森陽一氏「囚われた言葉／さまよい出す言葉――一葉における「女」の制度と言説」（『文学』昭61・12）

＊6　「三人冗語」（『めざまし草』明29・5・25）

＊7　平出鏗二郎『東京風俗志』「中の巻」（明34刊）に「今の世の流行は金に風通・光琳模様殿様風に腰元風なり。金時計に金鎖・金縁眼鏡に金煙管・金の入歯・金簪に金の襟留、紙入・煙草入・帯留の金物まで金なれば」とあり、日清

戦争後の風俗が窺える。

＊8　「一葉文学における新たな飛躍――「われから」論」（『樋口一葉を読みなおす』平6・6、學藝書林）

＊9　「あとなき風も騒ぐ世に忍ぶが原の虫の声、露ほどの事あらはれて」という表現は、『夫木和歌抄』巻第二十二雑部四の「あらはれてつゆやこぼるるみちのくのしのぶがはらにあきかぜぞふく」という歌が踏まえられている。しかし、一葉の文章は引き歌として踏まえているというよりも、縁語的発想で書かれているかのようである。「忍ぶが原の虫の声」とはその前の「しのびやかの囁き」同様女中達の囁き・噂話を指していると思われる。

＊10　この町子の法的立場については高田知波氏「〈女戸主・一葉〉と「われから」」（『駒沢国文』平5・2）に詳しい。

付記　題名については①「あまの刈る藻にすむ虫のわれからと音をこそ泣かめ世をば恨みじ」（『古今集』巻第十五恋歌五典侍藤原直子朝臣）②「恋ひわびぬあまの刈る藻にやどるてふわれから身をもくだきつるかな」（『伊勢物語』「五十七恋ひわびぬ」）を典拠とする理解が一般化している。が、①の出典として『伊勢物語』「六十五在原なりける男」の段にも注目すべきと思われる。管見の限りでは、西尾能仁氏『一葉・明治の新しい女』（昭58・11、有斐閣）が触れているに過ぎない。「われから」という平仮名表記のこの題には、藻に寄生する虫のように夫へ依存する妻のイメージと、自らの軽率さが招いた結果に気づきつつ、さらに自ら道を切り拓いて自己実現を目指すイメージと、相反する両義性がこめられていると思われる。なお和歌については中古文学研究者の加藤静子氏から多くのご教示を戴いている。

一葉の草稿

近代作家の手稿を読むのが好きである。作家の肉筆で作品を読むと、作家の「身体」が感じられ、声や息使いが伝わってくる。加筆や削除の跡が、作品生成の軌跡を辿らせてくれる。活字で読むのとは全く違う体験ができる。鷗外の「舞姫」「文つかひ」、漱石の「坊つちやん」や「こゝろ」、一葉の「たけくらべ」などは、自筆清書原稿の複製が刊行されているので、割合容易に手稿の読書を楽しむことができる。

私がこうした複製版を集め始めるようになったのは、もう十年以上前（本書刊行時点からだと二十年以上）になる。最初は「坊つちやん」だった。執筆期間が非常に短かったということから、是非原稿を見たいと思った。「只今ホトトギスの分を三十枚余認めた所。何だか長くなりさう」（明39・3・17付瀧田哲太郎宛書簡）「事件が段々発展只今百〇九枚の所です」（明39・3・23付高浜虚子宛）とある箇所を原稿で確かめ、筆の進捗を測りたかったのである。まさに「狂気のような速筆」で、漱石は一気に書き上げた。原稿は修正も少ない。改めて清書したわけでもなさそう。神がかりの仕事ぶりである。この複製版（『坊っちやん—夏目漱石自筆全原稿』昭45・4、番町書房）を手に入れた時は、深夜まで一枚一枚、飽くことなく繰っては生身の漱石と対話しているような気分になっていた。それからである、古書店のカタログでみつけては、近代作家の複製原稿を購入するようになったのは。

無論、研究資料としては現物がよい。複製では削除の跡が読めないことが多い。明かりに透かして見つつ、本物だったらもっとはっきり読めるだろうにと歯がゆいこともある。複製版での草稿研究には限界があろう。また、こんなオタクっぽい「研究」がどのような文学研究を切り拓くのかと、その行方が今の私に必ずしも見えているわけではない。それでも、手で書いた痕跡を読むのは楽しい。削除や加筆の跡が凄まじい、汚い原稿ほどわくわくしてくる。書き手のさまざまなドラマが浮上してくるからである。当分この「趣味」は続くだろう。

近年では、「未定稿」と呼ばれる一葉の草稿に関心を抱いている。清書原稿に至る以前の創造の現場を如実に物語ってくれるものである。先頃一応の完結を見た筑摩書房版『樋口一葉全集』（以下『全集』と表記）には、有り難いことにこれら「未定稿」が翻刻され、各作品ごとにその末尾に「成立順」に配列されている。「一葉のおびただしい草稿」は「妹邦子の一葉に対する敬愛の情」によって「ほぼ完全に近い形で残った」（和田芳恵）とのこと。「一葉がどんなに苦労して小説を書いたかを、傍らで見知っていた邦子は、断簡零墨といえども粗末にはできなかった」という。この「稀有なこと」が、活字化されて、顕現されたのが『全集』なのである。一葉の草稿研究が、この『全集』を起点に、これから展開することを期待したい。

しかし、活字になった草稿は今一つ迫力がないことも事実である。また、編者のフィルターを通してしか生成過程がたどれないという、根本的問題が横たわっている。ジレンマは拭い去れない。出来るだけ実物にあたる努力を個人的にするしかないのだが、公的機関に保管されている草稿はそれほど多くはない。そして、ちがう意味で貴重な一葉の草稿は、「研究」という「大義名分」があろうと、誰でもが手にできるような環境には必ずしも置かれていないのである。

そんななか、先日一葉の草稿を眼にする機会があった。自宅近くの台東区立一葉記念館の特別展で、常設展示はされていない、「たけくらべ」と「にごりえ」の草稿が一枚ずつ出陳されたのである。奇麗に掛け軸として表装され、大切に保管されていることは窺えた。しかし、私の気持ちは複雑だった。この草稿にいつまた会えるのかと思ったからである。美しい一葉の手稿は、研究資料ではなく、秘蔵すべき「宝」なのだ。

この「たけくらべ」の草稿は『全集』未収録であるが、研究書にグラビアとして掲載されており私もかつて解読してみたものであった。「にごりえ」の方は、『全集』に翻刻されているなかの一部であった。カメラを持っていたため撮影を申し出たのだが、勿論即座に断られた。そこで急遽家に帰り、当該箇所をコピーして戻り、両者を比較してみた。すると、削除された箇所についての言及は『全集』ではなされていなかった。これまで、眼にできる範囲で、他の草稿と『全集』との比較を試みた際にも同様の感想を抱いたことがある。概ね「削除」という行為は軽視されがちだということがいえよう。加筆部分・訂正後の部分は無論活字化され、表面化するのだが、消されたものは作家にとっても「不要」と意識されてしまうようである。全く注記されていないというわけではないのだが、遺漏・無視は削除された箇所に多い。しかし、書き手の「書く」ことのドラマに光をあてようとする、新たな草稿研究にとっては、削除・加筆のどちらも同等に貴重な情報を提供する痕跡である。ますます、現物を見なければ始まらないという思いを、その日は募らせた。

思えば『全集』で使用されている「未定稿」という呼び方も、「完成」への過程で産出した未完成なもの、「定稿」が活字化された後は余剰なものとする、完結した作品を絶対視する意識から生まれてはいないか。また、その「未定稿」は、「定稿」を読むための補助的資料としてのみ扱われてきたのが現状ではないか。「結果」から判断するような視線で草稿を眺めるのではなく、作品が生成されるプロセス自体を対象化すること。そんな文学研究を、手稿が消滅するかのような時代のなかで夢見ている。

近代作家の草稿研究としては、宮沢賢治のそれが、既に先行している。先頃公開された、太宰治の「人間失格」や「斜陽」の草稿も、やがて本格的研究の対象となってこよう。他にも続々と草稿の遺された作家が名乗りを挙げてきそうである。近代作家をめぐる〈複数のテクスト〉として、草稿が読まれる時がくるかも知れない。そのためにも、こうした資料の保存に心がくだかれ、誰もが閲覧できるような研究環境が一日も早く整うことを願わずにはいられない。

村上浪六と一葉――『樋口一葉全集』未収録資料「三日月序」を視座として

1 『樋口一葉全集』未収録資料について

二〇〇四（平成十六）年秋に新札への切り替えが施行された。五千円札の肖像に樋口一葉が選ばれたため、前後して、マスメディアによって一葉はさまざまに喧伝された。いわば作られた「一葉ブーム」が到来し、耳目を集めたことは記憶に新しい。結果的には、一葉研究にとっても、この騒ぎは必ずしもマイナスではなかったように思われる。なぜなら、一葉への、一般の人々の関心は確実に高まったのだから。この機会に、一葉関係機関による大規模な展示が、相次いで行なわれたのは、ことに、喜ばしいできごとであった。なかでも、山梨県立文学館の「樋口一葉展I II」は圧巻であった。数か月に亘る会期を通じて「にごりえ」「未定稿」[*1]六十四枚が、一挙に公開されたのである。また、これまで余り知られていなかった（筑摩版『樋口一葉全集』全四巻六冊には未収録の）一つの一葉自筆資料が、前半の会期のなかで展示されていたことも特筆すべきことではなかったか。少くとも、それまで、この資料への認識がなかった私には、ちょっとした衝撃であった。残された資料は完璧に網羅された、と思われていた『樋口一葉全集』（以下『全集』と表記）に、未収録の資料があったのだから。

その資料とは、「廿四年秋　一葉」と署名された、縦半折の半紙を三枚重ねて、こよりで右綴じにした薄い冊子体のもので、現在、日本近代文学館に所蔵されているものである。この一葉展のために作成された図録には、「一葉が記した村上浪六「三日月」の感想」と注記され、「冒頭と末尾」のカラー写真が掲載されている。そして、そこには、次のような説明が加えられていた。

「闇桜」執筆以前に桃水に作品を提出していた頃のもの。「一葉」という筆名を確認できる最初の資料。「三日月」は当時郵便報知新聞の社員だった村上浪六（1865〜1944）の中編小説で、1891（明治24）年4〜6月、日曜付録「報知叢話」に発表され評判となった。（『樋口一葉展Ⅰ　われは女なりけるものを―作品の軌跡―』二〇〇四・七、山梨県立文学館）（注：図録は横書き）

この資料は、昭和四十三年、樋口悦氏によって日本近代文学館に譲渡された「一葉コレクション」三九六点のなかの一つである。「日本近代文学館所蔵資料目録15　樋口一葉コレクション目録」（昭61・4刊）には、

〔ノート〕一綴（3丁）

末尾の署名・廿四年秋　一葉

村上浪六「三日月」（明治24・7・7、春陽堂）から森田思軒の序、浪六のはしがきを写し、末尾に感想を記している。（注：目録は横書き）

と、記載されている。

限られた研究者の目には触れられていたものの、これまで余り注目されることはなかった資料と思われる。和田芳恵氏は、『日本近代文学大系』第8巻「樋口一葉集」（昭45・9、角川書店）の「解説」のなかで「村上浪六の小説「三日月」評の最後に「明治二十四年秋一葉」と書かれており、それ以前の草稿類からは、「一葉」という名を発見

することができない」と、さりげなくペンネーム「一葉」との関連でこの資料に言及している。また、近年刊行された『樋口一葉来簡集』（一九九八・一〇、筑摩書房）のなかで、野口碩氏が、一葉と交流のあった【文壇の人々】中の一人、「村上信（茅渟浦浪六）」の経歴を紹介する文脈において、この資料が書かれるに至った経緯とその内容とについて、次のように触れている。

> 秋、奈津（一葉）はそれ（明治二十四年七月に春陽堂から出版された、村上浪六著『三日月』＝筆者注）を読んで序文と著者の端書きを写し取り、作品中「人に骨なく腸は魚河岸にのみある」の部分に関心を示し、「西鶴ばりの一篇」と書き添えた。

ここに指摘されているように、一葉によって、その「ノート」に墨で書き記されたものは、ちぬの浦浪六著『三日月』に付された森田思軒の序文（「三日月序」）と浪六の「はしがき」の全文の写しと、そのあとに、自身の感想めいた十数行ほどの文章とである。そして、末尾に「廿四年秋　一葉」の署名がある。

この資料は、本稿末尾に〔翻刻資料〕として示したが、それを見てもわかるように、臨書したと思われる文章がほとんどで、一葉自身の思考や感慨を探る部分は、片々たるものといわざるを得ない。しかし次に述べるような二点において、一葉の伝記考察上、重要な資料であると思われる。一つは、この資料が、樋口夏子が「一葉」と署名した、残存するもっとも古い資料とされていることである。一葉の「変名《かえな》」（筆名）意識を探るうえで欠くことのできないものであろう。もう一点は、一葉と村上浪六との関係を考える上で、見逃されていた貴重な資料であるということである。ことに、浪六の最初の小説「三日月」、すなわち彼の文壇登場にまつわる「事件」、との関わりの重要性である。いずれの問題も、「明治二十四年」という、一葉にとって、まさに小説家として誕生する前夜にあたり、その時期の一葉について再考するための契機となるように思われる。本稿は、この二つの問題への、ささやかな考察を行なったものである。

なお、「資料」翻刻にあたっては、最終的なチェックを野口碩氏にお願いした。私の厚顔無恥ともいうべき依頼に対して、すみやかに、かつ懇切丁寧な返書をかえし不備遺漏を補ってくださった野口氏に、この場を借りて改めて御礼を申し上げたい。野口氏によれば、この資料のみが、先に「完結」した『全集』に収録できなかったもので、いずれ「別巻」に入れるべきもののとのことである（『全集』第三巻(上)四〇二頁参照）。

2　ちぬの浦浪六著『三日月』と「一葉」と

図❶　『報知叢話』表紙

明治二十四年四月五日創刊の、『郵便報知新聞』日曜附録『報知叢話』（図❶参照）に、ちぬの浦浪六著「三日月」の「序説」と「第一回」が掲載された。以後、日曜日毎に掲載は続き、六月二十八日に「第十二回」をもって「結了」となる。途中六月十四日、なみ六の「二豎《にじゅ》」（病気）を理由に、「なみ六旧稿「音曲天女（其上）」」が代わりに載ったのを除いて、「三日月」は一回毎、毎週掲載された。最終回浪六は小説末尾に、なみ六白す、三日月は此回にて結了を告げぬ、もとより初陣の葉武者、我れ自ら我が鋒の鈍きを知れど、近日おさめて一冊となし之れを春陽堂の版行に許す、更に一読の労を厭はず訓辞を賜ふあらば幸甚、

と記したように、「三日月」は、この予告通り時を置かず単行本化され、春陽堂から同年七月七日出版された。この単行書には、報知新聞編集長・森田思軒「三日月序」が巻頭に置かれ、続いて浪六の「はしがき」と、浪六自身の筆によるこの小説の主人公三日月治郎吉を描いた口絵が挿入されている。その後に、浪六による「わけがき」が掲げられて、本文へと続いていく。「表紙も、口絵も、菊判を絹糸でとじた趣向も、すべて浪六の創案になるもの」（山崎安雄『春陽堂物語――春陽堂をめぐる明治文壇の作家たち』昭44・5、春陽堂書店）という異例な一冊であった。また、「わけがき」で述べているように、連載中「一回いづる毎に」「報知新聞に寄せ」られた、うやむや隠士（安部徳太郎）の「細評」が、各回本文の後に挿入されている。隠士の懇切丁寧かつ忌憚のない批評は、浪六をしていたく感激させたようで「こたび其（「細評」―筆者注）を乞ひうけて一回毎に挿みぬ」という構成になったようである。つまり、単行本『三日月』（『再考三日月』と、角書のついたものも刊行された）一冊には、村上浪六の文壇デビューの「経緯」があますところなく盛り込まれていた。

初出掲載誌『報知叢話』を見ると、四月十二日付の二号以降の「目次」欄に「日曜日毎に此冊子を続発す」「報知新聞月ぎめの読者に限りて斯の文学上の娯楽を享くるを得」と銘記されている。樋口家がこの時、『報知新聞』を月極めで購読していたとは思われない。しかし、翌二十五年三月十日付一葉の日記に「報知新聞かり来る夜に入りておもしろき小説母君によみて聞かし奉る」（「につ記二」）などの記述が見られるように、友人（この日は、妹くにの友人の関場（正しくは旧姓の関）悦子）に借りて読むことは、しばしばあったようである。小説家を志していたこの時期の一葉にとって、『報知叢話』は、是が非でも目を通したい雑誌ではなかったか。この年話題の小説[*2]「三日

月」の噂は、リアルタイムで一葉の耳に届いていたやも知れない。また、世に出るためのモデルとして、師の桃水が奨める小説として提示されていたやも知れない。一葉が書き記した「感想」のなかには、「ちぬの浦なミ六ぬしが三日月のかげよにはじめて光りをあらはしてより新聞に雑誌に好評いたらぬかたもなかりき」とある。この叙述からは、一葉が『報知叢話』掲載中から、リアルタイムで事態を察知していたとの推測もできそうである。しかし、先に述べたように、こうした事態については、単行本化された『三日月』を通して知悉することもできたのである。

いずれにしろ、一葉が、「廿四年　秋」に単行本『三日月』を手にしたことだけは、紛れもない事実である。そして、一葉が、浪六の『三日月』に関心を抱いた、ということも確かである。いや、小説それ自体というよりも、村上浪六の文壇デビューの経緯にこそ、心が動いたのではないか。一葉が書き写した、思軒の序文と浪六自身の「はしがき」とから（「わけがき」も無論読んでいると思われるが）、ずぶの素人が初めて書いた小説が、思わぬ評判を呼び、単行本の出版にまで至った経緯が、如実に窺える。その「経緯」を丁寧に書き写し、小説の感想めいたものを書き留めたのちに、「一葉」と署名したのである。そして、おそらくこの時初めて、このペンネームを考案したのではないだろうか。

明治二十四年十月三十日付の日記（「蓬生日記一」）には、久々に桃水を訪ねた時のことが出てくる。季節は、秋も深まりつつある頃である。

> 小説ニ付てしばし物語して先に送り置たるなん此頃変名にて世に出さばやなどの給ふ　耻かはしき限りながら可然とて依頼す　小説本四五本かりて又こそ参らめとてたつ

この日、桃水から、以前に送付しておいた原稿の発表を奨められ、その準備として「変名」を考えるようにと促されている。「耻かはしき限りなから可然とて依頼す」と、控え目に、けれども即答するかのように、師の言葉に応じた夏子がいる。いよいよペンネームか、という、夏子の逸る思いがここに窺える。自身の、近い将来の文壇デビューへと思いを馳せ、夢が一歩現実に近づいたような気持ちになったのである。そして、この日、桃水から借りた「小説本四五本」のなかに、『三日月』一冊があったと想像することも、あながち的はずれともいえないだろう。なぜなら、夏子は『三日月』からの書き抜きを行なった後に、「廿四年秋　一葉」と署名したのだから。少くとも、これに前後しての同じ頃、「一葉」という「変名」を決定し、樋口夏子は、いよいよ小説家一葉へと一歩、歩を進めたのである。

この一年、一葉は、いや樋口夏子は、まさに小説家として世に出ることを、すなわち原稿を書いて生活費を得ることを、必死に試みていた。しかし、いまだ一作も発表することができないまま日を送っていた。この年の四月から、『東京朝日新聞』雑誌記者半井桃水の指導を仰ぎつつも、発表に至るような著作をなかなか生み出すことができず、難儀していた。そんな夏子の前に、一人の新人作家が、突如「成功者」として現れたのだ。その出来事を、羨望の眼で見つめる一葉がいたのではないか。そのインパクトは、決して小さくはなかったはずである。順調に、いや過度に好評をもって迎え入れられた、浪六の文壇デビューの経緯。それを語った「三日月序」や「はしがき」とを丁寧に写し取った、一葉の行為の意味は、そこら辺りにあったのではないだろうか。そして、それは、まさに「一葉」というペンネームが決定された時でもあったのである。

3　『三日月』出版の背景とその波紋の大きさ

慶応元年（一八六五）十一月一日（二十日とする年譜もある）、泉州堺に生まれた村上浪六（幼名は亀吉あるいは亀太郎とも。後に信《まこと》と改める）は、父を早くに亡くし、母親の女手一つによる苦労の下で育てられ、幼い頃より人生の紆余曲折を経験する。中央の官吏か、はたまた政治家か実業家か、という青雲の志を抱きつつ、岡山を初めとする地方と、東京との行ったり来たりをくり返す放浪の後、四度目の上京を遂げる。しかし、生活に窮迫しつつ、偶然といってよい縁で、薬研堀の報知新聞社に、校正係として転がり込む。明治二十三年十月、二十七歳になろうという時であった（村上浪六著『我五十年』大3・12、至誠堂書店）。翌二十四年四月の『報知叢話』発刊に際して、編集長の森田文蔵（思軒居士）に促されるまま、ちぬの浦浪六のペンネームで、「洒落半分」で筆を執ったのが「三日月」であった。浪六自身は、後年、自叙伝のなかで、執筆に至った経緯を次のように振り返っている。

さらに片隅の我を顧みて曰く、どうです村上さン貴君も何か小説を一篇、書いて下さらないか、きッと貴君なら一気軸を出した尋常以外の面白い小説が出来ませうと、我これに応じて曰く、随分これまで人に負けず恥を搔いた事はありますが、まだ生まれて小説といふものを書いた事はありませン、しかし別に大した業でもなし、なァに書けば書けるでせうよ、一番、洒落半分に遣ッて見せうかと、社中いづれも思軒居士の顔を打ち守りて我の無遠慮なる返答に驚けるが如し、（前掲『我五十年』）

小説家としての村上浪六は、のちに「撥鬢小説」と名づけられたような、江戸の町奴を主人公とする、同工異曲の通俗娯楽小説を次々発表していき、大衆の人気を獲得していった。昭和十九（一九四四）年二月一日享年八十歳で亡くなるまで、その生涯を通じて、かなり多作な作家であったことは確かである（晩年は筆を棄てたのだが）。絵心があることから、挿絵も自身で手掛けたりするなど、器用さもあった。その人生行路は、必ずしも順調ではなく、紆余曲折、事業の失敗などトラブルの多い波乱万丈の生涯を送ったものの、文壇人としては、それなりの地歩を固めた作家といえよう。しかし、文壇デビューは、偶然のような契機によってであり、前掲「はしがき」のなかでも、「なみ六元来この道に不案内」と述べていたように、いわばずぶの素人がいきなり筆を執ったのである。その最初の小説が、他ならない「三日月」であった。

けれども、その執筆動機は安直でも、執筆意図、すなわち浪六いうところの「「作意」と内容」はかなり豪胆であった。後年述べたところによれば、当時流通していた「現代の小説」とは、異なる傾向の作品を意識して書いたというのである。「現代の小説」を朝夕に読んだことで、一種の技癢を感じて、「衆人」のそれとは異なる、「小説」というものを自分も書いてみたというのである。いわば当代文界に挑戦するような目論見であった。

いづれも一般の傾向は風流的の淫逸に流れ技巧的の繊弱に流れ動もすれば余り太平無事の昏睡惰眠に陥らむとする状態ありしがため我これを避けて、聊か御座敷向の上品なる奴にあらざれど、こゝに三日月《みかづき》治郎吉《ぢろきち》といへる一個の武骨漢を罷り突ン出せるのみ、結局は衆人の南に走るがため我は北に走れるが如し、お料理に飽ける面前へ、鰯の鹽焼を出せるが如し、加之も、この『三日月』を出せしは、報知社の朝夕に始めて現代の小説を読みしのみの眼界より来りし産物なり、もし我をして、更に広く多く熱心に読ましむれば、この『三日月』以外の著述を出せしやも知るべからず（中略）報知社に寄贈せる小説本幾冊、こゝに浪六をして『三日月』を著はさしむ（前掲『我五十年』）

ところで、『三日月』はいかなる小説であったのか、ここでその物語内容に触れておこう。小説は、「序説」で、江戸の町民の味方、義に感じ入れば、時には数百の武士にも立ち向かう町奴・治郎吉が、「両手の三日月」と通称されるようになった発端ともいうべき、少年時代のできごとが語られる。日本橋にて、一人の武士と「物いひ争ひ」が起った折、憤った武士が、治郎吉の両手を橋の欄干に重ね、刀の小柄を抜いて田楽刺しにする。十四歳の少年の手から血が滴り落ち、顔色も青ざめるのを見つつ、武士はなお冷笑して「小童奴、痛むか、その代り小柄は汝に呉れる」と言いおき、立ち去ろうとする。しかし、その後ろより治郎吉は、「待ッたお武家、いよ〳〵この小柄呉れるか」と声をかけ、力を込めて両手を引き、欄干に残した小柄を、改めて引き抜いたのである。居並ぶ群衆は驚きの余り言葉を失い、当の武士は一目散に逃げ出したという逸話である。治郎吉の掌には三日月の傷が残った。

この、幼時より肝の座った振る舞いによって人に畏れられた少年が、長じて三日月治郎吉と通称される侠客となり、「二十六の暁」には、子分数百をしたがえるようになる。物語は、義侠心にとむ、この若き江戸の町奴が、弱き者に乱暴狼藉を働いた旗本十七人を斬り殺したかどで捕らえられたものの、当時の奉行白須甲斐の情けによって斬首の刑を免れ、江戸を離れて下総国大井戸村に逼塞する日々を過ごし、早くも三年越しとなったところから始まる。

ある日、江戸から妻のお菊（治郎吉を養った親分・大侠客であった、故むさし一文字の娘）が、斬られた旗本の親類縁者が居所をつきとめ、復讐のためこの佐倉の城下へやって来たことを知らせにくる。佐倉藩城主は、彼らの縁戚とのことで、治郎吉の命をつけ狙う。やがて治郎吉は追っ手を蹴散らし懲らしめるものの、その無礼を働いたかどでお尋ね者になる。江戸に立ち帰った治郎吉は、かつての恩人の奉行、今は職を剝がれ、隠居の身となった白須甲斐（家督を息子に譲り「寛斎」と名乗る）を尋ね、自分の命を再び彼に預けることにし、いかなる処分も潔く受けることを誓う。白須の隠居は、旧知の仲の大老・酒井若狭守と計り、両者を裁くことにする。町の火消しも、治郎吉に荷担し騒ぎは大きくなる一方だった。事は急がれなければならない。大老も、「あるべき武門に魂なく、無くて宜き町人に、その骨、世は噫むづかしうなッて来た」と嘆き、治郎吉の処分を惜しんだ。

大老の屋敷において、治郎吉は、武士ならぬ身で切腹を許され、寛斎から貰った小柄で見事自刃する。この時、

図❷　三日月治郎吉

寛斎は、「敵」に命を奪われ既に亡き人になっていた。この治郎吉の最期に、たむけの一曲を奏でる琵琶法師は、他ならないあの治郎吉の両手を田楽刺しにした武士であった。彼は、その後失明したことを機に刀を捨て、検校となっていた。

「三日月」は、開口一番、緒言で、

所謂る彼の町奴。六法むき。男達。などいへる者の一生を見るに其野卑にして且つ愚なること殆んど児戯に似たれども人に骨なく腸は魚河岸にのみある今の世に豈に半文の價ひなからんや

と述べているように、全編、愚直な武骨漢の存在意義を謳った小説といえよう。しかし、それは、まさにこの小説「三日月」の文界への挑戦の言葉と重なるようなモチーフではないだろうか。そして、他ならない、「廿四年　秋」の、一葉の「三日月」理解にも通じるものではなかったか。

一葉は、この緒言の言葉「人に骨なく腸は魚河岸にのみある世の中」を引き、また治郎吉の商売用の宣伝文句「よきかひ手ご坐候へば何時にても此いのちうりまふし候但し現金払のことみそかはらひはおことはりまふしおき候」（口絵に添えた言葉）や、浪六自ら絵筆をとったという口絵の治郎吉像（図❷参照）や、作中の、治郎吉を語った次のような部分から、男達の風貌を特徴づける形容語句を抜き出している。

> 正徳のすへ享保の頃《こ》ろ、又もや唐犬額に板倉屋源七が余波りの障子鬢かき上げて銀の針線《はりがね》を元結とし、身の拵へ衣裳の作りは小唄に残る深見十左を其まゝ縄鼻緒の駒下駄に江戸の八百八町を踏鳴らし、男の中の男と立てられし治郎吉といふ六法むきの臂突あり（「序説」）（傍点は筆者）

そして、「自笑其磧[*3]の間も縫はず西鶴ばりのいや味もなき一篇」と続ける。西鶴没後、近世出版界のヘゲモニーを握った京都の書肆八文字屋自笑や、その専属作者として迎えられた江島其磧やといった、大衆本位の作品を次々と生み出していった人々とは一線を画すものとして、「西鶴ばりのいや味もなき一篇」と、評価していく。また、その「特色の文章の曲折花の山の松一本かわつたといふところが氣に入られてなるべし」と、浪六の文章を「花の山の松一本」に譬えて、その個性が世に認められたと捉えていくのだ。少女時代から草双紙や合巻やといった近世戯作に親しみ、「英雄豪傑の伝仁俠義人の行為」（「蘆之中」明26・8・10付）に一喜一憂していた一葉であった。三日月治郎吉の肝の据わった生きざまに、ことさらに共感した様子も見てとれる。いや、のちに浪六に借金を頼み込んだように、また「浪六が、あの人の描いた小説中の、人物と、同じ性格の人かと、思ふて行つたのだと、斎藤さんが言ふてゐました」という田辺（旧姓伊東）夏子の証言[*4]があることなどから、浪六その人を一葉は治郎吉に重ねたとする見方も提出されている。いずれにしろ、樋口夏子にとって、「三日月」一冊の刊行は、この年のうちで一つの「事件」であったようである。

さて、この「三日月」は、『報知叢話』創刊号に序説と第一回を発表するやいなや、すぐさま評判を呼んだようである。作者の「ちぬの浦浪六」とは何者か？「曰く露伴なり或は曰く紅葉なり」（思軒居士「三日月序」）と、当代大家の作と誤解されたりもして、その出自があれこれ詮索されるほどの「事件」となった。春陽堂の主人和田篤太郎（実際には石橋忍月が強く推輓したという）は、早速この小説に目をつけ、単行本化することを計った。浪六によれば、最初の訪問は連載二回目の時だった（覆面居士著『波瀾曲折六十年　浪六傳』昭2・10、大東書院、以後『浪六傳』と記す）とのこと。日参して交渉し、和田は、ようやく単行本出版の契約を結んだのである。原稿料は、浪六が破格の金額（当時の小説家で一番高い原稿料の三倍）をふっかけたにもかかわらず、春陽堂は結局それを呑み、浪六はたちまちにして、「成功者」になったのである。

「『三日月』は明治二十四年七月の初版以来、九月には再版、十一月には三版、二十五年二月には四版、三月には五版、六月には六版と版を重ねて十数版におよんだ」という。初版は主人和田の常の方針で、控え目の千五百部であったが、以後千部ずつ増刷して版を重ねていったというから、「三日月」は一年で一万部以上売ったことになる。大金を手にした浪六は、当時住んでいた物置小屋から「三室付きの隠居所を借り受け、炊事兼用の家僕まで雇うにわか出世ぶりであった」とのこと。春陽堂からは、同年『井筒女之助』（12月）、翌二十五年『奴の小万』（6月）『鬼奴』（10月）と続弾が次々刊行され、いずれも「春陽堂のドル箱」であった。そして、浪六は、明治二十五年六月「東京朝日新聞社より辞を低くして」小説記者として迎え入れられたのである。村山龍平社長の特使として遣わされたのは宮崎三昧であった。この時から明治二十九年の退社まで、朝日新聞小説記者となった浪六は、一葉の小説の師・半井桃水とは同僚だったということになる。待遇は、のちの夏目漱石と並ぶほどだったという（以上概ね、前掲『春陽堂物語』による）。

4　一葉と浪六の「交際」

こうした、浪六の文壇デビューの経緯について、一葉がどこまで具体的に把握していたかは、不明である。しかし、一葉は、これ以降、常に、浪六の文壇における動向を注視していたことは明らかである。それも、かなり冷静な、まなざしで。

以後の一葉日記のなかの記述を順次追っていくと、まず浪六を「ふでに狂へる人」（「蓬生日記」明26・4・10付）と呼び、その数ヵ月後には、「朝日の小説一昨日よりなみ六になる出しものハ深見重三なり例によつて例之如し」（「塵の中」明26・8・8付　5日に記?）と揶揄している。また「此頃の作家のうち露伴紅葉三昧ちぬの浦などいづれも〳〵さるべき人々にておの〳〵一家の風骨をそなへたるけしきおもしろけれど猶その好ミにかたよりすきにまかせてともすれば千篇一律のきらひあるこそ口をしけれ　大かたの作家の初作より以下はミるにたえず　おだ巻のいとくりかへす斗なればなりとさる批評家のいひけるが如し」（「感想・聞書4」「流水園雑記一」明26秋）と、浪六を、それなり一家を成した作家の同列に加えて評価しつつ、一方でその作品のマンネリズムに陥っていることに対して、どれもこれもと一括してなのだが、厳しい視線を向けていることがわかる。これら明治二十六年の言説は、一葉の小説家としての批評眼の軌跡を示すものと読むこともできよう。しかし、なによりも、一葉が筆で立っていこうと決意したとほぼ同時期に、一足早く文壇登場を果たした村上浪六に対して、かなりのこだわりの視線を向けていた証しと見ることができよう。それも、どうやら、小説家としての浪六の「活躍」については、終始一貫、否定的なかたちとして、そのありようを捉えていたように思われる。

一葉は、明治二十九年六月二日付「ミつの上日記」に、春陽堂の使いとして前田曙山が来たことを記している。

前年から、いわば、春陽堂のライバル社ともいうべき博文館と一葉との間には、原稿依頼及び出版契約が何度か交わされ、既に履行されていた。新作「ゆく雲」の『太陽』第一巻第五号（明28・5・5）への掲載を皮きりに、「経つくえ」の『文芸倶楽部』第一巻第六編（明28・6・20）への再掲載、「にごりえ」「十三夜」の同誌への書下ろしによる掲載、「やみ夜」の再掲載などがまず挙げられる。が、この年に入ってからも、旧稿が立て続けに雑誌に再掲載されたり、あるいはアンソロジーの一編として収録されていったりした。「大つごもり」が『太陽』第二巻第三号（明29・2・5）に、「ゆく雲」が『太陽小説』[*5]第一編（明29・2・6刊）に、「たけくらべ」が『文芸倶楽部』第二巻第五編（明29・4・10）に一括再掲載される、といった具合である。さらに、五月には『日用百科全書第拾弐編通俗書簡文』（明29・5・22刊）が出版され、『文芸倶楽部』第二巻第六編（同年5・10）には、新作「われから」が巻頭に、三島蕉窓筆木版極彩色の口絵付きで掲載されていった。多くの批評が湧き、一葉の文名が一気に上がっていた頃である。

この日、曙山は、「先月のはじめ」に一葉に依頼した原稿の進捗を確かめにきたのである。それだけではなく、一葉と独占契約を結びたい、金銭は前金でいかようにも都合しようという、熱心な勧誘・交渉にきたのである。一葉はおいそれとそんな甘い言葉には乗らなかったようである。すると、とにかく、今回だけでもと懇願し、著作の粗筋ができたならば、早速に「画様」（挿絵）の注文をしてほしいとの依頼であった。一葉は、もう少し経ったならばと伝えて帰した。そして、日記には、その後に次のような感慨を書き留めている。

こハ一時の虚名を書肆の利としておのれの欲をもたさん為のみ　すでに浪六の例もあり多くの作家のいたづらに苦しみて心のまゝならぬものなど世に出すは此一時の栄えにおごりつきて債をこゝに負へばなるべし

ここに言う「浪六の例」とは、まず、華々しいデビューの後、春陽堂に請われて、次々と同工異曲、乱作に走った経緯を指しているように想像できる。少くとも、浪六によって、それなりの利益を獲た春陽堂のやり方と、それに乗って「ふでに狂」った浪六の安直な対応と、それゆえの負担を指していよう。一葉は、そうした商売のやり方には決して乗るまいと、自重し用心しているかのようである。早くから小説を書くことの苦しさと難しさ、そして書くことの、自分にとっての〈重さ〉を知っていた、一葉らしい言葉と読める。どんなに金銭を積まれても、自分を縛るような契約はしたくなかったのである。既に病に冒され始めている時期でもあった。生活の困窮は相変わらずであったのだ。が、一葉は、「浪六の例」を他山の石として、つまり彼を反面教師として捉え、軽率に契約を交わすことを避けようとしたものと思われる[*6]（この後も、各社の一葉への寄稿依頼はひきもきらなかった）。

しかし、一方で、ここに言う「浪六の例」「一時の栄えにおごりつきて」負った「債」について、一葉は、具体的な〈何か〉を指して語っていたのでは、という捉え方もしてみたくなる。なぜなら、一葉の側から見ていると、一見、華々しい文壇登場を果たし、順風満帆、小説家としてたちまち成功者になったかのような浪六なのだが、その実、彼の人生は波乱万丈そのもの、トラブルの連続であったのだから。春陽堂との間にも原稿二重売り事件を起し、それ以後交わりを断絶するという事態が起っていた。前掲『浪六傳』によれば、

彼（浪六＝筆者注）は苦し紛れに春陽堂に売渡しの契約をなせる「海賊」を青木嵩山堂に二重売りして問題を起し、それ以来、春陽堂主との間に面白からざる感情もつれて解けず後年その全集を発刊せる際にも、春陽堂蔵版の分に対しては、如何に力説しても応ずる所とならず、止むなく除外するの外なきに至れり

というものである。この出来事については、前掲『春陽堂物語』「村上浪六にてこずる」という章のなかで、次の

図❸―『新作小説 海賊』

ような、同様の記述がなされている。

篤太郎は後年、浪六に語って、「これまで、ずいぶんいろいろな先生がたをあやなしましたが、先生にははじめからおどかされて、おまけに加えて振られました」

春陽堂との間に売り渡し契約をした『海賊』を、浪六は生活の苦しまぎれに、大阪の青木嵩山堂（青木恒三郎）へ二重売りをした。これは裁判ざたにまでなったが、春陽堂の敗訴に終わったらしい。後年（大正二年）青木嵩山堂から浪六ものの大部分を買い取った至誠堂（加島虎吉）が『浪六全集』を刊行した際、春陽堂蔵版のものは、浪六の懇請にもかかわらず、提供しなかった。

ともかく、浪六は「文人」とか「作家」とかいうこれまでの型からはみ出した、悪くいえば大ぶろしきの山カン的人物だったらしく、さすがの篤太郎もはじめからしまいまで引きまわされたようだ。

両社へ売ったという原稿は、明治二十八年四月十七日青木嵩山堂（東京・大阪）から『新作小説 海賊』（図❸参照）として出版された。この書の「はしがき」の末尾には「明治二十八年春四月　向島白髭の森蔭　浪六しるす」とある。そして、どうやらこの『海賊』は春陽堂からは、出版されなかったようである（当然か）。それまで、浪六の単行本を一手に引き受けていた春陽堂は、明治二十八年七月刊の『後の三日月』を最後に、以後彼の新刊書を出版することはなかった（実際には、前年末から途絶えている）。[*7]代わって、明治二十七年十一月刊『日清事件新小説』、十二月刊の『征清軍記』などを皮きりに、青木嵩山堂から浪六の新刊著書がぞくぞくと出版されていった。[*8]春陽堂と浪六との間に起った、このトラブルは、おそらく、明治二十七年後半から二十八年前半にかけて引きずっていったようである。したがって、この時期、浪六自身が、多額の負債を負って、金銭的にも困窮していたことが推測される。[*9]そして、まさに一葉が浪六に借金を依頼していた時期が、この時に重なってくる。

浪六の、明治二十七年十月十日付一葉宛て書簡のなかに出てくる、「あやにくよろずの取込最中にて」「近ごろはづかしき事存候」という言葉は、この原稿二重売り事件を指していないだろうか。一葉は、浪六のデビュー以来のこの有為転変をどこまで知っていたのか。少くとも、「債」を負った「浪六の例」という言葉を洩らした、明治二十九年六月二日の時点では、既に知っていたようにも思われてくる。いや、知らなかったとする方が不自然であろう。

5 「原稿二重売り事件」と「借金」問題

一葉が、浪六に借金を依頼したのは、残っている日記によれば、明治二十七年九月末であった。それから一か月余り後のこと、「けふはなみ六のもとより金かりる約束ありけり　九月の末よりたのみつかはし置しに種々かしこにもさし（さ）わる事多き折柄にてけふまでに成ぬ　征清軍記をものしたるその代金きのふ来るべければ今日は早朝にてもとの約なればゆく　軍記いまだ出来あがらねば金子まだ手に入らず今一日ふつかはかゝるべし　ふたゝび此方より沙汰せんとあるにせめたりとてかひなければかへる」（「水の上」明27・11・10付）とあるように、九月末以来の約束にしたがって、一葉は浪六宅に赴いたのである。その後も、一葉はしきりに浪六の「軍記」の原稿の仕上りや、あるいはその売り上げを気にしていたのである。[*10]

しかし、この約束は、結局履行されなかったようである。[*11]そして、翌二十八年五月一日付の日記では「浪六のもとへ何となくふミいひやり置しに絶て音つれもなし誰れもたれもいひかひなき人々かなる三十金五十金のはしたなるに夫すらをしみて出し難しとや」（「水の上日記」）と不首尾に終わったことを嘆いている（実は、この日は、久佐賀に申し出ていた借金の件もうまくいっていなかったことを、一葉は知るのである）。

しかしそれだけではなく、この日の記述を読むと、「引うけたる事と〻のへぬはたのみたる身のとがならず我が心はいさ〻川の底すめるが如し」と、借金を依頼した自分の身の潔白がくり返し強調されており、一読、奇妙な印象を覚える。「まがれる道」「いたづらに人を斗りて」という行為や「罪」は、われとは無縁といい、「うきよの浅はかなるをしるして身をしるをしへの一つとかぞへんとす」と結んでいる。ひょっとして一葉はこの時、浪六の原稿二重売りのことを耳にしていたのか、との疑念も湧いてくる。すなわち、自分が借金を頼んだのはやむに止まれぬ理由からで、その依頼主が、金銭を得るために不正（原稿の二重売り）を犯そうとも自分が責めを負う必要はないのだ、という理解が、ここに垣間見えるのであり、そのため、このような過剰な反応を生んだのではないか、ということである。そうした勘ぐりを呼ぶくらい、この日の記述に見る、一葉の自己正当化、居直りの言葉は、奇妙に響いてくる。しかと確かめることはできない類推ではあるのだが。

ところで、従来、一葉年譜や評伝の類において村上浪六が登場するのは、この借金を依頼した相手というものであった。貧に窮した一葉が、面識のない相手[*12]ながら、村上浪六に狙いを定めて、大胆な行為に及んだというものである。

一葉が経済的援助を主な目的として近づいたと思われる男は、実は久佐賀だけではなかった。もう一人の相手は、当時、人気作家として知られていた村上浪六である。

久佐賀との交渉が続いていた明治二七年（一八九四）の秋、一葉は面識のなかった浪六にも自ら近づき、借

金を申し込んでいたのである。（木谷喜美枝氏監修『樋口一葉と十三人の男たち』二〇〇四・一一、青春出版社）

こうした近年の理解も、従来のものを踏襲しているようである。怪しげな相場師・久佐賀義孝と同類の人物として捉えている点も、これまでの理解のなかにある。しかし、少くとも、久佐賀と浪六は、一葉の人間関係のなかで同列には扱えないだろう。なぜなら、新聞広告に触発[*13]されて、いきなり訪問した久佐賀と、早くからその小説に親しんでいた同業者・浪六とでは、自ずと接し方も異なったと思われるのだから。なにより、日記のなかで、一葉は浪六のことを「友[*14]」と呼んでいるのである。また桃水の同僚でもあった浪六である。私たちが、想像している以上に文壇仲間としての交友があったのではないだろうか。

明治二十六年四月十日の一葉「蓬生日記」には、「なミ六茶屋の今日より開かれぬと聞くは」という詞書のあとに「澄田川花に斗とおもひしをふでに狂へる人も有けり」と、浪六を揶揄するような歌を詠んで、書き記している。ふと新聞で知った消息[*15]に過ぎないにしては辛辣である。そして、それから二年ほど後、明治二十八年二月一日には、この隅田川の堤・向島の居に、浪六を訪ねているのである。ちょうど、彼からの借金を心待ちにしていた最中とはいえ、そこで交わされた二人の会話は、世間話を超えた親密なものであった。

二月一日友のもとをとひしに折から雨ふり出ていとしめやかなり　高殿に茶を煮て静かにうき世をかたる（中略）川を隔てゝかしこよし原のくるはと指しつゝあるじのざんげ物がたりあはれふかし　此人を無骨のあらしをと世にうたふはいかなるにか　筆取てはさこそ優柔華奢の風情もあらざらめど大方人よりは情も深く義にいさめるかたもおくれたりとは見えず　ものがたるまゝに落花たちまち雪に似たるのおもひあり

（「感想・聞書10　しのふくさ」明治27年大晦日から明治28年2月末の記述）

この時、浪六が、一葉に語った「ざんげ物がたり」の中身は必ずしもはっきりしない。しかし、会話の後半には、浪六が、去年まで遊郭で働いていた女性を妻にした経緯と、そのことを後悔している現在とが洩らされていることから、浪六自身の結婚生活にまつわることであったと想像できる。浪六は「世上の年わかき人にいはんにつまをむかへば中立によりてこそ　わたくしにハ取かへしがたき悔もあるをとうちなげ」いたとあり、さらにこれから結婚する若い人への忠告を重ねたという。

前掲『浪六傳』によれば、浪六の最初の結婚は、母親と嫁との折り合いが悪く、「同棲二年を出ずして」妻は、子どものいないのも幸いに家を出てしまい、結局うまくいかなかったとのことである。向島に居を構えるや、早速に郷里の母親を呼び寄せたほどの、親思いの浪六は、その時「徹底した態度を執り、去るものは追はず、妻の身として母に逆ひし女を追ふの愚を繰り返さずと力み返」っていたという。おそらく一葉が来訪した時は、こうした結婚直後のトラブルの派生によって、浪六なりの煩悶を抱えていた頃[*16]ではなかったか。その日、浪六はおそらく、かねてより頼んであった借金の履行を迫りに来た一葉に対して、思わず愚痴をこぼしたようである。借金を先送りする口実であったかも知れない。が、一葉の記述から窺える話題は、少なくとも二人の関係の親密さを物語ってはいないだろうか。

このように、一葉は、浪六宅にはしばしば出入りしていたようで、『読売新聞』の記者であった関如来との出会いもここであった（明28・7・12付、一葉宛て関書簡）。関は、その後に、一葉に執筆依頼をして、「うつせみ」（明28・8・27～31）「そゞろごと」と総題された随筆（明28・9・16、同10・14）が『読売新聞』紙上に掲載された。それだけではなく、関如来は、明治二十八年九月末頃に初めて樋口家を訪れて以降、頻繁に出入りし、縁談の紹介を依頼するなど、親しく交際した時期がある。こうした、浪六絡みの文壇人との交流は、さまざまにあったのである。

一葉晩年に交際を得た斎藤緑雨なども、浪六や桃水との交流は、一葉とのそれ以前からあったのである。「なみろくがもとにて種々をかしき物語ありき硯友社の事朝日のたれかれ朝比奈君正太夫氏など類は友をよぶとかさる筋とむねあく斗のはなし多し」（明27・11・10付「水の上」）「かつて浪六がいひつるごとくかれハ毒筆のみならず誠に毒心を包蔵せるのなりといひしは実に当れる詞なるべし」（明29・5・29付「ミつの上日記」）など、こうした残された日記から、一葉は浪六を通して緑雨の情報を、知り合う以前から与えられていたことがわかる。浪六は、一葉にとって文壇への窓口でもあったようである。緑雨の書簡（明29・1・9付　一葉が書き写した書簡）のなかには「嘗て君が浪六のもとに原稿を携へ行き給ひしとの事をきゝてわれハ君が考への頗る異なるに不審の眉をひそめ候」などとある。この、いまだ面識がなかった頃の手紙の言葉[*17]から、逆に緑雨は一葉に関わる情報を浪六の側から得ていたことが窺える。

一方、浪六の方には、一葉について書き残したものはごく少い。しかし、前掲『浪六傳』に「小説家となりて」「三十余年、いまだ曾て他の小説家と交はりし事なく、彼の顔を知りしは死せし紅葉と水蔭と露伴と樋口一葉女史と山田美妙斎、斎藤緑雨其他わづかに一二人」とあることは興味深い。文壇嫌いを自認する浪六によって、一葉が、数少ない面識をもった小説家の一人に数えられているのであるから。また、浪六は、後に「明治文壇を語る座談会」（『現代』昭9・3、講談社）のなかで、問われるままに一葉について、「能く私の家へ来た」「半井さんの所には私が添書を附けてやつた」などと語っている。記者が、「村上先生の紹介で半井先生のところへ行つたんですか」と聞き返すと、「さうです。五月蠅く家へ来たので」と答えている。一葉が小説家になる以前のことか、なってからのことか、そして、その内実も不明である（借金のことかとも取れるのだが）。けれども、この発言からは、少くとも、これまで考えられていたよりも、二人の間に近しい交際があったこと、一葉の村上宅への出入りが頻繁だったことなどは窺えよう。さらに、何より、ここで浪六が、一葉について次のように語っている言葉は、妙にリアリティが感じられ、あたらずといえども遠からずの感がする。

妙な女で、話が少いものだから、話をして自宅へ帰ると手紙を寄越す、その手紙は上手に書いて長いのだ。さうすると家へ来るのは手紙を送りますよといふ前提らしい。さういふ女でした。

今日、一葉の手紙は一二二通（『樋口一葉全集』第四巻(下)収録）ほど残されているが、浪六に宛てた手紙[*18]は、残念ながら見ることができない（浪六の一葉宛て郵便は、みな用件のみの簡単なものであるが、三通残っている）。一葉が綴ったという彼に宛てた長い手紙は、果たして借金の依頼だけであったのだろうか、興味深いものがある。先に引用した、二月の雨の日の「来訪記録」からも、自分の用件はなにも話さず、じっと相手の言葉に耳を傾け、相手を観察している一葉の姿が彷彿としてくるのである。

6　明治二十五年早春――「真情」を語る小説家への決意

明治二十四年の秋に、『三日月』を読んだ夏子が、第一作目からの、浪六の「成功」話に羨望を覚えたことは想像に難くない。しかし、同じ頃、デビューを控えていた夏子は、大衆受けを狙うだけの作家、すなわち手すさびに通俗的小説を書いて、たまたま当たった浪六のような作家には、当初からなろうとは思わなかったのではないだろうか。夏子にとって浪六は、それ以降、終始気になる作家であったことは確かである。けれども、自分をして同列に考えることだけはしなかった。いわば、浪六は、夏子にとって常に反面教師として在ったのである。

本稿を結ぶにあたって、小説家として出発する直前の決意を語った、一つの文章を引用しておきたい。明治二十五年早春頃執筆かとされている、「感想・聞書1」「森のした艸　一」には、小説のためのレッスンとしてか、さまざまな文章が試みられ、書き留められた跡がある。その末尾の部分の、次のような、人口に膾炙した下りである。

小説のことに従事し始めて一年にも近くなりぬ　いまだよに出したるものもなく我が心ゆくものもなし　親はらからなどのなれハ決断の心うとく跡のみかへり見ればぞかく月日斗重ぬるなれ　名人上手と呼ばるゝ人も初作より世にもてはやさるゝべきにはあるまじ　批難せられてこそそのあたひも定まるなれなどくれ〴〵せめる　おのれ思ふにはかなき戯作のよしなしごとなるものから我が筆とるハまことなり　衣食の為になすといへども雨露しのぐ為の業といへど拙なるものは誰が目にも拙とミゆらん　我筆とるといふ名ある上はいかで大方のよの人のごと一たび読ミされば屑籠に投げいらるゝものハ得かくまじ　人情浮薄にて今日喜こばるゝもの明日は捨らるゝのよといへども真情に訴へ真情をうつさば一葉の戯著といふともなどかは値のあらざるべき　我れは錦衣を望むものならず　高殿と願ふならず　千載にのこさん名一時の為にえやハ汚がす　一片の短文三度稿をかえて而して世の評を仰がんとするも空しく紙筆のつひへに終らば猶天命と観ぜんのミ

いまだ一作も世に問うてはいない夏子が、自分にとって小説を書くとは？　という問いを既に抱えていることは、注目に値しよう。おそらくそれは、書き手としての自己形成を図るために、当代作家の「小説」を学習するなかで彼女にもたらされたものといえよう。いまだ「小説」というジャンルについて共通する認識が形成されていない時代のことであった。そして、夏子にとって「小説」を書くことは、真実の心から生じる行為であった。「小説」は、人の「真情に訴へ」、我が「真情をうつ」[*19]す器に他ならない。小説を書いて、生活を支えようと決心してから一年が経っていた。夏子の「明治二十四年」とは、この時点まで歩いてくる道であった。

さらにここでもう一点注目しておきたいことは、樋口夏子から「一葉」へと、「筆とるといふ名」すなわちペンネームをもつことの覚悟が顕れていることである。「一葉」という名を、千年後まで残そうとする決意と自信が、ここに感じられる。いよいよ、自分の作品を世に送り出すという時が迫り、小説家としての名前を決定したことで、少しでも納得のいく作品を書きたいという思いが、一気に高まっていったのである。そして、こう言っていくその背後に、大衆うけする通俗小説を書いて「一時の」成功をおさめ、華々しい文壇デビューを果たした浪六という小説家を、意識する心理が働いていたと想像することも、あながち的はずれのことではないだろう。一葉にとって、浪六とは、その小説家としての出発の地点において、もっとも気になる存在としてあったのである。

本稿はここまで、村上浪六の側から一葉年譜を照らし返すという気持ちで、二人の関わりをみてきた。しかし、浪六の伝記自体が、いまだ不明なところが多く、今後も検証を必要とすることが、逆に見えてきたところである。大方のご教示をお願いしたい。

注

＊1　山梨県立文学館編集・発行の『資料と研究』第十一輯（二〇〇六・二・二八）に、この「にごりえ」未定稿C・IVの写真版と翻刻及び解説・補注（野口碩氏）が掲載されている。

＊2　文学史記述においても、特筆すべきできごとであった。たとえば、「編年体・日本近代文学史」（『国文学』昭51・2臨時増刊）「編年体・近代文学120年史」（『国文学』昭60・5臨時増刊）の「明治24年」担当の畑有三氏は「三日月次郎《ママ》の仁侠の行動が大衆の好尚に投じて圧倒的な人気を呼んだ」としている。因みに、明治二十七年学習院中等科に在籍していた十六歳の有島武郎も愛読者の一人だった。年譜によると、この頃から小説の習作を学習院の雑誌に発表していた。その年の十二月に脱稿した「慶長武士」の筆名は由比ヶ濱兵六で、ちぬの浦浪六にちなんでつけたという。

＊3　近世文学研究者に訊くと、「自笑基磧」といった時は、江島基磧一人を指すのが普通だとのことである。しかし、この文脈でなにが言いたいのかは不明とのこと。

＊4　「一葉の憶ひ出」のなかの言葉。野口碩氏は、ここでの「斎藤さん」を緑雨とし、「「あの人の描いた小説」は「三日月」を指す」としている（前掲『樋口一葉来簡集』）。日記「蓬之中」（明26・7・25付）には、「樋口の家に二人残りける娘のあはれ骨なしかはらはたなしか」という記述がでてくる。三日月治郎吉に余程共感を覚えていたのか、との推測を呼びよせるものである。

＊5　このアンソロジーについては、これまで余り指摘がなかったと思われる（平成15年11、12月に文京区ふるさと歴史館で開催された「樋口一葉その生涯—明治の文京を舞台に」と題する展示会に出品され図録に掲載された）。このアンソロジーには、巻頭に尾崎紅葉「取舵」をおき、以下十一篇の小説が収録されている。また、編者による各作家の略歴が付されている。題名「ゆく雲」及び署名「一葉女史」（目次には「樋口一葉」）に続いて「編者曰、一葉女史樋口夏子の君は明治五年をもて東京に生れ、久しく中島歌子女史を師として今尚歌文を学ばるゝ傍、武蔵野、都の花、文学界等の諸雑誌に新作の小説多く見えぬ、」と紹介されている。ちなみに「花圃女史」の「露のよすが」も収録されており、その編者の紹介は「編者曰く花圃女史三宅龍子君は元の元老院議官田辺太一氏の女なり、高等女学校に入りて業を卒ふ、著す所小説藪鶯あり、三宅雪嶺君に配して世伯鸞孟光の偶に比すと云」とある。この時点では、花圃と一葉はほぼ同じ扱い、いやどちらかというと花圃の方が上位の扱いを受けているように見える。

＊6　明治29年6月23日付の日記（「ミつの上日記」）には、生活のための不如意から、結局春陽堂より三十円をとりよせたとある。「人こゝろのはかなさよ」と、我ながら何と人間の心のあてにならないことよ、と自嘲気味に記している。

＊7　「春陽堂書店刊行図書目録（明治15〜明治45年）」（前掲『春陽堂物語』巻末付録）による。実質的には、春陽堂からの浪六本の出版は明治二十七年末で終っているようである。

＊8　国立国会図書館「近代デジタルライブラリー」の検索による、「所蔵村上浪六著書一覧」参照。なお、浪六の著書は、かなりこのウェブ上で読むことができる。

＊9　山崎一穎氏編「年譜」（『明治文学全集89』「明治歴史文学集㈠」所収　昭51・1、筑摩書房）には、「明治二十八年」の項に「四月十七日、『新作小説・海賊』を青木嵩山堂より刊行。この作品は、春陽堂に売渡しの契約をしてあったものだが、負債をかかえ苦し紛れに青木嵩山堂に二重売りをした」とある（傍点は筆者による）。

＊10　「感想・聞書10　しのふくさ」（明28・1頃）には、「此よ本郷のあたりをそゝろありきしてにしき絵うる家になみろくが軍記ハととふに版の出来しハこぞなれど今ハ品ぎれたりといふ五百部よりほかはまだ世に出ぬなめりとうなづく」とある。なお、このなかには「浪六のもとより今日や文の来るとまちてはかなくとしも暮れぬかしこも大つごもりのさわぎいかなりけん」という大晦日の記述も出てくる。

＊11　浪六の子息・村上信彦氏は「虚像と實像・村上浪六」（前掲『明治文学全集89』所収）のなかで、「樋口一葉は日記のなかで、たのんだ金策に浪六が返事もしないのを憤慨しているが、彼に実行する誠意がなかったというよりも、一葉に言ったことは数時間後には蒸発していたのだ」と、父・浪六の「異常な忘却や無責任」を指摘している。

＊12　塩田良平氏（『樋口一葉研究　増補改訂版』昭43・11、中央公論社）も、「見知らぬ他人」「面識のない村上浪六」を一葉は訪問したが、結局、浪六とは「単に行きずりの人としてすれちがつてしまつた」としている。

＊13　久佐賀と一葉の関係を持続的に追っている木村真佐幸氏は、近著『樋口一葉と現代』（二〇〇五・五、翰林書房）でも新聞広告が一葉を刺激したとされている。

＊14　太田鈴子氏は「東京朝日には桃水がおり、二十五年「うもれ木」掲載の『都の花』に浪六も、「斯豪傑」を掲載していて、一葉は親近感を抱いていたかとの推察もできる」（『樋口一葉事典』「村上浪六」の項　平8・11、おうふう）としている。松坂俊夫氏は「村上浪六は、一葉の初期作品に影響しているともいわれる作家。後年一葉は相当の借金を申込んでいるところからも親近感を抱いていた男性であろう」（「樋口一葉をめぐる男たち」（「近代文壇事件史」『国文学』平元・3臨時増刊）としている。

＊15　『全集』第三巻㊤の脚注に、「開店に当り十日附の『読売新聞』に浪六自ら出した広告文が載った」とある。なお、一葉の「雪の日」が掲載された『文学界』の翌号（第四号　明26・4・29）の彙報欄には「浪六茶屋」と題する「白

眼羅漢記」の訪問記が載っている。「文学界四号来る」（「蓬生日記」明26・4・30）との記述が日記にあるように、一葉はこの記事を読んだはずである。

＊16　昭和女子大学近代文学研究室『近代文学研究叢書』第53号（昭57・5刊）「村上浪六」「生涯」の章に「吉原の遊女吾妻、本名よしを身受したいきさつが「万朝報」にすっぱ抜かれた。樋口一葉から借金を申し込まれたのもこの頃である」とある。なお、「すっぱ抜かれた」記事とは、「深見重三の意気事」（『万朝報』明26・12・28）である。

＊17　前掲『樋口一葉来簡集』のなかで、編者の野口碩氏は「「浪六のもとに原稿を携へ行き給ひし」は、二十七年秋浪六から借財しようとしたことを聞き違えたもの」としている。

＊18　穴澤清治郎の談話「一葉さん」（『一葉全集』第二巻月報『一葉』第二号　昭28・9、筑摩書房）のなかに「どうも借金の依頼状らしいが、村上浪六に手紙を書いてから、「文学的に書くので、私の手紙がわからないかな」と云ったりもしました」とある。

＊19　この「真情」を写す小説家への決意が明治25年3月24日付「日記」に記された中島歌子の言葉と重なることは興味深い。この日、一葉は十九歳の歌子が書いた「常陸帯と表書したる日記」を読んで感動する。そして歌子から、「文の真」について、「真といふこゝろに成てつく」る小説についての話を聞いたのである。いかに一葉が心を動かされたかがここを読むと窺える。

〔翻刻資料〕

三日月序

報知新聞の一度報知叢話を出たすや其小説皆多少の稱評を世人に得たり而してちぬの浦浪六著す所の三日月

一たび

獲たり　著はす

尤も噴々を極む或ハ曰く露伴なり或ハ曰く紅葉なりと竟に
斯の將さに興らんとするの青年記者ハ姓ハ村上といひ名を
信といひ文苑に入るの日猶浅くして英を吐く未た衆からす
固より露伴紅葉の作家林を望むにたらすと虽も亦之を望
むを肯せさる一有骨書生なることを知るもの莫し
村上君三日月を輯合し釐めて一冊となさんと欲し余の一言
を徴す會ま日光の遊ひありて諾を宿すこと半月頃者排印
既に成る乃ち之に序して曰く
昔し佛国のデューマはル井十四世の史を校理するに因りて
偶まダータグナン実録を見て其事を奇とし検討百端
遂に三銃士傳を著はせり君の此編に於る頗る之に類す君
幼より意氣を重んし稍や一二當世の大人に知らる誤まつて
世波の旋渦に捲去られて自から支持する能ハす四方に飄零
するのも敉載交る所游俠角觝の士多し一夕故老の談に感し
て治郎吉の事を異とし或ハ隠者の門を敲き或ハ上野の書
籍館を尋ね経営惨澹乃ち此編を成す其の治郎吉
等の挙手投足闊達にして清白なる彼のアリス。ポルソス。ア

或は　或は
興らむ　は　は
猶ほ　衆からず
足らず　雖も
肯《がへん》ぜざる
なさむ
遊　宿する
實録
重し　識らる　誤て
旋渦　捲去られて
數
或は　或は
館
アソス

ラミス等の毎ねに卑猥に流れ安きに比して甚た逕庭なるもの
ある若きハ則我か男達の彼のナイトフツドと相似て相同しからざ
る所以なり
然れとも余か最も君か文に取る〔へき〕〈もの〉は其の皮と肉とに在らすして
其骨にあり一字を指し一句を摘む皆佳ならさるなし而して
全篇に就て之をミれは破砕累垛之を串通する所のものある
なし之を没骨の文といふ君ハ則ち婉言柔語従容として叙へ
来るか如くして其中常に一道稜層の氣ありて之を貫く是
れ骨也余ハ是に於て益す晃山廟か当時海内の妙工を聚
盡して而も徒らに破砕累垛の小観をなすに終りしを惜む

辛卯六月十七日

報知新聞社に於て　思軒居士

おなしはしかき

文学はむつかしきものと聞くわけて小説は小むつかしき
ものと聞くなみ六元来この道に不案内なれは筆とり
てものいはんなとの野心は夢さら〱なしたゝ過る四月
より報知新聞か日曜ことに発兌する報知叢話へ何か

易き　たる
有る　則ち

君の　其皮　在らず
在り　ざる
看れば　有る
謂ふ　は　叙べ

余は　が當時
而かも

はしがき
むづかしき　小むづかしき
なれば
物いはんなど　たゞ
が　毎　発兌せる

墨つけて見よと思軒居士かいはれしまゝ心まかせ氣まかせに
なくりつけたるを取まとめ春陽堂のあるしに冂説かれて
是そ実の筆おろし噺はつかしやされと濡たうへの露いとひ
何かせんまゝよ筆ついてに畵も遣つてのけんと竟に斯の如し

辛卯六月上旬

ちぬの浦なみ六
しるす

ちぬの浦なミ六ぬしか三日月のかけ
よにはしめて光りを
あらはしてより新聞に雑誌に好評いたらぬかたも
なかり
きそハ今のよの小説の風流といはんか艶か麗か卑なる
わいなる多きか中に人に骨なく腸は魚かし
にのみある世の中しか〳〵の詞を始めとして
此命よきかひ手
御坐奐ハゝ

みよ　が
なぐり　取纏め　主人
實　はづかしや　されど
ついで
識す

何時にても賣り申し候但し現金取引のこと
ミそか拂ひは
御ことはり申(し)ゝと染めぬきの裕（浴―筆者注）衣
もすそひるかへして
なわ鼻緒の下駄に江戸の八百八町を踏ミとゝろ
か〔して〕
せし唐犬ひたひの銀はりがね先つあらきもを
ひしかれしに
自笑其磧の間も縫はす西鶴はりのいや味もなき
一篇
特色の文章の曲折花の山の松一本
かわつたといふ所
か氣に入られしなるべし
一葉

廿四年炢

＊〔　〕は削除、〈　〉は加筆を示す。
＊表記は、一葉の記した字配りをそのままに再現するように努めた。
＊思軒の序文及び浪六「はしがき」原文との表記の違いを、翻刻本文に傍線を引き、脚注を付して示した。

Ⅳ

「語りのレトリック」を読む——文学研究のアイデンティティ

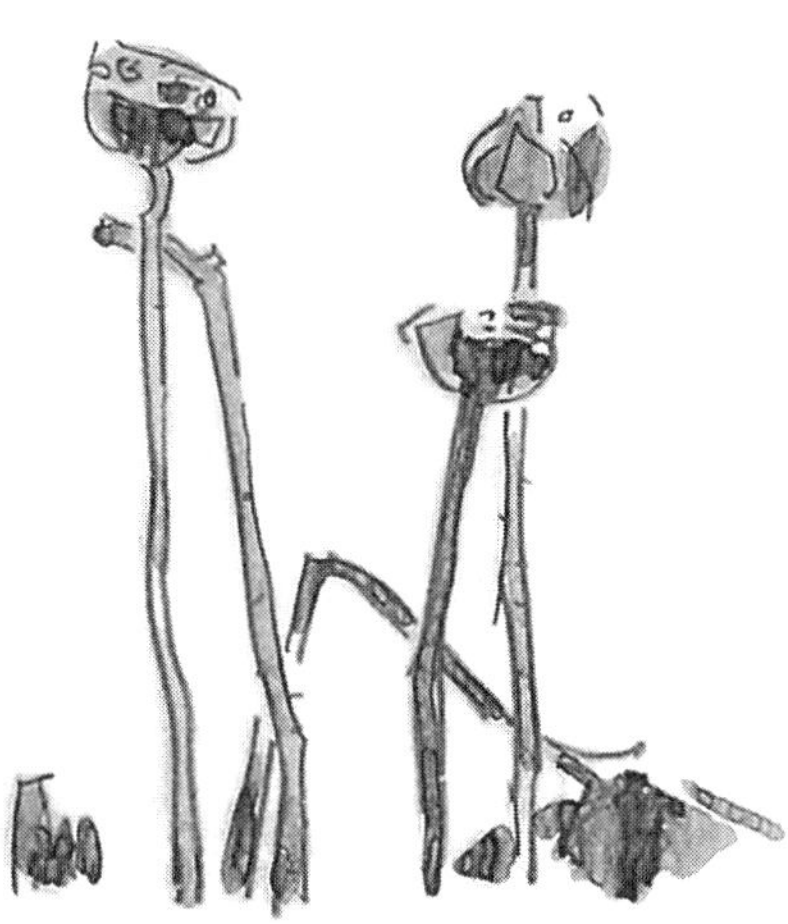

「小説家小説」としての「趣味の遺伝」
——自己韜晦する語り手「余」の物語言説

1 「小説家小説」の「系譜」

考えてみると確かに日本の近代小説のなかで、「小説家小説」とでも呼ぶべきものを挙げることは、それほど難しくない。[*1] いや枚挙にいとまがないといっても過言ではない。単に主人公が小説家と設定されたものだけを指すのではない。ここでいう「小説家小説」には、小説を書いていることに、語り手が作中で自己言及していく類の小説をも含む。この構造はメタフィクション（メタ小説）というい方もできるか。小説の物語内容の時間とは別な時間（メタレベルの時間）、すなわち「今」まさにその物語を語っていく語り手の時間が作中に明示される小説をいう。思いつくままに例を挙げてみよう。

たとえば芥川龍之介の「羅生門」（『帝国文学』大4・11）。一読すると、平安末期の下人を描いた三人称小説のように読める。しかしそうではない。子細に読むと、作中で「作者」を自称する語り手が、近代の読者に向けて、平安末期の荒廃した洛中に生きる下人の世界を「批評」的に語るという、小説のかたちを持っている。語り手は「作者はさっき、「下人が雨やみを待っていた」と書いた」と、「作者」である自分が書いていることを顕示しつつ語っていく。詳しい言及はここでは省くが、続く「鼻」「芋粥」も同様な構造をもっている。芥川は「鼻」が掲載された第四次『新思潮』（大5・2）の編輯後記（「編輯後に」）で、「今昔物語集」や「宇治拾遺物語」など中世説話集に材をとった、初期のこの種の小説について「単なる歴史小説の仲間入をさせられてはたまらない」と洩らした。芥川のその危惧はある意味であたり、これらの作品群は長く「単なる歴史小説」（いわゆる三人称客観小説）として読まれてきたのでは？　と思わないではない。作中人物を語る、語り手をこそ、芥川は読んでほしかったのである。語り手の語る話として「羅生門」を捉えると、一人称の小説のようにも見えてくる。その時、読者は、末尾に至ってなお下人を把握しきれていない語り手に出会う。何度かの改稿が必要だった理由であろう。「見事な改稿」[*2]とされた『鼻』（『新興文芸叢書8』大7・7、春陽堂）版の本文ですら、語り手の不明は解消されていないのではないか。「下人の行方は、誰も知らない」という時、「誰も」には語り手自身をも含むと読めてしまう。語り手だけは知っている、とは到底思えない。「羅生門」は、下人のゆくえを見つめ続ける語り手による、きわめて実験小説的な世界に見えてくる。

もう一つ、武者小路実篤の「友情」（『大阪毎日新聞』大8・10・16〜12・11）を挙げてみよう。「友情」は、主人公野島とその友人の大宮が、ともに戯曲家・小説家と設定されている。その意味では、文字通りの「小説家小説」といえる。しかし、それだけの意味で、「友情」を「小説家小説」というのではない。この小説もまた「羅生門」同様、メタ小説の構造をもっている。構成は、上篇・下篇から成るが、作中には、しばしば野島の日記や手紙が使われたり、下篇には大宮と杉子の往復書簡（雑誌に掲載された「小説」）が「引用」されるなど、かなり複雑な仕組みをもった小説であることがわかる。しかし、この小説を読み始めた読者は、語り手が作中人物を「野島」「彼」「大宮」などと呼ぶように、あたかも三人称の小説として読んでいくだろう。いやこうした文法形式上の「人称」で説明するのが不適切というならば、G・ジュネットの分類にしたがって、「その物語内容には登場しない語り手」[*3]が語る小説であるとまずは捉えられる。基本的には、そう理解して構わない。そして、この語り手は、多く、というより終始一貫、野島視点からものごとを見ているのであり、野島に焦点化して彼の内面を語っていくのである。

「友情」の物語内容の時間は、野島の、杉子との出会いから一途な思慕の深まり、やがて親友の大宮と杉子が結ばれ、完膚なきまでにダメージをうけた失恋の経緯へと、継起的に流れていく。けれども、読者は小説半ばで、「友情」の小説構造にはもう一つの時間があることに気がつく。上篇「三五」章冒頭の「ここで自分は筆をはしよる」という言葉の出現によって、語り手が「今」この小説を書いている「自分」を顕示していることを知る。この唐突に現れる「自分」とは誰かと考えてみた時、小説内の語り手自身の介入・突出に過ぎないとか、単純に作者武者小路実篤などと片づけて終わりにする読者は、現代の解釈共同体においてはそう多くはないであろう。むしろ、小説家と設定されている作中人物・野島自身と考えてみる読者は、少なくないのではないだろうか。「自分」とは、すなわちこの小説の語り手とは、かつての失恋体験を、後年のある時点で、一編の小説としてまとめつつある野島自身と捉えることができる。語り手の全知の視点による、三人称客観小説などとして済ますことはできない、メタ小説構造をもつ「友情」の世界が見えてくる。

こうした「友情」の「語りのレトリック」[*4]を押さえた上で読み直すと、「野島が初めて杉子に会つたのは帝劇の二階の正面の廊下だつた」と冒頭から既に回想的な、つまり事後的な言葉によって野島の体験が振り返られていることが見えてくる。また、たとえば、上篇「三四」章末尾、野島への友情から、日本を離れ洋行することを決意する大宮を見送る東京駅の場面で、ひそかに大宮を見つめる杉子を発見する野島を、語り手は「野島の一生忘れることのできなかつたのは杉子のこの日の態度と目だつた」と語る。「この日」から一定の人生経験を経た野島にしかわからないこうした回想の言葉が、しばしば挿入されているのである。そして、この野島の失恋の経緯を語っただけの物語が、なぜ「友情」という題名なのかも了解されてくる。親友に恋人を奪われ失意のどん底に突き落とされた野島が、後年小説家として、かつてのこの体験を小説化する、そしてそこにひそかに真の友情を発見していく物語を成したということになろう。一面では、つらい経験を克服した野島の、人間としての成長物語にもなってくる。

「友情」の好評を背景に、のちに書かれたという、同じく武者小路の「愛と死」(『日本評論』昭14・7)の主人公村岡もまた小説家という設定である。「これは二十一年前の話である。しかし自分には忘れられない話である」と始まるように、「自分」「僕」(村岡)が語る一人称回想形式の小説である。「僕」は同じ小説家仲間の野々村の妹・夏子と相思相愛の恋をし婚約する。しかし、「僕」が数か月間ヨーロッパに遊学している間に、夏子は世界的に猛威をふるったスペイン風邪(大正7年から8年にかけて起った歴史的なできごと)に罹って亡くなってしまう。婚約者との恋と永遠の別れという、その個人的な「忘れられない話」を後年の「僕」が語るという、この小説の物語言説(語りのレトリック)に注目した時、村岡がこの自身の経験を二十年余り経った「今」語っていくのはなぜかという素朴な問いもまた生まれてくる。回想の必然はどこにあるのか、と。そう考えつつ読み返した時、村岡が小説家として設定されていることの意味が改めて浮き彫りにされてくる。

夏子を失った後、その悲しみを乗り越えるという経緯のなかで、かつての個人的な体験を小説化する村岡へと、読者の想像力は向かっていく。「愛と死」も、小説家としての歩みの物語なのである。その背後には、小説家は人間としての成長を遂げるべきという観念が横たわっている。「友情」も「愛と死」も、日本的自然主義を経て「私小説」へと導かれていった、日本の近代小説の発想の根を明らかに前提した上で書かれている。自分自身の「体験」を語るのが小説家だという通念が、ここには根強く存在しているようである。

2　小説世界を統合する〈読み〉へ

「小説家小説」とでもいうべき小説をいくつか見てきたのは、こうした個々の作品の読みを重ねて「系譜」(文学史)化したいからではない。また本誌(『文学』二〇〇八・九、一〇月号)の特集「一人称という方法」をこの種の小説で代表させたいわけでもない。「一人称」だろうと、「三人称」だろうと、要するに、今日の近代文学研究の領域で失われつつある、文学テクストを一個の統合した世界としてどこまでも読む試みを重ねてみたいのである。そのための試みの一端を示したに過ぎない。確かに「小説家小説」とでもいうべき小説が多数存在し、暗黙のうちにその小説世界を統合するものとして機能してきたかのような感に囚われてしまうのも事実なのだが。

無論、小説を読むことは、抱いた問いに対してそう簡単に答えが得られたり、一人の読者のなかでたちまちにして世界が統合されてくるような営為ではない。しかし、小説は語り手が語らない限り小説にはならない、という当然の事実を改めて確認した上で、一編の小説をどこまでも全的な世界として顕現させようとする〈読み〉にこだわりたい。

バルトの高弟、アントワーヌ・コンパニョンは、現在、フランスの（いや世界の）文学研究を牽引している人である。そのコンパニョンが、文学理論が吹き荒れた季節が終焉した後、あまたの理論を再検討・整理しつつ、文学および文学研究の意義を問うた著書、邦訳題『文学をめぐる理論と常識』（中地義和・吉川一義訳　二〇〇七・一一、岩波書店）のなかでつぎのように述べている。

作者の意図に反対する人がテクストを援用するとき――両者は、あまりにもしばしば二者択一として提示される――、たいてい基準として引き合いに出されるのが、内在的な首尾一貫性と複雑さであるが、それはじつのところ意図を想定することによってのみ正当化される基準である。ほかの解釈よりその解釈が優れていると考えるのは、それによりテクストがより首尾一貫し、より複雑になるからだ。解釈するとは仮説を提示することで、その仮説にテクストのできるだけ多くの要素を説明する能力があるかを試しているのである。（中略）どんな文学研究でも、意味を保証してくれるものとして、作者の意図を暗黙裡に想定している。（第2章作者　101頁）

ここでコンパニョンがいう「意味を保証してくれるもの」としての「作者の意図」とは、かつて作品論の時代に、作家研究から導き出した言説を向う側に半ば実体化しつつ、かつそれに近づくことを読者の目標としてきたものとは違う。「意図は先行計画ではない」のだ。あくまでもテクストを読む（解釈し意味を求める）上での読者の姿勢の問題として意義をもつものである。解釈を実践するならば、「意図性の想定」こそがどんな文学研究者のなかにも潜在・前提されているはず、ということをここでコンパニョンは確認しているのである。彼は、こうもいう。

われわれがテクストを読みつつ解釈しているもの、それは語の意味でもあり、作者の意図でもある。この両者を区別しようとすると、たちまち屁理屈におちいる。だからといって人と作品に回帰しようというのではない。意図とは、もくろみのことではなく、意図がこめられた意味のことだからである。（同　98〜99頁）

暗黙裡に「作者の意図」を想定する読みとは、言い換えると、文学テクストのコンテクストをたどり一つの言葉の世界として全的に捉えようとすること、つまり読者なりの「物語」化の試みであろう。そして、正直いって、この読みはどこまで行っても逃げ水のように消えていく感を免れない、いわば終わりのない読み方であるともいえる。しかし、文学テクストをめぐるこうした読み方こそが、今、私たち近代文学研究の領域では、改めて求められているのではないだろうか。読むことをめぐる「理論」が一定の常識となった現在、個々の文学テクストの新たな読み直しが求められている理由もそこにある。そして、現在の、またこれからの文学研究の基本もそこにしかないように、私には思えるのだ。文学研究のアイデンティティを再確認する時だろう。書き手と読み手が一体化する思索の〈場〉の発見・構築こそが急務であり、かつそうした営為が今後も文学研究あるいは文学教育という領域の重要性を顕示していく可能性へとつながっていく。

では、こうした読みを起動させるためにはどうしたらよいかと考えると、まずは、「物語言説」「語りのレトリック」を読み解く以外にはないと思われる。その道こそが、小説世界へ入っていくための〈入口〉なのである。何が語られているかだけではなく、語り手によってどう語られているかの確認を、読みの出発点とすることである。〈語り手〉とは、小説のなかでなによりも分析概念として機能するゆえに重要なのである。今、私たち文学研究者は、小説内の〈言葉〉として〈語り手〉を読み、分析できる地点に立っている。読むという行為は、言葉との格闘であり生易しいものではない。が、かつての作品論の時代よりはるかに原理的にも方法的にも明確になり、作品分析の道筋は明瞭になってきた。

ここでは、必ずしもわかりやすいとはいえない、夏目漱石の一人称小説「趣味の遺伝」を使って、その語りの位相について考え、統合した小説世界として捉えてみたい。

3 「小説家小説」としての「趣味の遺伝」——語り手「余」を読む

漱石初期の小説「趣味の遺伝」(『帝国文学』明39・1、のち明39・5、大倉書店・服部書店刊『漾虚集』に収録)は、作中人物の一人である「余」が語り手の一人称小説であり、また「余」が時折「文士」を自称するように「小説家小説」でもある。しかし、「余」自身も自嘲的にいうように、「余」を「文士」と言い切ることはひとまず難しい。「余」は、職業的には大学に勤める学者である。「仏蘭西の小説家」の形容を持ち出したり、「ロメオとジュリエット」「マクベス」を例に使ったりするように、「余」の専門領域はどう考えても西欧文学だろう。日露戦争直後の時局を横目に、「余の如きは黄巻青帙の間に起臥して書斎以外に如何なる出来事が起るか知らんでも済む天下の逸民」

「図書館以外の空気をあまり吸つた事のない人間」「書物と睨めくらをして居る」「西片町に住む学者」などと、社会と隔絶した学問の世界に生きる気楽な身分を一方で強調する。

時に「余」は、読者の眼に「文士」として自己が映ることをためらうかのように、あえて学者としての衒学的説明を持ち出して、その説得力を示そうとする。滔々と繰り広げられる学問的言説、すなわち「マクベス」の門番が登場する一場面を援用しての「諷語」や、時を超えての、相愛の男女の「趣味の遺伝」理論の披瀝などである。が、その説明が客観的・科学的な根拠をもつ学問としての重みを発揮しているか、つまり「余」の本領を堅持しえているかというと、多分に疑問だろう。多くの指摘があるように、そうした学問的説明が単なる「余」の自己満足の言に過ぎないもの、あるいは無用の説明に見えてしまうのも事実である。「余」の言動は、とにかく何かにつけて理屈っぽくなるのだ。

こうした「余」が、「文士」と「学者」と、二つの立場を都合よく使い分けながら勝手なことをいっている、気楽で能天気な人物であるかのように一読見えてしまうのもあながち否定できない。近年の論に多く見るように、学者としての「余」に対して「軽薄」「いかがわしい」「戯画的」「欺瞞的[*5]」などという批評がなされるゆえんだろう。では、「文士」の世界に片足をかけつつ、学者であることを強調する、どっちつかずの宙ぶらりんの「余」を指して、「趣味の遺伝」を「小説家小説」と見なすのか、というとそうではない。それよりも、この小説のなかで語り手の「余」自身が、「叙述」を進めていくことに常に自己言及している点にこそ注目してみたいのである。

> 是からの話は端折つて簡略に述べる。余は前にも断はつた通り文士ではない。文士なら是からが大に腕前を見せる所だが、余は学問読書を専一にする身分だから、こんな小説めいた事を長々しくかいて居るひまがない。新橋で軍隊の歓迎を見て、其感慨から浩さんの事を追想して、夫から寂光院の不可思議な現象に逢つて其現象

が学問上から考へて相当の説明がつくと云ふ道行きが読者の心に合点出来れば此一篇の主意は済んだのである。実は書き出す時は、あまりの嬉しさに勢ひ込んで出来る丈精密に叙述して来たが、慣れぬ事とて、余計な叙述をしたり、不用な感想を挿入したり、読み返して見ると自分でも可笑しいと思ふ位精しい。其代りこゝ迄書いて来たらもういやになつた。今迄の筆法でこれから先を描写すると又五六十枚もかゝねばならん。追々学期試験も近づくし、夫に例の遺伝説を研究しなくてはならんから、そんな筆を舞はす時日は無論ない。のみならず、元来が寂光院事件の説明が此篇の骨子だから、漸くの事こゝ迄筆を運んで来て、もういゝと安心したら、急にがつかりして書き続ける元気がなくなつた。

長々と引用した箇所は、「三」章の、「余」がまさに書いている自分に言及したところである。いや、というより小説の末尾近くで、「余」がここで擱筆する理由を語ったところであるというべきか。このあと「浩さん」の「御母さん」と小野田工学博士の妹である「寂光院の女」とが嫁と姑のような交際を始めた顚末が報告されて、大尾を迎える。ここまで「余」は、継起的にかつ臨場的に、できごとの流れを追って「叙述」してきたかのような口ぶりである。そして、「余」が遭遇した不可思議な現象・寂光院事件の学問的解明の「道行き」が「此一篇の主意」「此篇の骨子」だったと、その物語内容を概括する。が、同時に、ここでその語り方にも言及している「余」の言葉は見過ごせないだろう。「出来る丈精密に叙述」、「余計な叙述」「不用な感想」の「挿入」をした、「読み返して見ると自分でも可笑しいと思ふ位精しい」などと自嘲気味に語る。また、語り手の主観によって切り取られた、その場を現前させるかのごとく語るその「筆法」、「描写」についても触れていく。その筆法が、どの部分（場面）を描く時に採用した手法であり、それが何をもたらしたのかは、ここで具体的に触れてはいない。しかし、「読み返した」という「余」は、おそらくその結果として顕現するものを、改めて知ったはずである。

「余」は、ここでは叙述が過剰であった面をことさらに強調している。けれども、むろん省筆や故意に書かなかったものもあったと思われる。一人称の語り（もっと踏み込んで言えば一人称回想の語り）の背後に広がる〈空白〉について、「余」がどこまで意識的であったのか、ここを読むとがぜん問題になってくる。また、回想という、できごとを事後的に表現していく文章のなかで、「余」がこの「一篇」をどう再編成したのか、この点を読まなければならない。実のところ、全ての〈結果〉がわかって後に筆を執った「余」の叙述として「趣味の遺伝」を読むと、「欺瞞的」「軽薄」とされる「余」の相貌もまた違って見えてくる。

先走っていえば、「余」は、終始自己韜晦をくり返しつつ、その実水面下で、ある切実な「物語」を構築（創造）しようとしたのである。「余」は、「事実」や『体験」をそのままに語れば「小説」だとする理念や、「遺伝」によって人間解釈をするという、同時代の「自然主義」「科学主義」を標榜する新しい文壇の動向やを積極的に、かつ揶揄的に利用しつつ、また「描写」という新たな小説技法をも採りこみつつ、「此一篇」の「余」自身の真の目的をひそかに果たそうと苦心した。「学問上」落着を果たしたとする、「趣味の遺伝」説擁立の過程の「物語」であることを装いつつ、もう一つの「物語」を完結しようとする。この小説を、「小説家小説」とする理由である。「余」はまさに学者というよりも、言語によって〈世界〉を造り出そうとする「文士」「小説家」である。

4　語り手の自己韜晦——帰らぬ友を待つ「余」の慟哭

「趣味の遺伝」は、冒頭で日露戦争の戦場を一大屠場とする、語り手「余」の「空想」がいきなり提示され、読者の意表をつく。狂える神の命令一下、猛犬の群れが兵士の胴を嚙み、血を啜り、骨を砕くという血なまぐさい表象の文学的典拠をめぐってはさまざまに考察されているが、いずれにしろこうした「空想」には、戦争に対して一定の距離をもち、戦争の惨酷無益なさまをアイロニカルに眺める「余」の視線が認められる。国を挙げて戦意高揚を謳い戦勝の興奮に酔い、屈辱的な講和条約に怒り、といった日露戦争をめぐって多くの国民が抱いていった当時の意識とは、遠く隔たった地点にいる「余」が窺える。

その日「待ち合わす人があつて停車場迄行く」ため、新橋まで歩いてきた「余」は、停車場前の広場で「歓迎」の群集に出くわし、その人の波のなかで戦士の凱旋を目の当たりにした。「英名赫々たる」将軍のやつれた姿や日に焼けた兵士の一隊やに、戦場で味わった労苦を彷彿とさせられたり、また、「戦争を狂神の所為」「軍人を犬に食はれに戦地へ行く」者、出迎えの人々を「犬に喰ひ残された者の家族」などと、「例の通り」耽っていた最前の自分の「空想」を相対化し「極りが悪」いと感じたりしていく。そして、そのなかに「亡友浩さんと兄弟と見違へる迄よく似」た「年の頃二十八九の軍曹」をみつけ、その軍曹が、出迎えた母親と連れ立って街のなかへと遠ざかっていくのを見送った。「浩さんの事を思ひ出して悵然と」見送ったのである。「余」は「是がはからずも此話をかく動機になつた」とここで洩らす。つまり「此話」は、なによりも亡き友への哀悼の辞として書かれたものなのである。「浩さん」への「余」の鎮魂歌であった。

表面的には、「余」は常に、学者としての興味につき動かされたかのようにふるまう。「余」の「悵然」たる思いに貫かれた、友の死を悼む感傷の「物語」として読まれることを回避するかのように。その意味では、このもう一つの「物語」は「余」の意識のなかでのみ秘密裡に成就させる以外にないものであった。人知れず著そうと努めるのが、「弔辞」としての「趣味の遺伝」なのである。そのために、いくえにも韜晦を重ねる語り手の「余」。しかし、この小説は、こうした重層する「語りのレトリック」を読んでいくことによって、初めて、読者に、統合された言葉の世界として見えてくるのではないだろうか。

「余」が語る冒頭の「歓迎」の場面は、明治三十八年の十一月二十五日のことである。改めていうまでもないが、日露戦争は明治三十七年二月十日ロシアに宣戦布告して幕を開け、明治三十八年九月五日、日露講和条約（ポーツマス条約）の調印をもって終結した。戦勝国とはなったものの、日本側の被害は甚大で、また講和条約も日本にとって屈辱的なものであった。条約への国民の不満は爆発、各地で反対集会や暴動が起り、九月六日首都東京には戒厳令がしかれた（十一月二十九日廃止）。[*6] 一方、この時期、帰還兵士の歓迎や征露凱旋祝勝会は全国各地で行なわれた。十月二十三日には、東京湾上で海軍凱旋式・大観艦式が挙行され、数万人の観衆を集めたという。こうした時代状況を考えると、実際のところ「余」が新橋駅頭の群集を見て「何だらう？」と首をかしげたり、「はゝあ歓迎だ」とようやく気がついたりというのはありえない。「余」も「平生戦争の事は新聞で読まんでもない」といっているわけで、まさに自己韜晦の言に他ならない。

また、「余」は、ここで「待ち合わす人」があって来たものの、相手は「未だ来て居らぬ」し、時間になっても「中々来ん」という。この待ち合わせが結局どうなったのかを、「余」は読者には何も知らせない。けれども、「余」にとっての精神的待ち人は「亡友浩さん」の他にはいない。先述の、「浩さん」に「よく似」た青年軍曹を見た時、「余」は「はつと思つて馳せ寄らうとした」。もはや生きて還ることのない「浩さん」を待ち続ける「余」がここに居る。「余」が開口一番語った戦争のイメージは、かなり感情的なレベルで戦争そのものの不条理を戯画化したものだろう。無事に帰還した兵士の家族に対して「犬に喰ひ残された者の家族」などと、嫌味な思い方をしてしまうのも、やはり「余」が「浩さん」の死を一年経ってもいまだ受け入れられないからである。帰らぬ待ち人を待ち続けるという「余」の切ない、亡友への愛惜の念が深いところから響いてくる。

「浩さん！　浩さんは去年の十一月旅順で戦死した。二十六日は風の強く吹く日であつた」と痛切な呼びかけから始まる「二」章では、「時は午後一時」「予定の如く行はれた」「松樹山の突撃」場面が、あたかも「余」の眼前で繰り広げられているように「描写」されていく。半年ほどの時間を要し、多くの犠牲を生んだ、「日露陸戦最大の攻防」「旅順要塞陥落までの激闘」[*7]という歴史的なできごとのなかに「浩さん」の死はあった。「余」は、無論、新聞報道などを通してそれを熟知していた。おそらく、多く日本軍「優勢」を報ずる新聞論調の背後を見据えつつ、熟読していたと思われる。また、「余」が、当時新聞や雑誌に掲載された写真を、あたかも動画化するようにして、縦横に戦場への想像力を働かせていることが窺える。数多あるその頃の戦争報道写真と照らしたなら誰しも気がつくことだろう。「余」の詳細な語りが、俯瞰・眺望する視点からなされているのもそのことを物語る。

「余」にとっての「浩さん」は、「偉大な男」でなければならない。「鍬の先に掘り崩された蟻群の一匹の如く蠢めいて居る」姿など認めたくないのだ。「余」は、一人目立つ旗持ちを「浩さん」と決めつけ、彼とともに追体験するかのように、長蛇の列を作っては敵塁へ向かっていく日本軍兵士の行動を追跡する。しかし、その「長い蛇の頭」が「ぽつり」と、続いて「頭の切れた蛇」が「ぷつり」と、「二三寸」切れては消えるのである（「余」が戦場の報道写真を前にしていることがここでもわかる）。はい上って敵塁に向かうこともできず、「我兵」は皆「塹壕」に「飛び込んではなくな」る。旗持ち「浩さん」もしかり。飛び込んだまま「上がつて来ない」。「彼等の足が壕底に着くや否や」敵の「機関砲」が「瞬く間に彼等を射殺した」のである。「上がる事は出来」ない。「是が此塹壕に飛び込んだものゝ運命」「而して亦浩さんの運命」だと確認する。「日露の講和が成就して乃木将軍が目出度凱旋しても上がる事は出来」ないのだ。「余」の「上がる事は出来ん」という断定はリフレインされる。しかし同時に、あくまで「浩さん」にこだわる「余」は「浩さんは何故」「上がつて来んのだらう」という思いにも、囚われる。「今に至る迄上がつて来ない」「依然として坑から上がつて来ない」と再びくり返される「上がつて来ない」には、上って来る事をひたすら待ち続ける「余」の悲痛な思いが込められている。「何等かの手段で親友を弔つてやらねばならん」のは「余」の切実な思いであった。「寂光院事件」は、そんな「余」の思い入れが結集して作られた「物語」（弔辞）であった。

5　仮構された「ロマンス」の誕生

「幸ひ今日は閑」「寺参りだ」と急に思いついたかのようにいうが、「余」が「浩さん」の遺髪を埋葬した墓のある、河上家の菩提寺寂光院へ詣でたのは、他ならない「浩さん」の祥月命日であり、一周忌のその日である。そこで、河上家先祖代々の墓前で「熱心に」「礼拝して居る」美しい女性に出会う。件の「寂光院の女」である。この時二人は沈黙のまま行き過ぎるが、この女性が帰り際、化銀杏の下でふっと振り返って「余」を見上げ、また「余」が振り向いて、「眼と眼が行き合つた」時を、「余」はこう記す。

時刻は一時か一時半頃である。丁度去年の冬浩さんが大風の中を旗を持つて散兵壕から飛び出した時である。

「浩さん」が死を覚悟して突撃した時を思い出しつつ、この瞬間から「余」の物語化がひそかに始まった。一時も亡友の死は「余」の頭から離れない。「余」は、なんとしても「浩さん」を弔いたい、独り残された「御母さん」を慰めたいのである。そのために「浩さん」と、この「寂光院の女」とのロマンスを紡ぎだそうとする。あたかも二人の「恋」の「不思議」が、「余」の「探究」の結果、解明され事実として日の目を見たかのような錯覚を読者は与えられる。しかし、そうではない。叙述を追っていくと、このロマンスは、「余」の想念のなかで、危ういかたちで作りあげられた「物語」に過ぎないことが見えてくる。「諷語は皆表裏二面の意義を有して居る」と説明される、まさに、世間によくある「諷語」を利用した「余」の作為の賜物なのである。「表裏二面」の「物語」の意味の決定は読者に任される。

「余」が、「浩さん」の日記を読んだ当初は疑問に思いながら、以後最後まで確かめようとしなかったことがある。「浩さん」が本郷郵便局で逢った女性と、「寂光院の女」つまり小野田工学博士の妹とが同一人物かどうかという点である。「趣味の遺伝」を読んでいて奇妙な感を覚えるのはこの点だろう。末尾で、「御母さん」が浩さんの日記を博士の妹に見せると、「それだから私は御寺参をして居りましたと答へたそうだ」（傍点は筆者）と「余」は書き記す。つまり自分自身では日記の件は何も確認していないのである。そして、彼女が日記のどこを指して「それだから」と答えたのかについてもこれ以上語らない。「余」は、この点の検証を怠っている。いやわざと触れなかったのだろう。「余」が、ひとまず仮説をたてて以降、それを決定事項として、ことを進めていったことだけは確かである。

元来寂光院が此女なのか、或はあれは全く別物で、浩さんの郵便局で逢つたと云ふのは外の女なのか、是が疑問である。

「余」は、この容易に断定できない疑問を抱きつつ、「少しは想像を容れる余地もなくては」と想像上の「高飛び」をして、半ばそれが事実であるかのように仮定する。おまけに「あの女が浩さんの宿所姓名を其時に覚え込んだとして、之に小説的分子を五分許り加味すれば寂光院事件は全く起らんとも云へぬ」「女の方は夫で解せた」と片付けてしまう。女がなぜ河上家の墓参りをしていたのか。「当人に確かめる以外にはない」話なのである。それを「余」は、なぜか最後まで確認しようとはしない。とりあえず同一人物と決めた上で、今度は片割れの「浩さん」の側から探り始めるのだ。日記に「今少し慥かな土台」を求めて読み進めていくのである。そして、読み進めるうちに、「浩さん」が「何度も夢に見」た女性を、あの「寂光院の女」としたい「余」の気持ちは、さらに一層強まっていく他なかった。本郷郵便局の出会いの検証はここで完璧に棄てられた。

「浩さん」の日記が「ぷつりと切れた」最後の部分は、思わず「余」をして「ぞつとして日記を閉ぢ」させた箇所である。死の前日の「十一月二十五日の条」には、「攻城は至難なるもの」「此二三ヶ月間に余が知れる将校の城下に斃れたる者は枚挙に遑あらず」「両軍の砲声を聞きて、今か〳〵と順番の至るを待つ」とある。露西亜軍の城(要塞)が思いのほか堅固であったために日本軍は「攻城」に手間取っていた時期であった。「浩さん」も戦死を覚悟で出陣を待つ。「戦死の当日」の日記には、二龍山を崩す大砲の響きを耳にしながら「今日限りの命だ」「死んだらあの音も聞えぬ」と思い、「誰か来て墓参りをして呉れるだらう」「白い小さい菊でもあげてくれるだらう。寂光院は閑静な所だ」と記す。そして、「愈是から死にゝ行く」「御母さんは寒いだらう」で日記の記述は途切れる。戦死した「浩さん」には筆を執ることは叶わない。ここまで読んできて「余」は、「愈あの女の事が気に懸つて堪らな」くなるのである。「墓参り」「白い小さい菊」「寂光院」という符号が一致する「不思議な現象」が影響したためかも知れない。しかし、「余」は、なによりも「浩さん」を弔いたいのである。そのためには、なんとしてでも二人を結びつけたい、結びつけなければという思いが先立った。以後「余」は「浩さん」の恋の相手として、この女の素性を探ることに一直線となった。

「つまる所吾々の観察点と云ふものは従来の惰性で解決せられる」「此惰性を構成する分子が猛烈であればある程、惰性其物も牢として動かすべからず抜くべからざる傾向を生ずる」のである等々、「余」が一般論として展開する一連の「学者的」「説明」は、この経緯への自己言及のようなものなのである。「余」の一念(惰性)は「浩さん」をなんらかの形で弔うことにあった。それ故に「惰性」が働く。初めて逢った男女が「此女に相違ない」「此男だぞと思ひ詰める」、それが「浩さん」と「寂光院の女」との間で交されたとするのが「余」の「猛烈」な仮説であった。

そもそも、寂光院がどういう寺なのかを、また紀州藩士であった「河上家代々之墓」を女が礼拝していた、などを勘案すれば、誰しも一定の推測に至るだろう。「余」は、女が、「浩さん」という一個人の墓参りに来たのだとして、二人の関係を「怪しい」と結びつけた。しかし、一方で「もしあの女が浩さんと同藩でないとすると此事件は当分埒があかない」ともいうように、「余」もまた女を紀州藩の関係者、なんらかの河上家所縁の人と考えたのである。あえて「遺伝」説を介在させなくても、「浩さん」の血統・先祖からたぐっていくのは女の身元「探求」の初歩だった。いや、解明の手段として、この珍妙な「遺伝」説をもち出すこと自体が、カモフラージュのために必要だったのだ。全てが判明して後の、「余」の画策に違いない。身元調べが、探偵まがいのきわどい行為であるという自意識が「余」のなかに終始あったことは確かなのだから。

やがて「寂光院の女」の素性は、はしなくも紀州藩の「秘事」を、「河上家の内情」を明るみに出すなかで判明し、「余」はそこで「探究」を終える。その後、「寂光院の女」すなわち小野田の妹は「浩さん」の「御母さん」と仲良くなり「丸で御嫁さんの様」になったことが簡略に報告される。「浩さん」を弔うという「余」の思いはひとまず遂げられたのであろう。「此両人の睦まじき様を目撃する度に」「清き涼しき涙を流す」という「余」は、それで十分満たされたのである。「余」は、「浩さん」が夢にまで見た女性が誰かを明らかにしないままに、「物語」の完成を言語の世界でのみ果たしていった。この先を語ったならば、「余」の学説も、二人の「恋」をめぐる「不思議」な「物語」も、揺らいだやも知れない。なぜなら、紀州藩の「秘事」の歴史のなかには「余」の知らない河上・小野田両家と家老の家との、いや紀州徳川家をも巻き込んでのなんらかの確執があったように思われるから。小野田家の現当主である博士が「何も知らぬらしい」とは到底思えない。

6　紀州藩の「秘事」——一人称の語りの〈空白〉をめぐって

「余」の表裏する思いを込めた「物語」は、危うい形でひとまず完結した。小野田家と河上家の先祖の「秘事」・

因縁話を聞かされた時、「趣味の遺伝」説を標榜する学者としての「余」は、「一から十迄余が鑑定の通りだ」、「愉快」「嬉し」いと喜び、はしゃいだという。しかし、「浩さん」の友人としての「余」にとっては、この話はむしろ寝耳に水であったろう。正直、喜んでいる場合ではないくらい驚いたのではないか。が、そんな素振りは微塵も見せず、「余」はその点については何も語ろうとはしない。「学問上から考へて相当の説明がつく」ことを、自慢気に読者に紹介するだけである。これもまた、まさに自己韜晦ではないか。なぜなら、語っている「今」の「余」は、その逸話を明かしてくれた、もと紀州藩の家老で今は徳川家の家令である「もう八十近い」老人について「名前はわざと云はない」とする。そして、その時の老人の態度が横柄に見えたことを、「今から考へてみると先方が横柄なのではない、こつちの気位が高過ぎたから普通の応接ぶりが横柄に見えたのかも知れない」と反省するような言葉を洩らしているのだ。「余」は、結果的に、部外者がこれ以上触れてはならないところまで踏み込んでしまったことを、悟ったのである。既に「好んで人の秘事を曝露する不作法を働いた」という杞憂を抱きつつ、「余」はここで擱筆する他なかった。「余」が弁明する、怠惰や多忙などではなく、筆を擱いた真の理由はここにある。

　この小説のなかで、老人と「余」の会見場面は「精密」に「描写」されている。その場面を読むと、「学説」立証を目指す「余」の一方的な質問攻めに終始した様子が切り取られている。だが、その「余」の都合で再現された会話のなかの老人の言には、その時の「余」が必ずしも頓着しなかった、「今」に至る紀州藩の歴史が刻み込まれているようである。「余」の語りの背後に広がる〈空白〉への想像は読者のなかでさまざまに湧いてくる。以下は、一読者としての私の贅言である。

　老人の語ったところによれば、「藩中第一の美人」であった小野田帯刀の娘が、向かいの家の河上才三（「浩さん」の祖父）に「懸想を」した。お互いの気持ちを確かめあったところで婚儀が整う。しかし、国家老のせがれも帯刀の娘に「恋慕し」たことから問題は起る。そのせがれは一旦は諦めたものの、「殿様の御意」が下って、帯刀の娘は、才三と別れ、国家老の息子の許へ嫁いだ。帯刀を国詰めに、河上は江戸に残るという「取り計らいを」この老人の父親すなわち「家老」がやったという。その後、才三も嫁をもらい貢五郎という息子が生まれた。だが、才三は、「そんなこんなで残念を晴らす為」「大分金を使つて風流をやつたさうだ」とか。小野田の娘が忘れられなかったのだろう、河上家にも波風が起ったようである。貢五郎は「慷慨家」で、ある時「長い刀を提げて」この老人の「所へ議論に来」たり、「終夜激論をした」り、ということがあった。貢五郎の「議論」は父親の一件と関わったのだろうか。あるいは「維新」の頃のことなのか。

果たして、貢五郎の息子「浩さん」や、妻である「御母さん」は、この家族の事件を知っていたのだろうか。「余」は、そんな誰しもが当然抱く疑問は、おくびにも出さない。「御母さん」に確かめた様子もない。また、年齢からいっても、「家老」（江戸家老という可能性もあるが）ということからも、この老人こそが帯刀の娘を嫁にした「国家老のせがれ」なのでは、と勘ぐることもあながち的はずれではないだろう。この老人は、余りに「秘事」を知り過ぎている。「余」との会見時の態度にも、どこか思わせぶりの様子が窺える。だとすれば、「寂光院の女」とは縁戚になる。一方小野田の家が、河上家に対して負い目を感じたことは想像に難くない。殿様の仰せとはいえ、小野田から申し出た縁談を破棄したのだから。小野田博士の妹「寂光院の女」が、その「秘事」を両親や祖父母から、あるいはこの老人から聞いていなかったとも断言できない。河上家の墓参りをする訳に、伝え聞いた先祖の因縁話が絡んでいたやも知れない。現在の河上家当主の戦死を知って、小野田家の人間として、せめてもの心遣いから墓参りをしたとも考えられる。さまざまな憶測を読者は抱かせられる。しかし、「余」はただ二人の「恋」を説明するだけである。

因果はめぐる。「余」の起した行動は、宿敵「国家老のせがれ」が、現在の河上家を救うという仕儀に至ったのか。結果的に、「余」が小野田・河上両家をとりもつ形になり、途絶えていた交流を再開させたことは事実である。

「浩さん」の「御母さん」と小野田博士の妹は邂逅し、会見を重ね「仲がよくな」った。しかし、彼女が、「浩さん」が本郷郵便局でたった一度出会い、戦場で何度も夢にまでみた想い人であったかどうかは、「余」が確認して語ろうとはしないために、読者には永遠の謎として残ることになる。「余」が仄聞した「それだから私は御寺参をして居りました」という彼女の言葉によって、同一人物だと読むことは、いかにも座りが悪い。それ以前までの「余」の執念深い「探究」の中断としか思えないから。「趣味の遺伝」の「余」の語りは、自己韜晦を重ねに重ねて、きわめて曖昧なかたちで、いや巧妙なかたちで、大尾を迎えたようである。

同時代の文壇の動向とのかかわりや、発表誌『帝国文学』と日露戦争をめぐる問題など、語り残した点も多い、別稿を期したい。なお、本文中の傍点は全て筆者による。

※「趣味の遺伝」本文の引用は『漱石全集』第二巻（二〇〇二・五、岩波書店）による。

注

＊1　安藤宏氏は「作中「小説家」の生成と展開――太宰治を例として」（『国語と国文学』平12・5）のなかで「日本の近代小説ほど、登場人物の職業に文学者が多く選ばれるケースも希なのでは」と指摘し、「〈座談会〉虚構のリアリティ」（隔月刊『文学』第8巻第1号　二〇〇七・一、二月号）のなかで「日本ほど作中に小説家がたくさん出てくる国も珍しい。小説家が小説を書く話ばかり」と発言している。また同誌掲載の論考「近代の小説機構―小説はいかにしてみずから「伝承」をよそおい得るか」で、こうした小説の系譜を論じている。本稿では、「小説家小説」の枠をもう少し広げて考えてみたつもりである。

＊2　山下浩氏は、「作品最後の一文その他数箇所においては見事な改稿が存在する」（『本文の生態学　漱石・鷗外・芥川』一九九三・六、日本エディタースクール出版部）と述べている。山下氏に限らず、この改稿を評価する者は多い。

管見によれば、この『鼻』版の末尾の一文への疑問は、河野多恵子氏（『小説の秘密をめぐる十二章』平14・3、文芸春秋）が「実質的な意味は何もない非力な一行で、実は玉に瑕」「片方の眼に不意に塵《ごみ》が入ったよう」と指摘しているくらいで、多くが完成をみたかのように評価している。

＊3　ジェラール・ジュネット『物語のディスクール　方法論の試み』（花輪光・和泉涼一訳　一九八五・九、水声社）「V態」「人称」の項参照（二八七頁）。ここでジュネットは、「小説家の選択とは、二つの文法形式（いわゆる「一人称」とか「三人称」とかいう「言い方をする」こと＝筆者注）のいずれを選ぶかということではなくて、次に挙げる二つの語りの姿勢のうちいずれを選ぶかという点にある（どのような文法形式を選ぶかは、その機械的な帰結にすぎない）。すなわち、物語内容を語らせるにあたって、「作中人物」の一人を選ぶか、それともその物語内容には登場しない語り手を選ぶか、という選択である」と述べている。小説の「人称」については、日本語に即して、もっと理論的に明確にしていくべきだと考えている。

＊4　北岡誠司氏が「ロシア・フォルマリズムと構造主義」（大浦康介編『文学をいかに語るか―方法論とトポス』所収一九九六・七、新曜社）のなかで、仏語「ディスクール」の邦訳語として「語りのレトリック・物語言説」を採用しているのを、本稿では使った。

＊5　最新の論考である、神田祥子氏「趣味は遺伝するか―夏目漱石「趣味の遺伝」論」（『日本近代文学』第76集　二〇〇七・五　日本近代文学会）は、「余」を「欺瞞的な人物」「軽率な学者」「いかがわしい」と手厳しく批判している。こうした「余」の捉え方は、他の論文にもいくつか見られる。

＊6　『近代日本総合年表　第三版』（一九九一・二、岩波書店）。

＊7　片瀬裕氏「日露陸戦最大の攻防一五〇日の記録　旅順要塞の激闘」（『丸』六月別冊「戦争と人物9」「再発見日露戦争を考える」平6・6、潮書房）に詳しい。鈴木孝一編『ニュースで追う明治日本発掘7』「日露戦争・旅順攻防戦・八甲田遭難の時代」（一九九五・六、河出書房新社）は、当時の新聞記事・報道写真で構成されており、日露戦争の報道について手軽に参照できて便利である。因みに、「浩さん」の戦死した明治三十七年十一月二十六日は、乃

木陸軍大将を司令官とする第三軍の第三次旅順総攻撃が開始された日である。この戦いでは、第一、二次攻撃に失敗した乃木に代って、児玉源太郎参謀総長が直接指揮にあたり、また予備軍第七師団を投入して、日本軍はようやく露軍の要塞（二〇三高地）を陥落させた。

太宰治「やんぬる哉」考——語り手「私」の〈詐術〉

1　掲載誌『月刊読売』のなかで

「やんぬる哉」は、『月刊読売』昭和二十一年三月号（第四巻第三号）「掌篇」欄に、劇作家・三好十郎の「ソフィスト列伝」と並んで掲載された。敗戦の翌年の一月、読売新聞社から再刊された、この『月刊読売』は、物不足の戦中・戦後、多くの出版物がそうであったように、劣悪な用紙と劣悪な活字印刷によって作られた、まさに冊子といった体の、B５判30頁ほどの雑誌である。[*1] が、内容的には総合雑誌であり、政治・経済から社会、文壇、音楽界・演劇界の消息記事まで、多岐に亘る分野の記事が満載されている。

「三月号」の「目次」には、敗戦後の日本社会のなかで、新たな勢力圏を拡げようとするかのように、「人民戦線結集の機」（鈴木東民）・「民主勢力結集の新段階―野坂氏の所説に学ぶ」（岩村三千夫）・「赤色リンチ事件の真相」（宮本顕治）・「野坂参三氏の生ひ立ち」（能智修弥）といった、「民主主義」「人民戦線」推進派、すなわち共産党勢力の評論が並んでいる。折しもこの年の一月、日本共産党の理論的指導者・野坂参三が中国延安から帰国、新たなリーダーとして迎えられつつある時期であった。そのためか、ここには野坂への期待を吐露する政治記事がいくつも並んでおり、「掌篇」欄は、雑誌のなかで末尾に位置している。もっとも、三好の文章は、「日本を駄目にしてしまふ事に関して、軍国主義者や財閥などよりも功労の有つたのはソフィスト達であつた」として、「或る役人」「或る重役」などと匿名で、現代社会に跋扈する多くの「ソフィスト達」（詭弁家）一人ひとりの、裏表のある様態を揶揄・糾弾しているもので、よく「人民」の側に立って、他の評論群と呼応するかのようである。「目次」欄にも、ゴチックで題名が示されるといった扱いを受けている。

また、この三月号には、文芸に関わるものとしては、他に「和歌」「詩」の欄があり、プロレタリア歌人・坪野哲久の「撃鼓」と題する和歌七首が載っている。次のような歌である。

去るべきかはた死すべきかせめあげよ東洋のひと貧位をにくむ
富みただれ崩れおちむとするものの挽歌は明日を鮮しくする
うちあけてものいふこゑは颱風のかうかうと天の雲ふきおとす
兵たりし翳るまなこにいと明るく南天の実の紅は射せ
延安より帰りし人をたたへいふ繋縛の痛苦われは持つゆゑ
目をそばめ太陽光の繁なるを知りそめし子にわれはあかるむ
母と子が寒のひかりにみるものはあからさまなる米の一粒

戦争から解放された庶民の向日的感覚と同時に、虐げられてきた貧困層「人民」の解放への期待をも、新時代の訪れに重ねられていることがわかる。その意味で、これらの和歌も、他の記事と呼応した時代の空気を、濃密に感じとれるものとなっている。目次の題字はやはりゴチック体で強調されている。敗戦直後の社会的動向を反映して、多くの文章は、かつての軍国主義を否定・払拭し、人民を主役とする民主主義国家への再生を謳うという論調で貫かれているといってよい。「文壇」消息のコラム欄には、「人民議場」と題して、戦争中に「侵略戦争の戦意を駆り立て、あふり立てた菊池寛氏一派の罪悪」や、「国民を戦争に駆立てた御用小説家」「軍用詩人」として、獅子文六・堤千代・木村毅・西條八十・石坂洋次郎などの名前が挙げられ、「粛清」「排撃」が呼びかけられている。戦後すぐの誌面には、登場する文学者の戦中の言動が、それなりチェックされていることが窺える。

こうした『月刊読売』三月号のなかで、配列の仕方だけを見ると、太宰の「やんぬる哉」は、この意表をついた、奇妙な題の含意するまま、文字通り最後尾に、ひっそりと置かれているかのような印象を受ける。戦後的な主張を声高に唱える他の記事と較べ、疎開先での体験を淡々と語っただけの読み物に過ぎない、「掌篇」「やんぬる哉」は、果たしてこの三月号のなかでどのような位置を占めているのだろうか。当時の読者の眼には、どのように映ったのだろうか、この点を掲載誌のなかに置いて想像してみたい。まずは、「やんぬる哉」の読解を通してそのことを探ってみたい、と思う。

改めてここに述べるまでもなく、太宰の職業作家としての活動は、昭和八（一九三三）年から、昭和二十三（一九四八）年までの、十六年ほどである。この間、日本は、「満州事変」、「支那事変」を経て、全面的日中戦争に突入し、さらに「太平洋戦争」へと拡大、長期の総力戦の時代を通っていった。そして、日本は、歴史上初めて、敗戦国となったのである。この戦中・戦後を通じて、旺盛な作家活動を続けた太宰治という小説家を考える上で、彼と戦争との関わりを考える作業は逸することのできない課題[*2]である。先行の研究者がくり返し、またさまざまな角度から、考究してきたこの課題を潜在させつつ、その問題を私なりに考える端緒を探ってみたい。

2　「やんぬる哉」の物語言説

標題の「やんぬる哉」とは、「止みぬるかな」の転で、辞書的な意味を言えば、「もうおしまいだ」とか「今となっては、どうにもしようがない」（『岩波国語辞典』第六版）となる。渥美孝子氏に「〈やんぬる哉〉が〈しまった〉と

〈してやったり〉との両義性」（神谷忠孝・安藤宏編『太宰治全作品研究事典』平7・11、勉誠社）をもつ、という指摘があるが、いずれにしろ、この話を語る「私」が、その体験を明るく「やんぬる哉」と笑いとばしたような、小説末尾の印象である。

まずは、「やんぬる哉」の物語内容を簡単にまとめてみよう。故郷津軽に東京から疎開してきた、小説家の「私」が、中学時代の、そう親しくもなかった医師から、どういうわけか晩餐の招待をうける。気づまりを感じる「私」は丁重に断ろうと、医師の自宅へ赴く。が、そこでずるずると相手の誘いを辞退できないまま、二階のヴェランダへ案内され、リンゴ酒をご馳走になる。医師は、細君が外出中でもてなしができないことを残念がりつつも、「私」相手に、疎開者の工夫のなさと罹災にまつわる愚痴話への批判をし、自分の細君の創意工夫に充ちた生活者ぶりを自慢気に滔々と語る。じっと聴いていた「私」はいたたまれず、そうそうに席を立つ。帰り際に、細君へのお世辞のつもりで、往来を行く「おかみさん」の創意工夫のなさをひきあいに出して揶揄すると、なんと「やんぬる哉。それが、すなはち、細君御帰宅」。ここで小説は結ばれている。しかし、何が笑いとばされているのか、何が「やんぬる哉」なのか、と考え出すと、渥美氏もいうように「〈私〉の語りの位相は、そう単純ではない」。

「やんぬる哉」挿絵（内藤良治画）

初出誌である『月刊読売』に掲載された時、内藤良治の挿絵が添えられた（「挿絵」参考）。内藤は、明らかに、末尾部分を読みとって、一つの「場面」を再現した。「秋晴れ」の「日曜」の午後、「往来を、大きなカボチヤを三つ荒縄でくくつて背負ひ、汗だくで歩いてゐるおかみさん」を、白衣（実際には「ドテラ姿」なのだが）を着た医師と、ソフト帽を被り、ステッキをもち、兵児帯を締めた着流し姿の「私」が眺めている「場面」である。後ろ姿なので、「私」の表情は窺えない。しかし、医師の方は、細君の方を見て、明らかに「しまった」といった感じで、頭に手をやり、困惑した、照れ臭そうな表情をしている。

その時、医師の眼にも、「私」が指摘した通り、自分の細君が、創意工夫が微塵もない姿と映ったのだろうか。それとも、それまで自慢気に語った「細君」はフィクションで、今帰宅した実際の細君はそれとは似て非なる人物ゆえに、それがバレたという顛末か。つまり「私」を前に〈事実〉が発覚して、「しまった」と思ったのだろうか？　いずれにしろ、挿絵画家は一人の読者として、医師こそが、「やんぬる哉」と反応した人物であると読みとり、表現したのではないだろうか。この挿絵からは、そんな「場面」が窺える。

実のところ、「やんぬる哉」は、そう簡単に、この挿絵のように、末尾を「場面」として客観的に再現できる小説（あえて「小説」というが、太宰のエッセイと呼んでも構わない作品だろう）ではない。つまり、「医師」を実体化して読むことは難しい。なぜなら、この小説は、「私」の回想談に他ならないのだから。「私」が、過去のできごとを語った、事後的な言説である。先に、私はこの小説の物語内容を、つまりプロットを整理しまとめてみたが、そうした一つ一つのできごとを、「私」がどう語っているのかを読まなければ、この「小説」を読んだことにはならない。つまり、物語言説、「私」という語り手の語り方、語りのレトリックこそを、ここでは読むべきなのである。

冒頭、この小説家の「私」は、「小学校時代の友人」と「中学校時代の友人」との差異をまず語る。「小学校時代の友人とは、共に酒を飲んでも楽しい」のだが、「中学校時代の友人とは逢つて話しても妙に窮屈」だという。その理由は、後者が「知識人」であるという点にあるようだ。しかし、こうした差異を「私」が確認するに至ったのも、「こちら（津軽）へ来てから」のことで、それなり旧交を暖める機会をもったのちの実感なのである。つまり、これから語る、「中学校時代の友人」である「この町の病院に勤めてゐる一医師」との〈交歓〉は、すでに過去となった「窮屈」な体験の一つとしてあることが、冒頭に吐露されているのである。その判断の根拠となった一例として、「ついせんだつて」の「一医師」からの招待事件があり、それを「今」改めて語りだしたのである。

「私」は、「その日は日曜であつたのだらう、彼は、ドテラ姿で家にゐた」「その日は、お天気がよかつた。この地方に於いて、それがもう最後の秋晴れであつた。あとはもう、陰鬱な曇天つづきで木枯しの風ばかり吹きすさぶ」と、過去の「その日」を思い出す。しかし、「その日」のはっきりした日時は思い出せない。病院勤めの医師が、私宅にドテラ姿でくつろいでいたことから、日曜日だったのだと確認していく。また、「それがもう最後の秋晴れ」であったと、曇天続きの寒い津軽の「今」を思いながら、記憶の底から「秋晴れ」が印象的であった「その日」の記憶を引き出してくる。こうした語り方から、「私」の語りが、「私」の主観的な記憶（そもそも記憶は主観以外のなにものでもないのだが）をもとに語られていることが、確認できるのである。常識的に見れば、「私」は、決して、「その日」を正確にありのまま臨場させているわけではない。いやしようと思ってもできないのが「記憶」なのではないか。言葉化することによって、おそらくそこに「今」の「私」の感慨が入り込み、その時点でのメッセージを少なからずこめつつ、語っていくのである。この点を見過ごすことはできない。

したがって、その後に続く、医師との会話も、必ずしも客観的に再現しようと努めているわけでもないだろう。なぜなら、そこに〈再現〉されて語られる二人の会話の仕組みは、なお複雑な様相を呈していると思われるので。実のところ、「私」の回想談は、医師の独演会といってもよいくらいに、医師の言葉によって、そのほとんどが占められている。医師は、そのなかで、「お隣りの畳屋」に「東京から疎開して来てゐる家族」がいて、その「細君」

と「うちの細君」とが「こなひだ」行なった「論戦」を「陰で聞いて」「面白かつた」と、「私」の前でその会話を披露するのである。その時、再現した「論戦」には、おそらく医師の脚色や主観が入りこまないはずはなかっただろう。そして、「私」が再び、その医師の言葉を、自らの記憶によって、「今」語り直し、復元していくのである。二重三重に他者の言葉が介在し、間接化されて顕現するのである。その都度、その「論戦」は、当人たちの言葉から限りなく遠ざかっていく。語る「私」の主観が、意識的かつ戦略的に混入しないわけがない、だろう。読者は、結果的に、再構成された「「私」の物語」として、「ついせんだつて」の「中学時代の友人」の医師宅「訪問譚」を読むのである。実際、この「論戦」の再々現のゆくえは、奇妙というしかない、ねじれた様相を呈していく。

3　語り手「私」の〈詐術〉

一読感じることは、「私」の語る「中学時代の友人」の医師の俗物性といったものだろう。この医師は、自分の考えを述べるというより、自分の細君の意見にしたがって、ものを言っているに過ぎない、気楽な人間である。到底「この町の知識人」とは思えない。それとも、単なる愛妻家といった方がよいのか。とにかく、彼の話は、不在の「うちの細君」の自慢話に終始していくのである。「細君の創意工夫」「細君の発明」によって、「物資不足」の「こんな時代でも衣食住に於いて何の不自由も感じないで暮らして来ました」。こうした「細君の発明力は、国家の運命を左右する」、「闇の買ひあさりに狂奔してゐる人たちは、要するに、工夫が足りない」「研究心が無い」のだ、と自画自賛の言葉を重ねる。国家の危機も、個人の努力で乗り切ろう、乗り切れるとでも言いかねない、能天気な自説を繰り広げる。空襲にも遭遇していない、相対的に安全な環境である、自分の生活圏の範囲でのみ、世の中を見て、自分と同様にはできない、他人の事情に対して考慮もせず、批判だけを広言していく。時代状況への一面的理解しか示さない、この医師の社会性のなさは、誰の眼にも明らかだろう。特に、掲載誌『月刊読売』三月号の読者には、この医師はあたかも「特権階級」「人民の敵」のように映ったはずである。

しかし、「疎開人には疎開人としての言ひぶんがあるらしい」と「お隣りに疎開して来てゐる細君」が「うちの細君」に「まくし立てた」言葉を語る医師の〈語り〉は、なんと生き生きとした、人情の機微に触れていることだろう。客観的に見れば、語っていることは、都会人と田舎の人との、生活環境の違いからくる思い違い・行き違いであり、ああ言えばこう言うといった類いの単純な〈敵意〉を語ったに過ぎないものである。一方的には受けとめられない言い分である。だが、空襲に遭って焼け出され、「着のみ着のまま」田舎に疎開してきた都会人の悲哀と、疎開先で「田舎の人たち」から受けた「薄情」で「意地悪」な処遇を、ここぞとばかり思いっきり吐露する「その細君」の言葉は、この「私」の回想談のなかで、もっとも切実で、説得力のある言葉として、読者に響いてくるのではないだろうか。疎開者に否定的な医師の口から出たとは、到底思えない迫真の声である。

その細君の言ふには、田舎のお百姓さんが純朴だとか何とか、とんでもない話だ、お百姓さんほど恐ろしいものは無い。純朴な田舎の人たちに都会の成金どもがやたらに札びらを切つて見せて堕落させたなんて言ふけれども、それは、あべこべでせう。都会から疎開して来た人はたいてい焼け出されの組で、それはもう焼かれてみなければわからないもので、ずゐぶんの損害を受けてゐるのです。(中略)たいていは、お金とそれから品物を望みます。焼け出されのほとんど着のみ着のままの私たちに向つて、お前さまのそのモンペでも、などと平気で言ふお百姓さんもあるのですからね、ぞつとしますよ、そんなにまでして私たちからいろいろなものを取り上げながら、あいつらも今はお金のあるにまかせて、いい気になつて札びらを切つて寝食ひをしてゐるけれども、もうすぐお金も無くなるだらうし、さうなつた時には一体どうする気だらう、あさはかなものだ、なんて私たちをいい笑ひ物にしてゐるのです。

弱味につけこんで、無理難題を吹っかける「お百姓さん」への憤懣やるかたない思いの全てを、ここに今吐きだしたい、といった様相を呈している。まさに「私」自身が、この「疎開人」に他ならず、その「私」がこの語りに憑依しているかのようである。こうした口調の言葉が延々と続くのである。もし医師がこうした言い方そのままに、「私」に語ったとしたなら、この医師は記憶力だけではなく、まさに名優ともいうべくこの疎開者の細君になりきって語っているといえるだろう。それとも、都会からの疎開者も、田舎のお百姓さんも、医師には無縁の人種だったがために、単に「面白い」「論戦」として、こうも無頓着に滔々と再現し語れたのか。しかし、全体が「私」の回想談と確認するならば、「私」は、都会からの罹災者の細君の言葉に、過剰に同調して語り直した、ともいえよう。語り手「私」の〈詐術〉が、そこには働いているとも考えられるのである。そのくらい、この「細君」の言葉は、生々しく実感に満ちている。

医師はその後、「まくし立てた」疎開者の細君に対して与えた、「うちの細君」の「答弁」を続けていく。それらの言葉は、医師の細君に甘えるごとく、罹災者の苦しみを思わず吐露した「お隣りの細君」への「答弁」としては、余りに杓子定規で、思いやりに欠ける冷たい言葉だ、と私などは一読者として思う。表向きだけでも、大人の聞き手として、相手の立場を察し、慰めてあげるのが人情というものだ。しかし、医師の細君の言葉は単に非情というだけではない。そこに〈再現〉された言葉は、疎開者の妻の実感のこもった語りとは異なり、ある意味で無知を露呈した、アナクロニズムともいうべきものであった。

医師の細君は、要するに「あなた自身」に「罪」があるというのである。東京が空襲で焼かれるのは「今から五年前」に予測できた、その前に対策をとれたはずだ、なのにそれができなかったのはあなたの失策、責任はあなた自身にある、と批判するのである。おまけに、罹災した後のことについても、少しの家財が残れば、あとは創意工夫でなんとでもなる、甘えるな、と厳しい。なかには、次のような容易に聞き流すことのできない、時代状況を知らない、無神経な台詞も飛び出してくる。

　政府はただちに罹災者に対してお見舞ひを差し上げてゐる筈だし、公債やら保険やらをも簡単にお金にかへてあげてゐるやうだ。

　この言葉が、「筈」とか「やうだ」といった不確実な推定の言い方であることは、さすがに注目しておくべきだが、だとしたら現実的な根拠もないまま、医師の細君（或いは医師）は、あるべき政府の社会保障を当然のこととして口走っているのである。戦時中、政府が、戦費を確保するために「貯蓄報国」を謳い、あたかも税金のように義務化して、天引き徴収、割当て債券の購入を強いていったことは、ここにいうまでもない事実だろう。逆に、国民の貯金の引き出しは制限され、また物不足からのインフレの激化は、たとえ貯金を引き出せても極度の目減りは免れなかった。こうしたなかで、軍国政府が、戦時中に罹災者への迅速な「お見舞ひ」や補償をしたとも思えないし、戦争末期はもちろんのこと、敗戦直後の混乱は、国民財産の保全や保険の支払いに関して、「運用の不公正」「保険の適用にむら」[*3]を生み出すような、社会情勢を招いていったことは、歴史的事実であったといえよう。医師の細君の認識不足は、余りに甚だしいものだし、それを「正論」などと評価する夫の医師自身の認識も、多分に疑問である。それほどの無知か、との疑問が湧いてくるほどである。いずれにしろ、空襲の罹災に対して、医師夫婦が無知であったことを露呈していることは、明らかだろう。

　もっとも、「正論を以て一矢報いてやった」という、わが細君を擁護する医師の言葉のなかには、都会の細君の言葉に圧倒されたという実感が感じられ、それゆえ故意に意地悪をいって、「一矢報いた」のだというニュアンスが吐露されているようでもあるのだが。とにかく、細君との共犯関係をもって語られた医師の的はずれの「正論」は、都会の細君の話が実感的に、切実に響くのとは裏腹に、奇妙なくらい非現実的なものとして読者の眼にさらされるのではないだろうか。まして、同時代の読者（『月刊読売』の読者）には、一層明らかだったと思われる。そして、そこに語り手「私」の何らかの〈詐術〉が働いたとも、考えられなくはない。

この回想談のなかには、不思議なくらい「私」自身の言葉は出てこない。この時の「私」は、異論を差し挟む気持ちにもならなかったのか、ひたすら沈黙していたようである。そして、「どうも、あの疎開者といふものは自分で自分をみじめにしてゐますね、おや、お帰りですか」という医師の言葉を合図に、突如ここで席を立ち暇乞いをした「私」が窺える。無神経な言葉に、いたたまれなさを覚え、思わず中座したのだろう。結局「その日」、「私」は、医師の「ゆつくり東京の空襲の話でも聞きたい」という期待には応えなかった。いや、そもそも、そんなことだろうと思い、断りに行ったのだった。単なる社交上の話題として、「ゆっくり東京の空襲の話」などしたくもなかったのである。そして、医師の話を聞きながら、突如「私」のなかに浮かんだのは、もはや失われた、懐かしい東京での日常であった。

私にはその時突然、東京の荻窪あたりのヤキトリ屋台が、胸の焼き焦げるほど懐しく思ひ出され、なんにも要らない、あんな屋台で一串二銭のヤキトリと一杯十銭のウヰスケといふものを前にして思ふさま、世の俗物どもを大声で罵倒したいと渇望した。

この都会の屋台という、小さな「共同体」は、「しかし、それは出来ない」と「私」が悲痛な思いを込めて語ったように、もはやこの時失われたものとして自覚されていた。「やんぬる哉」の「私」のなかには、戦争によって焦土と化した都市の現実を背景に、「都会／田舎」という問題が、いや罹災者とそうでない者との残酷なまでの対照が、少なからず潜在してはいないだろうか。それが、都会からの細君の罹災話に肩入れした〈語り〉となり、罹災者に非情な土地の人の対応を際立たせた結果を産んだのではないか。語り手の〈詐術〉と読むゆえんである。

4 「東京の空襲」――小説内の〈時間〉

ところで、「やんぬる哉」のなかで話題になる「東京の空襲」とはいつのことを指しているのだろうか。いや、というよりも、疎開者の「私」が、医師宅を訪ねた「秋晴れ」の「日曜日」とはいつなのだろうか？　こう考えてみる時、さまざまな歴史的事実に照らしてみても、やはり昭和二十年の秋のある日と思われるのだが。太宰の年譜からはもちろんのことではあるが。

東京に初めて、と言うより日本本土に初めて米軍の空襲があったのは、昭和十七年四月十八日である。この日、「航空母艦発進の米陸軍機16機、東京・名古屋・神戸などを初空襲」（『近代日本総合年表　第二版』一九八四・五、岩波書店）とのことである。そして、東京空襲が、本格的に始まったのは、昭和十九年十一月である。一日に偵察機を送った米軍は、二十四日にマリアナ基地のB29約七十機によって、東京上空から爆撃した。これ以降、米軍機B29による空からの爆弾投下は、敗戦のその月まで、恒常的に行なわれた。東京人の疎開が始まるのも、この本格的空爆以後のことで、十九年十一月末の「夜間空襲を機に疎開を届け出るものが倍増した」[*4]。そして、昭和二十年三月九日深夜から十日未明にかけての大空襲は、江東地区を全滅させ、死傷者は十二万人に及んだという。

当時、東京府北多摩郡三鷹村下連雀百十三番地に在住していた太宰が、妻子を甲府に疎開させる契機となったのも、この東京大空襲である。そして、「妻子を甲府に送って帰京した直後の四月二日未明、東京西南地区にＢ29五十機が来襲、三鷹もその攻撃に晒され、自宅の一帯に爆撃を受け」「下連雀第二町会の住民五十六人が逝去」（山内祥史編『太宰治全集13』「年譜」一九九九・五、筑摩書房）というできごとに遭遇する。自身も甲府の妻の実家石原家に身を寄せることになったのである。しかし、米軍の空襲は無論東京や主要都市に限らず、「七月六日深更、甲府市街も、米空軍機Ｂ29型重爆撃機による空襲を受け」、石原家も全焼する。行き先々で空襲に遭遇し、太宰は妻子を連れて故郷の津軽へ疎開することになる。四昼夜かかって、金木の生家に辿り着いたのは、七月三十一日であった。

周知のように「やんぬる哉」は、のちに作品集『冬の花火』（昭22・7、中央公論社）に「津軽通信」の総題の下、「庭」（初出「新小説」昭21・1）・「やんぬる哉」・「親といふ二字」（初出「新風」昭21・1）・「嘘」（同「新潮」昭21・2）・「雀」（同「思潮」昭21・10）の順で一括収録されていった。いずれも、東京で罹災して、故郷津軽に疎開してきた小説家「私」の語る話である。つまり、太宰自身を想わせる「私」が、疎開先の故郷で体験したことを語る話である（もっとも、そこでは「私」の語りというより、「私」を聞き手として語られた他者の〈語り〉が大部分を占めているのだが）。たとえば、最初に置かれた「庭」の巻頭には「東京の家は爆弾でこはされ、甲府市の妻の実家に移転したが、この家が、こんどは焼夷弾でまるやけになつたので、私と妻と五歳の女児と二歳の男児と四人が、津軽の私の生れた家に行かざるを得なくなつた」とあるように、太宰の閲歴がそのままに語られていく。他の四編の語り手「私」も同様に、太宰自身の経歴と重なる時間のなかに居る。

こうした一連の作品群のなかの一編として見ても、また独立した一編のなかの背景としての歴史的事実を考えてみても、「東京の空襲」が話題にされる「やんぬる哉」の物語内容の〈時間〉、つまり「私」が同級生の医師宅を訪問した「秋晴れ」の「日曜日」は、昭和二十年秋といえよう。だとすれば、既に日本は、その年の八月十五日、天皇の「戦争終結の詔書」が玉音放送で告げられたように、ポツダム宣言を受諾し無条件降伏つまり敗戦という局面に至っていたわけである。しかし、「やんぬる哉」で「私」が語る、医師（とその細君）は、必ずしもこの新たな状況を自覚しているようには思えない。戦時下・敗戦後の区別は医師のなかでは曖昧で、かつ、この医師夫婦に〈戦争〉の陰りは微塵も感じられないのだ。

「台所の科学ですよ。料理も一種の科学ですからね。こんな物資不足の折には、細君の発明力は、国家の運命を左右すると、いや冗談ではなく、僕は信じてゐる」、「うちの細君」の「創意工夫」で「こんな時代でも衣食住に於いて何の不自由も感じないで暮らして来ました」と豪語する医師にとっては、戦時下も敗戦後も、明確な境界はないかのような、暮らしぶりである。もっとも「ナマヅの蒲焼」を「鰻とちつとも変りが無い」とする医師の生活が、その言葉通り「何の不自由も」ないとは思えない。しかし、この医師のように、一人ひとりの努力が「国家の運命を左右する」と信じて、強いられた戦時体制のなか自分なりの「戦意」を持続してきたのが、日本の多くの庶民の日常だったのではないだろうか。ただ、戦争の現実を目の当たりにした疎開者の眼には、この医師の自己完結した言葉は、もはや空疎な絵空事として映ったはずであり、切実な思いのなかで退けられたと思われる。[*5]

圧倒的な資源と最新の科学力によって、この小さな島国を降伏へと追いつめてきた米軍の戦闘行為、すなわち一連の空襲を体験してきた疎開者の眼には、この医師の説く「台所の科学」「創意工夫」、また「面白かつた」とする「新型の飛行機を発明してそれに載つて田圃に落ちたとかいふ苦心談」など、何の意味ももたない空疎な言葉だったはずである。戦時下から敗戦後へと、歴史的な変動を迎えたこの時期を、この医師夫婦は、地続きの日常のなかで暮らしている。戦時の態勢そのままに、いや時代状況とは本質的に無縁なかたちで、個人の「創意工夫」と、自己責任において、どのような状況も生き抜いていけると、本気で信じている人間たちなのである。その非社会性と強固な観念性にこそ、「私」は「窮屈」さを覚えたのではないか。そして、「回想談」として再構成するなかで、こうした「知識人」こそを「世の俗物ども」の一人として揶揄をこめて浮彫りにしたのではないだろうか。

論じ残した課題も多い。また、「津軽通信」として一括した個々の作品の〈語り〉の戦略についても考察すべきだと思われるが、別稿を期したい。

※「やんぬる哉」本文の引用は、『太宰治全集9』(一九九八・一二、筑摩書房)による。

注

＊1　福島鑄郎氏編著『新版 戦後雑誌発掘』(一九八五・八、洋泉社)「増補十三『週刊読売』の誕生」によれば、昭和十八年五月、「小樽新聞社で発行していた月刊誌『新国民』の用紙配給権を読売新聞社が引き受け、これを『月刊読売』として改題創刊した」とのことである(なお、『新国民』は『オールトピック』を改題したものとのこと)。その後、「昭和十九年五月、第二巻五号より知識層向時局雑誌としてのその使命を果しつつあった『月刊読売』は『青年読売』と改題、青年向時局雑誌として再発足」した。しかし、以後戦火が激しくなって、昭和二十年五月読売新聞社は「空襲で本社を全焼」「甚大な被害をこうむ」り、休刊を余儀なくされたもよう。「やんぬる哉」が掲載された、『月刊読売』は、戦後再刊されたものである。やがて、『旬刊読売』『週刊読売』と改題されていった。

＊2　たとえば、一九九八年、太宰治《没後五十年》を記念して開催された「シンポジウム」が、長野隆氏編『シンポジウム・太宰治　その終戦を挟む思想の転位』(一九九九・七、双文社出版)として一冊にまとめられている。このことからも、太宰を考える上でいかに大きな課題となるかを物語っていよう。この「シンポジウム」では多くの問題が、具体的に提起されている。

＊3　川島高峰氏『流言・投書の太平洋戦争』(「講談社学術文庫」二〇〇四・一二、講談社)は、戦時下の民衆意識を通史的に追った興味深い書であるが、その「第六章　焦土の中の民衆」に、戦争末期の火災保険(陸上戦争保険)についての言及がある。それによれば、「戦争保険金支払いに関する業務不履行・不能等についての実態を語る資料」自

体が、いまだ見出せていないとのこと。それくらい、混乱があったということだろう。

＊4　注（＊3）に掲載書の「第五章　空襲と戦意」参照。「各区役所に於ける届出疎開者のみにても、自十一月二十日至二十七日の間一日平均一、一二〇名に対し十一月三十日以降一〇倍乃至一八倍に急増」（『東京大空襲・戦災誌』第五巻）とのことである。

＊5　注（＊3）に掲載書「第六章　焦土の中の民衆」で、川島氏は「同じ国民でも空襲のなかった地域と焼け跡の住民といった立場の相違により、戦争認識に著しく隔たりが出てくるようになっ」たとの指摘がある。当然といえば当然であるが、その相違を表した作品として「やんぬる哉」を読むこともできよう。なお、戦争の末期には、太宰の故郷の「金木の町にも、米軍艦載機が頻りに飛来して、爆弾を投下して行った」（前掲『太宰治全集』別巻「年譜」）とのことである。

女たちの風景――永井荷風「つゆのあとさき」素描

1　「夏の草」から「つゆのあとさき」へ

「つゆのあとさき」（『中央公論』昭6・10）は、昭和初年代のモダン都市東京の新しい風景・風俗を描いた小説である、とするのが一般的なとらえ方のようである。近年の論考も、[*1]当時の「カツフヱー」「女給」の実態や、舞台である銀座や市ヶ谷・神楽坂界隈といった、東京市街の風景を調査・考察したものが多い。しかし、物語内容と物語言説の関係に着目しつつ、小説を構造的・統合的に読もうとする試みはいまだ十分とはいえない。「つゆのあとさき」をこうした観点から読み直してみると、三十六歳の少壮な通俗小説家・清岡進をめぐる「女たちの風景」として見えてくる。進がパトロンを自任している銀座の女給・君江、進の内縁の妻・鶴子といった、「つゆのあとさき」の女性たちにスポットをあてて、この小説をトータルな世界として読む（すなわち私なりの「物語」化へと向かう）試みを行なってみたい。

この小説の叙法は、[*2]「その物語内容には登場しない語り手」が語るというものである。いわゆる三人称の小説である。発表直後から「純客観描写」[*3]による西欧自然主義的小説との指摘があったように、個々の作中人物を語る語り手の主観はほとんど表出しておらず、どの人物に対しても、語り手の視線は一見等価であるといえる。しかし、この小説の構成は意外に周到に仕組まれているように見える。冒頭から末尾まで、まるで一つの円を描くようにまとまっている。小説内を流れる時間は、青葉が目にまぶしい五月の初めから七月初旬まで、題名通り、梅雨をはさんでの二か月余りのそれである。この期間に何が起こっていくのか。読者は場面展開を追いながら、また語り手の語り方に着目しながらこの問いかけを読んでいくことになる。

荷風は、清書原稿[*4]にまず「夏の草」と題名を記した。うっとうしいほどに繁茂する夏草のイメージを喚起したのだろうか。かつて、島崎藤村も第三詩集に『夏草』(明31・12、春陽堂)と、また、性欲・官能のままに生きる人々を描いた短編を集めて『緑葉集』(明40・1、春陽堂)と、題したが、これらの表題には同様なイメージがこめられていた。初夏から梅雨を経て草木の繁茂する夏へと移り変わる季節には、生きとし生けるもの全てが旺盛な生命力を発揮していく表象がともなっていよう。この「つゆのあとさき」にも、そうしたイメージはこめられているようである。それは、なによりも、君江という官能の権化ともいうべき二十歳の女性の身体性に強く顕われている。しかし、「夏の草」から「つゆのあとさき」へという題名の改変には、「時間」的な要素が付け加えられたというべきではないか。官能の季節、いわば青春の季節を通過したのち、つまり小説内の時間的推移のなかで起こったことに読者は想像力を喚起されるのである。そして、それは実のところ、君江や鶴子といった女性たちのなかでこそ起こったのであり、ある種の意識の変容を遂げ、新たな出発をしていくのは、他ならない彼女たちなのである。

2 君江の都会生活

「つゆのあとさき」のなかで、もっとも活き活きとした様相を呈しているのは、やはり君江という女性だろう。十七歳の秋、埼玉県下で菓子匠を営む両親や、親戚がこぞって勧める縁談を嫌って上京した君江は、小学校時代の友人京子の、小石川諏訪町の妾宅に転がりこむ。「田舎者の女房」になる気はなかった。京子の影響もあって、まもなく性の世界を知った君江は、やがて次々と新たな男性との性交をもとめていくようになる。妾宅に男性客を招いたり、結婚紹介所や待合へ出入りしたり、私娼まがいの生活にはまっていく。京子は、旦那を失った後、「其筋の検挙」を怖れてもとの芸者に戻る。一方、実家に知られることを嫌った君江は、鑑札のいらない当節はやりの女給になり、貸し間で一人暮らしを始める。現在は、「パトロン」の清岡の周旋による「銀座では屈指のカツフヱー」「ドンフワン」で働いている。しかし、君江の生活の内実は以前と変わらない。連日連夜、自室であるいは待合で、男性との性の戯れをもとめてやまない。その意味では、この小説は「女給小説」ではない。

京子（芸者としての名は、京葉）をはじめ、君江の周辺にいる芸者や女給といった職業の女性たちは、多かれ少なかれ家族や生活難のために、また金銭のために、こうした職に就いている。売春行為もその延長にあるだろう。しかし、君江の場合は違う。身体を売って生活費を稼いでいても、君江は気が乗れば金銭なしでも構わないのだ。「貸間の代と髪結銭さへあれば、強いて男から金など貰う必要がない」のである。粗末な「市ケ谷本村町の貸二階」亀崎方に住まい続けているのであり、身なりに気をつけたり、ことさらに着飾ったりもしないのである。ではなぜ君江はこうした都会暮らしを続けているのか。一言でいえば、性に対する好奇心と興味、そして肉体的快楽をもとめて、ということになろう。

初めて男を知った「十七の暮から二十になる今日が日まで、いつも〳〵君江はこの戯れのいそがしさにのみ追はれて、深刻な恋愛の真情がどんなものかしみぐ〳〵考へて見る暇がな」かった。君江はもとより無趣味の女であるが、「小説だけは電車の中でも拾い読みをするほど」だという。しかし、「今以つて小説などで見るような恋愛を要求したことがない。従つて嫉妬という感情をもまだ経験した事がない」のである。なによりも君江は特定の男性に、縛られることを嫌う。物理的にも精神的にも、経済的にも、束縛されたくないのだ。性の相手が、老人だろうと醜男だろうと関係ない、むしろ余計欲情を駆り立てられさえするというのだ。「その場かぎりの気ままな戯れを恣にした方が後くされがなくて好い」と思っている女性である。君江は「いつもの癖」「悪い癖」「例の好奇心」「例の如く新しい男に対する興味」をくり返し発揮しては、押えることのできない欲情を解放していくのである。

こんな君江という女性の実態・生態に触れた時、作中の男性たちは戸惑いを隠せない。一方で彼女の妖婦性を利用し、彼女に悩殺されることによって自身の欲望の充足や、つかの間征服する快感を覚えつつも、心の底では君江のような女性を認めたくないのである。それはなぜか。清岡や松崎や、世の男性たちが抱いている女性観を、すなわち貞節で従順で、性に対してはじらいをもつという女性観をことごとく壊してやまない女性だからである。多くの男性たちは、女性は結局一人の男性の所有物になるしかないし、それが女性の幸せ、とでもいうべき観念を抱いているのである。こうした男性たちの強固な通念に包囲された社会のなかでは、君江の生き方は自ずと冒険にならざるを得ない。常に危険と表裏をなすものなのである。君江が、己の過去や平生を知られることを過剰に厭うのは、一寸先も見えない自分の生（性）のありようの危うさを自覚しているからに他ならない。

3　官能の権化／官能の女神

君江のこの自由気ままかつ大胆な生き方に対しては、やはり危険が迫る。実のところそれが顕著になるところから、この小説は始まるのである。君江が、近頃身辺で頻繁に起こる奇妙な現象に不安を覚え、知人に紹介された占者の許を訪ねるのが、冒頭の場面である。他ならない、パトロンを自称する清岡進の「復讐」がひそかに行使されたゆえの珍事であった。清岡は、極めつけの俗物である。この小説のなかで、語り手の清岡への批評は表立ってなされているわけではないが、とにかく作中人物の誰からも支持されていないのはこの男であろう。知的な妻・鶴子との「窮屈」「面伏せな気」がする関係から逃れ、気紛らせのためにカフエーや待合に出入りしないではいられない遊び人である。ふとしたことで自作小説が売れたため、以後「莫大な収入がある身」となったことが、それを許しているに過ぎない。小説内で清岡が書くことに苦心している様子はまるでなく、新聞社や出版社に原稿を継続的に売り込むための要員を雇っているような通俗作家である。君江とは、「二年越し」ほぼ一年のつき合いになった。

つき合い始めた当初、自分に対して身も心も捧げつくすような濃密な君江の行為に「何一つ疑ふ所もなく、心から君江に愛されてゐるものとばかり思込んでゐた」清岡であった。ところが、ある時、君江の「浮気」現場を目の当たりにしてしまう。それも老人と女二人が絡み合う異様な性的光景であった。以降、清岡のなかで「虚栄と利慾の心に乏しく、唯懶惰淫恣な生活のみを欲してゐる女」君江への「報復の悪念」は募る一方であった。また、その反面で、清岡は今でも、君江が「もすこし自分の心を汲み分け、其の身を慎しんで、自分の専有物になつてくれゝば」などと甘い期待に囚われているのである。しかし、君江の方は、近頃のできごとを薄々彼の仕業と考えないではない。そろそろ自分を知りすぎた男とは手が切れたらと願ったりしている。それぞれの思惑を抱えた二人のかけひきがこの小説の前半（全九章のうちの四章まで）で繰り広げられる。その心のすれ違いと、相手を籠絡する手腕（君江のが上のようだが）を競うさまとが丁寧に追われているのだ。それにしても、清岡に限らず、元官僚の松崎から円タクの運転手に至るまで、作中の男性たちの心底に眠る女性へ求める理想（偏見・固定観念）の根深さは、容易には変わらないようである。そして、この小説の語り手は、こうした男性たちの地点からは遠く離陸して傍観しているかのようである。

君江は、やがて、清岡の執念深い嫉妬を知ったり、また私娼時代を知る円タクの運転手から手荒な「報復」と罵倒を受けたりして、こうした生き方を続ける自分を顧みるようになる。男性たちから投げかけられる、理由もわからない暴力に恐怖を覚えるようになる。小説の末尾近く、暴行を受けたことによる傷と病が癒えたのち、外へ久し振りに出た君江はこう思う。

それから今日まで三四年の間、誰にも語ることのできない淫恣な生涯の種々様々なる活劇は、丁度現在目の前に横つてゐる飯田橋から市ケ谷見附に至る堀端一帯の眺望をいつも其背景にして進展してゐた。と思ふと、何といふわけもなく此の芝居の序幕も、どうやら自然と終りに近づいて来たやうな気がして来る……。（九）

これまでの自分の生涯を「活劇」といい「芝居の序幕」とふりかえる。

君江は、しばし「空想」にふけりながら、景色を「懐しく」「いつ見納めになつても名残惜しい気がしないやうに」と眺め、感傷的な思いに浸っていく。君江にとって、東京でのこの数年は一時の蜃気楼であり、幻影であり、いわば青春の夢のようなものであったことに気がつくのである。君江にしてみれば、自分の好きなことをして好きなように生きてきたに過ぎない。が、それがいつまでも許される世の中ではないことを、身をもって実感したのである。そして、やがて、その夢から醒めたかのように、田舎に帰ることを決意する。小説の冒頭の場面で、君江は占者にこう言われている。「一人で世を渡る傾きがあ」るということと、「一時変つた事の起つた後、追々もとのやうになつて行かうと云ふ間」が「現在のお身の上」である、ことと。占者がどういう意味で言っているのかは不明だ。しかし、この「一時身の上に変つた事が在つた」ということを君江は、「大方両親の意見をきかず家を飛出し、東京へ来て、とう〳〵女給になつた事だらうと思つたのである」。君江が、性的欲望のままに生きる〈自分〉に対していかに自覚的であるかがこの点からも窺える。彼女のように、性のイニシアティブを女性が握ろうとすると、さまざまな抵抗や軋轢が生じる時代であった。その時代のなかを、君江は怖れを抱きつつも生きてきたのである。

小説には、この後、出獄後死場所を求めてさまよっていた、諏訪町時代の恩人・かつての京子の旦那であった川島に偶然出会う場面が置かれている。そこで君江の磨き上げられた妖艶な女体は、結果的に、川島の死出の旅路を飾る、手向けの花となるのである。君江が、自分のためではなく、相手を慰めるために性戯を行なった初めてのできごとであった。川島は、君江に感謝の言葉を残して去っていく。君江が、官能の権化から官能の女神へと昇華されたかのような大尾である。

4　鶴子の再始動

さて、「つゆのあとさき」には、清岡との関係で、もう一人の女性が登場する。妻の鶴子である。表向きは誰もが正妻として遇してはいるものの、鶴子はいまだ入籍していない内縁の妻である。清岡と出会ったのは「五年前、年齢は二十三の秋」のことだった。前夫が西洋に留学中「軽井沢のホテルで清岡進と道ならぬ恋に陥つた」のである。つまり姦通罪を犯したのである。嫁ぎ先は子爵（旧華族）の家柄のため、夫の帰朝を待たず、親族は鶴子を離別させた。鶴子の実家の長兄は、既に両親なき妹のためにそれなりの資産を与えて、義絶を言い渡した。進と鎌倉で新生活を始めたものの、まもなくお互いの齟齬は顕在化していった。結婚生活は既に空洞化していた。

鶴子は、女学校に通っていた頃から、フランス人の老婦人から語学と礼法の個人指導を受けたり国学者某氏について書法と古典文学を学んだりと、教養あふれる知的な女性である。それも「修養と趣味」からというように、自ら好きで学び身につけた本物の知性である。最初の夫や、嫁ぎ先である「没趣味な軍人の家庭にいたたまれな」かったのが、不倫へと鶴子を走らせた。つまり、清岡との恋愛そして結婚は、あくまで鶴子の意思でなされたことであった。「自分から夫に択んだ文学者清岡進」は、その頃、いまだ売れない小説家であったが、文学好きの鶴子の眼には理想的な相手と映ったようである。鶴子は、リスクを承知の上で、進との恋に賭けたのである。したがって、その後の身の不幸も甘んじて受けざるを得ないことであった。鶴子の眼に映る現在の進の「堕落」「頽廃」は目を覆うばかりであった。しかし、こうした現状に、単に甘んじていたわけではなかった。舅（進の父親）に改めて入籍を進められても積極的になれず、世捨て人のような毎日を送っていたのは、鶴子なりの煩悶や思案があったゆえだろう。

この鶴子の前に、かつて教えを受けたマダム、シュールが現れるのだ。東洋文学研究の泰斗として知られた、亡夫アルホンズ、シュール博士の遺著編集の手伝いをする日本人を求めて来日したのであった。その話を聞いた鶴子は、即座にフランスへの同行を志願する。「今住む家の門を出る事が自分の生涯をつくり直す手始」と常日頃から考えていたからに他ならない。同行の快諾をもらいホテルを後にした鶴子は、梅雨晴れのなか、義父への報告のために世田谷へと急ぐ。鶴子は、実に前向きに喜びとともに洋行を決意していくのである。出発はそれから「一週間ばかり後」であった。

高等売笑婦・君江と知的な人妻・鶴子と、二人は一見すると、住む世界を異にする、対照的な女性のように見える。しかし、この二人にはかなり共通性もあるようである。なによりもリスクを負いながらも、自らの意思で一直線に行動していくという点で共通する。違法な売春行為を自らの享楽のためにくり返す君江は、その危うさを無論知っている。君江は決して「無知」な女性でもないし、貧しい出自でもない。ただ性的に放恣・貪欲なのである。そうした自分の危うい生活を変えようとひそかに決意していくのも、君江自身である。一方の鶴子は、姦通罪を犯してまで獲得した「結婚」の惨めな結末を甘受するなかで、この数年をひっそりと生きていた。そして、その不毛な生活からの脱出の機会を待っていた。二人とも、この「つゆのあとさき」に流れる時間のなかで、自分の現在の生活への見切りをつけていくのである。自らの意思と責任において、新たな一歩を踏み出そうとする点では両者ともに共通する。

「つゆのあとさき」の読後、二人のこれからが明らかに想像できるわけではない。とりあえずの方向転換を決意したものの、二人とも自分の未来を具体的に思い描くことをしていない。しかし、自由で柔軟で前向きなその姿勢からは、ゆっくりとでも道を見出していくように、私には思われる。「つゆのあとさき」で荷風の描き出した女性たちは、思いの他、時代のジェンダーギャップを超えた地点に生きているようである。

※「つゆのあとさき」本文の引用は、初出・初版の伏字のほとんどを復原した中央公論社版全集を底本とした、岩波書店版第一次『荷風全集』第八巻（昭38・12）による。

注

＊1　塩崎文雄氏「モダニズムの倒像―『つゆのあとさき』の風俗を読む」（和光大学人文学部紀要別冊『エスキス』92一九九二・六）、馬場伸彦氏「「カフェ」と「女給」のモダニズム試論」（「淑徳国文」第39号　一九九八・三）、小林真二氏「女給へのまなざし―「つゆのあとさき」と同時代女給表現」（「日本文化研究　筑波大学大学院博士課程日本文化研究学際カリキュラム紀要9巻」一九九八）南谷覚正氏「永井荷風「つゆのあとさき」について―東京の変貌」（「群馬大学社会情報学部研究論集」第14巻　二〇〇七）、などがある。

＊2　ジェラール・ジュネット著・邦訳花輪光・和泉涼一『物語のディスクール―方法論の試み』（一九八五・九、水声社）

＊3　谷崎潤一郎「「つゆのあとさき」を読む」（『三田文学』昭6・12）。高橋俊夫氏編『永井荷風「つゆのあとさき」作品論集』（二〇〇二・六、クレス出版）に所収。

＊4　中央公論社版の『荷風全集』第十五巻の巻頭口絵写真に、作品冒頭の原稿写真が収載されたという。以後、岩波書店新版『荷風全集』第16巻（一九九四・五）の月報や、前掲『永井荷風「つゆのあとさき」作品論集』の口絵写真に原稿冒頭の写真が掲載されている。原稿それ自体の所在についての言及は、管見の限り見当たらない。なお、新版岩波書店『荷風全集』の本文は、小説集『つゆのあとさき』（昭6・11、中央公論社）収録の本文を底本としている。

初出一覧

I　生成論の探究へ―序に代えて

草稿・テクスト、生成論の可能性

（『國文学』第49巻第6号　平成16・5　学燈社）

「生成論の探究へ―従来の「文学研究」総体を捉えかえす試み

（『昭和文学研究』第49集　平成16・9）

樋口一葉―テクスト研究がめざすもの

（全国大学国語国文学会編『日本語日本文学の新たな視座』平成18・6、おうふう）

II　複数のテクスト

「たけくらべ」複数の本文《テクスト》―あるいは、「研究成果」としての『樋口一葉全集』のこと

（季刊『文学』第10巻第1号　一九九九・冬　平成12・1　岩波書店）

〈複数のテクスト〉―樋口一葉の草稿研究

（大妻女子大学　草稿・テキスト研究所「報告集」『草稿とテキスト―日本近代文学を中心に』平成13・1）

注釈としての〈削除〉―「山椒魚」本文の生成について

（『日本近代文学』第69集　平成15・10）

III　樋口一葉と草稿研究

揺らめく「物語」―「たけくらべ」試解（再録）（田中実・須貝千里編著『〈新しい作品論〉へ、〈新しい教材論〉へ―文学研究と国語教育研究の交差』第1巻　平成11・2、右文書院、のち『小説の〈かたち〉・〈物語〉の揺らぎ　日本近代小説「構造分析」の試み』（平成14・2　二〇〇二・二、翰林書房）

『軒もる月』の生成―小説家一葉の誕生　（『相模女子大学紀要』第56号　平成5・3）
『にごりえ』論のために―描かれた酌婦・お力の映像　（『相模国文』第18号　平成3・3）
『水沫集』と一葉―「うたかたの記」／「にごりえ」　（『相模国文』第20号　平成5・3）
樋口一葉『十三夜』試論―お関の〈決心〉　（『相模女子大学紀要』第55巻　平成4・3）
点滅するテクスト―「この子」の時代（書き下ろし）
交差した〈時間〉の意味―「わかれ道」の行方　（樋口一葉研究会編『論集樋口一葉II』平成10・11、おうふう）
「われから」―〈小説〉的世界の顕現へ　（『国文学解釈と鑑賞』第60巻6号　一九九五・六　至文堂）
一葉の草稿　（『相模国文』第26号　平成11・3）
村上浪六と一葉―『樋口一葉全集』未収録資料「三日月序」を視座として　（樋口一葉研究会編『論集樋口一葉IV』平成18・11、おうふう）

IV

「語りのレトリック」を読む―文学研究のアイデンティティ
「小説家小説」としての「趣味の遺伝」―自己韜晦する語り手「余」の物語言説　（隔月刊『文学』第9巻第5号　二〇〇八・九、一〇月号　平成20・9　岩波書店）
「やんぬる哉」考―語り手「私」の〈詐術〉　（山内祥史編『太宰治研究13』平成17・6　和泉書院）
女たちの風景―「つゆのあとさき」素描　（柘植光彦編著『没後50年・生誕130年　永井荷風　仮面と実像』平成21・9、ぎょうせい）

＊本書に収録するにあたり、題名に若干の修正を加えたものがある。ここでは初出の題名のままに並べた。

あとがき

平成七年（一九九五）、東京大学で開催された日本近代文学会九月例会の時であった。学会のホームページで調べると、例会の特集名は「書誌・テキスト・出版」である。大屋幸世氏「近代文学書誌学は成立し得るか」、山下浩氏「本文研究の現在――英米VSフランス、そして日本は」、長友千代治氏「本文の諸問題」という、三本の発表がなされたことが確認できる。この例会終了後、発表者の山下氏、聴衆として参加していた仏文学者の松澤和宏氏と、専門を異にするお二人を交えての飲み会へという自然な流れが生まれた。近代文学研究者は、栗原敦氏、杉浦静氏、棚田輝嘉氏、そして私だったと思う。湯島あたりの居酒屋での議論（？）のあと、どういう経緯かよく覚えていないのだが、研究会をやろうということになった。松澤氏が幹事役となり、会の連絡・運営を務めることになった。会場は、私の実家浄閑寺でと決まった。テーブルを囲んで、椅子が十脚並ぶ狭い部屋で始めたのだが、参加メンバーは、そのつど変動があっても、なぜか毎回十名以内にとどまっていた。

研究会は、「テクスト・草稿研究会」と名づけられた。生成論の松澤氏、『【新】校本宮澤賢治全集』を編集している栗原氏・杉浦氏、そして、本文校訂を考えている山下浩氏が中心メンバーなのだから当然こうした流れとなる。当初のテーマは、「全集」の問題を考えるということになった。まず近代作家の個人全集の編纂に関わっている方を招いて、ホットな話を聴こう、という企画を立て始まった。まさに現在進行中だった、岩波書店の新『芥川龍之介全集』についてや、筑摩書房の『井伏鱒二全集』についてやの問題を考えるため、編集に関わった方々に声をかけた。設立当初のメンバーに共通する点は、草稿や手稿を研究対象としていたことである。そこから問題を拡げて、個々の「全集」の問題を考えてみようという方向が決まったのである。梶井基次郎を考えている棚田氏や横光利一研究の十重田裕一氏なども集まった。私も『樋口一葉全集』やその草稿に関心を持ち続けていた。

今、当時のファイルやノートを開いて数えてみると、この研究会は、足掛け五年、全部で十回行なわれた。そして、自然消滅した。しかし、この研究会で考え続けたことは、おそらく、参加したメンバーのなかで、今も息づいているのではないかと思う。少なくとも、私にとっては、この研究会から受けた刺激や影響は、その後の研究の方向を決定し、確実なものにしたことは間違いない。本書に収めた「「たけくらべ」複数の本文《テクスト》——あるいは、「研究成果」としての『樋口一葉全集』のこと」は、この研究会での発表が基盤になっている。

そんな経緯もあって、本書を編むときに、この研究会のことをどこかに記録し、記憶に残しておきたいと思った（本当は、研究会で論集を出版したいと思っていたのだ）。創設当初の何人かのメンバーにこの私のささやかな提案について了承をとると、いずれからも快諾をえたので、ここにとりあえず記しておくことにする。いつか、私たちの論集が出版されることをひそかに念じて。

以下は会の開催記録である。幹事の松澤氏が発送した、毎回の案内状をもとに、私の当日のノートによって補足・修正し、まとめた（棚田氏が幹事を代行した回もあった）。

テクスト・草稿研究会

参加者（五十音順）　石割透・伊藤善隆・大屋幸世・栗原敦・笹原宏之・杉浦静・須田喜代次・棚田輝嘉・十重田裕一・戸松泉・魯恵卿・畑中基紀・松澤和宏・宗像和重・山下浩・山田俊治

第一回　平成八（一九九六）年二月二十四日（土）　参加者10名

①新『芥川龍之介全集』（岩波書店）編集にかかわった石割透氏から話を聴く。

②研究会の今後の方針や運営などについて話し合う。

第二回　平成八（一九九六）年四月二十七日（土）　参加者7名
①『井伏鱒二全集』・「山椒魚」などにおける草稿・改稿・本文について
②芥川龍之介「羅生門」における本文と改稿をめぐって
第三回　平成八（一九九六）年七月二十日（土）　参加者8名
①山下浩「グレッグ理論の思想について」
②栗原敦・杉浦静「特集：宮沢賢治の作品――《versions》あるいは《群》として読む」（『国文学』平成八年六月号）をめぐって
第四回　平成八（一九九六）年十月十九日（土）　参加者8名
①棚田輝嘉「梶井基次郎の未定稿群をめぐって」
②十重田裕一「横光利一『時間』の本文」
第五回　平成九（一九九七）年六月十四日（土）　参加者6名
①松澤和宏「生成論の考え方」
②季刊『文学』一九九一春号「特集：手で書かれたもの」を読む
第六回　平成十（一九九八）年五月九日（土）　参加者5名
①戸松泉「一葉の草稿について――「たけくらべ」「われから」」
②松澤和宏「留学の成果について」
第七回　平成十一（一九九九）年一月十六日（土）　参加者5名
松澤和宏「銀河鉄道の夜」の草稿を読む
第八回　平成十一（一九九九）年七月十日（土）　参加者6名

①棚田輝嘉「〈檸檬〉の生成」(『実践国文学』55号)「梶井基次郎という評価軸」(『十文字国文』5号)を読む

②山下浩「漱石新聞小説復刻版について」

第九回　平成十二(二〇〇〇)年九月九日(土)　参加者5名

松澤和宏「「草稿研究」から「生成論」へ」

(「近代的草稿」の歴史/「草稿研究」の歴史)

第一〇回　平成十三(二〇〇一)年四月二十八日(土)　参加者10名

十重田裕一・山田俊治・伊藤善隆・笹原宏之「山田美妙『竪琴草紙』本文の研究」(笠間書院)をめぐって

以上

こうしてふりかえってみると、発表者の手があがらないときは、概ね、幹事の松澤氏が発表を用意していたことがわかる。なんと四回も名前を連ねている(実質的発表は二回だったか)。松澤氏の生成論についての報告(講義?)は、私にとってはまるで授業を聴くようなものであった。また、会のなかで、賢治のことがしばしば話題になったことも魅力的であった。新校本全集が編纂・刊行中であったため、その仕事の真っただ中にいた、栗原氏・杉浦氏が語る賢治の草稿をめぐる話は、非常に興味深かった。それまで授業で賢治をとりあげることが皆無であった私は、この会をきっかけに賢治テクストを考えることへと、少しずつだが導かれていった。研究会は、土曜日の午後二時に始まり、六時くらいまで続いた。その後、周辺の居酒屋へ席を移し、さらに話をくり返すというのが恒例だった。無理のないかたちで、しかし、個々の発表はきわめて専門的で、私などついていくのがやっとであった。時に、お茶くみに徹したいと思った時もあったが、学生時代にかえったように毎回とったノートを繰って見ると、まさに今自分が考えていることが、そこに顕現されており、改めて研究会での学恩を感じる。

最近、私は、歴史の波にさらされて、なお生き残る「文学研究」は、『全集』の編纂に他ならないと思うようになった。後世に残すべき作家の仕事を、どのような形で読者に提示するのか。一つ一つの作品本文をどのように作っていくのか。残された草稿資料を、翻刻・整理し収載するのみならず、一つのテクストとしてどう読むのか。たとえ『全集』編纂にかかわらない研究者であっても考えてみるべき問題であろう。『全集』は全ての「文学研究」の基盤となる。が、もう一方で全ての文学「研究」のスタートラインでもある。今ある『全集』を絶対化することは危険である。つねに相対化する眼をもち、『全集』も一つの「研究成果」と考えたい。さまざまな個人全集には、多くの問題が横たわっていることも、次第に明らかになってきた。完璧に資料を網羅したと思われていた『樋口一葉全集』ですら、いまだ片付かない問題をいくつも抱えているのである。私にとって、この研究会がなかったら、ここまで、『全集』や本文の問題に踏み込んでいくことは、おそらくなかったであろう。いつまでも『全集』に無前提に依拠して論文を書き、文庫本の本文だけを使って、授業を続けていたに違いない。今は「複数のテクスト」として、一つ一つの作品本文の在りようを考えた上で、読むことをこころがけている。

「あとがき」で述べておきたいことは、もう一つある。本書の装幀についてである。前著同様、中国人画家ヤン・シャオミン（楊暁閩）氏にお願いした。私の学ぶ、デッサン教室の先生である。ヤン先生の指導のもと鉛筆デッサンを始めて、もう十年以上の時間が流れた。相変わらず、その時その場だけの教えがいのない生徒であるが、スケッチブックはもう六冊目になっている。自分で練習するようなことを一切しないので（練習する時間がない）、これは凄いことだと最近思うようになった。でも上達はしない。教室でひところ「画家になったら」などと先生におだてられ喜んだこともあったが、昨今は「何かが足りない」といわれるようになった。「山月記」の李徴に対して投げかけられた「何処か（非常に微妙な点において）欠けるところがあるのではないか」という哀惨のことばを、その時いつも思い出す。まあデッサンは本業ではないので、その「何処か」を検証しようとは考えないのだが、本書にそれがあったら、と心配である。もっとも、足りないことだらけのことは、私自身が一番よくわかっているのだが。

ヤン先生には、「若者像」という積年のモチーフがある。前著では、それを遺憾なく発揮していただいた。今回は、先生の「蓮」のモチーフを使ってください、とだけお願いした。ヤン先生が蓮を描き始めたきっかけは、私の実家である浄閑寺の本堂の襖絵を描いてくれるようにお願いしたことにある。大きな襖の、表裏合わせて八枚に蓮池を描いてもらった。その時、私は、本堂側には極楽の蓮池を、裏側には地上の蓮池をと注文を出した。芥川の「蜘蛛の糸」を思い起こして。制作には八カ月ほどかかったのではないか。モダンでかつ迫力のある蓮池が現出した。まさかその襖絵そのものを表紙カヴァーに使うとは、私の想定のなかにはなかったのだが、ヤン先生に全ておまかせすることにした。ヤン先生には、蓮の画は他にも何枚かあるが、いまだ自分のモチーフとして完成していないという。

今回、校正を手伝ってくれたのは、大学院の時からの友人澤谷明代氏である。中古文学を専攻されたのだが、無理をお願いすると快く引き受けてくださり、私の著書や一葉作品を読み返して、行なってくれた。英文タイトルは、同僚の、大塚光子先生（現理事長）、ジャクリーヌ・リーブス先生に相談に乗ってもらい決定した。また、「二冊目もうちから」とおっしゃってくれた翰林書房の今井氏ご夫妻には、わがままをいくつも聞いてもらった。この書も多くの方々のお力を借りて成っていることに対して、深い感謝の思いで一杯である。

なお、本書は平成二十一年度相模女子大学学術図書刊行助成の交付をうけて成った。記して感謝の意を表します。

平成二十一年九月十日

歴史的「政権交代」が起きた夏の終わりの、熱気さめやらぬ日に

著者

索引

本書の本文中の主な人名（作家・思想家・評論家・研究者など）及び作品名等を項目として選択、五十音順に配列した。但し、本文では言及・引用のみで、項目名が「注」に記載されたものは、「注」の頁で選択した。また、各論の対象となる作家・作品については、頻出するため論文題目からの選択を原則とし、以後の重複は避けた。翻訳文献などの著者名は、姓を第一項目とし、フルネームを別項とした（例「ジュネット、ジェラール」別項「G・ジュネット」「ジェラール・ジュネット」）。

【著者略歴】

戸松　泉（とまつ・いずみ）

1949年、神奈川県小田原市に生まれる。

東京女子大学文理学部卒業、同大学大学院文学研究科修士課程修了。名古屋大学にて博士号（文学）取得。

現在、相模女子大学学芸学部日本語日本文学科教授。

著書に『小説の〈かたち〉・〈物語〉の揺らぎ―日本近代小説「構造分析」の試み』（2002・2　翰林書房）『日本の作家100人　樋口一葉・人と文学』（2008・3　勉誠出版）共編著に『田山花袋作品選集』（1993・4　双文社出版）『文章の達人・家族への手紙2　父より息子へ』（2004・1　ゆまに書房）などがある。

複数のテクストへ
樋口一葉と草稿研究

Literary Text Development
The Archives of Higuchi Ichiyo

発行日	2010年3月10日	初版第一刷
著　者	戸松 泉	
発行人	今井 肇	
発行所	翰林書房	
	〒101-0051 東京都千代田区神田神保町 1-14	
	電 話 (03)3294-0588	
	FAX (03)3294-0278	
	http://www.kanrin.co.jp	
	Eメール● Kanrin@nifty.com	
装幀	楊 暁 閩	
印刷・製本	シ ナ ノ	

ISBN978-4-87737-292-7